在那个年代里

岳石

在那个年代里

夏健民 著

山東文藝出版社

目录 · CONTENTS

第三部分　辣辣蒿

序 一

历史的侧面

李新宇

这是一部非虚构的散文作品。

它所记录的是作者自己的经历——从20世纪50年代初期作者初有记忆开始，到1977年接到大学录取通知书，这二十多年间充满苦难和屈辱的年华。它是地地道道的私人记忆，与文坛上流行的作品大不相同。

我与作者夏健民先生素不相识，但天津师范大学的范伟博士是他教过的学生，而范伟后来又做了我的学生。这就有了某种关联，这关联就成了缘分，使我能够较早地读到了这部书稿。范伟要我为它作序，我欣然应了下来，因为我觉得这个序值得做，也应该做。

本书作者不是名人，没有显赫的社会地位，也没有惊天动地的传奇，书中所写的那个年轻时代的他，更是地地道道的小人物。但正因为这样，它的价值更加不可忽视。因为我们所了解的历史，往往是“大人物+大事件”的历史，普通的芸芸众生没有位置。沉默的大多数有自己的历史记忆吗？社会的边缘群体有自己的记忆吗？肯定是有的，但众所周知，他们常常被代表，他们的记忆也往往要被无情地覆盖。在这种情况下，在社会的边缘，在沉默的大多数中，如果有人拒绝遗忘、抗拒被覆盖，把自己的个人记忆写下来，无疑是对历史的一种补充，对于我们全面认识历史，无疑是有益的。尤其是那些来自特别地域、特殊人群的个人记忆。

本书就来自一个特殊的人群——“黑五类子弟”。众所周知，1949年之后，中国社会有了这样一个人群，开始是叫“四类分子”，即所谓地、富、反、坏。1957年之后，“右派分子”被归入这个群体，才形成了地、富、反、坏、右构成的“黑五类”。这五类人加起来到底是多少，我一直未见到具体的统计数字。至于他们的子女，无疑是一个更加庞大的群体。然而，这个群体却是中国当代历史上的失语者，翻遍各种报刊，也很难找到他们的声音。即使在“文革”结束之后，伴随着“伤痕文学”“反思文学”之类，人们看到的各种控诉和反思的文本，其叙事人也大多是冤假错案的蒙受者。在“黑五类”中，大多数的“右派”和一部分“反革命”属冤假错案，而地、富和多数的反、坏并无什么案件可言，所以不在平反之列，对伤痕的诉说也就轮不到他们。他们没有发出声音，原因不难解释：一是他们已经习惯了沉默；二是环境还没有为他们提供发声的空间。这一切，导致多少年过去之后，他们都不能理直气壮地诉说自己所受的苦难。

夏健民就来自这个群体，用他自己反复使用过的当年的称谓，是一个“富农羔子”。在远离那种生活近四十年之后，人到老年，心中的一些记忆越发清晰，越发折磨着他，使他终于冲破某些思想和心理的羁绊，挥笔写下了一个“富农羔子”的遭遇，为我们提供了历史的某个侧面的生动细节，这是很值得称道的。

关于本书的内容，我只是匆匆读过一遍，但已有目不暇接之感，因为它提供了太多的新知，写出了许多前人未曾涉及之处。

比如，开篇写了一件大褂，让我们看到了土改中已经存在的干部贪腐，而且是极为卑劣的索贿。那是一件绸子大褂，作者父亲的，只在结婚时穿过一次，平时舍不得穿。土改当中，掌握权力的二麻子却让人捎信：只要把那件大褂送给他，就可以不划富农。遗憾的是，作者的父亲觉得自己的贫富程度还够不上富农，所以拒绝奉献大褂，结果就付出了惨重的代价，不仅自己成了富农分子，连同子女，也在苦难的深渊中挣扎了几十年。再比如，小学招收一年级新生，竟然有通知拒招“地富反坏子女”。而最后的结果，富农子弟夏健民却入学了，原因是村干部向他家索要了一棵大杨树。

至于权力的力量和由此培养的权力崇拜，本书也常有触及。比如，只有几个教师的村小学，不设校长，只有负责人。但为了争夺这个负责人的职位，人们费尽心机。孙老师当上了负责人，人们就不能再喊他“孙老师”，而必须称职别，喊“孙负责”。反右运动中，为了让孩子们揭发老师反党反社会主义的罪行，“孙负责”竟然以开除学籍相威胁；几个十来岁的孩子在墙根撒尿，比赛看谁尿得高，结果有一个尿到了墙上的标语“毛主席万岁”，这就要关起来，而且要连同他的父亲一起关起来，因为他的父亲是地主分子，所以这撒尿的行为就成了有动机、有目的……这一切，都很生动地揭示了一个时代的文化。

一些历史事件的描写，是已有作品中少见的。1958 年的“大跃进”已经被作家们反复描写，“公社化”也已经众所周知，但是，与此相伴随的，在许多地方出现过的“大搬家”，却一直很少有人提及。我是最近从《炎黄春秋》看到我的老同学张树亭写的曲阜县当年的大搬家，才知道公社化的同时还有那么一个重要环节。而在夏健民的这本书中，不仅可以看到搬家的情景，而且可以看到当年的大队支书对为什么要搬家的解释，看到“一大二公”“一平二调”的具体描写，看到“大搬家”对人民的严重危害，以及它与后来的大饥饿存在的必然联系。农民的日子虽然穷苦，但“破家值万贯”，穷家难舍，瓜果青菜，鸡鸭猪羊，衣服被褥，坛坛罐罐，种种杂物，那是过日子的必需品。大搬家，东村搬到西村，西村搬到东村，距离并不遥远，却有一个要求，这一切都不能带走。于是，史无前例的景象出现了：家家户户杀鸡宰鸭，杀猪杀羊，平时那么馋肉，这时却吃得恶心；准备好嫁妆的姑娘，舍不得把嫁妆丢掉，就含泪把它全都剪碎；坛坛罐罐不准带，就干脆砸掉……几天后，一声令下搬回原处，却是家家户户一贫如洗。此外，对于乡村大鸣大放、大字报、大辩论的描写，对于大炼钢铁中全公社小学生聚集在一条河里淘铁砂的描写，对于大跃进、深翻土地以及大批判开路的描写，大饥荒中捞“烂芋头”的描写……许多描写都生动而精彩，拓展了历史画面，让读者大开眼界。

在《文明哥》中，可以读到一种长工与地主的特别关系。李文明是地主夏云焕的长工，按照某种理论，是对立的两个阶级，斗争应该是你死我活，所以，土改开始之后，工作队竭力动员李文明起来揭发和斗争。可是，无论怎么启发，长工李文明就是不觉悟，终于没成为土改积极分子。更有意思的是，在后来的日子里，地主分子被斗争和改造，李文明却还像过去一样伺候他的旧主人，不但脏活、累活全包，而且为地主分子抓药熬药、洗头洗脚。人们批评他丧失阶级立场，他却只知道做人应该“报恩”。他从小给地主当长工，地主就是他的恩人。

笔墨独到，而且饱含情感的，还要数描写自己恋爱和婚姻的那些篇章。那是一个时代“黑五类子女”爱情和婚姻的一个缩影，从那些描写，可以看到当年的黑五类子女的婚恋是多么艰难。夏健民一表人才，而且有文化，但因为家庭的富农成分，婚姻就成了“老大难”。为了自己的前途和命运，为了将来孩子们的前途和命运，姑娘们不愿明珠暗投，这是时代造就的风尚，一切都不难理解。从夏健民的描写可以看到，从大队干部到公社干部，面对“黑五类子女”的婚姻，都不是促成，而是竭力拆散。夏健民好不容易经人介绍成了一个对象，到公社去登记，却让负责登记的干部给彻底搅黄了。公社干部先是反复问女孩子：“你知道他是富农子弟吗?”“是真知道还是假知道?”然后又提醒：“跟一个富农子弟结婚可要考虑好了，这可不是儿戏。你家虽然是老中农，但跟富农区别大了，老中农是团结的对象，富农是中立的对象；老中农是人民内部矛盾，富农是敌我矛盾；你今天把这‘记’一‘登’，你就是富农家庭中的一员了，就成了富农的儿媳妇了，就有可能承受富农成分给你带来的一切，你将来的孩子可就是富农出身了……”然后，是让女孩子再好好考虑一下。结果自然是不必再认真考虑，女孩子就撕毁了结婚登记介绍信。这样的细节，在当代文学作品中，我是第一次读到。没有切肤之痛的作者，自然写不出这样的细节。

最后我想借题发挥，说一点与此类作品相关的想法。写回忆文章，当然无法排除作者的主观，更无法回避必要的阐释，但是，恰恰是在这一点上，需要特别谨慎。首先，负责任的作者应该知道，涉及史实，真实是第一要义，所以要努力还原现场，力求每一个细节都尽可能地接近历史的原生态，而来不得半点想象和夸张。那些所谓“妙笔生花”的文字，应在告别之列，谨防所谓“文学性”对“史实”的伤害。其次，作者对历史的理解和解释，写出时也应该特别慎重。因为我们处于一个变革的时代，一个逐渐觉醒和不断再认识的时代，一个从观念到词语都在不断更新的时代。在这样的时代，对事物的理解和解释常常不到位，表达也常常不能到位。不到位的解释，不恰当的概念和词语，有时会造成新的遮蔽，这是应该警惕的。

2015 年 10 月　天津社会山花园

序 二

岁月乡村的倒影

秦 岭

对聪明的书写者而言，介入历史阵痛和社会倒影的文学表达，选择叙事路径甚于勇气和良知，它事关书写者前瞻、回望的价值判断。

这些年，见惯了一些历史老人书写个人或家族的回忆性文字，往往为尊者们强烈的书写热情背后显而易见的主观、自我和视野局限而惋惜，但山东滕州学者夏健民老先生的长篇回忆录《在那个年代里》与之有别，不光因为范伟博士给我的鼎力推荐或多或少消解了我的惯性对照，重要的是夏健民完全在属于自己的路径上独立行走——它既是原汁原味的同时又具备非常明确的精神指向；既是包罗万象的，同时又渗透着个人世界观支配下的严格取舍和梳理；既是生活的忠实记录，同时不忘观照盘根错节的历史背景。作者的笔锋像中国乡村历史进程中的一个回马枪，目标对准业已尘封的岁月和渐行渐远的流年，直截了当地戳入乡村肌体的纵深根脉，一番横拨竖挑之后，我们发现，众多凡俗乡村人物构成的群像，在替历史发声；接踵而来的乡村事件，构成了历史凝重、复杂、灰色的倒影。

从这个意义上讲，我认为，《在那个年代里》很好地彰显了文学的社会价值。诚实的姿态和担当的支撑，让整体文本蕴蓄了不俗的叙事力量。

在我看来，经历和创痛之所以被认为是智者的财富，主要在于精神不至于苍白和没落。《在那个年代里》汇集的近五十篇文章，被编成三大部分，以丰富和饱满的呈现，体现了讲述者的立场和内心。通篇以20世纪50年代初到70年代末之间作者的滕州乡村老家为叙事平台，以土改、反右、农业合作化、“大跃进”、人民公社化、“文化大革命”等不同的历史阶段为文学背景，让虚虚实实背负各种历史标签的地富反坏右及其子弟、贫下中农、知青、生产队长、乡村教师、村支书、包队干部等各色人等，在人性的舞台上悉数登场，交叉表演，构成了一幅幅逼真、生动、鲜活、荒诞的人间悲喜剧。在《打麦场上》《三个玉米棒子》《呀！红袖章》《周悦老师之死》里，秉承几千年传统农耕文明的农民，完全被无处不在的政治绳索绑架，耍花样、搞计谋、玩小聪明把人性深处潜藏的恶完全逼了出来，农民的生命，在乡村的泥淖里失去了光泽；在《黑妮与我》《哦，白雪》《母亲的叹息》《我的婚姻》中，青涩的年华、异性的情谊、纯真的幻想、美好的爱情最终不得不向权力、势力低头，向封建、陈腐让路，向命运、世俗妥协，心灵的伤害和内心的隐痛，宿命般与古老的齐鲁大地同在；在《大鸣大放》《吃食堂》《班“贫委会”》《学大寨之二三事》《下放》中，普通农民、学生、基层干部荒谬、虚无的政治理想、生活追求和行为方式完全被概念化、标签化、奴役化、形式化、妖魔化，以至于农民的坦诚与善良被冷血与自私、猜忌与质疑侵袭，农村的传统与坚守被癫狂与否定、背叛与盲从驱使。朗朗乾坤下，有些人的行为是掩耳盗铃，而有些人的灵魂在监守自盗；在《上学》《入团》《大学梦的破灭》《重拾大学梦》中，农民子弟的梦想、渴望、期盼、憧憬被无孔不入的政审、出身论和利益博弈所绑架，目标的远眺与抵达，往往身陷在挣扎与无奈、奋起与坍塌、光明与投机之中，成功的喜悦里，糅杂的却是道德的救赎和良心的煎熬。这一幅幅布满蛛网、落满尘埃的乡村社会影像，既浑然一体，又各表其详。一章一节，都是枯藤老树昏鸦之下歪歪斜斜的如影随形。

作为同样以乡村为表现对象的书写者，我几乎是一气呵成地读完了《在那个年代里》，直觉和经验让我无障碍地在夏健民营造的世界里自由穿越。面对历史的乡村，受过高等教育同时又多年从事中学教育的夏健民显然无暇、无意跟踪现代文学的技术和方法，他一根筋地坚持民间立场，秉承乡民们圪蹴在麦垛前、屋檐下、门槛上评说前世今生、家长里短、惹鸡斗狗的路数，用质朴如麦茬、平实如土豆、诚实如碾子般的语言和文字，烩就了一锅色香味俱全的民间传统美味。一番饕餮，你有时会被作者营造的某些诙谐、幽默细节搞得忍俊不禁，啼笑皆非，但却是哭不出，笑不成。你同时会发现有些文本兼有随笔之风，而有些文本分明有小说之味。无论是什么味儿，烟火气息始终占据主流。当现实比小说更像小说时，反而更加考验作家的智慧。夏健民不是不明白这一点，他惯于开门见山，乐于和盘托出，精于还原真相，并在事件的进程与纵横中不断变幻当事人和旁观者的身份。无论身处其中还是置身事外，他有时宁可要一个故事的内核，宁可多一份叙事的唠叨、粗疏和毛糙，也不愿妄加个人观点和评头论足。他懂得真相是一面镜子，他把所有探寻谜底的机会都留给了照镜子的人。这既是他朴素的技巧，也是他的本色和优势。

夏健民的创作动机是否有思想和格局引擎的拉动，似乎不是很明显，但他手里老老实实捧着的，显然是当今稳坐象牙塔里的所谓文化精英和职业作家们束手无策的烫手山芋。有趣的是，很多在当下社会产生不凡影响的岁月记事，多出自此等人之手。《在那个年代里》完全称得上是读者思考民族命运、人性经纬和国民性心理的一个窗口。其存在的价值和坐标，就这样稳稳当当地嵌入社会纹理之中。我们有理由认为这样的乡村既属于滕州，也属于齐鲁大地，同时也是中国乡村的缩影，或者，是乡村的中国。

我与作者素昧平生，但《在那个年代里》却让我有瓜棚柳巷逢故人之感，晚辈给前辈作序，也就不再生分。

2015年9月8日于天津观海庐

序 三

稽寻前尘　叩问人生

王牧天

文字色泽，因人而异。平日读惯了雕琢辞章、氤氲诗性的纯情散文，而今读到夏健民先生创作的《在那个年代里》这部承载着生命重量的叙事文字，感到既平实又丰美，既活脱又深厚。情意真挚，溢于楮墨，读之让人不忍释卷。

在这部实话实说的书稿中，作者以正面的笔触、细微的心态和平民的视角，别开生面地讲述了20世纪中叶发生在作者家乡的陈年旧事，并且用事后悟出的清醒，多方位地审视了当年那些令人眼花缭乱的诡异世相和那些令人惊诧莫名的政治生态。

这部书稿，是一位书香老人的人生回眸，是一个弱势个体的一道悲伤的凝视。书中包容的是作者本真的生命体验和本性的睿智良知，具有相当突出的人文特色。

本书的特色之一，是作者以心写心，书写了笼罩在时代阴影下的生存困境。

夏健民，一个平凡如泥土的农家少年，因为一个宵小之徒的挟私诬陷，照在他身上的原本和煦的阳光陡然失色，顿然变成了一个笼罩在沉沉夜色中的挣扎者，踟蹰在扰扰红尘中的另类人。背负时代阴影之后，天气是五日一风、十日一雨，道路是泥泞流沙、举步维艰。一颗少年心，终日悬在半空，受不完的是恓恓惶惶的磨难和幽幽长夜的苦寒；度不尽的是意冷如冰的失落和心焦似火的熬煎。从土改到“文革”结束，从学童到而立，他的这种像“岩缝植株”般的生命状态，一直延续了漫漫二十多年。如今，在阳光明媚的春天，作者痛定思痛，用自己的赤诚之心，以追忆的形式，记录了在那段岁月里自己精神上蒙受的蹂躏和心灵上留下的创伤。作者的这种以心写心、见心见魂的书写，给人留下了一个见人性、见个性的感人形象，留下了一个看人生、看社会的深度思考。

本书的第二个特色，是作者以梦写梦，书写了在追梦过程中的尴尬失意。

要生存，就要进取，就要追求。鲁迅先生曾说：“幸福永远存在于人类不安的追求之中。”书中的健民，距离“幸福”还相当遥远，他的追求，是想离开“不安”求得“稍安”。在风尘扰扰中，他用超乎常人十倍的勤谨，却难于寻见一个安时守分的人生；在驿站迢迢中，他经受常人难耐的磨砺，也难于寻到一条平坦的路径。他的追求，如同在不舍昼夜的流水中，寻不见舟楫；如同在云遮雾障的暗夜里，见不到月明。他的一个个期望值不高的追求和梦想，不是破灭在父亲无望的眼神里，就是破碎在母亲的声声叹息中；不是夭折在良师的殷殷期待里，就是痛失在恋人的依依惜别中；“下东北”，凄冷的寒夜冻僵了他求生的心，想上高中、想考大学，更成为一次次的“痴人说梦”。他从自己生命本体渴求出发的追求和梦幻，最后全因无力回天而怏怏告终。这真是命运弄人，偏见害人，让人徒呼奈何。细读他书中写梦的章节，一再受挫的心理描写真切细微、丝丝入扣，读后让人心为之动，神为之伤。

本书第三个特色，是以史明理，书里书外蕴涵着历史的反思和人生的哲理。

作为从那段动荡岁月走过来的一介知识分子，作者本着“在朝美政，在野美俗”（钱穆）的文人禀性，以真诚的家国情怀，秉笔直书了这些言别人所不曾言或讳于言的乡野陋俗和浮世众生相。这些文字，说它简单，作者在书中表述的只是一个“点”、一条“线”上的一个人、一家人、一个村庄的凡人小事，只算是生活长河里一朵小小的浪花；说它深厚，又可以把它宽泛地视为一个“面”，一个“体”上的一个县、一个省、一个社会的民生经络，可以把它视为生活海洋里的一派浩浩烟波。说它浅显，它只是写了俗世乡野的一些畸形的生态；说它深刻，文本里包孕的则是作者深长的历史心绪和深邃的生存哲理。读这种有血有肉的反思文字，让人感觉简直是在读一个真实的生命。应当认为，作者这样书写，基调显然有些萧瑟和低沉，小而言之，作者选择这样的表述，或许想要一吐亲历者的胸中块垒；大而化之，书中这种以事实为根柢的悲剧性的低沉诉说，却又可以以其人性的深度与高度，安抚当年受制于“那个年代”的伤痕累累的苍生大地。

这是一部带着被时光湮埋的陈旧气息的记忆文稿，是一部如同世情小说一样的散文佳构，是健民这位冷眼观世的智者创作的一部压卷之作。文字简明，意向明晰，民谚中寓人生深味，方言中含草根气息。不做作，不矫情，用行云流水的笔调，写波澜丛生的情事，用素面朝天的白描，写落英缤纷的精彩。书中见不到艺术修饰的斧痕凿印，呈现出的却是纯净无染的艺术风采。这种游刃有余的叙事手法，非识途老马、积学耆宿所不能为。

大作付梓，作为世交与文友，应约书写了上述读后心得，借此聊表对作者由衷的敬意与真诚的贺忱。是为序。

乙未仲秋于滕州

自 序

青年人爱憧憬，老年人好回忆。

我是20世纪40年代出生的，早已步入老年之列。和所有的老年人一样，也时常不由自主地回忆过往。特别是回忆那些在“极左”思潮泛滥，尤其是“以阶级斗争为纲”年代里的经历。回忆那些可怕、可笑、可气的事，那些让人心惊肉跳、撕心裂肺的场景，那些熟悉、陌生、既熟悉又陌生的人，那些当时就明白了的、当时不明白现在已经明白了的、当时不明白到现在还没想明白的社会现象等等。有时自己也怨恨自己，想这些干什么，浪费脑筋不用说，还给自己平添了一些无谓的烦恼。可是不由人，一有闲暇，这些东西就像喷泉似的往上冒，你说怪不怪？

有一天，我细致地把这些记忆的碎片梳理了一下，却发现这些东西不是完全无用的，说不定还有些价值，因为它是特殊年代、特殊地域、特殊视角的记忆。于是便产生了把它写出来的想法。

我几乎是和共和国一起长大的。恕我直言，共和国在成长的过程中，走过的道路是曲折、坎坷的。我也在这条道路上经历了颠簸、磕碰、创伤，这些记忆，说是时代的印痕、岁月的疤疵、历史的教训也不为过。

我的青少年时期，是在一个偏僻的村庄里度过的，那里落后、闭塞、愚昧，许多政策到了那里就变了味，走了样。特别是一次又一次的政治运动的造访，让这个小村庄上演了一出又一出的悲剧、喜剧、闹剧。这些悲剧、喜剧、闹剧，像一面面镜子，折射出某些政策在基层的荒唐和不切实际，折射出某些人人性的野蛮、冷酷，也折射出基层政策和人性的某些因果联系。

土改复查的时候，我家的成分由中农改划为富农，我便成了“富农子弟”，受压制、受屈辱、受欺凌、无尊严地生活了近三十年，政治压迫、心灵创伤、精神折磨、肉体痛苦……无不给我留下刻骨铭心的记忆。这些记忆，是我青少年时期生活的写照，是我对一些人无视人权、尊严、道德行径的控诉，也是我渴望自由、平等、公正、友善的呐喊。

“前事不忘，后事之师”，牢记教训才能杜绝悲剧重演。我自认为如果把这些记忆写出来，是在做一件“前事不忘”的事，是想给共和国通向繁荣昌盛的道路上垫上一块石子，让她少一些颠簸；是想给某些人提供一面镜子，让他们远离野蛮、丑陋；是想替孩子们呐喊几声，让他们都能生活在平等、自由、友善、法治的环境中，再也不遭受像我的青少年时期那样的遭遇；是想让人们知道，今天的河清海晏、安定祥和，来之不易，我们的民族、国家、人民曾为之付出了惨重的代价，我们要倍加爱护它，珍惜它，绝不能让它得而复失。

基于这样的考虑，我便产生了写作的冲动，动笔写起来，而且一写就不可收，杂七杂八地写了几十篇。

能不能达到付梓的预期呢？我有些茫然。能成最好；不成我也没有“藏之名山，传之其人，通邑大都”的奢望，就让它自生自灭吧。反正我把该做的事做了，也就问心无愧了。

2015 年春

第一部分

萋萋芽[1]

QI QI YA

萋萋牙，叶儿嫩。
家家户户划成分，
哭死个人，笑死个人。

——民谣

① 萋萋芽：一种叶边带刺的野菜，嫩时可以充饥，微苦。

一件大褂[1]及其他

记得小时候的一天夜里，睡得迷迷糊糊的我听到父母亲在说话。我睁开眼睛，模模糊糊地看到，在灰暗的煤油灯光里，母亲坐在床沿上，不时地拉起褂子大襟擦眼泪，手里还拿着一件衣服；父亲站在床前，梗着脖子，铁青着脸。

"'人在屋檐下，不得不低头'，听我一句话，给二麻子送去吧!"母亲在求父亲。

"我凭什么给他？这可是我唯一的一件大褂，只在你进门那天穿过一次。"父亲愤愤地说。

"二麻子要重划咱的成分，叫人捎信，说你把这件大褂给他送去，他就拉倒。"

"怎么重划?"

"说也许划成地主，也许划成富农。"

"上两回划的不都是中农吗？这回他凭什么要划我地主、富农?"

"他们说这回是复查，查漏网的，说以前地主、富农划少了。村里的人都说，什么是划少了，分明是这帮人分人家的东西分红了眼!"

"他再红眼，也'红'不到我身上，我一没剥削人，二没压迫人，我想当地主还不够格呢!"

"咱不是以前跟二麻子、张家银有点小过节儿吗？现在他们一个是

① 大褂：长衫。

贫协主席，一个是村委主任，一手遮天，说谁家是地主谁家就是地主，说谁家是富农谁家就是富农。”

“那就没有王法了——跟我有过节，就当面鼓对面锣地来，背后下黑刀，那是下三烂干的事！这件大褂我就是不给他，看他能把我怎么样！”

“就没见过你这样的犟人。”母亲嘟哝着把那件衣服挂在了一边，吹灭了灯，长长地叹了一口气。

我又迷迷糊糊地睡着了……

没过多久，村委真的公布了我家的成分由原来的中农改划为富农。

这是我儿时的一段记忆，也是我有关划成分的唯一一段记忆。正是这段记忆，让我长大以后能够结合有关的文件、资料和调查，了解了那个主宰了我们全家命运近三十年，给我们带来巨大屈辱、不公、伤痛的富农成分，是在怎样的情况下划定的，是怎样划定的。

“土改”的时候，我家共七口人，十六亩地，其中有五亩是被称作“碱场”的孬地（土地碱化得厉害，经常绝收）。有堂屋三间，南屋三间，都是土墙草房，都是“土里崴”①。三间堂屋还因为“黄团”修土围子把前墙压得向里歪了半尺（参见《一次作文的风波》）。有一头牛，一套常用的农具。我父亲和我哥哥在县城的东关租赁了一间门头，经营了一个小铺子，卖酱油、醋、咸菜之类的，生意也是阴死阳不活的。农忙的时候他们就回家种地，农闲的时候就在城里做买卖。所以，家里从没雇过长工。如果焦麦炸豆，实在忙不过来，最多雇一两个短工，忙上个三天五天，一年也就是有这么一两回。

我查资料得知，当时中央对富农成分的界定是：“富农，指的是一般占有土地，有比较优裕的生产工具和资本。自己参加劳动，但经常依靠剥削为其生活来源的一部分或大部分。”拿我家当时的经济状况和这个界定比照，显然有两点不符合富农的标准：一，没有比较优裕的生产

① 土里崴：没有砖石基础。

工具和资本；二，不是经常依靠剥削为其生活来源的一部分或大部分（这点是最关键的）。因此，在第一次土改和第二次土改的时候，我家定的成分都是中农。

到了复查阶段，标准并没有改变，成分怎么就变了呢？

据我了解，我们县（滕县）的第二次土改是在1951年2月底基本结束的，5月至8月进行土改复查。那个时候，从上边刮来了一股“风”（不知风源来自哪里），说以前的土改划地主、富农时标准掌握得太严，犯了“右倾机会主义”的错误，让一些地主、富农漏了网。复查要放宽标准，复查的重点是查“漏划的”。这正好助长了一部分人日益膨胀的平均思想，引发了他们多划几个地主就能多分一些财产的想法，同时也给一部分村干部在划定成分时利用职权营私舞弊提供了机会。

当时的知情人告诉我，我们村复查的时候，村干部划定地、富成分的标准根本不是按照什么剥削量，而是根据“我能得到什么”，其中还掺杂了宗族势力、家庭恩怨、个人得失等诸多因素。这次，我们村共复查出了四家地主和两家富农（其中之一就是我家）。地主都是由原来的富农升的格，富农都是由原来的中农升的格。这样一来，我们这个不足1200人、不足140户的自然村，地主就有了12家，富农就有了6家。复查出的这四家地主，每家的土地都没超过30亩，没有一个不参加劳动的，都只雇了一个长工。有人说，之所以划他们地主，是因为村干部中有人看上了某家的几亩好地，有人看上某家的那处好宅子，有人看上了某家的两头好牲口，有人看上了某家的那张顶子床……

但是按当时的政策，硬把我家复查为富农他们又得不到什么好处，那他们又何苦呢？原来这是二麻子、张家银利用这一机会，报自己私怨的结果。

我母亲告诉我，我家跟二麻子结怨，那纯属误会。我父亲的那件大褂是府绸的，是我父母结婚前，我爷爷托人从徐州买来的。我父亲就结婚的那天穿了，二麻子看到了，说很好看。后来，二麻子要去相亲，就跟我家借那件大褂穿。说来也巧，正好那天我舅舅也相亲，那件大褂头一天就让我舅舅借走了。我母亲百般地给二麻子解释，向他道歉，他就是不信。硬说是我母亲不愿借给他，是“使坏”，是想让他相不成亲，看他的笑话——确实，当时，二麻子因为麻脸，很难说媳妇——扬言说：“你等着，总有一天，我让你乖乖地给我送到家里来!”土改复查正好为他提供了这样的机会，可我那倔强的父亲又不吃他那一套，你想，他能善罢甘休？

我母亲还告诉我，我家跟张家银结怨的事更憋屈。也不知什么原因，从我爷爷那辈就跟张家有点小过节，平时两家见了面也大叔二老爷地打招呼，但是各家都心存芥蒂。后来有人给张家银介绍了个对象，据说是我姥姥家门上的闺女，不知是因为什么，女方没同意，张家硬说是我母亲“撒的媒”[①]。其实，我母亲连是谁家的闺女都不知道，这真是“哪个林[②]上没有屈死的鬼”呀！从此，张家银就对我家怀恨在心，也一直想寻个机会报复。

第二次土改的时候，二麻子和张家银就进村委会了，但因为刚进，说话还不很顶用。到了土改复查的时候，二麻子当了贫协主席，张家银当了村委主任，他们俩就串通一气，对复查工作组的同志们说我家别看土地不多，房屋破旧，可是个深藏不露的“肉头户”，家底殷实，乡里有地，城里有生意……工作组的同志，正为在我们村光复查出了地主、没复查出富农不好往上交差犯愁呢，就同意将我家升格为富农。

后来听说二麻子又扬言说：“他（指我父亲）要真给我把那件大褂送过来，我不光不划他富农，也许大褂我还不要呢！跟我别[③]，我看你胳膊能拧过大腿!”张家银则说：“你叫我一时找不上媳妇，我叫你们的下辈子都找不上媳妇!”

也怪我父母亲太老实，太本分，不懂划成分的政策，也不知道向上级反映甚至控告。人家霸道地定了，他们就忍气吞声地认了。我们村复查出来的那四家地主也和我家一样都认了；可被复查出的另一家“富

① 撒媒：跟说亲的一方说了另一方的坏话，导致婚姻没成。

② 林：坟场。

③ 跟我别：不顺从我，不按我的意志办。别，方言读去声。

农”，人家就不认，官司打到了县里，后来又给人家改回了中农。

这“一定”“一认”不要紧，从此，我父亲、母亲就成了“只许老老实实，不许乱说乱动”的富农分子，我们姊妹五个就成了富农子女。这顶富农的帽子就像一块巨大的石头，从此压在了我们全家的头上，压了二十几年，直到十一届三中全会以后才被搬掉。其间，生发出了许多事情，凄苦，惨烈，不堪回首，却又耐人寻味……

打麦场上

一个麦浪滚滚的黄昏。夕阳已经落下了山，瓦蓝的天幕上，几条长云如同灿烂的绸带，挂在天边。鸟儿自由自在地飞翔着，嬉戏着，将婉转的叫声撒在了打麦场的上空。刚刚按[①]好的麦场，平展展的，潮乎乎的，空气中散发着微微的麦糠的清香。

大人们收了工，坐在场边上吸烟，拉闲呱。孩子们在场上撒着欢，唱啊，跳啊，追啊，跑啊，欢快得像一群雪地里的小狗。我也在其中。

一会儿，大家跑累了，就围在一起比唱歌。

——小老鼠上灯台，偷油喝下不来，奶奶老爷买个烧饼引下来。

——月姥娘，打场场，割了麦，请姥娘。姥娘不吃大锅饭，刷了小锅炒鸡蛋。鸡蛋香，炒干姜；干姜苦，炒老虎；老虎一瞪眼，七个碟子八个碗。

——拉大锯，扯大锯，官家门前唱大戏。取闺女接女婿，小外甥也跟着。不给饭吃，给个驴屎蛋吃。驴屎蛋包蝎子，蜇得小孩俖蹶子。

——小黑鸡，挠柴垛，亲娘死了怎么过。跟猪睡，猪拱我；跟狗睡，狗咬我；跟鸡睡，鸡挠我；跟鸭子睡，鸭子嘟动我。娶个晚

---

① 按场：墩压麦场。先松土、整平，再泼水，撒麦糠，碾压。

娘搂着我，差一点没有扭死我。

——白菜帮，帮白菜，村长开会刚回来，问问村长开的什么会？“别提了，别提了，可让上级熊极①了！”熊得三天没吃饭，还得领着村民干。

——大干部，二干部，都是穿着卡其布。卡其布，是蓝的，都是剥削村民的；卡其布，是花的，都是贪污公家的。

猛地，我的屁股上狠狠地挨了一脚。抬头看，只见我哥哥凶神般地站在我的身后，脸气得通红，眼珠子都暴了出来。还没等我反应过来，他又一把拽起我，压低声音说：“找死！不许哭！”我吓傻了，没哭也没闹。他抱起我，极快地离开了麦场。

我是我们姊妹五个中最小的一个，平日里，哥哥姐姐们都把我看作掌上明珠。特别是哥哥，更是对我百依百顺，别说是打骂，即使一个“没（方言读mú）脸”② 也没给过。这回是怎么了？我不就是跟着其他孩子唱了两句“贫嘴”吗？我委屈极了，一到家，便号啕大哭，一边哭一边质问哥哥“别人都能唱我为什么不能唱？”

“你跟别人不一样！”

“都是小孩，怎么不一样？”

“人家是什么，你是什么！”

……

“我是什么”对一个五六岁的孩子来说确实不能做出回答，但哥哥的这一脚却在我幼小的心灵中，留下了一个很深的印痕。它让我知道，我和其他孩子是有区别的，有些人家能说的、能唱的我却不能；同样，有些人家能做的、能想的，我也不能。我也曾多次问母亲这是为什么，母亲总是看看挂在床一旁的那件父亲的大褂，紧跟着便是一声长长的叹息。

---

① 熊：批评。熊极了：批评得厉害。

② 没脸：脸色不好看。

富农羔子

七八个经常欺负我的同村小孩突然围住我，问我要钱，说不给就喊我“富农羔子”。

在我们那里，“羔子”是个诬蔑性的称呼，蔑视谁，敌视谁，诅咒谁，往往就骂谁是什么“羔子”。“富农”这一称呼，对我来说，是屈辱、鄙夷的代名词，再和“羔子”叠加在一起，要比骂我八辈祖宗还要恶毒。我害怕这个称呼，憎恶这个称呼，听到这个称呼，头就发炸，腿就发软，身上就起鸡皮疙瘩。可他们，却常常用这一毒招来折磨我。

我说我哪有钱给你们，他们说不给就喊，我说你们敢喊！他们说看敢不敢！

“富农羔子——”他们齐声喊起来。声音很大，仿佛整个世界都能听见；声音很尖，像一支枪头，直刺我的神经。

我发了疯似的追赶着他们，可他们四散跑开了。躲在角落里，不时探出头来，高叫一声“富农羔子——”，待我闻声追过去，他们又不知藏到哪里了。

就这样，他们左一声右一声地喊，我就东一头西一头地追，直到我眼前一黑，一头栽倒在地……

我醒来的时候，发现身边已经围了好多人，哥哥正呼喊着我的小名，跪在那里手忙脚乱地捏我的腿（我们那里常用这种办法抢救昏倒者）。

我急不可待地把事情的经过讲给哥哥听，心想，哥哥这回一定会替我抱不平，一定会找到那几个家伙狠狠地教训他们一顿。

“太欺负人了！”哥哥举起一只拳头，狠狠地砸在地上，然后，抱起我，愤愤地向家里走去。

我委屈，不服，大哭，拼命地挣扎，可怎么也挣不脱哥哥的双臂……

黑妮和我

黑妮是二麻子的独生女，比我小一岁。

黑妮一点也不随①二麻子。一是长相不像。二麻子长着一副长脸，满脸的麻子大圈套小圈。因为脸长，五官也都拉开了距离，各是各的，互不搭腔。而黑妮的脸盘、眼睛、鼻子、小嘴、眉毛样样都精致，而且搭配得匀称、可心，特别是那双眼睛，时时透着单纯和乖巧。二是性格不像。二麻子整天拉着个长脸，可以毫不夸张地说，我从没见二麻子笑过。他从不跟小孩说话，不知是恨他，还是怕他，如果老远看见他，我都是躲着走。黑妮却开朗、活泼，小嘴特别甜，见谁都打招呼，不笑不说话，还特别愿意和我一起玩。

我们经常一起捉迷藏，过家家，上树掏鸟蛋，下河捉鱼虾……后来，甚至形影不离，一天不见她，我就吃不好饭，睡不好觉。她也是我家的常客，偶尔还在我家吃顿饭。

有一天，她突然对我母亲说："婶婶，以后我就天天在你家过，行吗？"我母亲笑着逗她："为什么呀？"

"因为这样我就可以天天和健民哥在一起了。"

"那你睡在哪里呀？"

"健民哥睡在哪里我就睡在哪里。"

"你健民哥可是和我在一头，我搂着他睡。"

---

① 随：因遗传而相似。

“那——那就我们娘仨在一头，你搂着我们两个人睡。”

“傻孩子——那你就回家跟你爹娘商量一下，只要他们愿意，你就来吧。”母亲抚摸着她的头，继续逗她说。

“好！”黑妮爬起身来，一溜烟地跑回家去了。

不多会，黑妮没来，他爹——二麻子来了。二麻子铁青着脸，凶神似的站在我家院子里。

“他……他二大爷，快……快屋里坐。”我母亲怎么也没想到，身为贫协主席的二麻子会来，忙乱地往屋里让。

二麻子没进屋，指着我母亲的鼻子骂道：“你也不搬块坯照照，你是什么成分，还想让我家黑妮跟你一起过。我就是拿闺女堵墙头豁口子①，也不会让黑妮到你家过！”然后，转过头来，狠狠地瞪了我两眼，恶狠狠地说：“小子，记住了，什么时候再敢和黑妮一起玩，我就弄死你！”说完，悻悻地走了。

我母亲蒙了，傻傻地站在那里，搓着两只手，嘴里不停地念叨着：“这是哪归哪呀，这是哪归哪呀……”

从那以后，黑妮就不和我一块玩了，也不来我家了。

那些天，我心里空荡荡的，脑子乱糟糟的，经常梦里和黑妮一起玩耍。我也有过去她家找她的念头，但一想起二麻子那张凶神恶煞的脸和他那句恶狠狠的“弄死你”的话，就打怵了。

也不知二麻子在黑妮身上施展了什么魔法，黑妮从此再也不理我了。有时碰了面，只是忽闪着大眼睛望着我，流露出既盼望着见到我、又害怕见到我的神情，然后，低下头，匆匆地走过。

一直到嫁人，她再也没跟我说过一句话。

---

① 拿闺女堵墙豁口子：指闺女无处嫁，嫁不出去。

大黄和小黄

“大黄”“小黄”都是我们家牛的名字。

自打记事，我家就有一头牛，因为是黄色的，我们就叫它“大黄”。

大黄在我们家有着特殊的地位。听我母亲说，它在我们家生活了近十年。它给我们拉磨、拉碾、拉车、犁地……出的力无数，我们都很感激它。母亲就曾对我说过：“等到大黄老死的那一天，就把它埋到老林上去，它和我是好姊妹，是你们的另一个娘。”大黄每隔一两年就给我们家生个小牛犊，小牛犊再喂一两年，就能卖不少钱。只有卖了小牛，父亲才会给我们买新衣服、新鞋袜。

我七岁那年，大黄又生了一头小母牛。小牛一身黄，像披了黄缎子。而脑袋瓜的正中却有一块白，尾巴梢上有一撮白毛，懂行的人说这叫“穿心白”，是牛中的精灵。因为是大黄生的，又是黄色的，我们就叫它小黄。

小黄长到两岁，个头就跟它母亲差不多了。头大，目圆，前肩宽，屁股窄，蹄扁平，腿精瘦。懂行的人说，这是龙头、虎背、抓地蹄、干筋腿，绝对是头肯出力、学活快、生崽多的好牲口。按照以往，一岁多就该卖了，可我们全家都舍不得。况且，父亲说，大黄已经到了“老口”的年龄，力量也明显地不及过去了，而且恐怕以后再也生不出比小黄更好的牛犊了，就决定把小黄留下来，准备接替大黄。

小黄也真没让我们失望，不到两岁就能“顶套”干活了。别的牲口学活开头都是“牛头鳖蛋”[①]的，有的缀上“鼻牵”都不顶事，光学“上套”就得好几天。可小黄学“上套”没用一上午，学拉磨没用一个时辰，学犁地根本就是无师自通，而且拉起套来，从来不偷懒。拉犁一般用三头牲口，而它一个就能拉“半担子”[②]。拉磨时，即使不带“捂眼”也不会偷懒或偷嘴。我父亲曾经对我们说：“大黄就是很好的牲口了，而小黄比它娘还好，有这两头牲口，真是我们家福气呀！”

我们也更善待小黄了。草要割最好的，路边上的，臭水沟旁的草我们是从来不割的。料呢，不用黑豆用黄豆，为了能买到黄豆，我父亲常常要到离家五十多里的香城集上去。冬天，我们经常牵它晒太阳；夏天，我们经常给它驱蚊蝇。无论春夏秋冬，牛舍里都打扫得干干净净。我们知道它不惜力，使用它时，就格外注意，干活中间的休息，必须等到它反刍以后才结束。

大黄虽然在我们家有些失宠，但待遇却和小黄是等同的，而且，过去很多大黄干的活现在都让小黄替干了，我想，大黄也应该知足了。我母亲却说：“大黄对我们家有恩，老死在我们家里，我们也不能亏待它。”

可是没等大黄老死，它们就不能在我家了，因为我家入社了。上级命令凡是大牲畜（包括牛、马、驴、骡等）一律归农业合作社所有，自然，大黄、小黄也跟着我们入社了。

它们是这样被牵走的。

那天的一大早，咚咚的敲门声把我们全家都惊醒了。母亲不知发生了什么事情，赶紧去开门，我也跟了过去。门打开，见村长（现在已经是社长了）领着五六个人早已站在门外了。母亲赶紧往家里让。他们没理睬我母亲，径直地走到我家的牛屋里，就要解缰绳。我和母亲都惊呆了，赶忙问缘由。社长不耐烦地说：“不是昨天就让八赖子通知你们了？今天，所有的大牲畜都要入社！”

---

① 牛头鳖蛋：不顺从，不听话。

② 半担子：用一半的力量。

"他……他八叔昨天没给我家说啊——" 我母亲说。

"没说就没说吧，现在就算正式通知你，上级规定，凡是大牲畜一律入社，你家的这两头牛现在就都得牵走!" 社长说得斩钉截铁。

"这……这一大早，大黄、小黄还没吃一口草，喝一口水哪。" 我母亲显然想留住大黄、小黄，可又无计可施，只好这样说。

"什么'大黄''二黄'的，社里有的是草，有的是水，这就不用你操心了。" 社长显得更不耐烦了，督促那几个人说，"牵了赶快走，还有几家等着哪!"

几个人不由分说，进屋解了缰绳，就往外牵。要出大门的时候，小黄说什么也不走了，前边几个人拉，后边几个人推，可它就是打着坠不肯走。社长来气了，操起了屋檐下的一张铁锨，抡起来就是几下子，把小黄的屁股都打出血来了，可是小黄还是不肯前进半步。我母亲看在眼里，疼在心里，只好让他们别打了，说让她劝劝试试。那几个人只好住手，把缰绳交给了我母亲。

我母亲走近小黄，抚摸着它的头说："小黄，小黄，走吧，走吧，大娘送你去。" 小黄似乎听懂了母亲的话，竟乖乖地跟着母亲走了。社长和那几个人，一个个面面相觑。

大黄、小黄入了社，我家的小院一下子落寞了许多。听不到它们"哞——哞——"的叫声，"咯吱咯吱"的反刍声，"呲嚓呲嚓"的相互舔磨声，"啪嗒——啪嗒——"的牛粪落地声，"哗啦啦——哗啦啦——"的撒尿声了……闻不到新鲜牛粪的气味，刚拌好的草料的浓香，它们呼出的气体的臊香了……看不到它们围着木桩悠闲地散步，全身卧地、两眼微闭着反刍，双腿前探、屁股后撤、打着响鼻出懒身了……大黄、小黄啊，我是多么想你们呀!

大黄、小黄入了社，我们全家都觉得生活缺了一块。虽说不要起早割草了，不要贪黑拌料了，不要清理牛舍了，不要驱赶蚊蝇了，但那种为大黄、小黄忙碌的乐趣却没有了。从此，推磨、轧碾这些沉重的活就落在我们的身上，经常把我们累得东倒西歪，转得头昏脑涨。这时候，我们就更想大黄、小黄。

我母亲更是天天念叨，大黄的牙不行了，不知道社里的草铡得细不细；小黄喝水急，可千万别呛着！大黄生性老实，别的牛会不会欺负它；小黄拉套不知道惜力，使唤它的人知道不知道……念叨归念叨，可她却不能去看它们，因为社里有规定，地富反坏分子是不允许进饲养院的。

我是可以去的，但母亲却不让我去，对我看得很紧。

这天，我实在忍不住了，放学回来，就跟母亲撒了个谎，说去同学家复习功课，没等母亲答应，就跑出了家门。

我们村的西头有座庙，因为常年失修，已经破烂不堪。据说牲口入社以后，没有地方放，队长就派人把庙里供奉的“泥胎”通通扔进了庙前的大坑里，把房子腾给了牲畜。破庙就成了饲养院。

跑进牛屋一看，我惊呆了，只见十几头牛和一头驴挤在两间破屋子里。屋子里臭气熏天，牛蝇、牛虻四处乱飞，牲畜都烦躁地、不停地甩尾巴，甩头，尥蹄子。到处都是粪尿，没蹄子深。十几头牛就三个石槽，石槽里还有吃剩下的草，那是什么草呀，是高粱秸，都有一拃长，皮都让牛剥掉吃了，只剩下半槽光棍。

我家的大黄、小黄在哪里呀？在那里，大黄正躺在粪尿上。我趟着粪尿过去，大黄看到我，起了好几起，才勉强站起来，朝我打了个响鼻。啊！大黄明显瘦了，眼睛也无神了，肚子扁扁的，下半身全糊着粪尿。我抚摸着大黄的头，只想哭。

小黄哪？小黄在哪里呢？这屋里没有，别的房子里也没有，院子里更没有，只好问饲养员了。

饲养员共两人，一个是瘸子大爷，一个是哑巴大叔（据说是队长考虑他们下地干活不方便，又都是老贫农，就让他们当了饲养员）。哑巴大叔当然不能问，只好问瘸子大爷。

瘸子大爷端着空筛子一瘸一拐地走过来，我迎上前去，问：“大爷，我家小黄哪？我家小黄怎么不在这里？”

“你说的是那头小黄牛吧，它不光今天不在这里，天天都不在这里。”瘸子大爷停下来对我说。

“为什么?”

“谁叫它不知道惜力呢！从入社那天起，它就一天也没闲着。这不，今天又叫队长媳妇牵去拉磨去了——要是这样，迟早有一天会累死的！”很显然，瘸子大爷也有些怨气了。

我想再去队长家看看小黄，可我又怕队长媳妇——那个长舌老婆告诉我娘，就只好悻悻地回了家。

后来，我偷着去看大黄、小黄的事还是让娘知道了（我想一定是瘸子大爷多嘴了)。这回娘是真生气了，哭着骂我：“不知道死活的东西，那是你去的地方吗？你不知道厉害，哪个牲口要是有个三长两短，不是你的事也是你的事，你不是找死吗？再敢去，就叫你爹打断你的腿！”

我实在太委屈了，心想：我去一趟饲养院，看一看大黄、小黄又怎么了？该能有什么事，我怎么就找死了？可是，我不能说出来，我看娘气成了这样，不忍心再气她。

从那以后，我再也不敢去饲养院了。

一个月后，瘸子大爷告诉娘，大黄死了，是瘦死的，它牙口不行了，吃不进粗草。娘听说了，默默地哭了好几场。大黄的尸体没能像娘说的那样埋进我家老林，听说，叫几个队干部剥了，分了牛肉，皮叫队长拿回了家。

又一个月后，小黄也死了，也是瘸子大爷告诉娘的。说是拉大车时，上坡打了前跌，它还跪着往前拉了十几步远，一头栽下，没气了，当时它已经有了六个月的身孕。尸体下午被拉到了社院里，晚上在汽灯下剥了皮，剁了，放进刚置好的大锅里，煮了。贫下中农都来吃肉喝汤(没有我们的份)，汽灯一直亮到半夜，贫下中农也一直吵吵到半夜。

这一夜，我睡得迷迷糊糊，眼前老是呈现有关小黄的场景，像放电影一样：刚下生时“摆四方”……在大黄的胯下撞奶，在院子里蹦来跳去撒欢……第一次带上笼头，挣扎着摆脱……款步走在大街上，享受着羡慕的目光……不带捂眼拉磨……低着头，喘着粗气拉犁……安详的反刍，嘴的两旁满是白沫……一会儿觉得小黄“哞——哞——”叫着，朝我打着响鼻……一会儿觉得小黄瞪着惊恐、哀怨的眼睛朝我走来，对着我绝望地叫了几声，像向我求援，又像给我告别……

我于是决定，不管母亲同意不同意，明天一定要到队院里去，去看看小黄的遗骨，去哭它一场，去送它一程。

第二天天还没亮，我就去了队院。只见一张硕大的牛皮挂在柳树上，树下还有个黏糊糊刚成型的胎儿，白骨散落在各处，大锅台上摆着的牛头骨，两只眼洞黑黑的。我禁不住一阵心酸，手抚着小黄的头骨哽咽着："我家小黄哪里去了？我家小黄怎么这么快就变成一堆白骨了呢？是谁害死了你，是谁让你连母亲也没做成？……"我越哭越伤心，直到我哥哥来了，才把我拽走。

以后，队院里就不断有夜里汽灯亮，牛肉香，贫下中农嚷。没出一年，入社的十几头牛和一头驴就只剩三头牛了。

没牛了，原来牛干的活，就只好让人来干。但人毕竟不是牛，虽然出了牛力，还是很难完成牛的活。比如说拉犁，通常三头牛拉一张犁，一天能犁一亩多地；可 20 多个人拉一张犁，累得张口气喘，一天才能犁七分地。

这怨不得牛，谁让人不善待牛呢！累死活该！

长大后才知道，这样的事不只发生在我们队里，全国各地都有。后来，还惊动了毛主席，指示中央专门下了保护耕牛的文件。但我们家的大黄、小黄却在文件下来之前就惨死了，冤哉！

上 学

大概五岁的时候，我就想上学了，缘于我姐姐带我去了次学校。

一天，吃早饭的时候母亲告诉我她要去舅舅家，不能带我，要我跟姐姐去学校。开始我还不情愿，后来经姐姐连骗带哄，我才勉强答应了。

一进学校，我就被吸引住了，因为这里的一切对我来说都很新鲜。

这里原是地主刘云清的老宅子，土改时充公作了学校。四开房，一大院。房子通过改造，变成了六口教室，两间办公室，都是青砖瓦房，比我家的“土里崴”茅草屋漂亮多了。院子大大的，地都是用砖铺的，既干净又整齐，也比我家的又窄又小的院子宽敞、干净多了。办公室前槐树的枝丫上，挂着一个大铜钟，上下课时一撞，发出“嗡——嗡——嗡——”的响声，能传几里之外，很是好听。最吸引我的是这里的小孩多，一下课，满院子都是孩子，跳绳的、推铁环的、踢毽子的、跳方的……他们都很愿意和我一起玩。

一上午的时间很快就过去了，放学的时候，我还有些恋恋不舍。第二天，我还想跟着姐姐去，可母亲说什么也不让去了，为此，我还跟母亲闹了几天别扭。后来姐姐告诉我，等到暑假过后，学校要招一年级新生，就可以报名上学，以后就能天天在学校了。于是我便天天盼着暑假过后，学校招一年级新生。

六岁那年的暑假以后，学校招一年级新生，我去报名。可老师一问才六岁，就连连说“太小了，太小了”。我就没报上名。

七岁那年的暑假以后，我又要去报名，可爹娘却不让去，说“八岁（虚岁）上学，巴巴差差①”，不吉利。我又哭又闹，可他们就是不答应，我也只好作罢。

八岁那年的暑假，我是又欣喜又紧张，想一想，马上就能上学了，就能和那里的小孩一起学习、玩耍了，能不高兴吗？可又怕中间出什么幺蛾子，又上不成。有一天，我把这个想法告诉了姐姐，姐姐笑着说：“还能有什么事，你就放一百二十个心吧！”

在我的催促下，母亲给我做了新衣服、新鞋袜，买了书包、文具。惹得姐姐生了好几天的气，说母亲偏心，还几天不理我。

一切都准备停当了，就专等着报名了。

这一天终于到了，七月初九（农历）那天的早晨，八赖子敲着破锣喊出了我盼望听到的消息——小学一年级新生招生报名开始了。我激动地连早饭也没吃，就催着姐姐领着我去学校。

到了学校，老师还没吃早饭，说让我们在校外等一等。我们就在校外的墙根下等。等了一两个小时，老师吃完饭了，又让去社部开信，还特别交代，一定要写清是什么成分。我们又赶紧跑到社部，社部里没人，又跑到社会计家去叫会计。会计一脸不高兴地开了信，还嘟哝了一句：“开也是白开。”对他的话我们也没在意，拿着信，飞奔向学校，好像晚去一步就报不上了似的。

我们把信交给负责招生的老师，那位老师看了看信，看了看我姐，又看了看我，问：“怎么，你家是富农成分？”

“嗯……”我姐答应着，声音低得几乎让人听不见。

“那就不好办了，社有通知，今年新一年级，不招地富反坏的子女。”那位老师摊着手说。

“什么？”我简直不能相信自己的耳朵，“这是为什么？”

“大队说，今年上小学一年级的新生多，一个班放不下，只好让地富反坏的子女不上。”老师解释说。

---

① 巴巴差差：勉强赶上趟，将就。

“不！不！我就要上！我就要上！”我急了，又哭又闹。

“老师，求求你，就让我弟弟报名吧，我弟弟已经等了三年了！”我姐姐恳求着老师。

“这个我可做不了主——要不，你们去问问社长，看他能不能答应。”老师无可奈何地说。

我们好像又捞到了一根救命稻草，又向社部跑去。

这回社长还真在社部里，正半躺在椅子上小睡呢。我们走向前去，低声喊他，喊了十几声，才把他叫醒。他揉了揉惺忪的眼睛，不耐烦地问：“什么事？”我姐姐把情况给他一说，还没等姐姐说完，他就从椅子上站了起来，鄙夷地看着我们说：“不要说了，我知道了，这事不好办，现在是贫下中农的天下，贫下中农就应该优先，有饭要先让贫下中农吃，有路要先让贫下中农走，同样，有学也应该先让贫下中农上。我们村就这么一个小学，一年级新生就能招那么几个，多一个也不行，多了没地方坐啊，反正不能砍些木头橛子楔在墙上，把人挂上吧？”

我急得又哭了。

“哭也没用，谁让你托生在富农家庭里——我还有事，要走了。”

见社长要走，我也不知哪里来的力量，上前一把抱住他的腿，喊道：“我要上学！我要上学！”

社长一下子挣脱了我，连说：“这是干什么，这是干什么，还赖上我了呢——不过，要是真的想上，还有一个办法……”

“什么办法？我真想上！”我一骨碌爬起来，赶忙问。

“就是……你们小孩子也当不了家，你们回家把你爹喊来，我给他说。”社长的脸上似乎有了点喜色，但很快又阴沉起来。

我们赶紧跑回了家，把报名的经过给爹娘说了一遍。娘听着，眼泪扑啦扑啦地往下流，哽咽着说：“都怨你爹这个拗种，都怨你爹这个拗种，当初，要是听我的，哪会有这……”爹这回倒是没给娘“白文”①，只是闷闷地说：“我去看看，他们又想干什么？”

---

① 白文：指跟对方争辩，反驳对方。

爹没多会儿就回来了。原来是社长看上了我家的那棵大杨树，说想上学，就要把那棵大杨树贡献给学校打桌凳。那棵大杨树，是我爷爷栽的，在院子里长了近二十年了，是我们村最高的一棵树了，现在都合抱粗了，那是留给我姐姐打嫁妆的。

真没想到，爹这次是那么的果绝，竟一口答应了他。

第二天，就来了几个人把大杨树锯倒拉走了。第三天，我就带上社长开的条子报上了名。到了学校一看才知道，一年级的新生根本就没有报满，还有好几个空位子呢。后来我把这一情况告诉了爹，爹听了，没说什么，只是伸长脖子，咽了几口唾沫。

后来，我又听说，锯走的我家的那棵大杨树，根本也没给学校打桌凳，而是给社长的爹打了棺材，可这事我一直没敢跟爹说。

第二部分

挺挺子棵[①]

TING TING ZI KE

挺挺子棵，多又多。
狼恶虎恶没饿恶，
不怕天作怕人作。

——民谣

① 挺挺子棵：一种野菜，味苦，嫩时勉强可以充饥。

大鸣大放

“哐——哐——哐——”几声破锣声。

“老少爷们儿，姊妹娘们儿，听好了，今天喝完了汤①，在旗杆家前大槐树下召开‘大鸣大放大会’，社里要求全体社员都要参加，不得有误——”是社里的通讯员八赖子的吆喝声。

我趴在院墙豁口上往街上一看，只见八赖子正提着破锣懒散地从西往东走。走几步，停一停，敲几下，喊几声。后边跟着几个跟我差不多大小的孩子。

“娘，八赖子让喝完汤去旗杆家前大槐树下参加‘大鸣大放大会’，什么是‘大鸣大放’？”我冲着蹲在院子里淘菜的母亲大声问。母亲像是没听见一样，理也没理我，还继续淘她的菜。

“娘，我在问你呢，什么是‘大鸣大放’？”我见母亲没理我，又提高了声音。

“什么‘大鸣大放’‘小鸣小放’的，我一个瞎字不识，我哪里知道。”母亲没好气地搪塞着我，端起菜团子走进锅屋②去了。

我没得到答案，不甘心，心想，既然是八赖子喊出来的，他一定会知道，那就去问他。我爬过墙豁口子，追上八赖子，趁他不走、不敲、不喊的时候，赶忙凑上问：“八——八叔，什么是‘大鸣大放’？”

① 喝汤：我们那里称吃晚饭为喝汤。

② 锅屋：厨房。

“什么?”他狐疑地看着我，像是没听清我的问话。

“什么是‘大鸣大放’?”我又大声地重复了一遍。

“哼！憨蛋，连‘大鸣大放’都不知道。”八赖子用锣锤子敲了几下我的脑袋，脸上露出鄙夷的神情。

“‘大鸣大放’就是……‘大鸣大放’……就是……”八赖子有些窘了，把锣锤子插到脖领里，腾出一只手挠了挠头皮说，“就是……支书说……就是‘有苦的诉苦，有冤的喊冤’……小孩子家，问这个干什么?”说着，急匆匆地走了。

八赖子的回答还是不能解除我的疑问，再问谁去呢?“对，开会去!到会上一听不就明白了吗?”但我不能跟母亲说，说了她是断不会让我去的。

吃过了晚饭，等母亲去了会场，我便悄悄地溜到了旗杆家大槐树下，找了个隐蔽的地方蹲下。

一盏贼亮贼亮的汽灯挂在大槐树逸出的树枝上，发出“吱——吱——”的声响。树下放着一张三屉桌，桌旁站着支书，正讲话；还坐着两名记录员，正记录。

“……这个‘大鸣大放’，是上边的精神——唔——就是给大家一个机会——唔——有苦的诉苦，有冤的喊冤——唔——对哪个干部、哪个社员有意见——唔——都可以提——通通说出来，说错了也不要紧——唔——”

支书一句一个“唔”地讲着，社员们们都在那里似听非听的：蹲着的，站着的，坐着的，躺着的；抽烟的，闲聊的；纳鞋底的，捻线的，补衣服的……更有六七个孩子，老鼠似的在会场里钻来钻去。八赖子手里拿着长杆子，隔一会儿就高声吆喝，“静下来，静下来”，可没有人理他。

支书讲完了，秩序才好了些，然后是自由发言。

第一个发言的是响的娘，开口就骂响和媳妇不孝顺，说三年也没给她买条裤子，又说她咳嗽都有半个月了，也不操心给她看看……没说几句，响的媳妇就不认了，站起来就跟婆婆吵吵，后来娘儿俩竟厮打在一起，多亏民兵连长带着几个基干民兵硬把她们拖走了。

下一个发言的是张老歪，上来就骂狗日的贼偷走了他两只快要下羔的大绵羊；再骂狗日的治保主任许他十天内给找到，可现在二十天都过去了，连个羊毛也没给他找到。骂贼没事，骂治保主任可就事大了，治保主任上来，一拳头打得他鼻血如注……

第三个发言的是孙寡妇，还没说话就先哭起来了，边哭边诉说她的族人怎样欺负她们孤儿寡母，怎样讹去了她的三分半宅基地……她的族人一听也不认了，上来十几个人和她理论，一个个撸胳膊卷袖子的，眼看着又要打起来……

“走吧——”不知谁喊了一声，“走！走!”大家都回应，没等支书宣布，大家都散了。我也跟着人群往家走。

“这就是‘大鸣大放’?”我问走在旁边当过私塾先生的李爷爷，李爷爷苦笑了一下，没说话。

辩论会

什么是“辩论会”？听大人说，上边说“辩论会”就是“斗争会”。是那些地富反坏分子有的在“鸣放会”上“乱说”了，有的在平时“乱动”了，有的也没“乱说”也没“乱动”，但是社干部看着他不顺眼，猜想他们正在想“乱说乱动”，就要让他们“挨辩论”“挨斗争”。

我也参加了一次辩论会。

那是参加了“大鸣大放”会的三四个月后。会场还是在旗杆家前大槐树下，同样是喝完了汤，同样是汽灯贼亮贼亮的，同样是熙熙攘攘的会场。

同样是支书正一句一个“唔”地讲话：“……这个大辩论——唔——是上边让我们贫下中农办的——唔——那些地富反坏——唔——借‘大鸣大放’反攻倒算——唔——想让我们贫下中农吃二遍苦，受二茬罪——唔——我们决不答应——唔——我们要辩论他们——唔——斗争他们——唔……”

支书讲完，社长宣布：“今天‘挨辩论’的是反动地主刘云清，中心发言人是社会计——把刘云清押上来！”两个基干民兵一人一边把刘云清从“四类分子”堆里架出来，连推带搡地带到了三屉桌前。坐在三屉桌旁的社会计打开了一个记录本，这个本子就是“鸣放会”上用来记录发言的本子。

“地主刘云清，你在前些时候的‘大鸣大放’会上说的话还记得吗？”会计清了清嗓子高声问。

刘云清不说话，只是耷拉着脑袋。

“你听到没有，你的耳朵里塞驴毛了！”会计有点不耐烦了，动手要去提刘云清的耳朵，刘云清躲开了。

“你不说也不要紧，这里白纸黑字记得清清楚楚。4 月 28 日，第三次鸣放会，刘云清说，‘我给社里提个意见，村小学的房子都漏雨了，再不修就要倒了，倒了砸了孩子事就大了。’”会计把记录本在刘云清的面前晃了一晃说，“这话是你说的吗？”

“是……是我说的……可我说的是实话呀……”刘云清浑身哆嗦着，嘴也哆嗦着。

“实话，实话要看谁说。要是贫下中农说，那是关心集体，关心学生；要是从你的嘴里说出来，就是别有用心！”会计说着，脸上露出狡黠、得意的神情。

“啊？”刘云清惊呆了。

“我问你，村小学的房子从前是谁家的？”

“……”刘云清的嘴动了动，但没说出声来。

“是你的吧，是你的老宅子吧？你的老宅子漏雨你心疼了吧？你是嫌共产党没保护好你的老宅子，就打着关心孩子们的幌子，恶毒地攻击‘社里’。‘社里’是什么，‘社里’是共产党的一级政府，攻击‘社里’就是攻击共产党，就是攻击毛主席，就是反攻倒算——”

“打倒反动地主刘云清！”八赖子的一声口号，把所有在场的人都吓了一跳，可是会场上没有人跟着喊。

会计极不耐烦地白了八赖子一眼，显然是责怪八赖子的口号喊的不是时候，又转向刘云清问：“你承认不承认？”

“我……我可没这个意思……我……我……”刘云清张口结舌，脸憋得通红。

“不敢承认，哼——大男人敢作敢当。‘鸣放会’上你充英雄，怎么现在成了狗熊，成孬熊了？”会计用鄙夷地腔调嘲讽着。

“当初，我……我也不是想充英雄，是……是治保主任多次动员我。他说让我在‘鸣放会’上积极表现，多提意见，立功赎罪，说不定能尽快地抹掉地主帽子……”刘云清极委屈地嘟囔着。

“哼，亏了你还喝过几年黑墨水子①，连这点小事也解不开，这叫‘引蛇出洞’，‘引蛇出洞’，懂吗？不引，蛇能出来吗？不动员你，你能说吗？”会计又一次狡黠、得意地笑着盯着刘云清。

刘云清原来憋红的脸刷地一下子变白了，满头满脸都是汗。

“这个反动地主已经被我批倒了，我的发言就到这里吧。”会计的话音刚落，社长就接上了茬：“大家看，刘云清淌汗了。为什么淌汗，是因为刚才会计的发言揭了这个反动地主的老底，他心虚了。下边，自由发言，继续揭发、检举他。”

“我……我要揭发。”要揭发的是张都喜，外号“懒王”，是我村里有名的二流子，整日里游手好闲，不务正业，三十多了，还是光棍一条。看来，他今天又在哪里喝了不少酒，脸通红，浑身的酒气。

“刘云清，你……你这个王八蛋……你背后还敢说我的坏话！”“懒王”走上前去，狠狠地打了刘云清一巴掌，打得刘云清一个趔趄。

“我……我什么时候说你的坏话了？”刘云清一脸的委屈，低声地说。

“你……你再想想，你……两年前，你说我把‘伸勺子就能舀饭吃的地撂了荒，多可惜’……有这事吗？”

“我……我不记得了？”刘云清慢吞吞地说。

“不记得了，你吃忘蛋了。两年前，那时还没入社，有一天，你拾粪路过我的短头地（地块名）地边的时候，是不是这么说的？”“懒王”像只饿虎，似乎想把刘云清吃了。

“那……那是我看到那块地里长着齐腰深的草，随口说的；再说，我也不知道那块地是你的呀。”刘云清还想辩解。

“这是‘咸吃萝卜淡操心’！我想撂荒就撂荒，你管得着吗？我知道，我撂荒的那块地原来是你的。可是，土改时分给我了，我的地我当家，我的地我做主。地是共产党给我的，是毛主席给我的，你说这话，

---

① 喝过几天黑墨水子：读过书，上过学的意思。

就是反对毛主席，就是反对共产党。你说这话，毁坏了我的名誉，让我到现在也没找上媳妇，你得赔我媳妇……你得赔我媳妇……”说着竟像老娘们似的撒泼打滚、又哭又闹起来。

“辩论会”也在“懒王”的哭闹声中散场了。

那两年，我的几位小学老师

那两年（1956 年、1957 年），我的小学老师共五位，他们分别是周玉金老师、张金纯老师、孙洪淼负责人、孙再法老师、詹成汉老师。

在那两年里，这几位老师有的高升了，有的倒霉了。

在没上学之前，我对这几位老师就有所了解，因为我姐姐在这里上了四年学，经常给我介绍他们。特别是学生们唱的几句顺口溜，更加深了我对这几位老师的印象。

夏家堂小学老师新，肉墩墩的周玉金；
周玉金，老好人，不高不矮张金纯；
张金纯，脾气好，络腮胡子孙洪淼；
孙洪淼，态度差，打枣杆子孙再法；
孙再法，办事慢，不胖不瘦詹成汉；
詹成汉，假女人，娘娘们们笑死人。

上学之后，当我把名字和他们本人对上号后，才觉得编这顺口溜的人还真行，把这几位老师的相貌特征、性格特点都说出来了。周玉金老师、孙再法老师、詹成汉老师都不带我的课，接触很少，所以这些老师给我的印象也就是顺口溜中说的那些。倒是“态度差”的孙洪淼，因为他是小学负责人，所以我对他了解得就多一些。

孙洪淼，男，那时 30 多岁，大家都喊他“孙负责”。可他还有个绰号，叫“孙职别”，说起来，这个绰号还有些来历。

我们村的这所小学当时是初级小学，只有四个级部，所以没设校长，只有一个负责人。原来的负责人并不是孙洪淼，而是一位姓吴的老师。孙洪淼来了之后，一心想夺吴老师的“权”，就经常找乡文教干事告吴老师的黑状，直到把吴老师调走，他当上了负责人。当了负责人后，孙洪淼就不让老师、学生再叫他“孙老师”了，而要叫他“孙负责”。有一天，周玉金老师顺嘴叫了他一声孙老师，没想到，他竟然转过头来，狠狠地瞪着周老师说：“什么‘孙老师’，以后要叫‘职别’。”周玉金老师一紧张，说：“好，好，就叫‘孙职别’，就叫‘孙职别’。”从那以后，他就得了“孙职别”的绰号。

这个“孙职别”，最大的相貌特征就是络腮胡子。看得出，尽管他用了刀片，可两腮、下巴还是铁青。他整天穿着一身褪了色的黄军装，连风纪扣都扣得紧紧的。有人说他参加过抗美援朝，可没打过仗。平时，总是板着脸，背着手在校园里踱来踱去，从不跟别人打招呼，别人跟他打招呼，他也只是“嗯”一声，算是答应（这可能就是“顺口溜”中说他“态度差”的原因）。其他老师都包班，他却不带课，有人说他认不了几个字，不能带课。他跟老师们也不合群，那四位老师经常一起到校外逛逛，到代销店里买东西，可他从来都是独来独往。就连吃饭，也是那四位老师一起开伙，他却单独开伙。

我对他了解大概就这么多。我接触最多、了解最多的是我的班主任张金纯老师。

张金纯老师，男，当年 20 多岁，中等个，瘦瘦的，留着当时很流行的分头，操着一口外地口音（有人说他家在江苏沛县，但我没问过他）。他待人很和蔼，不笑不说话，所以，顺口溜中说他“脾气好”。他的爱好很广泛。一是爱读书，我经常见他端着书本在我们教室里读，在他的寝室里读，在学校院子里读，有时还在野外读……也许是因为他书读得多，所以天文地理、古今中外的事情，没有他不知道的。不光是我们，就连四年级的学生，有什么不明白的，一问他，准知道。二是爱音乐，不光歌唱得好，还会玩好多乐器。笛子、箫、二胡、板胡、唢呐，在他那里都能发出美妙的声响，让我们听得如痴如醉。他还特别爱给我们讲故事，什么“五鼠闹东京”了，“杨香武盗玉杯”了；什么“画皮”了，“崂山道士”了；什么“孙悟空大闹天宫”了，“猪八戒背媳妇”了；什么“黄继光舍身炸碉堡”了，“刘洪飞车搞机枪”了……总讲得我们或捧腹大笑，或热泪横流，或紧张得心提到嗓子眼上，或长长地叹了口气如释重负……因为是包班，音乐、美术、体育等，都是他一个人带，所以，他的十八般武艺在我们班都得到了很好的展示。跟他上学，那真是大开眼界了。别的班的学生都特别羡慕我们，有时候我们班下课晚了，教室门口、窗户外边就会围得里三层外三层的。还有的学生竟“铤而走险”，连课也不上了，趴在我们教室的窗台上偷听，还叫“孙职别”逮住写过检讨呢。

最让我感动的是他能一视同“人”，从不因为是贫下中农的子女就高看一眼，也不因为是地富反坏的子女就另眼看。

有一次，有几个同学欺负我，围着我喊：“你娘扫街，丢人!”“你娘扫街，丢人!”他发现了，箭步上前，揪住了那几个学生，吼道：“没教养的东西，他娘扫街怎么就丢人了？丢谁的人了？以后再敢欺负他，看我怎么收拾你们!”那几个家伙吓愣了，傻傻地站在那里。

“向他道歉，向他赔礼，向他鞠躬!”张老师又威严地命令他们。

几个家伙只好乖乖地向我道歉，赔礼，鞠躬。

我——一个富农子弟，是低一等的孩子，是没人看得起的孩子。伴随我的常是屈辱、伤害，是冷眼白眼、鄙夷不屑。什么时候这样被人保护过，什么时候这样扬眉吐气过？张老师让我做了一次有尊严的孩子，做了一次能和其他孩子平起平坐的孩子。我再也抑制不住内心里的激动，一下子扑到张老师的身上，泣不成声了。

这事以后，我更喜欢张老师，放了学常到他宿舍里找他，跟他学吹笛子，学拉二胡。他教我耐心又严格，比如说跟他学拉二胡，光学运弓就学了三个星期。他还把收藏的小人书借给我看，每个星期给两本，星期二给我，星期五收回，还书时让我复述内容。有时，我看得囫囵吞枣，复述得丢三落四、张冠李戴，他就严厉地批评我，让我再看一遍，再复述一遍。一个学期下来，我不光读了几十本小人书，还养成了好的读书习惯。有时候我家里烙了新煎饼，糊[①]（方言读 hǔ）了老咸菜，也给他送去一点。他总是把咸菜卷在煎饼里，再加上一棵大葱，一边津津有味地咀嚼着，一边说：“煎饼卷大葱，外加老咸菜，好吃！好吃！”

这一年，是我儿童时期最快乐的一年。

第二学年，张老师还是我的班主任，还是包班，但情况却变化了，因为“反右”运动开始了。老师的会多了（老师一开会我们就提前放学），先是每周一次，后来一周两次，再后来一周三次。张老师也慢慢地变了，一向活泼开朗的他，变得沉默寡言了，乐器很少玩了，也很少给我们讲故事了。

有一天，“孙职别”突然把我叫到了他的宿舍里，一脸冰冷地对我说：“张金纯在‘大鸣大放’中有反党、反社会主义言论，平时他和你接触得最多，一定给你说了不少反党、反社会主义的话，你要揭发他。”

“孙职别”的话把我弄蒙了，我哪里知道什么是反党、反社会主义，况且我一向讨厌“孙职别”，就坚决地告诉他“没有”。

“如果你不揭发他，就开除你！”“孙职别”有些气急败坏了。

“开除我也没有！”我回答得更坚决。

“孙职别”见硬的不行，就换了办法。先夸奖我怎么勤奋好学，成绩全班第一；怎么聪明，笛子、二胡一学就会；怎么懂事，像个小大人似的。再给我许愿，说只要揭发张老师就让我当班长（我那时是班里的学习委员），期末一定能让我领到“三好学生”的奖状（上一年，班里是评上了，报到“孙职别”那里，因为家庭成分的原因他没批准），暑假让我参加乡里组织的少年先锋队夏令营……最后，还从枕头底下拿出了一包糖，先递给了我两块，说如果揭发张老师可以都给我，拿回家里吃。

这些对我来说是多么有诱惑力呀，但我知道，做人要诚实，这是张老师经常教导我的话，我决不能诬陷张老师，就斩钉截铁地告诉他：

---

① 糊：长时间用慢火煮。

"没有！就是没有！你就是说到天黑还是没有！""孙职别"见我软硬不吃，也只好作罢。

后来，他又找了我两次，我都回答的是"没有"，他才死了心。可能是因为没有充足的理由，他也没有开除我。

张老师却没有因为我的"没有"而走出厄运，不久他就被带到县里参加"整风学习"，一"学"就是几个月。

自打张老师走后，我们班的学生就成了被撇窝的小鸡，一直没有固定的老师。今天周玉金老师来上一节，明天詹成汉老师来上一节，不光学得不系统，我们也听不惯他们讲的课。我们是多么盼望张老师早点回来呀！

我们盼啊，盼啊，盼来的竟是一个让人瞠目结舌的结果。

那天，我们正玩耍着等集合站队放学，一辆破旧的吉普车驶进了学校，我们都拥上去看。车停稳了，两个穿黑色制服的人押着一个人下了车。那人头发蓬乱，脸色苍白，目光呆滞，行动迟缓，还略带一点瘸。再仔细端详，才看出那就是我们朝思暮想的张老师。张老师，这几个月你是怎么了，怎么一下子就变成了这个样子？我想走上前去再好好地看看他，却被那两个穿黑色制服的拦住了。

张老师走进宿舍，简单地拾掇了些衣物、被褥、书籍，装进了两个箱子，又由那两个穿黑色制服的人押着，上了那辆破车，走了。

我呆呆地站在那里，心像被掏空一样，张老师，他们究竟要把你带到哪里去呢？你还能回来吗？

张老师再也没有回来。他被带走后没几天，"孙职别"在全校大会上宣布张老师被划成了"右派"分子，开除了公职。据说被押送到很远的地方接受劳动改造，十年后，才获释回到江苏老家。这是后话。

小学校的"反右"运动并没有因为把张老师定为"右派"而结束，听说，还在"反"，还在"整"，还在"斗"。我们放寒假了，老师们却集合到了乡里，集中"整风学习"。

这期间，就不断有这几位老师的消息传来。听说"孙职别"像一条疯狗，今天咬这个，明天咬那个。周玉金、詹成汉、孙再法三位老师，都叫他揭发的有了反党、反社会主义的言行：说周玉金老师曾称和周总理是当（方言读 dàng）家子[①]，因为周玉金老师的父亲曾参加过反动道会门，说他是诬蔑领袖；说詹成汉老师用印有毛主席像的报纸包鞋，是反对毛主席；说孙再法老师经常给在香港的舅舅写信，可能借写信给反动派提供情报，可能是间谍……结果三个人都被调查，都作检讨，都挨批斗。“老好人”周老师检讨时自己打自己的嘴巴，打了几十下，把脸都打青了。“假女人”詹老师吓得夜里趁人不注意用剪刀刺自己的脖子，企图自杀，被看管人员发现了，送进医院缝了十几针。“打枣杆子”孙老师，在检讨时，突发脑溢血，倒在地上，再也没爬起来。

寒假过后，原来的五位老师，只有詹老师回来了，尽管围着围巾，还是能看到他脖子上的刀痕和针痕。“孙职别”因为“反右”积极，被提拔为某完小的校长了。周老师吓破了胆，自动辞职，回老家卖豆腐去了，十几年后，我还见过他挑着豆腐挑子在龙阳街上吆喝呢。至于孙再法老师，据说热死热埋，连“五七”都烧完了。

---

① 当家子：同属一个家族。

我们村的第一张大字报

我们村的第一张大字报是在1957年初冬的一天出现的。

那天，我正在家吃饭，三尧子哥来了，一进门就高声叫道："健民，快，快去看大字报!"

"哪里有大字报?"

"旗杆家前的西屋山墙上!"

"走!"我放下饭碗，就往外跑，连母亲也没来得及告诉一声。

我们跑到旗杆家前，果然见西屋山墙下站了好多人。男的，女的，老的，少的，都伸长了脖子，齐刷刷地往墙上看。墙上贴着一张大白纸，上边歪歪扭扭地写着七个大字"桃花和天俊相好"；下边还有一幅画，画的是一只公狗和一只母狗"吊秧子"①。

桃花，是我们村西头李家老驴头的闺女，十八九岁，长得很水灵；天俊是我本家大良哥的二小子，二十刚出头，也很英俊。好长时间，村里就有他俩相好的传言，但大家都心照不宣，没想到，哪个缺德的竟用这种方式将这件事公布了。

那个时候，在我们村里，谁家的闺女跟人相好，是件辱门败户的事。谁家要是出了这门子事，在乡亲们面前，就再也抬不起头来了。"打人不打脸，骂人不揭短"，常揭的"短"就有这一条。

"这一下子，老驴头一家有好看的了!"我想。

---

① 吊秧子：交配。

不多会儿工夫，老驴头的媳妇就跑来了。哭着喊着，发了疯似的跳起来去撕那张大字报，可终因为个子太矮，总是撕不着。后来，就在大字报下撒泼打滚，又哭又叫，谁也拉不起来。

又过了一会儿，治保主任来了，对大家，特别是对老驴头的媳妇说，上边有精神，说“大字报是一种极其有用的新式武器”，要最少保留三天！假如不经允许撕了，是要挨批斗的！老驴头的媳妇听了，不敢撕了，却回家拿了一把菜刀，一个菜板子，坐在大字报下面，剁着板子哭骂了三天三夜。

三天以后，大字报是撕下来了，可大字报的影响越来越扩散了。先是出现了“了不得了，了不得了，桃花跟了天俊了”的“练贫嘴”。开始是几个孩子在家里喊，后来是一群孩子在村里喊，再后来是全村的孩子满坡里喊。这样一来，不光整个村子，就连十里八乡也都知道桃花和天俊相好了。后来，桃花的大哥李牛气疯了，整天朝着天喊：“老天爷，你开眼呀！”再后来是桃花在自家的屋梁上吊死了，也有人说是老驴头把桃花勒死后，又吊在屋梁上的。从此，老驴头和媳妇也很少出门了，偶尔出门，也都躲着人走。

天俊一家的境遇也不比桃花家好多少。事发之后，天俊整天魂不守舍的，一天过桥时不小心掉了下去，摔折了腿，终生残疾。天俊的娘也整天里郁郁寡欢，天长日久，得了“噎食”①，几个月后，便一命呜呼了。天俊的爹也是整日愁眉不展，咒死害活②，一下子老了二十岁。

从那以后，我们村里再也没出现过大字报，直到“文化大革命”。

---

① 噎食：食道癌的俗称。

② 咒死害活：诅咒自己快快死掉，不愿活在世上。

三个玉米棒子

那天是星期天，早饭后铁蛋就背着杈头①来到我家，邀我一块去割草。他说，他昨天下午发现了一个“草窝”②，到了那里，不用半个饭时准能割一“强（方言读 jiàng）插肩”③。

娘昨天就嘱咐了，要我今天去割草交给饲养院挣工分，我正为没发现“草窝”犯愁呢，哪有不去的道理。戴上席夹子④，背起杈头，和娘打了声招呼，就跟着铁蛋出发了。

秋高气爽，青蓝蓝的天上，一群群绵羊般的白云在慢悠悠地飘着，投下的一团团暗影，时断时续地笼罩着长满庄稼的大地。小路向庄稼地的深处延伸着，路两旁比我们高一倍的玉米，顶上的扬花都已经枯干了，腰间的大棒子，有的像胳膊一样伸出来招揽人，有的像婴儿一样静静地躲在叶子下面。地瓜地里满是墨绿色的叶子，透过叶子的间隙，能看到垄上的一个个大裂纹。我知道，这种地瓜是新品种，蔓儿短，结瓜多，味道甜，红皮白瓤，煮熟了一个面蛋，噎人。

铁蛋背着杈头在前面快步地走，因为杈头的系子高一些，杈头的“头”老是打他的腿弯子，一步一下、一步一下的。我跟在他的后面，看了只想笑。

---

① 杈头：一种用白楝条编成的背具。

② 草窝：草长得很多的地方。

③ 强插肩：满满的一杈头，勉强能插进肩来背。

④ 席夹子：用芦苇编织的草帽。

“铁蛋，怎么还不到？太远了背一满杈头草回来还不把咱们累死！”我对铁蛋说。

“到了，就在这块玉米地里。不过得到地的里面去！”铁蛋一边说着，一边钻进了玉米地，我也尾随着他钻了进去。

玉米叶子硬硬的，刮得我的脖子一道一道的，生疼①；叶上面的毛毛，也弄得我浑身痒痒。走了十几米，我就不想往里去了。

“铁蛋，你说的‘草窝’到底有没有呀，怎么还不到啊？”我又一次问铁蛋。

“到了！”铁蛋把杈头一放，朝我诡秘地一笑，说。

我看了看那里，哪里有什么“草窝”，不很稠密的玉米秆子下面是有些草，但稀稀疏疏的，也太小，根本割不上手来。“你——你——这不是操人②吗？这里哪有什么‘草窝’！你在这里割吧，我回去了！”我生气了背起杈头，扭头就要走。

“别走，我有话跟你说。”铁蛋一把抓住了我的杈头，又朝我眨了眨眼睛说，“这里有比草更好的东西，割草是给牛吃的，这东西可是人吃的。”

“你就别卖关子了，什么东西是人吃的？”

“你真梁山伯的娘——死母子，这人吃的东西不就在你面前吗？”铁蛋说着，“啪”的一声顺手掰掉一个大棒子，三下两下扒掉了皮，用拇指掐了掐籽粒，说，“你看，不老不嫩，烧吃、煮吃都正好。”

“你这是——”我有点明白了，原来他把我带到这里来是为了偷社里的棒子。那可不行，娘知道了，还不扒我的皮，就急忙对他说，“那你干你的吧，我还得赶紧去割草挣工分呢！”我又一次背起了杈头。

“一杈头青草能值几分，两个棒子就比它值钱！”铁蛋有点鄙夷地看了我一眼，似乎是笑我分不清轻重，又“啪——啪——啪——”地掰掉了几个，对我招招手，说，“来呀！”

---

① 生疼：特别地疼。

② 操人：捉弄人。

“那是社里东西，这不是偷吗!”我说“偷”字的时候，脸觉有些红，也有些涨。

“正因为是农业社的，才偷呢！你没听人家说，‘十个社员九个贼，谁要不偷饿死谁’。俺娘说，‘社员偷农业社，就像儿子拿他爹东西，不能算偷，也不丢人。’”

“这么说，你以前也偷过社里的东西!”

“那怎么能叫‘偷’呢，是趁没人的时候‘拿’的。社里的什么庄稼熟了，也就是提前尝尝鲜。”

“那你就不怕被看大坡的（治安员）逮着?”

“嗬！我是干吗吃的，他能逮着我？就是逮着了我，我也有办法对付他。再说了，我治不了他有俺娘治他，俺娘治不了他有俺爹治他呢。”说着，摘掉席夹子，嬉皮笑脸地扇着风。

“你都是怎么个偷——‘拿’法?”

“那要看情况而定，比如前天‘拿’社里的萝卜，我就给他来了个声东击西。我先让我弟弟在萝卜地北头大声地喊：‘偷萝卜了！偷萝卜了!’看萝卜的瘸子大叔听到喊声，拖着瘸腿就往地北头跑，我就在南头下手了。等到他跑到北头，回过神来，我这里早已拔了半杈头萝卜钻到旁边的苘地里去了。再比如‘拿’刚打下来的麦子，当着一场人的面，我照样。趿拉着俺爹的那双大鞋，到晒麦子的场上蹚上一趟，鞋里就灌满了麦子，回到家里能倒出来一斤多呢——说这些无用的干什么，来，开始‘拿’吧!”

“不行，不行，你们家的成分好，屙点尿点[1]没事；我不行，俺家成分孬，不担待事[2]，要是被看大坡的逮着了，那就事大了。去年秋天，四队的咱同学夏启东，他家也是富农，偷了四块芋头，被看大坡的逮着了，抓到社里，打了个半死，还让他和他的老爹背着芋头游了一天的街，还说秋后要扣他一百斤口粮呢。”

---

① 屙点尿点：做一些出格的事。

② 不担待事：担不起事。

“哪能这么巧，你一‘拿’，就让看大坡的逮住了——即使万一逮住了，也不怕，你就往我身上推!”

“还是不行，我娘交代过我，社里的东西，一根草也不许往家里拿!说见我拿社里的一点东西，就把我的‘爪子剁掉’。”

“那是你娘吓唬你的。我就不信，你要掰了几个棒子拿回家给她煮了吃，她真能‘剁掉你的爪子’?”

经过铁蛋这么一说，我还真有点心动了。——是啊，这棒子不老不嫩，正是烧着、煮着吃的好时候，听人家说过，那嫩棒子烧了或煮了，甜丝丝、香喷喷的，好吃极了，可是我却从来没吃过。——是啊，社员“拿”社里的东西，就像儿子拿他爹的东西一样，是能“拿”的，该“拿”的，不丢人。大家都能“拿”，我为什么不能“拿”?不“拿”白不“拿”，白“拿”谁不“拿”?——是啊，人家“拿”多少次都没让看大坡的逮着，我第一次就能逮着，哪有这么巧的事?——是啊，我母亲不让我拿社里的东西，可能是让夏启东的事吓坏了。我要是能成功地把棒子“拿”回家去，一家人都吃，她高兴还来不及呢!——要不，先少“拿”一点试试?于是，便对铁蛋说:“那——那我就‘拿’两个。”

铁蛋笑了笑，说:“‘拿’多‘拿’少都是‘拿’，拿两个管什么用?”

“不——不——我害怕，最多‘拿’三个。”

“那就随你的便吧。”铁蛋看我真的是条托不上南墙的死狗，也无可奈何，还没忘了叮嘱我，“挑最大地掰!”

我定了定神，壮了壮胆，提了提气，往那个我看着是最大的棒子走过去。伸出手去，可胳膊抖得不行，用尽了力去掰，听到“咔嚓”声了，可棒子耷拉着，就是不下来。铁蛋见了，骂了声“真没用”，上来一下子帮我把棒子拽掉了。我掰了三个，铁蛋早就掰了大半杈头了。我说:“行了吧，太多了，草就盖不上了。”铁蛋却说:“忙什么，好容易来一趟，越满越好遮盖。”说着又“咔嚓”“咔嚓”地掰了四五个。

接着我们便割草，用草把棒子遮盖起来。人家铁蛋真是这方面的老手，几把草就把一杈头棒子遮得严严实实;可我杈头里只三个棒子，手忙脚乱地遮盖了半天，还是觉得别人能看见，最后，还是铁蛋帮我整理了一番。一切都拾掇停当了，我背起了杈头，说："走吧?"铁蛋却说："不行，你先在这里一等，我到外边看看。"说着就钻了出去。

没多大工夫，铁蛋回来了，低声说："平安无事，走吧。"我们便背起杈头，兔子似的钻出了玉米地，走上了田间小路。

还是铁蛋在前边走，我在后边跟着。我紧张得要命，似乎觉得路旁有无数只眼睛，都齐刷刷地盯着我的杈头，脚下像踩了棉花一样，两条腿一直打战。再看看人家铁蛋，雄赳赳，气昂昂，活像一位凯旋的将军。杈头虽然还是一下一下地打着他的腿弯子，可他却全然不顾，跨步依旧豪迈。

从田间小道走上了大道，我更紧张了，我低着头，三步并作两步，任何一点动静都让我警觉，任何一个身影都让我心惊。我头上冒汗了，身上冒汗了；觉得嗓子眼里有什么东西堵着，可又不敢咳嗽；又觉得有泡尿憋着，但又不敢放下杈头去撒。

谢天谢地，总算到了村东头了，都能看到铁蛋家的堂屋山墙了，离胜利只还有一步。

"放下杈头，让我检查!"一声大喝惊得我魂失魄散，抬头一看，呀！看大坡的李振宽就横在路上，两只鹰一般的眼睛直盯着我的杈头。原来他躲在胡同里，专等着我们呢!

"我的娘!"我惊叫了一声，一腚坐在了地上，腿软得想站也站不起来。可人家铁蛋连理也没理李振宽，照样大步大步地往前走。李振宽呢，把头一转，像没看见一样，让过了他；却一手提起我的杈头，弯腰翻起来。三个棒子全被翻出来，摆在了地上。

"好！小富农羔子，竟敢在光天化日之下偷棒子，走！到大队部去!"李振宽一只手提着棒子，一只手提着我的领窝子说。

"放下他!"是铁蛋又背着杈头回来了，他把杈头往李振宽的面前一放，说："这个杈头才是健民的，刚才是我们换着背的，你翻翻吧。"李振宽放下那三个棒子，也放下了我，又下腰翻了翻铁蛋背来的杈头，啥也没有呀!

"那——那——这三个棒子是你偷的？好！那你就跟我到社里去

吧!”李振宽一把抓住铁蛋，拉着就要走。

铁蛋猛地转过头来，一口咬住了李振宽的胳膊，疼得李振宽嗷地大叫一声，骂道：“小咒羔子①，你敢咬我!”劈脸给了铁蛋一巴掌，打得铁蛋鼻子都流血了。只见铁蛋将鼻血往满脸一抹，高声哭喊道：“娘，爹，快来呀，李振宽打我，把我的鼻子都打出血来了，快来呀!”然后便在地上撒泼打滚。

声音刚落，铁蛋的爹娘就跑过来了，一个端着铁锨，一个提着擀面杖，狠虎似的看着李振宽。李振宽一看那阵势，软了，忙说：“大叔，大婶子，不是这么回事，你听我说——”

“你说什么，他一个吃屎的孩子②，掰了几个棒子，就值当的把他打得满脸是血，你——你也太欺负人了吧?”铁蛋的娘一只手背在背后，一只手拿擀面杖指着李振宽的鼻子说，唾沫星子溅了李振宽一脸。

“他不懂事，你也不懂事；他不是人熊，你也不是人熊，要是想挨揍，这就是现的!”铁蛋的爹把铁锨往地上顿了顿，轻蔑地对着李振宽说。

“好，好，我惹不起你们，我惹不起你们，我给支书说去，我给支书说去……”李振宽边说边走，连那三个棒子也不要了。

“快给你支书爹告状去吧，我看他能叫我去‘吃八大两’③。”铁蛋的爹朝着李振宽的背影骂道，然后拉起来还躺在地上的铁蛋，一手提着铁锨，一手提着杈头，又顺手拾起了那三个棒子，放到杈头里，和铁蛋的娘一起往家里走。铁蛋拽了拽他爹的衣服边子，指了指我，意思是说，那三个棒子是我的，可铁蛋的爹没理。

我也背着杈头回了家。娘见我出去了一中午，背着几乎是空杈头回来了，忙问缘故。我只好把经过一五一十地告诉了她。娘听完，劈头给了我三巴掌，气得脸都煞白了，哆嗦着嘴唇吼道：“你这个没出息的东西，我是怎样交代你的，‘冻死迎风站，饿死打饱嗝’，公家的东西，

---

① 小咒羔子：骂人的话。

② 吃屎的孩子：极言年龄小，不懂事。

③ 吃八大两：蹲监狱。

就是白给也不能拿！你这倒好，学会偷了。我叫你不学好！我叫你没记性！”说着，跑到院子里的柴火垛上抽了根秫秸，折了三折，照着我的屁股狠抽，狠抽，直到把秫秸抽碎。扔掉秫秸，走进屋里，躺在床上哭了起来。

这是我打记事以来，娘生气最厉害的一次，也是打我最厉害的一次。娘这是怎么了？我怎么也想不到娘会这样……

更让我没想到的是，傍晚的时候，铁蛋竟把那三个棒子给我送来了，说他爹当时见还有别人，说我家成分不好，不担待事，就先把棒子拿回了家……

铁蛋走了后，我觍着脸问娘这三个棒子怎么处理，娘则坚决地说：“给生产队送去！”

“怎样送法？”

“自己想办法！”

我只好拿着那三个棒子，来到了生产队堆着玉米棒子的场的边上，趁人不注意的时候，把它们扔进了棒子堆里。

一次没干活的“劳动”

“我是公社小社员，手拿小镰刀，手提小竹篮，放学以后去劳动，割草放牛拾麦穗，越干越喜欢。”在“大跃进”的年代里，我们经常唱着这首歌去参加集体生产劳动。当然，不一定都是“手拿小镰刀，手提小竹篮”，拿镢、锨、锄的时候也不少；也不一定都是“割草放牛拾麦穗”，砸坷垃、撒粪、捉蝼蛄、逮烟虫子的时候也不少；更不一定是“放学以后去劳动”，更多的是正上着课，大队的一个通知，马上就紧急集合，立即出发。有的老师给大队支书提意见，说：“学生要以学习为主，不能动不动就拉他们去干活！”支书却说：“学习，学习，学习能顶个屁用，能当饭吃？能当衣穿？我斗大的字不识半筐，一样当书记！”老师们听了，都哭笑不得。

算起来，那一年里，寒暑假、麦假、秋假不算，光在校，也有三分之二的时间是在地里干活。渐渐地，我们也习惯了这种很少学习、甚至不学习的“上学”了。劳动的次数多了，每次干的什么，怎么干的，都淡忘了，唯独一次没干活的“劳动”，却让我一辈子都忘不了。

那天中午，我们正上语文课，学习的课文是《列宁小时候的故事》。故事说列宁小时候很诚实，有一次他跟着父亲到朋友家串门，和一些小朋友一起捉迷藏时，不小心碰摔了主人家的一个花瓶。当时，父亲的朋友并不在场，一个小朋友出主意，想告诉主人时，说花瓶是小花猫蹬歪摔碎的。但列宁却说：“做人一定要诚实，一就是一，二就是二，决不能弄虚作假。”后来列宁向主人主动承认了错误，受到了主人的夸奖。

显然，语文老师把列宁的话当作了教学的重点，先是让我们读十遍，背下来。然后，他又借题发挥，讲了做人为什么要诚实，还补充了古今中外讲诚实的四五个例子。接着，老师又让我们结合自己的情况，自由发言，谈怎么做一个诚实的孩子。正当我们一个接着一个表决心的时候，校长走进了教室，跟语文老师耳语了两句后，就走了。我们一看就知道，又有劳动任务了，因为每次停课去劳动，都是这样的。

果真，语文老师不讲课了，对我们说："校长说，刚刚接到大队的紧急通知，有一项紧急的劳动任务，需要去四、五、六三个级部的六个班去完成，其中就有我们班。大家赶快到操场集合！"

"不带工具了？"有同学问。

"校长说，什么工具都不用带！"语文老师回答得很干脆。

很快，六个班集合完毕。照例，校长讲话。校长说："同学们，接大队的紧急通知，有一项紧急的劳动任务需要我们完成。什么任务，怎样完成，现在还暂时保密，到了地里我再给同学们布置，现在就立即出发！"说完，他又急赶几步走在了队伍的最前面。

这是什么样的劳动，不要带劳动工具，任务还暂时保密，校长还亲自带队，我们都心存狐疑。

过了村东的那条大路，又向东走了有半里路，在一块刚刚刨走地瓜的地里，队伍停了下来，集合听校长再讲话。校长说："首先告诉大家，今天的这次'劳动'，'不要'大家干活。"校长把"劳动""不要"两个词咬得特别重。

"还有不要干活的'劳动'吗？""那来这里干什么？""每次的劳动都这样就好了"……大家七嘴八舌地议论开了。

"安静！安静！大家不要议论，等我把话说完。"校长一边提高嗓门喊，一边两只手同时做着下压的手势，等学生们静下来，又说，"今天地区的领导来我们县检查'大跃进'的情况，正好路过我们这里。为了让领导满意，支书让我们到这里来，假装劳动，说白了，就是凑一下人数，让领导一看，遍地是人，都在干活，都在'大跃进'，都在战天斗地。过一会儿，各班的老师带领本班学生自由散开，散在附近的这几块地里。等到领导到了，大家只要摆出个劳动的架势就行，等他们一走，我们便回学校上课……”

“他们如果近前一看，不就露馅了吗？”有六年级的学生担心地问。

“没事，他们都坐在车上，根本不会下来，是‘走马观花’，不会‘下马看花’——不过，大家一定不能打闹。现在，各班的老师带着自己班的学生自由散开吧。”

我们班在语文老师的带领下来到了附近的一块刚收完豆子的空地里。开始，是按照校长的布置，散开了，但不多会儿，就又以老师为中心，聚在一起了。

大家没事干，便不由自主地议论起这次不要干活的“劳动”。

“老师，大队支书这样做不是糊弄领导吗？糊弄的还是地区来的大领导。”“越是大领导越好糊弄，因为他们都坐着车。”“那他们不能走下车来看看？”“他们都穿着锃亮的皮鞋，怕粘泥。”……

语文老师只是听，只是微笑，一句话也不说。

“老师，我想，要是列宁今天在这里，一定会跑去把真相告诉领导。”“他想告诉也告诉不成，听说，领导下来检查，前后都是警察。他这里还没近前，早让警察架走了。”

“老师，你上课的时候，一直让我们做一个诚实的孩子，今天，该怎么做呢？”

语文老师为难地挠着头，脸青一阵红一阵的，无可奈何地长叹了一口气……

“检查的来了，各班立即行动起来！”校长一声高喊，给刚才尴尬的局面解了围，大家一下子散开了。只见西边的大路上，长长的车队由北向南缓缓而行。前边有六辆摩托车开路，后边还有四辆压阵，中间有几十辆轿车，高高低低、大大小小、长长短短的。虽然开得不快，可还是带起了很多的尘土向四下里扩散。

“大家都赶快摆出劳动的架势！”校长高声地喊道。我们应声去做，弯腰的，弓腿的，甩胳膊的，前倾的，后仰的，半蹲的……五花八门，应有尽有。一会儿，车队远去了，只能看到车队后边的尘土了，没等老师喊不要做了，我们早已笑得前仰后合了。

集合站队回学校，一次没干活的“劳动”就这样结束了。但是，恐怕这次“劳动”给我们这群天真幼稚的孩子们的影响并没结束。

大槐树的魔咒

五八年，炼钢忙，铁锅、鏊子遭了殃。杀大树，锯屋梁。支高炉，火烧旺。炉倒铁汁满地淌，死的死，伤的伤，烫得支书喊爹又叫娘。

——民谣

我们夏家堂村又叫大槐树村，因为我们村里有一棵远近闻名的大槐树。

说起这棵大槐树，那可是有来历的。听老辈人说，北宋时，我们村出了个有“功名”的，叫夏文朗。此人有才有德，官至一品，做了很多利国利民的事，很受皇帝的器重。五十八岁便请求辞官不做，还乡侍母，皇帝再三挽留，但他去意坚决。皇帝拗不过他又念他的功劳，便御驾送他归乡。赐金匾“德隆堂”，令在他家门前高竖写有“德隆堂”的大旗，责令百官，见旗武官下马，文官下轿（这就是我们村里的“旗杆家”的来历）。皇帝还亲自在他的院子的前边栽上了一棵槐树，一棵柳树，取“怀念、挽留”之意。

现在，插旗杆的圆柱体石头底座还在，有一人多高，周身浮雕着的几条龙，各具形态，栩栩如生。上部的中间有插旗杆的洞，有碗口粗，一二尺深。而皇帝栽的两棵树，柳树没有了，槐树还活着。树身需两三个人合围才能抱过来，树身里有很深的洞，炭黑色的。人半高处分为两大股，一股朝西北，一股朝东南。朝西北的那股已经老死多年，但枯枝高挺，直刺青天；朝东南的那股却枝繁叶茂，郁郁葱葱。

别看大槐树是棵树，可我们村的人都把她看作“保护神”。谁家的小孩“苗娇”，就认大槐树为“干娘”。光我们村，她的干儿子就有几十，大到七八十的老翁，小到几个月的毛娃，甚至一家的老爷、儿子、孙子同是大槐树的“干儿子”。谁家的小孩身上起“痒痒疙瘩”（现在看可能是荨麻疹）了，便由大人领着来到大槐树下，抓几把土，搓在痒痒处，不多会儿，“痒痒疙瘩”就消了。谁家的孩子吓着了，大人们也要领到大槐树下，提着小孩的耳朵，喊几声：“××来，家来吔，家来吃饭咪！吓大不吓小，提提耳朵就会好。”大人们发誓、打赌也往往让大槐树作证，如说：“这话你敢对着大槐树说吗?”“是君子，是小人，大槐树看得清。”不少大娘、婶子们，每逢初一十五、逢年过节都要到树下虔诚地烧一沓纸钱，点上几炷香，磕上几个头，请求她的保佑。全村人都敬畏她，就连她掉下的“干棒”，也都拾起来放到她的根部，时间久了，她那裸露在外的盘根错节上，就积了很多的干树枝。

这几天，村里就传着大队要杀大槐树的消息，说大炼钢铁没烧的了。怎么能没烧的呢，炼钢铁到底要用多少木材呢？头几天，大队组织的基干民兵不是在全村锯树吗？只要有碗口粗的树，也不管是谁的（反正都是人民公社的），都锯倒拉走了。我家刚刚成材的两棵榆树、一棵洋槐，也让他们锯倒拉走了。前天大队支书还领着一伙人到地富反坏各屋里看，凡是屋梁粗过两手合围的，通通锯了下来，拉走了——真难想象，屋却都没塌。长大以后，才知道，我们这里有“插手着了墙，苘秆子能当梁”[①] 的说法。看来，我们的大队支书那时候就知道这个道理——他们也到我家看了，可能嫌梁细，没说什么就走了。

---

① 插手着了墙，苘秆子能当梁：是说如果插手放在了墙上，梁的作用就不大了。插手，梁上的两根支架。

那天，我刚放下早饭的碗筷，就听着墙外传来了三尧子哥的喊声：“健民，吃完饭没有？快走，到旗杆家前看杀大槐树去！”

“真的？真的有人要杀大槐树？”我虽然前些天思想上有了些准备，但还是觉得这事不可能。

“真的，都刨了半天了，四孩去打酱油路过那里亲眼见的。”三尧子哥确信地说。

当我们连蹿带蹦地来到旗杆家前的时候，就看见大槐树的一圈已经刨出了很多土，树根和雪白的木屑飞散在大树周围，厚厚一层。树坑里有十几个人，有抡斧的，有操锯的，有用十字镐的，有提大锛的，噼噼啪啪，正挥汗如雨。大队支书披着那件背上开花的棉袄，站在树坑的外边指手画脚，吆三喝四的。

大槐树呢，森森地矗立在那里，像一位饱经沧桑的老人，任人宰割。斧、锛、镐砍下的时候，微微地颤动着，有时还掉下一两片落叶。我想，那一定是大槐树的眼泪。

在离树老远的地方，聚集着好多满腔怒火地遥观杀大槐树的人们，还嘁嘁喳喳地议论不停。有的说杀了大槐树，是刨去了夏家堂的根，往后，夏家堂一定会灾祸不断。也有的说，有一年，谁谁从树上钩下了一根枯枝，拿回了家，就生了一场大病，差点死了，看着吧，这些人一定会遭报应的。还有的说，说不定一会儿树神显了灵，倒的时候，把这些王八蛋都“捂”到下面，让他们造孽………

一会儿，大家又说起了大队搜铁炼钢的事。张大婶说，大队组织的基干民兵那帮“土匪”，到她家搜钢铁，搜红了眼，把正用的大锅、小锅、鏊子都砸破拿走了，连个饼鏊子也没给留下。李大娘说，在你家，还手下留情了，到了我家，大镢、小镢、锄头、铁锨，连个小粪耙子也没剩下。王二嫂又说，到了我家才厉害呢，连门鼻子、箱子、柜的铁把手，拴羊的铁链子也拿走了……

在人们的议论中，大槐树周围的土越翻越多，树根和木屑也越来越厚。两三个时辰之后，八赖子拖来了一大捆绳子，大家七手八脚地把绳子理顺了，然后一头绑上了砖头，往高处树杈上抛，三抛两抛，竟然成功了。拉紧了绳子，十几个人拉开了阵势，支书喊着号子，一二三，拉——只听得嘎吱嘎吱几声巨响，大树缓缓地倾斜了。

“倒了，倒了！”杀树的人在喊。

“倒了，倒了！”看杀树的人也在喊。

“呼啦啦”一声巨响，大树像一团黑压压的乌云，比风还快地倒下了，庞大的树冠陈在地上，蓬松着像一座小山。

大树并没有像刚才人们说的那样显灵——把那些王八蛋都“捂”到下面。那些王八蛋们早在大树倒下的那一刻，都撂下绳子蹿出了很远。特别是大队支书，连背上开花的棉袄都跑掉了。

支书又指挥那十几个基干民兵，抡起锛、凿、斧、锯，开始肢解大槐树。“梆梆梆”“刺啦——刺啦——”每一斧头，每一锯好像都砍在、锯在乡亲们的心上。

“呀——血，血——”忽然，一个叫二流的基干民兵高喊着，撂下手中的锯就跑，没跑几步又折回来指着他刚才锯的树杈喊，“看，大槐树流血了，大槐树流血了！”

大家“嗡”的一声围了上去，确见那股树枝的断茬处，正缓缓地洇出了淡红的液体来。

“我说了吧，这槐树成神了，成精了，你们看，血都流出来了吧，你们造孽啊，造孽啊！”张大婶一边拉起脏兮兮的大襟擦眼泪，一边絮絮叨叨地说。其他婆婆妈妈们也都随声附和起来。基干民兵们，一个个面面相觑，停下了手中的工具，齐刷刷地看着支书。

“放屁！”支书骂道，“听说过人流血，猪流血，狗流血，没听说过树流血。什么血，这不是啄木虫啄的眼子吗？”说着，就用一个手指头抠那“流血”的地方。

“可明明没有‘眼子’呀！”二流也上前抠了抠那个地方，强调说。

“这就邪门了，”支书又抠了抠那个地方，见确实没有啄木虫啄的眼子，又改口说，“就是流的是真血也得杀，不杀，炼钢铁烧什么？烧你的腿？快，快砍！快锯！”基干民兵们还是你看看我，我看看你，没有一个人动。支书把眼睛一瞪，大声喝道："怎么，想叫我插你们的白旗①不是？二流，快把那东西给我擦了，不然，就先插你的白旗！"二流没法，很不情愿地拉起褂子大襟去擦那红的东西，谁知这里刚擦去，一会儿又洇了出来。支书急了，一把抓起二流的"一把撸"帽子，套在了那股木头的茬子上，说："快砍！快锯！小高炉还急等着用呢，谁要是再不行动，我就跟谁动真格的！"连哄带吓唬，基干民兵们又砍的砍，锯的锯了。一直忙到太阳落山，才把树枝都砍、锯成小高炉能填进去的材料，装在十几辆车子上拉走了。留下的是一个深坑和白花花的一地木屑、锯末。

第二天一大早，街上就飞传着昨晚炼钢场出事的消息，说炼钢的把大槐树的一个又粗又长的二股子往小高炉里放的时候，一下子把小高炉的壁捅了个大窟窿，火裹着铁汁一下子滩在了地上，成了一片火海。当场就有三个人毙命，支书虽然跑得快，还是烫伤了一条腿，被送进了县医院……

村里的人们又议论纷纷了。有的说，大槐树成了精灵，当然要白天不显灵，夜里显了。也有的说，恶有恶报，善有善报，不是不报，时候没到。还有的说，大炼钢铁，惹得天怒人怨，天意啊……沸沸扬扬地嚷嚷了很长时间。

---

① 插白旗：指把一面小白旗插在"落后分子"的脖领子里。是当时很流行的一种侮辱和惩罚落后分子的方法。

淘铁砂

大炼钢铁不光是大人的事，也是我们小学生的事。可是，我们小学生又能干什么呢？我们不能杀大树，不能锯屋梁，不能抄家搜铁器，不能垒高炉、平炉。那怎么也得给我们找点事干，不然，怎么能体现全民大炼钢铁呢？也不知是哪一级的领导，一拍脑门，想出了让我们到河里去淘铁砂的主意。

某天下午放学的时候，班主任老师告诉我们，明天要参加“小学生淘铁砂大会战”，到顾家庙大队的后河里去淘铁砂。

铁砂是什么？是什么样子？怎样淘？带什么工具？大家都七嘴八舌地问班主任。

班主任老师的头摇得像只拨浪鼓，他说，他也不知道铁砂是什么，是什么样子，怎么淘，带什么工具。因为学校只接了公社教育组的一个书面通知，说让三年级以上（包括三年级）的学生明天早饭后到顾庙大队的后河里参加“小学生淘铁砂大会战”，自带一顿熟食、菜，其他的都没说。老师又说：“不过，不知道也不要紧，明天到了‘战场’上，就一切都明白了。至于带什么工具，咱‘没吃过猪肉还没见过猪跑’？‘淘米’‘淘菜’‘淘铁砂’，反正都是‘淘’，平时在家淘米、淘菜用什么工具，我想‘淘铁砂’就该用什么工具。”

放学回到家里，我把去淘铁砂的事告诉了母亲，问她该带什么工具，母亲也不知道铁砂怎么“淘”呀，说，咱平时淘米、淘菜用的是笊篱、弯秕（方言读 bì）子[1]，不然就带这两样去吧。可带什么熟食和菜呢？母亲只好把昨天二姐在地里捞[2]（方言读 lào）来的几穗高粱搓下米来，用蒜臼子踹[3]成面，加了些萝卜丝，煎了四个菜饼子。母亲说："这样又可当饭又可当菜，吃时多喝些开水就行了。"

第二天早晨到学校一看，大家带的工具真是五花八门——铁锨、洋镐、斧头、粪耙子，铁盆、铜盆、瓦盆、陶瓷盆，筛子、簸箕、篼子[4]、筐子、弯秕子，铲子、舀子、勺子、笊篱头……看来，每个家长都对"淘铁砂"有自己的理解，所以带的工具也各不一样。

集合站队出发，这次很例外，校长没讲话。

那时候我们学校，三年级以上（包括三年级）共八个班，每个班都有四五十人，总共有四百多人。排成长队，队伍的最前面是一面硕大的校旗，每个班的前面再打一面小一点的旗，各班的体育委员吹着哨子，学生们丁零当啷地背着工具，雄赳赳，气昂昂地走着，虽不怎么整齐，倒还真有点气势，有点规模。

一走出村子，我们就被面前的景象惊呆了——东方的天空好像着了火，那火的颜色还不断地变化着，一会儿红彤彤的，一会儿金灿灿的，一会儿紫微微的，一会儿黄澄澄的……霞光照得我们的身上都像涂上了一层金，大家你看看我，我看看你，都说对方变了。我们的语文老师则情绪激昂地说："今天我们去'会战'，天公作美给我们披上了金盔金甲，预示着我们旗开得胜，马到成功！"

从我们学校到顾庙大队的后河，有十几里路，我们走下来都有些吃力，三年级的学生就更够呛了，走到接近目的地的时候，他们已经溃不成军了。虽然班主任老师一再鼓励，督促，甚至吓唬，说谁跟不上队伍就"插谁的白旗"，可是还有为数不少的落在了大队伍的后边。校长只

---

① 弯秕子：一种用高粱秸的顶节自制的盛粮食、盛蔬菜的工具。

② 捞：在指在收获后的地里拾或刨找。

③ 踹：捣。

④ 篼子：一种用荆条编制的盛物器具。

好让一个老师留下对这些学生“收编”。

会战的“战场”终于到了。哇，整整一条河里，满满当当全是学生（你想，全公社三年级以上的学生都来了，能不多吗），那才叫人山人海，红旗招展呢！河岸上还有好多和我们一样，刚刚来到没来得及下河的呢。河的上空飘荡着嘈杂的声响，嗡嗡嗡的，分不清是人的喧闹声还是器皿的碰撞声。

班主任老师急忙吩咐我们下河参加“会战”。我们问：“怎样‘战’？”老师的回答是：“看人家，人家怎么‘战’，咱就怎么‘战’。”下河一看，原来铁砂是沙中的一些铁质细屑，淘的办法是先挖一些河沙放在盆里，然后端着在水里摇晃，再慢慢地倒出水和沙，最后，盆的底部就滤剩下了一些“铁砂”。一般地说，一大盆沙子淘到的“铁砂”也不过一小撮。（长大了才知道，这就是最原始的淘金的方法，我们的领导把它移植到了大炼钢铁上了）。

这一下子，带盆的同学（不管是铁盆、铜盆、瓦盆、陶瓷盆）都趾高气扬起来，说自己有预见。我们这些带筛子、簸箕、箢子、筐子、弯秕子的都相形见绌了。只能站在水里看他们淘或者给他们打下手，如帮他们挖沙，把淘出来的一小撮铁砂送到班主任那里去等。

忽然，起风了，是东南风，顺着河筒子刮得我们浑身凉飕飕的。这时候，我们才注意到，天上已经布上了一层厚厚的云，太阳早已不见了。我们哪顾得上这些，因为，我们的兴致正高，毕竟是盆盆有收获呀。但是到班主任通知我们停下来吃饭，看到全班的“战斗成果”也不过一两斤，而且还有三分之一是沙子时，大家不免有些失落。

正当大家从水中走上了沙滩准备吃饭时，只听“轰隆隆”的一声巨响，一个闷雷在天空中炸开了。紧接着，铜钱大的雨点子“啪啦啪啦”地落下来，落到河水里，溅起很大的水花。

“来大雨了，快跑呀！”不知谁喊了一声。“轰”的一下子，大家就像潮水一样向两岸上涌。家在河北面的还好，因为有沙滩，岸不陡，哪里都能上。而我们这些家在河南面的就没这么幸运了，只有一条斜坡道可以上岸，其他的地方都是陡崖。在这条不足三米宽的坡道上，几个学校的学生哭着、喊着、骂着、吵着，你争我抢地往上挤。踩掉鞋的也没法提上，挤掉草帽的也不能拣起。我们学校的校长站在旁边，拼命地喊着“不要挤，不要挤”，可在巨大的雨声和喧嚷声中，他的喊声显得是那样的渺小和无力……

我也不知道是怎样上的斜坡，反正是脚几乎没沾地。校长也被挤上来了，他一边用手抹去脸上的雨水，一边对着我们喊：“快！快到附近村里去避雨！快到附近村里去避雨！”

这时候，雷声更响了，雨更大了。

我们十几个跑进一家农家小院，在人家门过堂里避雨，一个个都像落汤鸡，衣服都顺着边沿流水。这才发觉，我们带的工具有的挤扁了，有的跑丢了。没顾上吃的菜饭也不知道扔到哪里去了。

过堂风裹着雨直往门里扑，冷飕飕的。湿透的衣服贴在身上，冰凉冰凉的，肚子也辘辘地要“公粮”了。有几个人冷得打战了，再过一会儿，又有几个浑身筛糠，上下牙都碰得直响了。这家女主人看到了，动了恻隐之心，把我们让进堂屋里，还想找衣服给我们换上，可谁家有这样多差不多大小的衣服，也只好作罢。当她知道我们是来淘铁砂的时候，连连抱怨道：“你们早上没见火烧云？俗话说‘早上烧，中午浇’。你们小，不懂，难道老师也不懂？大炼钢铁，大炼钢铁，鬼迷心了，是钢铁金贵，还是孩子金贵？……”

风停了，雨小了，我们告别女主人上了路，我们明白，还有十几里路等着我们呢。刚出村，就遇上了我们的班主任和语文老师，跟在他们身后的有几十个学生，有我们班的，也有其他班的，活像两只大落汤鸡领着一群小落汤鸡。语文老师无精打采的，平时蓬蓬的头发被雨水打湿了，像一块黑毡一样贴在头皮上。我冲着他笑着说：“老师，‘旗开得胜，马到成功’！”他也冲我笑了笑，说：“出师不利，‘水淹七军’了。”有的同学还关心着我们的“会战成果”呢，问班主任老师我们淘的铁砂放到哪儿了？他苦笑着说：“雨来得这么突然，光招呼你们了，谁还顾得上什么‘铁砂’‘钢砂’的。”

到了家，天都暗下来了，雨还在滴滴答答地下着。母亲正着急，想让二姐拿伞去迎我呢，见我回来，忙着给我换衣服，烧姜汤。换好了衣服，喝了姜汤，觉得又饿又困。我突然想到，三年级的小朋友们恐怕还有不少在路上，他们也许会更饿更困吧！

“支前”

下午放学的时候，班主任老师告诉我们，接公社的通知，明天我们学校四年级以上（包括四年级）的学生要参加“支前”活动。

“什么是‘支前’?”“‘支前’就是支援前线。”“‘前线’在哪里?”“现在的‘前线’，就是‘马河水库大会战’的战场。”“怎么支援?”“给他们送给养——地瓜。”“‘战场’离这里多远?”“不很远，十几里路。”“怎么送?”“像当年老百姓支援解放军一样，车推、肩抬。自愿结合，两人一组，家里有‘跃进车’[①] 的，一推一拉；没有‘跃进车’的，一人拿杈头，一人拿扁担。明天吃完早饭到学校集合，就不要带书包了。”

第二天吃过早饭，来到学校，照例站队集合，校长讲话，说：“前方打仗，后方支援，是我们的光荣传统，当年打日本，打老蒋，都是这样做的。可以这样说，‘三大战役’的胜利，一半是老百姓用独轮车推出来的。现在，修水库就是一场硬仗。我们的‘战士’正浴血奋战，虽然没有流血牺牲，但却在出力流汗，所以后方的支援一定要跟上。这次给‘马河水库大会战’战场送地瓜，就是发扬革命传统的具体表现，就是以实际行动支持总路线、‘大跃进’、人民公社三面红旗。我们的任务就是要把五千多斤地瓜送到‘前线’去。这任务是很艰巨的，但我们一定能圆满地完成，大家有信心没有?”

---

① 跃进车：一种在“大跃进”时期广泛使用的简易小型独轮推车。

“有。”校长的讲话似乎并没有激发起同学们的劳动热情，台下只有几个人回答，而且声音有气无力的。

“大家有没有信心?”校长显然嫌大家的回答不响亮，又大声地问了一句。

“有!”这次回答的人比上次多了，声音也大了，但却能听出赌气的成分。

“那好，现在就去‘长身地’去装地瓜!”校长做了个出发的手势。

“长身地”是我们大队最好的一块地，金黄土到底，旱能浇涝能排，旱涝保收。往年，小麦、高粱、谷子、玉米、大豆都种，这几年，因为地瓜高产，就年年种地瓜。可以这样说，我们大队社员的口粮几乎一半出自于“长身地”。

我们来到“长身地”，哇，白花花的一地地瓜。原来，这里的地瓜不是人工刨的，而是用牛拉犁子“趟”的。这种办法快是快，但对地瓜的损伤大，落下的也太多。除了‘大跃进’，什么时候用过这种法子收地瓜。

我们管不了这么多，尽拣好的往杈头里装，直装得满满的，不能再装了，才罢手。校长让先装满的不要走，在地头上等都装满了一起出发，说这样显得壮观，有气势。等到大家都装满了来到了地头上，校长喊了一声“出发”，由几十辆“跃进车”和一二百副抬子组成的“支前”队伍就出发了。“跃进车”吱扭吱扭，扁担咯吱咯吱，大家说说笑笑，还真有点像电影上常见的那种“支前”的场景，只是大家推的、抬的不是白馍、煎饼，而是地瓜。

我和我们班里的机灵鬼——李玉友抬着满满一杈头地瓜走在队伍里，扁担颤悠颤悠地，开始还真感觉新鲜，有趣。可走到种刁村（也就是一里路）的时候就出汗了，我们就扒了上衣系在杈头上，像抬轿子似的，忽闪忽闪地。抬过了公路（也就是三里路），肩膀就疼了，只好放下担子，站一站了。抬到小寨村（不到五里路），我俩的肩膀都磨红了，只好坐在路旁的石头上休息一会儿了。这时候，我们惊奇地发现，路旁的草丛中有扔的地瓜，还有辆“跃进车”轴崴了，趴窝了，把整车的地瓜都扔在了路旁了。对，这不失是一个减轻担子的好方法。和走在一起的一商量，都觉得是办法，于是大家就都停下来往路旁的草丛中扔地瓜。不巧，这个时候，班主任老师赶上来了，吼着让我们拾起来，说“一滴汗，一粒粮”“谁知盘中餐，粒粒皆辛苦”，我们就慢吞吞地往回拾，等他一过去，就又扔下了。就这样，我们是越走越觉得沉，觉得沉就扔下几块，走走停停扔扔。看看路两旁，草丛里满是地瓜。看来，不光我们这样做，大家都在减轻负担。老师恐怕也不是没发现，只是睁一只眼闭一只眼罢了。

过了沙土村（也就是七八里路），我们几副抬子的杈头里都只剩几块地瓜了。这几块怎么送，老师问起来怎么交代？在路旁拾起一些很容易，但我们的肩膀都肿得厉害，扁担一粘就揪心地痛。怎么办呢？这时候，李玉友想了一个方法，说：“干脆，咱们给它来个游击战，我们不去送了，躲起来，等大部队送完回来时，趁大家不注意随上大流回学校。只要大家都不说，老师也不会知道。”大家一致认为是好主意，躲到哪里去呢？李玉友说：“看不见，旁边就是‘青纱帐’。”是的，路的不远处就是一块还没收获的玉米地。于是，我们便把杈头里的地瓜全部倒在路旁，一人背杈头，一人扛扁担，一头钻进了“青纱帐”里。

蹲在“青纱帐”里，吃着“甜秫秸”① 闲扯了一阵子。有人说肚子饿了，李玉友便说：“要不我们到外边烧窑子焖地瓜吃？”大家一致同意，可哪有火柴呢？“有，我有，出门还有不带火柴的！”李玉友从口袋了掏出一盒火柴，晃了晃，不无炫耀地说。

大家跑出玉米地，来到了一块刚收完豆子的空地里，搬来坷垃，垒成宝塔状的“窑子”。拾来柴火，在下边将坷垃烧红烧透，把地瓜放进去，然后弄塌“窑子”，又用杈头抬来湿一点的土培上焖上。过了半个多小时，闻到有熟地瓜味了，扒开，一捏地瓜，熟了。剥去皮，白气袅袅，烫得嘴里直“唏了”，那才叫一个又香又甜呢。

吃完焖地瓜，又到玉米地里吃了一会儿甜秫秸，看太阳已经西南晌

---

① 甜秫秸：没结棒子的玉米秸，微甜。

午了，估计大部队差不多回来了。钻出玉米地一看，果然有不少学生正推着空车、背着空杈头往回走呢。我们装作刚在玉米地里解完手的样子，遛上了大路，混进了人流，大模大样地回了家。

不知是谁告的密，我们的事还是让班主任老师知道了。第二天我们一回学校，他便把我们几个叫到办公室里狠狠地熊了一顿，连连骂我们“不吃人粮食”。

现在想来，我们当时做得确实有些“不吃人粮食”。但是“不吃人粮食”的何止我们，那些让我们“支前”的人“吃人粮食”吗？

深　翻

1958年放秋假的第二天，收工回来的母亲告诉我们，生产队长说，后天，在家的所有劳力都要到砖井子地参加“深翻土地大会战”，包括放假在家的学生。要吃、住在那里，时间大约一个星期，中途不准回家。各家要自带干粮、咸菜，自搭窝棚，自带被子。我们家，父亲、哥哥都在城里工作，剩下的五口人（母亲、三个姐姐和我），都要参加“大会战”。

“为什么要深翻土地?”我好奇地问。

“说是能多打粮食——小孩子问这么多干什么!”母亲显然是嫌我多嘴了。

因为“大会战”要自带煎饼，第二天天还没明，我们娘儿五个就起来推磨。推了近两个小时才勉强磨完。然后是母亲烙煎饼，我们则准备搭窝棚的木头杆子、箔、席子，铺的麦草，盖的被子，翻地用的大镢、铁锨……

第三天天还没明，一阵哨子声响过，接着的是副队长的吆喝声：“各家参加‘深翻大会战’的劳力，带足吃的、住的、用的东西，赶快到队院集合!”

天微微亮，各家都到齐了。来参加“会战”的，都和我家差不多，多是妇女孩子（男的青壮劳力都去挖“露天煤矿”、打马河水库去了）。接着队长讲话，说深翻土地是毛主席的号召，能多打粮食，能跑步进入共产主义。谁要是不拥护，就是反对毛主席，就是右派，就是反对“大跃进”……这次是“大会战”，全大队八个生产队的所有劳力都参加……这几天，要过军事化生活，吃、住在那里，不准回家，谁回家就插谁的白旗。全大队统一作息，谁要是偷懒，不该歇着你歇着了，也要插白旗……

天大亮了，队长也讲完了，深翻土地的妇女孩子大军，扛着木头杆子、箔、席，背着铺盖、麦草、煎饼，端着碗筷、茶缸子……向砖井子地进发了。“稀里哗啦”的脚步声，“丁零当啷”的餐具碰撞声，“哇——哇——”的孩子哭闹声，“唉——唉——”的老人的叹息声……汇集起来，格外刺耳。这哪里是去“大会战”，分明是拖儿带女、离乡背井去逃荒，逃难。

老远就看到砖井子地北头那个很高大的席棚子了，棚子的上边插着不少彩旗，因为没有风，都无精打采地耷拉着。挂在棚子上额的红布上写着“夏家堂大队深翻土地大会战指挥部”，一旁写着“人有多大胆，地有多高产”；另一旁写着“土地翻一翻，粮食翻两番”。每个字都有斗大。地里已经有了好多人，显然，有的生产队已经比我们早到了。

各家按照大队统一划定的地点搭窝棚——先挖出半尺深的地槽子，再用木头杆子架起三脚架，三脚架上搭上箔，箔上边搭上席，席着地的两边压上土。地槽子里铺上麦草，麦草上再铺一张席，一座是“窝”又是“棚”的“窝棚”就建好了。因为木头三脚架不能支高，所以进时要弯着腰，再往里，就要或坐或爬了。

各家各队的窝棚都搭好了，一个生产队一排，共八排。虽然高低不一，大小有别，但好大一片，都坐北朝南，活像一尊尊饿虎，张着比头还大的嘴蹲在那里，煞是壮观。

生产队还要挖“地锅子”①。每个生产队最少两个，二八一十六，都在另一块地的崖头上，一排这么多“地锅子”，虽然烟筒有高低，锅有大小，但也很气派。

见厕所没有搭，有人问队长：“光有吃的地方，没有拉的地方哪能

---

① 地锅子：在地头上，借地崖之势挖出的灶。

行?”队长说:“噢——忘了告诉大伙了,支书说了,砖井子地南边有张堂大队的一块高粱地,高粱米都叫小凤子[1]吃光了,听说也不准备砍高粱秸了。到那里方便,最好。”

忙忙碌碌,等到用地锅子烧出了第一锅萝卜水,天都小晌午了。大家这才在自家搭好的窝棚前吃了第一顿早餐——家家都是地瓜煎饼就老咸菜,喝萝卜水。

饭吃完,队长领来了翻地任务,说是大队将40亩的砖井子地分成八份,每个生产队一份;要求翻得深度不能少于半米;大家先不要动手,听大队指挥部的“冲锋号”声,统一开始。过了一会儿,指挥部的“冲锋号”就响了,八个队的近六百个劳动力呼啦一下子进入“砖井子地”,还真有点在电影上看到的我军大规模冲锋、去占领敌人阵地的气派,只是,我们扛的不是枪,而是大镢、铁锨。

队长要求我们,自愿结合,两人一组,揽半米宽,一个镢刨,一个锨铲。各组拉开码差,前赶后撵,一组落后就会影响全队,这就势逼着每一组都不敢怠慢,不能偷懒。布置完,看大家都紧张地抡起大镢、铁锨,他却像猴似的蹲在地头上,得意地吸着烟做起了监工。

砖井子地是“老土”地,表层是熟土,一般有一拃厚;下面是黑礓土,也有一拃厚;再往下是黄礓土。按照要求,要翻到黄礓土十公分。熟土层还好说,黑礓土就很难对付了,举起镢头,用力刨去,常常只能刨掉两个核桃大的一块。黑礓土还是立礓,而黄礓土是卧礓,更难对付,常常是两镢、三镢下去,才能刨下核桃大小的一块。

初秋中午的太阳还是很毒的,社员们都顶着烈日,刨啊,铲啊,一个个挥汗如雨,有的男劳力干脆扒掉上衣,汗珠顺着黝黑的脊背往下淌。

我和我大姐一组。对付熟土的时候,大姐让我刨;对付生土的时候,大姐让我铲。即使这样,没多大工夫,我的手就起了泡了。我多想停下来包扎一下,可是,我不敢,因为我清楚地看到,几个大队干部抱

---

① 小凤子:麻雀。

着一抱白旗，在工地上遛来遛去。先前，光我们队就有两组被他们插了白旗了：一组是狗剩娘儿俩，一组是“大老慢”夫妻；前者是因为深度不够，后者是因为进度太慢。我就咬牙坚持着，手上的泡破了，先流水，后流血，疼得揪心，还是不敢停下来。直到太阳西南晌午的时候，指挥部吹了吃午饭的号。

吃饭的时候，我把手给母亲看，母亲无可奈何地叹了口气，默默地用布给我包扎起来。

半个小时的吃饭时间很快就过去了，指挥部的“冲锋号”又响起来了，我们又赶紧地进入了“阵地”，投入了“战斗”。

拿起锨把，好像抓了一把蒺藜，疼得浑身哆嗦。可是时间一长，也许是木了，就不是很疼了。手不很疼了，可肩膀开始酸，刨一镢震一下，揪心。我看看姐姐，她也是一会儿吹吹手，一会儿砸砸肩的，后来，我们实在受不了了，也停了一会儿，多亏“插白旗的”没看见……

晚饭，喝的换成面汤水了。

晚饭后，各家都钻进了窝棚，工地一下子安静下来。我们娘儿五个挤在窝棚里，和衣躺下，五个人两床被，顾此失彼。我们这里的初秋，昼夜温差大，太阳一落山，气温马上就降下来。躺在窝棚里，也明显感觉到了寒意。我躺在窝棚里，只觉得两只手像被针扎的一样，一下子一下子地疼；两个膀子像灌了醋一样，酸疼得一抬也不敢抬。我把手伸出被子外，让冷气冰着，感觉好受一些，不知不觉就睡着了。

突然一声号响把我惊醒了，接着就听到队长的吆喝：“赶快起来，到指挥部前开会！赶快起来，到指挥部前开会！不去的、去晚的要插白旗！”

我们娘儿几个赶紧爬起来往指挥部前跑，老远就看见指挥部的横梁上挂上了贼亮贼亮的汽灯。近前一看，灯下还站着一个被五花大绑的人，身上插着不下十杆小白旗，活像京剧里唱武生的。那不是六队地主的儿子夏启标吗？他这又是犯了哪门子法了呢？

等到全大队的人到得差不多了，治保主任走上来，拿着广播筒子讲道：“地主羔子夏启标，公开反对‘大跃进’，反对深翻土地，大队明确规定，会战期间不准回家，可他偏要回家——”

“我……我父亲……”夏启标刚要分辨，治保主任上前抡起巴掌就是两个耳光，打了他两个趔趄。“你还敢狡辩，你是想说你那地主爹瘫痪在床，一天没吃饭，是吧？哼！一个臭地主，饿死活该！”治保主任咬牙切齿地说，“下边由大队支部书记、翻地总指挥夏得志讲话，大家欢迎！”

书记走上来，先踢了夏启标几脚，然后说这是阶级斗争新动向，要大家提高警惕。又说谁要是会战期间随意回家，偷懒怠工，下场就和夏启标一样……哼哼哈哈地讲了有个把时辰。

第二天早上，我的两只手都肿得像发面馍馍一样，磨破的地方都开始化脓了。母亲见实在不能握镢把了，只好领着我去找队长请假。队长听了我母亲的诉说，马上露出鄙夷不屑的神情，说：“哼！真是小姐身子丫鬟命，才干一天就不撑了？”我把手举到他眼前，看样子他也认为是不能再撑了，就极不耐烦地说：“就在窝棚里蹲两天吧，但不能回家！”

我就在窝棚里拖着双手躺着。

第三天的中午，就听到工地上一声大叫：“不好了，大凤晕过去了！”我一骨碌爬起来，爬出窝棚。跑上前一看，只见大凤姐躺在新刨出的黄礓土上，一支大镢还横放在她的身旁。她双眼紧闭，脸色煞白，胯下裤子湿了一片，脚脖子上还有血污。她六十多岁的老爹正呼喊着她的名字掐她的人中；她的母亲也箕坐在一旁，老泪横流，双手拍打着泥土呼喊着：“造孽呀，造孽呀！大凤‘身上’来了，不敢说呀，不敢歇呀，怕插白旗呀，造孽呀，造孽呀！”周围围着好多人看，几个婶子大娘都擦眼抹泪的。十几分钟后，大凤才苏醒过来，扶着爹娘向窝棚走去……

下午，四队的铁蛋来找我玩（他和我一样，也是被累垮的），告诉我另一个令人心寒的消息——夏启标瘫痪在床的地主老爹，因为没人给东西吃，渴极了，饿极了，自己爬下了床，爬出了屋，爬到粪坑边找水喝，掉到粪坑里淹死了。大队书记命令夏启标，当晚就要把他爹埋了，第二天必须回到工地翻地。不然，就是破坏“大跃进”，破坏深翻……

趁吃晚饭的时候，我想向母亲打听一下真假，母亲却把脸一沉，厉声说：“吃你的饭吧，煎饼还堵不上你那张嘴!”挨了“没脸”，只好作罢。

在窝棚里趴了四天，我又重新操起了大镢、铁锨……

翻地的“会战”一共“战”了十天。这十天，是难熬的十天，拼命的十天，要命的十天。社员们都掉了几斤肉，脱去了一层皮，一个个蓬头垢面、黑鬼似的。

地是翻完了，就专等着大丰收了。

可是，天公不作美，秋分过了，没下雨；寒露过了，还是没下雨。地翻得这么深，踩下去都能陷到脚脖子，风一吹，土都干得呼啦啦的，怎么下种呀。直到霜降，老天才勉强下了二指雨，队里赶紧凑着这点雨把小麦播上了。俗话说“麦怕胎里旱”，直到没翻的地的麦苗都铺满地的时候，这里的小麦还像瘌痢头上毛发，稀稀疏疏的，不分蘖也不倒股。冬天一来又虚死了不少，尽管队里也使用了砘压、追肥，甚至发动全大队的人到地里去踩等补救措施，都无济于事。到第二年麦收时，遍地长满了“萋萋芽”，一亩地也就收了百十斤小麦，比下的麦种多不了多少，还秕秕巴巴[①]的。

这还不算，更糟糕的是，自从深翻以后，砖井子地那块过去被称作“伸勺子就能舀饭吃”的地，近十年没长过一茬好庄稼。

从那以后，我们村的社员们便对“深翻”深恶痛绝，有顺口溜为证：夏得志，大混蛋，命令社员搞深翻。流了血，流了汗，社员累倒一大片。好地翻成了大荒滩，劳民伤财人人怨。

---

① 秕秕巴巴：极言颗粒不饱满。

大搬家

葫芦棚上结丝瓜，公社叫俺大搬家。杀了鸡，宰了鸭，摔了老娘丢了娃，吃的穿的全没了，锅碗瓢盆都砸了，往后的日子咋过呀！

——民谣

1958 年的初秋，阴雨绵绵。

“秋风秋雨愁煞人”，愁人的何止是秋风、秋雨。前天，大队就挨家下了通知，八月初八（农历），要“大搬家”，我们大队要搬到离我们村五里的曾楼大队去。故土难离，怎能不愁呢？

为什么要搬家呢？前几天，大队支书在“大搬家”动员会上是这样说的——人民公社，要“一大二公”：“一大”就是大公开，各家有的东西，都要公开，让大家都知道；“二公”就是大家公有，你的也是我的，我的也是你，都是人民公社的。人民公社还要搞“一平二调”：“一平”就是大家的东西要一样多，要穷都穷，要富都富；“二调”就是统一调配。如果不平怎么办，就让有的拿出一部分来给没有的。用什么办法来“一大二公”，来“一平二调”？最好的办法就是“大搬家”。他还举了一个例子，说张三家现在每人有 100 斤粮食，而李四家每人只有 50 斤，这就不符合人民公社“一大二公”的精神，怎么办，就要搞“一平二调”——让张三拿出一些来给李四，让他们两家每人的粮食一样多。而张三又不愿意往外拿，怎么办，就来个“大搬家”，让他们都搬走，让人民公社来给他们两家搞平均。因此，搬家的时候，只走人，任何东西都不准带走……最后还强调：“我说的这些，都是跟咱公社于书记学的，是捋的他的‘叶子’。”

一想到家里的东西明天就不是自己的了，就全大队公有了，我们一家人心里就慌了。虽然经过这几年的折腾，家里的东西也没有多少了，但“破家值万贯”，一看，还是满眼的都是东西。看，院子里跑着的五只鸡，两只鸭，一只鹅，这可是我们家的银行呀！吃盐打油，人情世事全靠它们。杀了，以后靠什么？不杀，就不是自家的了。还有猪圈里的那头“克劳”猪，棚子下那只快下羔的母羊。猪是开春时买的，虽然因为饲料不足长得不快，现在好歹也有百十斤了吧。我大姐再过三个月就要出嫁了，还指望卖了这头猪买嫁妆哪。那头母羊，是我八岁剃“羊胡子”[①] 时舅舅送给我的。听人说，卖和养着都可以，但不能杀；再说，母羊带羔已经四个多月了，“猫三狗四猪五羊六”[②]，再有一个多月就要下羔了。娘说“地是黄金板，人勤地不懒”，我家的房前屋后，都种上了丝瓜、四季莓、滴拉瓜……现在正是结果的时候，院墙上，篱笆上，架子上都滴里嘟噜地挂着。这些可都能抵粮食，“半年瓜菜半年粮”嘛！没有了它们，那半年吃什么？再看屋里，八仙桌子、泰山椅子、条山几、大小杌子、箱子、柜、橱子一套共八件，是我母亲的嫁妆，虽然有近二十年了，还是一敲嗡嗡地响。前几年大队曾多次想抬去当办公桌，可都没得逞（因为我们家毕竟不是地主）。还有那几件母亲为大姐准备的陪嫁衣服——大姐要出嫁了，家里没钱给她买新衣服，母亲只好把压在箱子底下的她的陪嫁衣翻出来，改了。虽然是旧衣服，料却都是绸子、缎子的。还有母亲勒的弯秕子，大姨哥送我的鸟笼子，父亲的朋友送我的木屐子（那时候，没有水鞋，雨天里的孩子大都赤着脚，穿木屐子的很时髦）……这些都要成为公家的了，既不让带又不准

---

① 剃羊胡子：我们这里的习俗。小孩从小留下的“羊胡子”（后脑勺下边留下的一撮毛发），要到八岁时舅舅送只羊来后才能剃去。

② “猫三狗四猪五羊六”：是指这些动物从怀孕到分娩的月数。

藏，又不想留给“一平二调”，怎么办？唯一的办法就是毁坏。

这一天，我们家一锅就煮了五只鸡、两只鸭、一只鹅。这么多东西五口人吃（我父亲和哥哥在城里），哪能吃得下。送邻居又送不出去，因为家家都如此。你说人这个东西怪不怪，平时吃一两块鸡肉、鸭肉，香得恨不得连舌头都能咽下去，可一旦拿它当饭吃，就不是那么回事了。开头吃着还挺香，可往后就越嚼觉得腥，越觉得有一股鸡屎、鸭粪味，再吃就要吐。吃了一天，连一半也没吃完，剩下的全倒到猪圈里喂猪了。

晚上，大姐哭着把娘给她改好的嫁衣一件件地拿出来，摆在床上。然后拿起一件穿在身上，对着镜子上下地看，反复地看，哭一阵子，脱下来，拿起剪刀，哆嗦着手，狠狠地剪，一剪、两剪、三剪……直到把一件嫁衣剪成条条、碎片，然后再拿起另一件……娘和二姐、三姐也坐在一旁，陪着大姐哭。五件嫁衣都剪成碎片了，大姐的眼哭肿了，拿剪子的手磨破了，鲜血直流。我呢，又把弯秕子、鸟笼子、木屐子……通通拾掇到院子里，抡起斧头，一顿乱砍，然后，一把火，把它们都化成了灰烬……看着火苗由大到小，慢慢熄灭，我再也忍不住了，大哭起来。惊得圈里的猪一骨碌爬起来，哝、哝、哝地叫着。屋里的母亲和三个姐姐听到了，急忙跑了出来，连拉带拽地把我拖进了屋……

第二天，我们又要对猪动杀戒。娘说她心里难受，就抹着眼泪躲进屋里去了。杀猪可没有杀鸡、杀鸭、杀鹅那么容易。鸡鸭鹅对我们来说，虽是“银行”，有些不舍得，但毕竟养他们的时间短，和它们的感情没多深。猪就不一样了，从小猪仔到现在，已经养了四五个月了。我们天天给它打猪草，煮猪食，捉虱子，刷鬃毛，一天三遍喂它，招呼它。我们亲它它也亲我们，我们娘儿五个，不管是谁，只要一进大门，即使它睡得再熟，也会马上爬起来，趴在猪圈墙上，哼哼哼地跟我们打招呼。这一回要对它下毒手，我们实在是不忍心呀。后来一想，你不忍心可有人忍心，与其让它死在别人手里，不如让它死在自己人手里。于是就下定决心，一定要杀它，免得跟了别人受难。为了稳妥，我们姐弟四个做了明确分工：大姐捧着玉米引，二姐在前边挠它的前膀子哄，三姐在后边挠它的屁股哄，我抡起大镢照脑门砸（姐姐说我是男子汉，胆子应该大）。

“咾——咾——咾——”大姐唤着，捧着一大捧玉米走向猪圈。正在熟睡的猪一骨碌爬起来，哼哼哼地跑过来。大姐微微地松着手，一点一点地撒着玉米粒；二姐、三姐赶紧偎上去，用力地挠它。猪吃着大姐撒的玉米粒，享受着二姐、三姐挠痒痒，美极了，讨好似的把小尾巴伸直，卷起来，再伸直，再卷起来。这时候，我扬起了大镢，这一瞬间，我看到三个姐姐同时落泪了。我的大镢也无力地落在了猪头上，砸了猪一个踉跄。待我再一次扬起大镢，猪似乎发现了我们是要置它于死地，“腾”的一下子跃过了猪圈墙，跑出大门，一头钻进生产队的苘地里，不管我们怎么唤，就是不出来了。

这时候，娘从屋里走出来，既没有夸奖我们也没有责怪我们，只是不断地掉眼泪，最后说：“这猪命大，说不定能躲过这一劫。”

还有那只母羊呢，看它拖着大肚子悠闲吃草的样子，我们实在不忍心伤害它。后来，二姐想了一个主意，把它藏到储藏地瓜的地窖里，给它备些干草，水，然后盖上窖门……

八月初八的早晨，天下着毛毛细雨，到处都湿漉漉的。天刚亮，队长就先吹哨子后吆喝：“所有社员都赶快到大队院集合，一个不落；所有社员都赶快到大队院集合，一个不落……”

当我们娘儿五个到了大队院时，那里已经到了不少人了，熙熙攘攘的，多是老人、妇女、孩子（青壮劳力都去挖“露天煤矿”去了）。一会儿，支书要各队队长挨家点名，点名不到的要派人去叫。过了一会儿，四队队长跟支书说：“孙大头七十多岁的老爹，说什么也不搬，躺在‘喜棺’[①]里拉不出来，怎么办？”支书说：“那好办，去两个力量大的基干民兵，拽出来，用抬筐[②]抬来就是了。”一会儿，五队的队长又向支书请示：“栓住的媳妇这两天就要生孩子，能不能对她网开一面？”

---

① 喜棺：老人还活着的时候打好的棺材。

② 抬筐：抬粪的工具。

支书坚决地说："不行，孩子在哪里不能生，非得在家里！""要是生在路上怎么办？""哪有这么巧的——就让接生婆跟着她！"……

又过了一会儿，院外传来了叫骂声："混账王八羔子，凭什么让我搬家？我的祖宗八辈都住这里……我就是不走，有本事你打死我……"随着声音，两个基干民兵真的用抬筐抬着一个老人快步走进来。"有本事"的没有打死他，却一下子上去捂住了他的嘴，憋得他直咳嗽。紧接着，两个中年妇女架着栓住媳妇走来了，人还没进门，肚子却先进来了。不知是因为走得急，还是因为怀孕月数大，喘得特别厉害，老远都能看到胸脯一起一伏的。

伴着孙大头的老爹的叫骂声和栓住媳妇的喘吁声，大队支书又讲话了。他说，这次搬家，说是搬家，其实是搬人，人要走，要走干净，一个也不留。走不动的，背；背不动的，抬。但是吃的、穿的、住的、用的要通通留下，一丁点儿也不能带走。一会儿，大队还要组织基干民兵逐家检查，查出来没走的要插白旗，要游街。这一次，我们大队和曾楼大队对搬，到了那里，住哪家由大队统一安排，住哪家，吃喝拉撒都在这一家，三天以后再回来……

支书讲完，"搬人"开始了。从一队到八队，按照顺序，社员们一个挨一个地从大队院门走出去。门两旁站着四个基干民兵，走过一个人，就上下打量一遍，怀疑身上有带东西的，就拽到一边搜查，盘问。

秋雨淅淅沥沥地下着。一支近千人的队伍冒雨行走在乡间泥泞的小路上，前后有近二里长。大家都没带雨具，浑身上下都湿透了，相互搀扶着，拉拽着，趺趺撞撞，不时有人滑倒。哭着喊着找孩子的，吵着闹着找干部的，骂老天、诅大地发泄不满的，咒老人、打孩子迁怒他人的……应有尽有。那位浑身泥水、在孙子孙女搀扶下、一步三滑地走着的老人是炳祥哥的老娘，今年快八十了，一双小脚，平时走路还拄着拐棍，踉踉跄跄的，我真不敢相信她老人家是怎么走过来的。孙大头的老爹，显然是骂够了，骂累了，眯缝着眼坐在抬筐里，任凭两个基干民兵故意地颠他、礅他，他也一声不吭了……铁蛋的嫂子抱着孩子走在队伍中间，上身只穿件薄背心，露着膀子，原来她的花布夹袄搭在了孩子的身上了，雨水顺着夹袄的边沿往下嘀嗒。孩子嗷嗷地哭，她也抽泣着，满脸的雨水和泪水。我没看见栓住媳妇，可我能想象出，她一定走得会更为艰难，她不会把孩子生在路上吧……

曾楼村终于到了，我们被安排在村东头的一户人家的两间东屋里。屋子里显然是被人翻过了，什么值钱的东西都没有。外间摆着一张摇摇晃晃的桌子、两条都少了一条腿的凳子，门后面堆着一小堆地瓜。里间就一张床，床上放着一床油脂麻花的被子，床头上堆着几件破烂衣服，一股子刺鼻的霉味。床前有两口不大的泥缸，空空的；缸上是煎饼筐，也空空的。我们的衣服都湿了，想找件替换替换，可那几件衣服没有一件是能穿的。折腾了一上午了，早已饥肠辘辘了，可吃什么呢？这屋里唯一能吃的就是那一小堆地瓜了。煮地瓜吃吧，院子里又没有柴火，我忽然想起来时见东边场上有麦穰垛，也不管是谁家的了，背来了两杈头麦穰。雨天返潮，生烟狼烟地烧了半天，才将地瓜煮了个半熟，狼吞虎咽地吃了个半饱。夜里，我们娘儿五个就挤坐在那一张破床上，盖着那床油脂麻花的被子，“睡”到天明。

就这样过了漫长的三天。

再回到家里，我们惊呆了，家已经让人洗劫一空了。八仙桌子、泰山椅子、条山几不翼而飞了。箱子、柜子虽然没抬走，却都翻了个底朝天，几件能穿的衣服都没有了，压在箱底的父亲的那件府绸大褂也不见了。原来瓦缸里还有几十斤玉米，几十斤瓜干，几斤黄豆，煎饼筐里的半筐煎饼，全都没有了。锅碗瓢盆都给摔了，砸了，剩下的几个也都少边缺沿的。就连藏在墙缝里半斤芝麻（那是一两个月前，舅舅给我送来的，没舍得吃，偷偷地藏在墙缝里的），也翻走了。藏母羊地窖的盖子已经掀开，扔在了一旁，哪还有羊的踪影。房前屋后的丝瓜、四季莓、滴拉瓜，一个也没有了，有的连根都给拔掉了……

娘一下子瘫坐在地上，两眼直直了，嘴里念叨着：“这日子还怎么过呀……这日子还怎么过呀……”

后来才知道，我们搬走了以后，大队就组织了近二十个基干民兵挨家翻东西，凡是吃的、穿的、用的，都拾掇到大队部去了。我家的桌子、椅子、条几都摆在了大队的办公室里；父亲的那件大褂也不知让谁拿走了；那只母羊，让他们杀了，煮了喝羊肉汤了，剥出了三个小羊羔，都长全毛了……翻去的东西也没“平”也没“调”，说是先放在那里，集体用，后来就不知去向了。

那只逃难的猪，再也没回来，不知道是还在逃着还是被人逮住杀吃了……

再后来，听说公社于书记因为搬家的事挨了上级的批评，说上边根本就没布置“搬家”的事，是他听错了——在县里开会的时候，他打盹了，迷迷糊糊听着县长正讲“搬家”的事，便在会议记录上写了“搬家”俩字，便继续打盹。开会回来，整理记录，见有“搬家”二字，想不起来怎么回事，又不敢打电话问县长，就按照自己的臆想，搞了场全公社的“大搬家”。其实，那天县长讲的根本就不是那么一回事，县长讲的是为了让住在山里的社员生活方便，可以组织他们“搬家”到山下来……

可是我又听说，离我们家不远的界河公社也和我们一样“大搬家”了，难道界河公社的某书记开会也打盹了？

吃食堂

妮的娘，你想想，五八年，吃食堂。梆梆梆，踹辣椒，妮的娘，快来掫①，一会儿不掫没有了。

——民谣

经过了“大搬家”，各家吃的喝的有的糟蹋了，有的翻走了，以后吃什么喝什么呀？有的人问大队支书，支书说：“这些就不用你操心了，往下就要吃食堂了，到时候，有的是大米、洋面，你就放开肚皮吃吧，保证管你个够！”

“这些东西从哪里来呢？”

“人民公社给呀！”

“人民公社从哪里弄来的？”

“‘一平二调’来的呀！”

“从哪里‘一平二调’？”

“人民公社，‘一大二公’，天南海北，哪里不能‘平’？哪里不能‘调’？——有你吃的就行了，管这么多干什么？”支书有点不耐烦了……

没过几天，就听说我们生产队的食堂收拾停当了，明天就要开伙了。出于好奇，我避着母亲去看了一回。

① 掫：夹菜。

食堂就设在生产队的队院里，原来的两间仓库变成了储藏室。院子里并排置起了两口大锅、两口小一点的锅。大锅是“自来风”的，炉条都是斜着的，锅还真大，能放进一头牛，锅的后面竖着很高的烟囱。那两只较小的也比我家的锅大两倍，灶膛跟我们家的一样，炉条是平放着的。锅的旁边是两个大案子，案子上放着两把菜刀，下面放着几个瓦盆。我就想，四个锅都在露天里，院子里连个棚子也没有，下雨刮风怎么做饭？在哪里吃饭？也没桌子，也没板凳，吃饭的时候都站着、蹲着、坐在地上？

七八个炊事员都是我认识的大娘大婶们，正在水井的旁边洗地瓜，衣袖都卷到了胳膊肘子以上。可能是洗得时间太长了，手和胳膊都泡得通红；可脸上的灰都一道一道的，守着水也没舍得洗上一把。伙食长是铁蛋的大伯，一只眼瞎了，外号“独眼龙”，正叼着旱烟袋吆三喝四地指挥几个男劳力往井边抬地瓜。听说他过去曾在哪个工厂里当过司务长，是因为贪污，被开除回家的。

八月二十三日，我们生产队的公共食堂正式开伙。

早工、早学（我们这里的习惯是早晨起来要干一阵子活、学生上两节课回来再吃早饭）以后，大家回到家里，连手也顾不得洗，就端着碗筷、筐子、盆子、弯秕子，一路小跑地往队院去。不多会，队院里就聚集了二三百人，都眼巴巴地看着那正在冒热气的大锅。

无意中，我发现，储藏室的墙壁上还挂了个小黑板，上面歪歪扭扭地写着：“今日食谱：饭，煮地瓜；菜，辣椒蒜泥；汤，萝卜水。”我想，这一定是“独眼龙”的杰作，因为他当过司务长，知道食堂要公布食谱。小黑板的旁边贴着《就餐规定》：一，吃多少取多少，不能浪费；二，只准吃，不准拿回家中，发现有人拿回家，按小偷论；三，做什么吃什么，不准挑拣……

没等我将《规定》看完，“独眼龙”就吹响了哨子。只见几个炊事员快步上前，揭开了大锅上的笼盖，随之，一股蒸汽腾空而上。人们“嗡”地一下子把大锅围了个里三层外三层。前面的也顾不上热地瓜烫手，大把地往筐子里、盆子里、弯秕子里抓。后边的呢，都高举着盆子、筐子、弯秕子，推推拥拥直往前挤。有的挤到锅前还没抓几把，就被后边的人挤到一边去了。“独眼龙”见状，一跃站到案子上，扯着脖子喊：“别挤，别挤，都能吃上，都能吃上。”可谁听他的？

我也加入了“挤”的行列，但毕竟年少力小，等到我挤到大锅前，锅里也就剩下一锅底子地瓜了，而且，大都是地蝼子咬过得、刨断的、被水泡得厉害没煮熟的……我也管不了这么多了，赶紧抢了一些端出来。一会儿，锅里一个地瓜也没有，只剩下一汪子黑水了，还有十几个老弱病残的空着筐子呢。“独眼龙”只好让抢得多的匀给他们一些，有的还不愿意，说不够吃，吵吵了半天……

两瓦盆辣椒蒜泥也一会儿就让人抢光了，还把一个瓦盆掰了个豁口子，还有三分之二的人没有呢。副队长愤愤地转着，嘴里骂着“不讲人味，不讲人味”，看到谁家抢到的多，就抢回一些（也不管他家同不同意），匀给没抢到的。

一大锅萝卜水，刚烧开时，队长媳妇就几笊篱把萝卜丝都搭走了，就只剩下“水”了。可是，二三百号人，一人一碗就要二三百碗，三大锅也不够呀。早去的，舀来了；去晚的，又端着空碗回来了，“水”也没喝上。

我们娘儿五个，蹲在一个角落吃地瓜。三个姐姐都抢到了一些，娘却没抢到，我抢到的虽然孬点，但还能凑合着充饥。可是，辣椒蒜泥我们没有抢到，也没得到副队长“匀”的待遇。萝卜水呢，只有大姐抢到了大半碗，也就够每人喝两口。吃煮地瓜的最大的问题是噎人，没有水送送，塞在食管里下不去，噎得直打嗝。怎么办呢？就只好到井边喝凉水。一会儿，井边就聚集了好多人，几铁桶的凉水都喝光了。

一顿饭就这样伴着“抢”字、随着“嗝”声吃完了。有的人家里地瓜抢多了，没吃了，又不敢拿回家，就顺手扔在墙角里、草丛里。“独眼龙”发现了，一边拾起来放在大锅台上，一边骂：“娘的×，不吃人粮食！”

正当大家收拾碗筷准备回家的时候，大队支书到了，让队长关上了队院门，他要讲话。人们只好重新蹲下来听他讲话。

他说，公共食堂是毛主席叫办的，它体现了人民公社“一大二公”的优越性。谁反对吃食堂，就是反对毛主席，就是反对人民公社。为了表示对吃食堂的支持，从今天起，谁家也不准动锅；谁家的烟囱冒烟，就是跟公共食堂唱对台戏。大队还要组织基干民兵巡逻，发现生火做饭的，一律把锅灶推倒，把粮食没收，还要插他的白旗……

“你不是说公社会给咱们送大米、洋面吗，大米、洋面现在在哪里?”有的人插话提他的“漏壶”。

“这……这……那……那……大米、洋面肯定是有的，就是没‘平、调’来，再等等吧，再等等吧……”支书有些张口结舌了。

这时候，正好有个孩子喊着肚子疼（一定是吃地瓜，喝凉水，肚子受不了），一会儿，脸都疼得煞白了。大伙都围上前去，七嘴八舌地给孩子的父母想办法。支书正好就坡下驴，说：“会就开到这里，看病要紧。”说完他也没去帮着给孩子看病，而是随着人群溜了。

“再等等”也没有等来大米、洋面，公共食堂里的饭天天还是煮地瓜；菜还是天天是辣椒蒜泥；汤倒是有了变化，除了萝卜水以外，又烧了白菜水、面汤水、绿豆水（不过只有水，没有绿豆花），但还是不够喝，还是要用凉水来补充。

顿顿吃煮地瓜就辣椒蒜泥，喝萝卜水、白菜水……几天就腻歪了，更何况辣椒蒜泥、“什么水”也不是顿顿都能抢到。于是就有人试着从家里带点生菜来（因为不让生火，所以不能带熟菜）。开始带几个辣椒，几根葱，再往后发展到带点咸菜丝、凉拌萝卜丝、凉拌白菜丝等。先是偷着摸着，恐怕干部发现，后来见队长的媳妇也带，也就明目张胆地摆出来了。有时候，各家还相互品尝，切磋拌凉菜的技艺。

谁也没有想到，一天的早饭间，支书领着七八个基干民兵突然闯进了队院，红了眼似的见了菜就踢，就踩，就跺。噼里啪啦，菜飞了，碗破了，碟碎了，吓得社员躲的躲，藏的藏。支书一把抓住正蹲在那里吃地瓜的历史反革命夏大山（听说他解放前曾经当过伪保长）的脖领子，猛地一拽，夏大山一屁股坐在地上，支书又使劲一提，将他拽起来。然后，端起他前面的半碟子萝卜丝，“啪”的一声摔在地上，指着他的鼻子骂道："怎么？从家里往公共食堂带菜，和食堂唱对台戏，和食堂较劲，想丢食堂的人，想丢人民公社的人？这是阶级斗争新动向，是公开反对公共食堂。"又面向全体社员说，"有的贫下中农，革命警惕性不高，也糊里糊涂地跟着地富反坏往食堂里带菜，跟着阶级敌人打人民公社的脸，这是绝对不允许的。从今以后，谁要是再敢往食堂里带菜，就按破坏公共食堂来论处……当然，以后，食堂也要想法改善伙食……"

从那以后，确实就没有人再敢往食堂带菜了。农历九月初十的中午，还真的改善了一次伙食——按人头每人发了两个白煎饼（用麦子面烙的），一勺子头猪肉炖白菜，一碗绿豆大米稀饭。

领来饭菜，我吃得那个香啊，那个甜啊。嚼在嘴里，总是感觉着喉咙里有一只手一个劲儿地往下拽。一会儿工夫，两个煎饼，一勺子头白菜，一碗稀饭，全都进肚了。似乎觉得有些饱了，又似乎觉得还没饱，既满足又失落。娘看着我的样子，苦笑着说："吃这些就行了，别撑着，娘给你留一个，明天再吃。"

第二天早晨去上学，我把母亲留下的那个煎饼装进了书包，想在同学面前炫耀一下我还有白煎饼吃。一路上，我是忍了又忍，终于到了学校，迫不及待地掏了出来，向铁蛋炫耀说："昨天，食堂分的白煎饼，俺娘没舍得吃，留下的。"没想到，铁蛋也从书包里掏出白煎饼，咬了一口说："我家还有七八个呢，是我大伯拿回去的……""七八个算个屁，我家还有一包袱呢，只是我娘只让我在家吃。"没等铁蛋的话说完，队长的儿子大牛就抢了话茬。这时我才知道，食堂里的白煎饼，那天并没有吃完，当干部的可以继续"改善"，却没有社员的份了。

没有社员份的何止白煎饼，听说几个队干部（队长、副队长、妇女队长、会计、保管、记工员）和伙食长经常在夜深人静的时候在食堂里"加班"吃东西，比如炖豆腐、炒鸡蛋、烙单饼、焖干饭，有时还要杀只羊解一解馋。特别是队里收了一些绿豆之后，几乎每天晚上都要煮绿豆花子喝。据说，有一天的晚上，不知是因为绿豆煮得不很烂，还是他们喝得太多，结果几个干部都拉肚子拉得提不上裤子。于是，有人就编了这样的几句顺口溜：干部偷喝绿豆花，四个干部撑死了仨。还有一个没撑死，哩哩啦啦拉到家，又是洗又是擦，还落了一身屎疙疤。

吃完那次白煎饼以后，我们再也没有改善过生活，还是天天煮地瓜。但是，生产队的地瓜连吃加糟蹋，是很有限的。人民公社又没有“平”“调”来大米、洋面，等到地里的地瓜吃完了，生产队再也没有东西管社员的饭了。

1958 年的农历九月二十一，我们生产队的公共食堂“寿终正寝”，一共办了二十八天。这些天中，除了有一顿吃的是白煎饼外，其余顿顿都是煮地瓜。食堂因有地瓜而始，因无地瓜而终，所以叫“地瓜食堂”更为合适。

采 访

扁担宽，板凳长，公社叫俺去挖矿。丢下爹，丢下娘，丢下媳妇睡冷床。用挑担，用肩扛，绞车吱扭吱扭地响。挖了一百八十天，挖出的深坑水汪汪，光见黄泥不见矿。

——民谣

秋假快要结束的一天，班主任（也是语文老师）郭老师给我捎信，让我赶快到学校去一趟，他有事情找我。我一听，哪敢怠慢，拔腿就往学校跑。

离学校老远，就看见郭老师那辆破自行车了，他正站在学校门口等着我呢。还没等我喘口气，郭老师就迫不及待地告诉我一个让我不敢相信的消息——让我做“战地小记者”，和他这个“战地大记者”一起到“木石露天煤矿大会战”战场去采访。

“战地大记者”“战地小记者”都是“大跃进”中的产物。“大跃进”中净搞大会战，比如“马河水库大会战”“木石露天煤矿大会战”“深翻土地大会战”“大炼钢铁大会战”等。搞什么大会战就要搞什么大宣传，搞什么大宣传就要办《××会战战报》，办《××会战战报》就要有记者，而记者都由写作能力强的老师和学生担当。郭老师是我们公社远近闻名的写作高手，他写的报道在《大众日报》上都登载过，所以，他经常被《××会战战报》聘请为“战地大记者”。而“战地小记者”要在全公社的学生中产生，每次“会战”，也就要一两个，那可真是人里拔人，万里挑一，选中谁，那可是至高无上的荣誉。我的学习成绩一向很好，特别是作文好，郭老师曾多次推荐我当“战地小记者”，都因为我的家庭成分不好而未成，而这一回怎么……

“我……我……我家成分不好，恐怕不行吧?”我还是不敢相信，便胆怯怯地对郭老师说。

“行，这次行了，我把你在《中国少年报》上发表的文章一亮，他们都没话说了。”郭老师不无得意地说，“明天一早，你就还在这里等我，我用自行车带着你，咱们一起去‘露天煤矿’。咱们的任务有两个，一是采访会战总指挥，二是采访一个先进模范人物。赶快回家准备吧。”郭老师说完，就骑车走了，我光顾高兴了，竟忘了和他说再见。对了，让我这么高兴的还有一个原因，我还可以顺路去看看在那里出工的左邻右舍，我已经两三个月没见他们了，怪想他们的。

第二天一大早，郭老师就骑着那辆“哪里都响，只有铃铛不响”的自行车带着我上路了。虽然颠颠簸簸，但他还不时地给我交代采访要注意的事项，什么“提问时要看着对方的眼睛”了，什么“提问的语言要简练、得体”了，什么“提问的目的要明确”等等。我们两个还做了分工，总指挥的采访以他为主，模范人物的采访以我为主。三十多里路走了两个多小时，到了“会战战场”，已经九点多了。

啊！这是多么壮观的场面啊！在方圆几十亩的一个大坑里，黑压压的人群都由中心向四周搬运泥土，有一人担的，有两人抬的，也有三人用地排车拉的。远远望去，像在一个巨大的漏斗里，数以万计的蚂蚁在上下蠕动。近前发现，这些人多数是男劳力，也有少数青年妇女。一个个晒得黝黑，衣服上粘着泥钉，都带着像驴脖拉[①]一样的垫肩，面无表情地刨土，铲土，挑土，抬土，装车，拉车……脸上都布满了汗珠，有的后背的衣服都湿透了……

“别看了，快走，快到宣传科去联系采访!”走出老远的郭老师在

---

① 驴脖拉：驴子拉套时，脖子上戴的垫子。

督促我。我赶紧加快步伐跟上了他。

宣传科设在一个帆布帐篷里，接待我们的是宣传科的陈老师，是从我们公社抽调来的，跟郭老师很熟。陈老师很热情，马上就领着我们来到了会战指挥部，把我们介绍给了孙总指挥。

孙总指挥坐在被他压得“咯吱咯吱”叫的椅子上。他人高马大，络腮胡子，瞪着两只呆愣愣的大眼。穿着一身洗得泛白的黄军装，腰里扎着一条黑色的牛皮腰带，很宽；腰带扣是黄铜的，闪闪发光。明白了我们的来意之后，他显得有些不耐烦，皱着眉头说：“你们有什么话赶快问，我还忙着呢？”

“我们知道总指挥忙，不会耽误你多少时间，我们只想让你介绍一下几个大家都关心的问题。请你先说一下，开挖露天煤矿的重大意义。”郭老师一面表示不好意思，一面提出了第一个问题。

“这挖露天煤矿意义大极了。你看，现在全国都在大炼钢铁，没有煤炭，怎么炼？你们也知道，过去，人们都把挖煤人叫‘埋了没死的人’，多危险呀，要是能挖出露天煤矿来能少死多少人呀。东北有露天煤矿，山西有露天煤矿，为什么我们山东就不能有露天煤矿？为什么我们滕县就不能有露天煤矿？‘只有想不到的，没有做不到的’，我要让这里出露天煤矿，这里就能出露天煤矿，这就是‘大跃进’的精神！”

见总指挥停下来，郭老师又提出第二个问题：“到目前为止，我们一共投入了多少人力物力？预计什么时候能挖出煤来？”

“要说投入的人力，到目前有东郭、龙阳、党山、界河、姜屯、大坞、峄庄、城关、东沙河、南沙河等十个公社的青壮年劳力共一万八千多人。至于物力，那就没法统计了，就光粮食一项，我可以这样说，社员挖出了多少土，就吃掉了多少窝窝头子。要问什么时候能挖出煤来，这个不好说，可能明天就挖出来了，也有可能明年这时候还挖不出来。”

“今后还有什么打算？”

“我们打算再增加十个公社的青壮年劳力，再增加一万五千人，继续挖下去。一年不行两年，两年不行三年，愚公都能移山，我们还能挖不出露天煤矿来？”总指挥说到这里，站了起来，看来，他是有点激动了。

“青壮劳力都来挖煤矿了，谁种庄稼呀？”我憋不住了，插了一句。

总指挥轻蔑地扫了我一眼，显然觉得一个小屁孩还敢跟他提问题，轻描淡写地说：“现在是‘以钢为纲’，种庄稼是次要的。”

“那……那……”我还想再问“毛主席不是说，吃饭是头等大事吗？种庄稼怎么能是次要的呢？”可看到郭老师一个劲儿地给我使眼色，就憋在肚子里了。

“就到这里吧，我还有事，先走了。”总指挥走了，也不知道他是真有事还是有些烦了，我们对他的采访也只好结束了。

总指挥走后，郭老师对我说，对领导的采访，不能“提他的漏壶”，刚才我的提问就犯了采访的大忌。我想，我提的是事实呀，怎么就犯了大忌了？但不敢跟郭老师说。

接着陈老师又马不停蹄地领着我们去采访火线入党的挑土状元张振芳。路上，我让陈老师先介绍一些有关张振芳的情况，以便我下边的采访能有的放矢。他说，张振芳是在一次“挑土擂台赛”上脱颖而出的。“挑土擂台赛”上，各公社的选手各显神通。平时都是两人抬一筐土，后来有两人抬两筐土，再后来有一人挑两筐土，最后，竟有一人挑四筐土，虽然走得有些踉跄，但还是在规定的时间里走到了终点。这个挑四筐土的就是张振芳，他是界河公社某大队第四小队的社员，贫农出身。总指挥认为他是个“不怕苦，不怕死”的典型，是大家学习的榜样。还特地为他召开了隆重的表彰大会，给他披红戴花，送他“挑土状元”的光荣称号，号召全体民工向他学习，并让他光荣地加入了中国共产党，说这叫“火线入党”，战争年代经常这样做……

我们在挑土的人群中找到了张振芳，他正挑着两个抬筐艰难地爬坡，伴着脚步，头向前一拱一拱地。两个抬筐里虽然都只装了半筐泥土，可扁担却弯得像鱼刺一样。

“张状元，快停下来，有‘战地记者’来采访你!”听到了陈老师的喊声，“张状元”放下了担子，拽下脖子上的毛巾擦着汗，憨憨地笑着看我们。我赶紧凑上前去，问道：“张状元，听说你能一下子挑起四抬筐土，请问你哪来的这么大的力量?”听了我的提问，“张状元”现出了很不自然的神情，像小学生背书一样结结巴巴地说：“大炼钢铁是……是毛主席的伟大号召，没有煤怎么炼，挖露天煤矿就是……就是对大炼钢铁的一千个支持，一万个拥护。我……我就有使不完的劲儿……”很明显，这不是他的真心话，他是在背别人教他的话。

“现在，你在‘火线’上入了党，是一名光荣的共产党员了，你的心情如何呢?”我又提出第二个问题。

他挠着头，涨红着脸，嘴唇哆嗦着说:“入了党，成了党员，我……我一千个高兴，一万个高兴，要比我……娶媳妇还高兴一百倍……”

正当我要提出第三个问题时，他下腰挑起担子，又头一拱一拱地上坡了。我还想追上去，见郭老师摆手示意，也就罢了。

到了吃中午饭的时候了，陈老师请郭老师到木石街里去喝烩饼汤(说饭店里就这一种吃的)，要我一起去。我告诉他们我要去看乡亲们，他们也就没再强求。

在几百个同样的窝棚中找到乡亲们住的窝棚，真不是一件容易的事，我几经周折才找到他们。我们一个队的人都在，一个个都又黑又瘦、蓬头垢面的，正蹲在外边的空地上吃饭。饭也是跟我们队里食堂的一样，煮地瓜，不过，每人还给了一勺子头辣萝卜菜。乡亲们见到我，又是惊又是喜，争着给我拾地瓜，盛辣萝卜菜。大家七嘴八舌地问起家的情况，老人呀，小孩呀，公共食堂了，大搬家了，我一一做了回答。是啊，他们都两三个月没回家了，能不惦记吗?他们又问我来这里干什么，是怎么来的，我便把采访“张状元”的情况一五一十地告诉了他们。当我说到“张状元”挑四个抬筐的时候，大家都笑了。我觉得奇怪，忙问他们笑什么。二喜哥不屑地说：“别听他们胡咧咧，糊弄‘日本人’的，要是装满了土，两个抬筐都挑不动，别说四个啦!”

“那擂台赛上他怎么能挑起四抬筐土?”我不解地问。

“下边的两个筐，一筐里只装了一锨土，除了总指挥那样的‘半熟’① 不知道，谁不知道。”二喜哥一边说，一边吃吃地笑，大家也都

① 半熟：呆子。

跟着笑，不知是笑我，笑“张状元”，还是笑总指挥那个“半熟”。

“其实，这一回可把这个年轻人害苦了，听说他丢下扁担当场就吐了几口鲜血。这还不算，从那以后，他就得天天挑抬筐，不挑四个挑两个也够玩的，装不装的就是半筐。听说他队里的几个小青年有意地操（方言读 cào）他，故意给他往满里装，弄得他哑巴吃黄连——有苦说不出。”大头鱼叔不无同情地说。

“听说这孩子正后悔当初不该谝能，弄得自己骑虎难下。”

……

大家正谈得热烈，上工号响了，乡亲们都急匆匆地回工地了。正好郭老师和陈老师也吃完饭找我来了，我们便和陈老师告别，郭老师又带上我往家赶。

路上，我把吃饭时了解的情况告诉了郭老师，问他稿子该怎么写。他长叹一口气说：“你就当什么也没听见，还是照咱当初设计的写！”

几天以后，郭老师写的《总指挥的气魄》，我写的《“张状元”的苦和乐》，都登在了《露天煤矿大会战战报》上。

后来听说，不久果真又调了十个公社的青壮劳力参加会战。三万多人，又挖了三个月，按社员的说法都挖到黄泉了，还是没见煤的影子。后来请来了山东地质勘探队的人一勘探，人家差点笑掉大牙。说这里的地下确实是有煤矿，还是两层，上层离地面有二百二十米深，下一层离地面有四百多米深。就这种挖法，别说是挖六个月，就是挖六年、挖六十年也挖不出煤来，在这里挖露天煤矿简直是胡闹。

于是，总指挥也只好宣布，“木石露天煤矿大会战”胜利结束！

三万多民工一天就全撤了。可一个面积有几十亩的大坑和周围的几十座人造小土山，像一块巨大的伤疤和座座巨大的坟茔，永远地留在滕州的南部。时刻提醒着人们记住那个荒唐的年代，那些荒唐的人，那些荒唐的事情。

大饥荒中的一天

五九年，大饥荒，家家没有隔夜粮，树皮、茅根都吃光。饿瞎了爹，饿死了娘，饿得妻子吊上梁，饿得孩子号断肠。

——民谣

今天是星期天，不必上学。清晨，我躺在床上，一动也不想动。看着从窗户眼里射进来的一束阳光，看阳光中那上下翻滚的微尘，就觉着我的肚子里也有什么东西在翻滚，咕噜噜、咕噜噜地响个不停。又像有什么东西在拉我的肠子，在揉我的胃。嗓子眼里又是酸，又是苦，又是涩……娘不是说“人是一盘磨，躺倒不觉饿”吗？怎么躺着一动不动还是饿得这么难受呢？

“二孩，起来吧，起来喝点水跟着你二姐、三姐到坡里去看还能找点吃的吗。”娘在督促我。

我有气无力地穿上衣服，连手也没洗，就钻进了锅屋里。嫂子刚烧开了锅，正吃力地站起来。呀，嫂子的脸肿了，肿得连眼都睁不开了，整张脸就像一块平平的发面，根本分不清哪里是鼻子，哪里是眼睛。再看看她的手，两只手都像充了气的蛤蟆，一层薄皮的下面是汪汪的水。

“嫂子，你这是怎么啦？”

嫂子没说话，眼泪从那张平脸上一直往下流。这时候，母亲走了进来，说："前天，你嫂子饿得实在没办法，吃了小半碗槐芽。"

"槐芽有毒你知道的呀!"

"我以为泡了两天了，该没事了，谁知还——不过，还好，只是胀，倒不很疼。过几天就会好的——娘，快下'面'吧。"嫂子说着就要去掀锅盖，可几次都没拿到锅盖的把手。娘慌忙近前把锅盖打开了，一锅水沸腾着。娘从她褂子口袋里摸出来四小块"烂芋头"，用水冲了冲，小心翼翼地把它们捏成粉，放在了水瓢里。

这里得解释一下，所谓"烂芋头"，是1959年春天的特有产物。1958年的秋天，干部们都被"大跃进""跃"得晕头转向，领着群众天天忙着"深翻土地""挖露天煤矿""大炼钢铁""打马河水库""办公共食堂""大搬家"，连成熟的庄稼也不收了。那时候，你到地里看一看，随处都能看到生芽的高粱穗子、玉米棒子、大豆棵子……芋头呢，吃食堂时是吃多少刨多少，后来，天一冷，一冻，没刨的全烂在地里了。到了1959年的春天，挨饿了，人们才想起了地里去年糟蹋的那些粮食。高粱、玉米、大豆都烂光了，没想到的是，那些在地里过了一冬的烂芋头居然还能吃。抠掉上边的"苦钉子"（原来的黑斑），洗干净，捏成"烂芋头粉"，蒸窝窝头，摊煎饼，烧糊涂①，不苦不酸，虽说不上好吃，可要比树皮、茅根要好。于是一时间，捞（方言读 lào）"烂芋头"就成了解决饥饿的一个办法。一开始，在本地捞，后来，不少人还冒着生命危险到火车站爬上货车到济南白马山去捞，而且还收获颇丰。我二大爷就在那里捞了近十天，回来时，背回来两袋晒干的"烂芋头"，我们都羡慕得要命。但是，"烂芋头"毕竟是有限的，等到大家都去捞它，没出几天，就把所有的芋头地都捞遍了。以后再捞，就是捞二茬、捞三茬了，是找"漏网之鱼"，就只能靠运气了，捞上半天，连一块也捞不到也是常有的事。现在下锅的就是我和二姐、三姐昨天捞了一下午的收获——四块小"烂芋头"。

娘把那四块小"烂芋头"捏成粉下进锅里，又倒进水瓢里一些榆

---

① 糊涂：稀饭。

树皮粉[1]，掺些水，再倒到锅里，再烧开。

四块小“烂芋头”，一小撮榆树皮粉，一大锅水，稠稀可想而知。这就是我们一家五口人（这时候，我大姐已经出嫁了）所有的饭食。

大家都端着大碗，喝了一碗又一碗，喝得肚子胀得疼，可还是不觉饱。

饭间，生产队长隔着院墙告诉母亲，要她和嫂子去队院捣粪，说如果不去，就扣上级发给的救济粮。

嫂子肿成这样还能干活？我们说什么也不让嫂子去，可嫂子却说：“情愿肿死，也不饿死，去！”我们也拗不过她，只好让她和母亲一起去了。

母亲临走，还千叮咛万嘱咐，要我和二姐、三姐一定要找点吃的回来，不然，中午饭就只能喝开水了。

带着母亲的叮嘱，我们背着杈头，拿着大镢、小镢来到了地里。

空旷的大地，一望无际的土黄，看不到一点绿色。如果是往年，现在正是“麦到清明龙三节”[2]的时候，麦苗都该拔茎离地、绿油油的一片了。可是去年秋天光“大跃进”了，生产队没心思种麦子，全都撂了白茬。仲春的阳光特别地晃眼，远看确有、近看却无的阳气（大地的水蒸气）飘飘忽忽，很像海面上那微微起伏的波浪。身置其中，更觉得头重脚轻，晕晕乎乎。

目前，在地里可能找到的吃的不外乎三种：一是“烂芋头”，二是茅根（可以烧水喝，煮熟了嚼着吃），三是野菜。

说起野菜，在我们这里，能吃的只有三四种，比如萋萋芽、挺挺子棵、豆扁子棵、猪耳朵棵等；像辣辣蒿、黄蒿等，即使用热水烫了，再放在凉水里泡五六天还苦得酽心，根本吃不成。那时候，到处都是采野菜的人，能吃的几种野菜还没长出几片叶子，早就被人剜走了。所以，我们根本就不能打野菜的主意。

---

① 榆树皮粉：把榆树的里层皮晒干，用碾碾细，过箩。烧汤时加入一点，可以增加黏稠度。

② 麦到清明龙三节：当地农谚。说麦子到了清明时节，就长出三节了。

我们来到了长茅草的叫“沟子”的地方，这里已经让饥饿的人们翻了个遍，就差过筛了。我们想碰碰运气，把那已经很松软的土又翻了一遍，累得张口气喘，却一根茅根也没找到。

我们不想再在这里浪费体力，还是到芋头地里去吧，昨天不是还捞到了四块小“烂芋头”吗？我们又来到了昨天的那块地里，又像昨天那样翻那不知让人翻过几遍的土，巴望着还能找到“漏网之鱼”，哪怕是一两块也行。可是，刨了半天，累得直淌虚汗，还是连一块也没有发现。我们已经再也举不起镢来了，肚子像被掏空一样，有些微微作疼了。怎么办呢，中午饭吃什么呢？看来地里是再也想不出一点办法了，只好背着空空的杈头回村里再碰碰运气。

离村子还有好远，就听到号啕的哭声。不多会儿，就见几个人抬着用一张烂箔裹着的尸体往村外走，死者的两条腿还露在箔的外边。后边跟着一个妇女，边哭边念叨“我苦命的爹呀，到死你也没吃上一口饱饭呀……”一打听，是村东头的地主夏允杰饿死了，跟在后边哭的是他的女儿。爹跟我说过，过去，夏允杰是我村有名的胖子，在城里开杂货铺的时候，胖得弯不下腰，提鞋都得要媳妇帮忙。前几天，我还见他蹲在墙角晒太阳，瘦得皮包着骨头，可小腿肿得有一手围粗，脚也肿得穿不上鞋了，一按一个坑——死就死吧，死了世间又少了一个受罪的。

我们来到村里，整个村子一片死寂，连一声鸡鸣狗叫都没有。几个孩子懒懒地依着墙根晒太阳，都挺着个水罐子一样的大肚子，肚皮薄得像一张纸，连里面的肠子都能看到。几个患水肿病的老人，穿着旷荡的破棉袄，蹲在墙角里，一个个黄肿烂胖，目光呆滞。村里能找到什么呢？凡是树叶能吃的树，比如榆树、洋槐树、杨树，树头都光秃秃的了；凡是能吃的树皮，都被人剥得一干二净了。突然，我发现，二大娘正在往窗台上晒“烂芋头”，我不禁一阵惊喜，忙对姐说：“姐，看，咱二大娘正晒‘烂芋头’，咱去向她要一点吧！”

“这个时候，她能给吗？”二姐有些迟疑。

“能给，二大娘可大方了，有好吃的常常分给我们。”我极力地劝姐。

“那……那……咱去试试。”

我们一路小跑地进了二大娘家的门，二大娘正抠“烂芋头”上的苦钉子。见我们来了，慌忙拉了件褂子把“烂芋头”盖上了。姐见状，拉起我就往回走。我却打着坠，边哭边喊：“二娘，我家里一点吃的也没有，我姐仨，村里、地里找了一上午也没找到一点可吃的东西，你就给我们一点‘烂芋头’吧！”

“二娘，我嫂的脸、手都肿破皮了，你就可怜可怜我们吧！”二姐也松开了我，一边哭，一边说。

二大娘的脸上现出极其复杂的表情，她说：“孩子，不是二娘狠心，你们想想，二娘有好吃的什么时候避过你们。这点‘烂芋头’，是你二爷拼着命从济南白马山捞来的，平时不舍得吃，今天我看着有点长毛了，拿出来晒晒。看，就有这十几块了，这可是俺家六口人的饭呀！”二娘说着，也失声痛哭起来。

不过，二大娘最终还是拿了三小块塞到我的手里，说：“孩子，二大娘就只能这样了。”我手捧着那三小块“烂芋头”，仿佛捧着三块金子，心里暗暗发誓，等到我有了东西，我一定要十倍、百倍地报答二大娘。

回到家里，母亲和嫂子干活也回来了。嫂子的脸和手都破皮流水了，她是实在撑不住了，一进屋就躺到床上去了。当我们把那三块“烂芋头”来历说给母亲时，母亲流着眼泪喃喃地说：“你二大娘是好人哪！”母亲用这三块“烂芋头”外加一点榆树皮粉又烧了一大锅“汤”。

下午母亲收工回来，带来了振奋人心的好消息，上级发救济粮了，要我们去队院领。我赶紧拿着口袋直奔队院。

到了那里，队长告诉我，上级有规定：成分好的发给救济粮，每人二斤玉米，半斤大豆；成分不好的，只给救济菜——每人二斤腌胡萝卜，一斤腌芋头。并且特别安排，要计划着吃，下一批救济粮要到十天以后。

既然上级有规定，我们还说什么。不过，我还是想，难道成分好的和成分孬的长得不是一样的肚子？想归想，但不敢说。

晚饭是用腌胡萝卜和腌芋头外加一点榆树皮粉烧的汤，尽管洗了多遍，还是咸得酽心，但是要比“烂芋头”汤好喝。但嫂子却没喝，她说她的脸和手疼得像火烧一样，连一口水也不想喝……

一天就这样熬过去了，后面还有多少个这样的“一天”等着我们呢！

下　放

二十世纪五六十年代，“下放”是个常用的词汇，如“干部下放到基层”“工人下放到农村”“城市户口下放为农业户口”“知识分子下放到农场”等等。可是，你听说过下放小学生吗？在我们这里，就发生过这样的新鲜事。

那是1959年暑假以后。

1959年是“大跃进”的第二年，“一平二调”虽然没有1958年那样厉害了，可生产队的男劳力大部分还是抽调走了——马河水库还没修完，界河采石场又抽了男劳力去砸石子铺铁路。生产队干活的主要是妇女和老人。妇女、老人本来就力气小，家务事多，再加上农业社吃大锅饭，不少人出工不出力，造成了麦后除草不及时。暑期雨水一多，草长得贼快，把庄稼都给欺黄了，欺死了，就出现所谓的“草荒”。也就有了“全民动员、消灭草荒”的大举措——一时间，工人下乡，售货员轮岗，解放军也派了小分队。其实，他们来了，就是走走形式，做做样子，地里那么黏，天气那么热，一蹲一身臭汗，他们谁能出这样的力。结果是“干打轰隆不下雨”，人来的不少，草灭的不多，越灭荒越厉害。

这时候，不知是哪一级的领导，突然又打上了小学生的歪主意——命令十五岁以上（包括十五岁）的学生、家庭成分不好的四年级以上（包括四年级、不论年龄）的学生，通通不让上学了，全部下放到生产队去“消灭草荒”。

来我们班宣布这一消息的是校长；班主任也跟来了，只是站在一旁，没讲话。校长这次也没讲什么大道理，说这是上级的命令，是命令就必须执行，不能讲价钱。说我们班按年龄要下放十二人，按家庭成分要下放五人，共十七人，占总人数的三分之一。接着就宣读被下放的学生名单。

别看平时大家都说上学上“够”① 了，说什么“谁如果不让我上学，我要给他磕三个响头”，可到了真的不让上了，就不是那么回事了。校长读到谁的名字，谁就哭，还没宣布完，整个教室里就哭声一片了。哭得最厉害的有三个：一个是张振凤，一个是李传申，一个就是我。

张振凤是我们班年龄最大的女生，那年可能十七了。说起她上学的事还真让人感动。别看她现在上的是五年级，其实，她在学校只上了一年多学。她有三个弟弟，她的父母亲重男轻女，到了上学的年龄，却不让她上，让她在家看弟弟。谁知道她的求知欲望特别强烈，经常抱着弟弟隔着窗子听老师讲课。渐渐地，老师了解了她的情况，便让她抱着弟弟到班里来当旁听生。据说，她比那些正儿八经坐在教室里上课的学生学得都好。看大了一个又一个，到第三个弟弟也上小学了，父母又想让她在家挣工分，还是不让她上学。她忍无可忍，跟父母大闹了一场，最后以死相逼。她父母没办法，只好同意了。进校那年她十六岁，开头就上三年级，一考，全班第一。一年之后，直接跳级上了五年级，谁料想，五年级才刚开始，就摊上了“下放”。这样，她前面的所有努力都白费了，她再也没有办法拒绝父母要她辍学挣工分了，她将永远告别学校，成个名副其实的社员了。你想，她能不哭吗?

李传申不是他现在爸爸的儿子，是他妈妈改嫁带来的。这类孩子有个侮辱性的称呼——“带犊子”。在我们那个“排外”性极强的村庄里，“带犊子”很难生存。首先，他妈改嫁，就有人认为是不贞节，有违妇道。而他这个“带犊子”是“违妇道”的产物，因此，看不起他妈，也看不起他。其次，他的到来，给他继父的家族又增添了一个男

① 够：厌烦。

人，在他继父的族人看来，是外姓人来争他们的家业，所以，他屡遭排斥。但是，他学上得好，那时候，还兴张榜公布学生的考试名次，每学期他都在班里名列榜首。这一点，让他妈颇为自豪，也让他的腰杆直了不少。就连他那些势利的族人，一想到他成绩那么好，以后肯定会有出息，也就不敢对他过分造次了。他曾经跟我说过，他一定要好好上学，早一天离开这个让他整天喘不上来气的地方。可是，现在，这条道给他堵得严严的了，你说，他能不哭吗？

再说我吧，在《上学》那一篇里我已经写了我对上学的热爱，随着时间的推移，这种热爱愈加强烈。另外，我心里还有一个谁也没告诉的秘密：我的一个表哥考上了南开大学中文系，据他说，要不是我们家的成分不好，他能考上北大。用现在的话说，他一直是我的偶像，每当他戴着“南开大学”的校徽来我们家走亲戚的时候，我就觉得他光彩夺目。所以，我就暗暗下定决心，将来一定要像他一样，考个名牌大学，戴上名牌大学的校徽。可现在，我的大学梦一下子破灭了，从今天起，我就要离开我所挚爱的学校了，你说，我能不哭吗？

校长却不管我们哭不哭，宣布完名单就离开了教室，剩下了班主任老师尴尬地站在讲台上。待哭声小了，班主任老师无奈地说：“请刚才点到名字的同学装好书包，搬上板凳离开学校吧。”突然，张振凤像疯了一样，“哗”的一下子把书包里的东西全倒在了地上，哭着，抓起一本书来，三下两下就撕得粉碎，然后再抓起一本……全部的书和本子都撕碎了，又狠狠地把地上的所有的文具踩得粉碎，提起板凳，大哭着跑出了校门。还没等我们回过神来，李传申又哭着跑到了讲台上，双膝跪下，双臂抱住班主任的一条腿，哭喊着：“老师，求求你，不要下放我呀！不要下放我！”紧跟着又有七八个同学哭喊着跪在老师的面前，嘴里不停地念叨着：“不要下放我，不要下放我！”其中也有我。

班主任老师显然被感动了，他眼圈红红地、哽咽着说：“孩子们，我也不想下放你们，可是，这是上级的命令，我只有执行的分呀！大家都快起来，先回家，跟家长说说，看还有什么办法……”

我晕晕乎乎地回到了家里，把被下放的消息告诉了母亲。母亲听了也蒙了，眼泪扑啦扑啦地直往下流，嘴里念叨着：“怎么能这样呢？怎么能这样呢？一个吃屎的孩子，‘放’到家里能干什么？再说了，家里再也没有什么东西可以给你换学上了。”

是的，为了能上学，大队刨走了大杨树；大搬家时，大队抬走了八仙桌子、泰山椅子；大炼钢铁时，大队锯走了两棵刚成材的榆树和一棵洋槐树。现在真的是“一屋四旮旯，要么没么”了，没有值钱的东西可以换学上，再去求支书是绝对没用的。后来，二姐说，还是找找你班主任老师，看他能不能替咱想点办法。我又跑回了学校，找到班主任老师，把想上学的强烈愿望、特别是想像我表哥一样考上名牌大学的愿望给他说了一遍。班主任老师听了，很同情我，也很赞赏我，夸奖我有志气，像对我、又像对自己说：“这样的学生不帮，还当什么老师？”然后把我领进他的宿舍，悄悄地对我说：“我有个师范的同学在沙土小学当校长，我给他打个招呼，暂时把你转到那里去上，过两三个月，一过‘风头’，我再想法把你转回来。”接着，就给他同学写了一封信，让我第二天拿着去沙土小学去找杜校长。

我千恩万谢地告别了班主任老师，回到家里，心里还是七上八下的，饭也吃不下，觉也睡不踏实。

第二天一早，我便和母亲一起到了沙土。先到了舅舅家，让舅舅带着我去找杜校长。杜校长看了班主任老师写给他的信，连声说：“好！好！有志气，将来一定会像你表哥一样，考上名牌大学，这个学生我收了。”

后来，我便在沙土小学上学了，吃住在舅舅家里。两个月后，不灭草荒了，也没有人再提“下放”的事了，在班主任老师的帮助下，我又悄悄地回到了夏家堂小学。看看班里，原来的五十多个同学现在还剩三十多人，原来满当当的教室现在变得空落落的了。被下放的同学有回来的，但很少，就两三个。张振凤没回来，李传申也没回来。后来听说，下放不久张振凤就嫁人了，嫁给了苗庄的一个哑巴，她父母图了人家的钱。李传申跑了，有人说回到他原来的爷爷奶奶那里去了，也有人说，他下了东北，闯关东去了。

初中的开篇

参加完升初中的考试，我每天都在高兴和担心的交替中等待着。

高兴的是自我感觉考得很好。考试只有语文、算术两科，满分都是一百分。语文得八十五分以上绝对没问题。作文题目是“记一位好社员”。考前，好社员的事迹我准备了七八件，件件都是又新颖又感人，考试时手到擒来。我还使用了倒叙的手法，避免了一般考生的平铺直叙。我还把平时背下来的、在《烈火金刚》上看到的一段精彩的景物描写移植到这篇作文中，我想一定会让阅卷老师看了眼睛一亮。算术基本上没错题，有一道难题，是行程问题，虽然拐了几个弯，增加了难度，但还是没难住我。一百分不敢说，九十五分绝对有把握。但是我还是有些担心，因为正赶上那年国家缩减初中的招生人数，据说八个公社只招 108 名学生，近二十人才能考上一个。况且，每年招家庭成分不好的学生是有名额限制的，要另划线。听说有好几年，一个都没收；不过，去年倒招了几个，我三姐还考上了。

终于在考后的第十五天，我等到了滕县第十中学的新生录取通知书。

通知书是我六年级的班主任老师亲自送到我家的。他激动地告诉我，我们小学毕业两个班，八十多人，只考上了两人，都在我们班，那个班“撸了光头”。他还告诉我，据消息灵通的人透露，滕县十中这一届只招了两名家庭成分不好的学生，其中之一就是我。最后，他又特别地嘱咐了我两件事：一是录取通知书一定要保管好，别让小孩子给撕了，开学报到时是要上交的；二是按《通知》的要求，报到前要到所在大队党支部开介绍信，介绍你在生产队的表现，要尽量让他们写好一些，第一印象很重要，先入为主嘛！

我考上中学了，我高兴，我们全家都高兴，亲戚邻居也都高兴。接到通知书的那天，母亲毫不心疼地在糊涂锅里煮了两个鸡蛋，犒赏我。后来，我二大娘颠着小脚，送来一捧干红枣，说给我补补身体，好上中学去。我舅舅听说了，给我买来了六尺“学士蓝”布，让我母亲给我做件新衣服——要知道，那年，上级发给每个社员全年的布票只有三尺三，我的这一件褂子就用去了他家近两人全年的布票。神神道道的邻居李厚朴大叔更搞笑，说那天傍晚，他亲眼看到我们家的老林①上冒出了三股紫烟……我走在村里的大街上，常常招来人们羡慕的目光，还不时地有人对我指指戳戳，说：“瞧，这就是夏东升家的二小子，今年考上中学了。”“今年中学难考，百里取一呀！”这个时候，我只觉得腰比过去直了，气比过去壮了，头敢高抬了，眼敢远看了，步敢跨大了，整个人都有精气神了。那感觉吧，说是扬眉吐气有点放肆，说是心花怒放有点夸张，说是欢欣鼓舞有点显摆，说是屁颠屁颠的有点太俗。反正好着呢！

心情好时间就过得特别快，不知不觉地就临近开学了，该为上学做准备了。其实，也没有什么好准备的。舅舅给送来的布母亲早就给我做好了褂子，去年夏天做的一条洋布裤子现在穿着虽然短了些还勉强能穿，一双布鞋有些破了，母亲已经缀好了，鞋底下还钉了厚掌。要办的事只还有一件，就是到大队党支部找支书开介绍信了。

一天的中午，我拿着《新生录取通知书》来到了大队党支部，见支书正坐在我家的泰山椅子上打盹呢，哈喇子流了一前怀。我敲了好一阵子门，他才艰难地抬起了一只眼皮（真是太困了，不知昨晚干什么来着），很不耐烦地问：“有什么事？”我不卑不亢地一边把《新生录取通知书》递给他，一边把开介绍信的事告诉他。只见他一手拿着我的

① 老林：祖坟场。

《新生录取通知书》，一手搓擦着前怀的哈喇子，两只眼睛上下上下地打量了我好几遍，那目光里有不解，有不屑，也有不甘。然后像是对我，又像是自言自语地说：“人民公社工农商学兵五位一体，怎么中学招生没经过大队？”（我想，要经过你，不知道你又会向我家要什么呢!）他放下了通知书，也收起了打量我的目光，停了停又说，“这样吧，你先在院子里等着，一会儿写好了我再叫你。”

“支书，我小学老师说，介绍信是学校对我的第一印象，请你给我写好一些。”我觉得说这些话的时候，腰又弯了，背又驼了。但是，我的腰弯、背驼并没有博得支书的怜悯。“实事求是嘛，我当然要对组织负责了。”支书一边打着官腔，一边喊八赖子去叫大队会计。我知道，他斗大的字认不了半口袋，介绍信他写不了。

一会儿，会计来了。两人在办公室里捣鼓了半天，会计出来了，有些鄙弃地把介绍信递给了我。信没封，显然不怕我看。我定眼一看，只见上面赫然写道：“夏健民同学在生产队表现尚可，家庭是富农成分，请多加教育、改造是荷。”下边是“龙阳公社夏家堂大队党支部”的落款，还加盖着血红的大印，再下边是年月日。

像一盆冰水一下子泼在了我发热的头上，我的心顿时凉了半截，“尚可”就“尚可”吧，为什么一定要把我的家庭成分写上？这是我最不愿提及的、最怕别人知道的一块伤疤，为什么非得要让它暴露给所有的人，让他们随时去戳它，去揭它，让它流血，让它痛呢？他们到底是安的什么心呀？

“会计二哥，你看，这……能不能……”我指着介绍信上的“富农成分”，想求会计改一下，却一时又找不到合适的语言表达。

“支书非让我这样写，我有什么办法……”会计连脸也没朝向我，说着，急三步地走了，好像我是黏胶，生怕粘上。

开学的那一天，我没叫家人送，一副担子挑起了所有的行囊。一头是被子（没有褥子，也没有枕头）和书包，一头是一周吃的煎饼和咸菜。

到了学校，找到了新生宿舍。进去一看，是三间屋子分两面，中间是过道，北面是高低铺，南面是大通铺。我见北面的一个下铺没放东西，就顺手把被子、煎饼包袱放下了。这时候，班主任老师来了，先作了自我介绍，然后督促大家快把《新生录取通知书》和大队党支部的介绍信交上。我急忙从书包里掏出这两样东西，交给了班主任。班主任没看《通知书》，看了介绍信，脸上毫无表情地说："你家是富农?"围在他身边的有八九个同学，都齐刷刷地用异样的眼光看着我，其中有一个穿花格子褂子的还鄙弃地往地上吐了一口唾沫。我羞愧难当，无地自容，没答话，甚至连头也没敢点一下。

"这是谁的被子，没长眼，这张床我早就占下了。""花格子褂子"突然喊道。

"我的，怎么了？你占下了怎么没做个记号?"我一听他说我"没长眼"就来气了，反驳他道。

"什么记号不记号，我占下了就是占下了，怎么，还反了你?""花格子褂子"像只好斗的公鸡，恨不得一嘴啄死我。特别是那句"还反了你"，像是在警告我，下面就该是"你这个富农羔子"了。

我怎么办呢？和他争下去，他一定会抓住我的家庭成分侮辱我；不争吧，我实在咽不下这口气。这时候，班主任老师发话了："吵什么吵，有话不能好好说。夏健民，你睡上铺。"班主任老师是不是偏袒他，我不好说，但最起码没偏向我，我只好忍气吞声地把东西放在了上铺。我分明地看到，"花格子褂子"一边吹着口哨，一边得意洋洋地看着我。后来我听说，"花格子褂子"是学校附近哪个大队支书的儿子，是"走后门"进来的。

刚上了没几天，班主任突然通知我和另一个叫徐吉洋的学生，要我们到校长室去一趟，弄得我俩都一头雾水。我们新来乍到，处处谨小慎微，没违纪没犯错，校长找我们干什么？再说，校长日理万机，哪有工夫接见两个刚入学的新生……

我们带着种种猜测走近校长办公室。门没关，校长正坐在办公桌前看报纸。他，四十多岁，长着一张略微虚肿的脸，两腮微坠，眼泡微肿。

“报告!”我和徐吉洋同时喊道。

校长的目光从报纸上移到了我们身上，然后慢吞吞地说了声“进来。”

我们走进门，垂着手，恭敬地站在那里听他发落。

校长放下报纸，慢吞吞地问：“你俩谁是夏健民？谁是徐吉洋？”哎呀，校长竟然知道我们的名字，是我们太有名了，还是校长的工作细致入微？

“我是夏健民。”“我是徐吉洋。”

“你俩谁家是地主？谁家是富农？”这下我明白了，我们原来是因为家庭成分不好出的名，校长也是因为这个找我们的。

“我家是地主。”“我家是富农。”我们也慢吞吞地回答。

“今天，找你们来，没有别的意思，就是想告诉你们，你们很幸运，今年我们（不是咱们）学校招生，家庭出身不好的过分数线的有十几人，就收了你们两人。但是我还想告诉你们，这所学校毕竟是共产党的学校，是无产阶级专政的学校，是给工人阶级、贫下中农的子弟办的，让你们进来，就是照顾你们了。你们不能忘乎所以，要知道，你们是老虎尾巴上的泥巴，哪一天想甩掉你都可以。你们要感谢党给了你们这次学习的机会，好好地学习，老老实实地接受教育、改造……”

如果说介绍信上注明家庭出身是给我发热的头上泼了一盆水，“花格子褂子”说“还反了你”是在我的伤口上撒了一把盐，那么，校长的这通话是在我的心上扎上了一根针。接到通知书后的高兴和自豪，这一刻在我的身上已经荡然无存了。我明白了，我是考上了中学了，可我的家庭出身并没有变，戴在我头上的紧箍咒并没有脱落。在他们的眼里，我还是“另类”，还是低他们一等，还得“老老实实”地接受他们强加给的不平和屈辱。我就是想不明白，我招谁惹谁了，我想要的，不过是一点少得可怜的做人的尊严，可是他们就是不给！中学的开篇就如此，这三年我还要忍受多少蹂躏、煎熬和痛苦呢？想想我真是后怕，干脆，不上了，不要“老虎甩”，自己自觉地“掉下来”，岂不更好。可是我又想到，辍学回家后，会更让人看不起。越想越觉得无路可走，甚至想到了一死了之。

我把这苦恼写信告诉了我那上大学的表哥，想征求一下他的意见，密密麻麻地写了七八页。他的回信却很简单，除了问他姑妈、姑父好，感谢他们对他的关怀和照顾外，只是告诫我不要一时冲动，做出悔恨终生的事。随信寄给了我一本《牛虻》，让我好好读读，说读完了，思想疙瘩自然就会解开了。

我一口气把《牛虻》读完，深深地被牛虻的精神感染了，然后感觉到自己以前的想法，确实幼稚可笑。牛虻，被最信赖的人欺骗过，被最爱的人伤害过，他的尊严被践踏，人格遭侮辱，但他不屈服，不妥协，顽强地抗争着。即使沦落到拖着残损的身躯在甘蔗园卖苦力，担任杂耍戏团的小丑，让孩子们掷果皮惹看客发笑，他也仍然始终乐观地生活着。比起牛虻来，我那点委屈、挫折，能算得上什么。无怪我那大学生表哥根本不理会我的苦恼，在他看来，这是意志薄弱的孩子的无病呻吟。是的，我应该像牛虻一样，为了希望，为了目标，勇敢地直面别人强加给的屈辱、不公。我也应该像牛虻一样，把巨大的肉体和灵魂的痛苦都深深地埋在心里，化作一份向命运挑战的动力，一股强烈的求知热情，一种乐观的生活态度。

初中的开篇，开启了我人生的新阶段，也开启了我思想的新境界。

舌尖上的初中

也许是饿怕了，我对吃饭特别在意。

进了中学不久，我就发现，在吃饭上，我们班的学生大致可分四个等级。一等的是城镇户口的学生，他们是吃国家供应粮的，给伙房交粮票和生活费，和老师在一个餐厅里吃饭，基本上顿顿是大白馒头。菜呢，和老师的一样，虽然不过是白菜、萝卜、豆腐、豆芽而已，但毕竟顿顿有蔬菜，有热乎菜；一星期还有两顿改善生活，要么是过油的菜（我们那里称“酥菜”），要么是荤菜。二等的是家庭条件优越的农业户口学生，比如说老子在大队、生产队当干部的。他们也带煎饼，但煎饼不是用瓜干烙的，而是用小麦、高粱、玉米等烙的；也带咸菜，但咸菜里面有的放得油多，有的放了肉丝、花生米、芝麻等；有时还带来一些粮票，隔三岔五地享受一下非农业的生活。第三等的是农业户口中家境一般的学生，他们带的要么是纯瓜干烙的煎饼，要么是掺了少量玉米、高粱的瓜干煎饼。菜，就是纯咸菜，而且油还很少。他们没有粮票，也没钱到伙房买菜，顿顿都是瓜干煎饼、咸菜、开水。第四等的是农业户口中家境差的学生，他们甚至连瓜干煎饼也带不起，即使带了，也要有计划地吃。有时候，还会带糠窝窝、菜团子。这类学生少，整个班也就那么两三个。

除了这四类学生，还有一个学生例外，他就是家在葛庄的葛青峰。他是农业户口，老子也没当官，可他却经常带白煎饼，带的咸菜也啦啦地淌油。后来，一打听才知道，原来他家是单干户，到现在没入社。他有时也骂他父亲是老落后，让他在同学面前很没面子，可是，一到吃饭，他就能享受“老落后”给他带来的好处。

我是属第三等的学生，顿顿都是瓜干煎饼、咸菜和白开水的那种。我天生的没出息，看见比自己吃的好的，就或羡慕或嫉妒；看见比自己吃的差的，就或同情或怜悯。我羡慕一等的学生，也想天天吃大白馒头，也想顿顿有热菜。一个星期六的晚上，我把这一想法告诉了母亲。母亲长叹了一声说：“同样是老鼠，托生到北大仓里的，就一辈子吃大米、洋面；托生到茅厕里的，就一辈子吃屎。人也是一样，托生到城里的，一辈子吃供应粮；托生到农村的，就一辈子啃干煎饼，这就是命啊！”后来才知道，这是差别，叫工农差别，叫城乡差别。为什么会有这样的差别呢？我问过教我们语文的张清泉老师，他说：“这可是个大问题，不是一句话两句话能解释清楚的。”既然老师都解释不清楚，我也就只能存疑了。

我也嫉妒过二等的学生，凭什么他们的煎饼就比我的好咬？就比我的香？凭什么他们的咸菜就比我的油多，就有肉丝、花生、芝麻？凭什么他们隔三岔五地就能当天“非农业”？他们哪一点比我强，我哪一点不如他们？后来，有人反问我说：“人家有当官的爹，你有吗？”是的，我没有。既然没有，就别说废话。

我还怜悯过那些吃不上煎饼，只能带糠窝窝、菜团子的同学，我想，瓜干煎饼吃起来都像嚼锯末一样，糠窝窝、菜团子你怎么能咽下去？我好歹还能就上一口咸菜，调一调瓜干煎饼的腻歪，可他们连口咸菜都没有。有时候，我也扪心自问，我比他们强在哪里，他们又比我差在哪里？他们为什么就该受更多的苦？我也找不到答案。

有的人可能吃过煎饼，但不一定吃过瓜干煎饼；有的人吃过瓜干煎饼，但不一定吃过烙完放上三天五天的瓜干煎饼。我们都是每个星期六下午放学回家，星期天天不亮就抱着磨棍推磨磨瓜干糊子。一般要推两三个小时，晕头转向地磨完，母亲就烙。因为是纯瓜干，经常摊上去，揭不下来。费九牛二虎之力烙完，天都晌午了。母亲顾不上吃饭再给我叠上，包进包袱，再炒上咸菜。午饭后，我便背着煎饼，提着咸菜回学校。前一两天，煎饼还酥一些，软一些，好嚼一些。再往后，就越来越板，越来越硬，变成了一块块“铁板”，难咬，难嚼。费很大的力气撕下来一块，嚼在嘴里，如同嚼锯末。

为了让煎饼好吃一点，我请求母亲，让她在磨糊子的时候多放一些玉米。母亲对我说，现在生产队里每年分给每个社员的毛口粮不足三百二十斤，其中三十斤小麦，三十斤玉米，其余的都是瓜干。因为口粮不够，小麦根本舍不得吃，也就是逢年过节能吃上一顿半顿的饺子，其余的都在“黑市”上卖了换瓜干了。三十斤玉米，每天烧稀饭都还掺一半瓜干呢，哪舍得用它烙煎饼。

“那卖了小麦不能换玉米?”

“傻孩子，玉米多少钱一斤，瓜干多少钱一斤，买一斤玉米的钱能买二斤半瓜干。再说，玉米多了，煎饼是好咬了，是好吃了，好吃了就吃得多，一天每人多吃一个煎饼，我们五口人，一天就得多吃五个，日子不可长算，一年就得多吃多少粮食，咱有这么多粮食吗?”那我还能说什么呢?

既然在原材料上没法改变，我便在煎饼的吃法上想办法。嚼不动，就用开水泡着吃。谁知道，难咬、难嚼的瓜干煎饼一见开水，就一下子滩了，滩成了鸭子屎一样，看了就恶心。再加上老咸菜，甜不甜咸不咸的，更难下咽。后来，学校小卖铺里卖糖精，五分钱一包，买来放入少许。开头几口，还觉甜丝丝的，可越吃越涩，最后，实在吃不下去了，只好倒掉。

想改善一下生活，想过一顿馋瘾，不光是我的愿望，也是我们这一类学生的愿望，于是就有了“精神晚餐”。

学校打完了熄灯铃，教育处查寝的过去了，班主任查寝也过去了，“精神晚餐”就开始了。

……

“用刚打下来的新麦子烙出‘三表子新’[①] 的白煎饼，再用大大的

---

① 三表子新：极言里外都新。

油、大大的辣椒炒上一盘子鸡蛋，卷上一包，那才叫过瘾呢！”

“嗯——不如卷蒜薹炒肉。”

“不行，这两样都不解馋。你吃过红烧肉没有，选半肥半瘦的肉——光肥的太腻，光瘦的不香——切成手指头大小的块，淖完后，加上葱姜蒜、花椒大茴调料炒，再放甜酱、酱油炖，炖得烂烂的，嚼起来，满嘴流油，可又肥而不腻。”

“还不如糖醋鲤鱼。上个星期天，我去我舅老爷家，正赶上他家吃糖醋鲤鱼，那才叫好吃呢！又甜又香，入嘴就化，那种感觉简直无法形容。”

“别吹了，你舅老爷家就这么有钱，能吃得起糖醋鲤鱼？”

“吹，谁吹了，他儿子是公社书记！”

……

“快别说那些没用的，好吃的多着呢，有咱的份吗？嘴快活罢了，睡觉，睡觉。”“精神晚餐”在班长的督促中结束了。

“精神晚餐”结束了，但同学们改善伙食的想法并没有停止，有的人竟然打起了歪主意。一次午饭后，小个子崔大成为了能过回馒头瘾，就跟是城镇户口的李晓飞打赌，说自己还能一口气吃六个大馒头，喝三茶缸子水。李晓飞不信，因为他们平时一顿饭最多吃两个，况且，崔大成还已经吃过了饭。这个“二杆子”，还真的跑到伙房了买来了六个馒头，看热闹的端来了三茶缸子水。崔大成吃两个馒头喝一缸子水，围着操场跑一圈；再吃两个馒头喝一缸子水，围着操场跑一圈。六个馒头、三缸子水下了肚，崔大成忽然捂着肚子喊起来，一会儿，竟疼得满地打滚了。大家一看出大事了，慌忙报告了班主任，班主任叫赶紧送医院。到了医院，不知医生用了什么药，让他上吐下泻，把刚才吃进的东西全部倒了出来，才不疼了，又在医院住了三天，才回的学校。

还有更离谱的，为了改善生活，竟铤而走险。我班的张玉友，一天路过伙房时，透过玻璃看到里面有“酥菜”，遂动了邪念。趁夜深人静之时，从餐厅和伙房中间的售菜口钻进去，饱餐一顿再钻出来。开头两次没事，因为伙房的师傅们明知道“酥菜”少了，互相猜疑，都没吭声。三次以后，师傅们说透了，知道有贼了，便故意设套捉贼。这天夜里，张玉友刚刚钻进去，就被逮了个正着。多亏他家是贫农，才没开除他，给了他一个“留校察看”的处分。

其实我也有非分之举——在夜里轮班站岗的时候，竟伙同一块站岗的王建华偷学校农业试验田的萝卜啃。更可恶的是偷白菜心子卷煎饼吃——专拣抱得紧的，悄悄地撕开表面的，去掏最嫩的，掏完之后，再用老叶盖上。我向毛主席保证，只偷过那一回，后来，张玉友出事后，我就再也不敢了。

最值得一提的是，班主任老师还给我们集体改善了一顿生活。腊八那天，不知道他在哪里弄了十斤大米、二斤红枣，请伙房的师傅给我们班煮了一锅稀饭。

两大桶上边漂着红枣的稀饭摆在我们面前，香喷喷、甜丝丝的气味直往鼻孔里钻。同学们排成两队，都端着碗、缸子、陶瓷盆，看着稀饭、闻着饭香、咽着口水站在那里，专等着老师的一声令下。过了一会儿，老师扫视了一下，见同学们都到齐了，说：“人多粥少，红枣一人两颗，稀饭一人两勺。”啊？两颗红枣，两勺稀饭，太少了吧，我们还以为能放开肚皮喝个饱呢。

“物以稀为贵”，很显然，喝这两勺漂着两个红枣的稀饭的时候，大家都放慢了速度，都想利用这有限的食物，获得较长时间地享受。但是，肚子并不配合，一颗枣放到嘴里，嚼着，舍不得咽，舍不得咽就没了，好像在口腔里化掉了。肚子里仿佛有只无形的手，稀饭喝到嘴里还来不及嚼，就被它拽了下去。一会儿，枣和稀饭全下了肚，有的甚至还把粘在碗上米粒都舔干净了，可肚子里的那只无形的手还在往外伸……

舌尖上的初中，真是五味杂陈，令人难以忘怀。

入 团

初二上学期期中考试后的一天，班长告诉我，“画下来老师”叫我到他办公室里去，说要跟我谈谈。

“画下来老师”姓赵，是我们的政治老师，又是学校的团总支书记。“画下来”是我们学生给他起的绰号。因为他上课很少讲，总是对我们说：打开课本，翻到某页，看第几个自然段，从某字起，到某字止，给我画下来，再给我背下来，一字不差地背下来。我们便给他“画下来”，再给他“一字不差地背下来”。课教得好坏，对于“画下来老师”来说可能是无所谓的事，因为他的主要工作是做学生的思想工作。找谁“谈谈”，就是给谁做思想工作，一般谈的都是有关加入共产主义青年团的事。能受到他的“谈谈”待遇，对学生来说，是一件非常荣幸的事。

共产主义青年团，是青年的先进组织，是党的后备力量和助手。加入她，是每一个积极要求进步的青年梦寐以求的事情，我当然也不例外。一听说团总支书记亲自找我谈话，我激动得直想哭。

我一溜小跑地进了团总支办公室，诚惶诚恐地站在了“画下来老师”的面前。老师先咳嗽了一声，清了清嗓子，然后慢条斯理地对我说：“听说这一段时间，你正为出身于剥削家庭、不能及早地成为一名光荣的共青团员而苦恼。今天找你来，就是想跟你谈谈这方面的问题。”

我不禁一惊，哎，我的思想情绪他怎么知道?

“对家庭成分，我们党的一贯的政策是‘有成分论，但不唯成分论，重在政治表现’；‘家庭不能选择，但道路可以选择’。所以，你一定要放下包袱，轻装前进。”说到这里，他停了一下。

奇怪，这些以前听了不知多少遍的话，现在经“画下来老师”这么单独地给我一说，倒觉得很新鲜，很亲切。

“我听说，你最近表现得很不错。你们班的团支部也曾几次推荐你为新团员的发展对象，但学校没批准，你有些苦恼，不要苦恼嘛！你要知道，这是组织对你的考验，说明你还离一名共产主义青年团团员的标准有一段距离，还要继续努力。你要坚信，共青团的大门，是始终对你敞开着的——下段时间，你要更加努力地改造自己的主观世界，特别是要跟你的剥削阶级家庭在政治上划清界限。这一点，你要向初三二班的刘大鹏学习。我相信，不远的将来，你一定会成为一位光荣的共青团员的。好了，就谈这些吧，我还要去开会。”“画下来老师”从椅子上站了起来。我赶忙立正站好，挺直胸脯，像一个受到战前动员后的战士，激动地说：“请老师放心，我一定继续努力，争取早日加入共产主义青年团！”

回教室的路上，我就想，我的苦恼“画下来老师”是怎么知道的？噢，一定是史超峰告诉他的。史超峰是我们班的团支部书记，我跟他是临村，关系也很好，星期六放学回家，我们都在一块走。有这么得天独厚的条件，我便经常把一些思想问题说给他听。没想到，他还把我的想法，告诉给了团总支书记。

说实在话，我虽然家庭出身不好，但对党、对毛主席确实有着深厚的感情。那时候，共产党好、社会主义制度好的思想，就已经在我的脑海里扎了根；一辈子跟着共产党、毛主席干革命这一坚定信念也已经确立。这一方面是因为学校的教育，另一方面也是因为受家庭教育和影响。我父亲和哥哥在公私合营之后，都在城里工作，对党的路线、政策、方针了解得多，他们亲眼看到、亲身体会到了共产党的好，新社会比旧社会好，社会主义比资本主义好，也经常把这种思想灌输给我们全家。积极要求进步，是我们全家的共同行动。全家还都确立了切实可行的政治进步目标：我父母亲争取三年内摘掉富农帽子；我哥哥争取两年内加入中国共产党；我、三姐和二姐争取一年之内都加入共青团。

那时候，史超峰告诉我，要想加入共青团，首先要把《团章》学好，然后按照《团章》上规定的共青团员标准严格要求自己。我便用了几节晨读课，读《团章》，一段一段地背下来，然后，再逐条地对照自己，找出自己的差距。当然，像树立远大理想，决心为共产主义事业奋斗终生，认真学习马克思列宁主义、毛泽东思想，把自己培养成无产阶级事业的继承者和接班人等一类的要求，是长期的任务，只能通过长期努力来实现。单就认真进行思想改造，不断完善自我这一方面，我确实付出了很多努力和艰辛。为革命刻苦学习文化科学知识，就不用再说了。为求思想进步更快，我主动和史超峰结成“一帮一，一对红”的对子，一星期向他作一次思想汇报，向他征求意见，请他作指导。在“学雷锋做好事”的活动中，我更是冲锋在前：我把发表小说挣的16元稿费全部捐献给班里，让全班同学看了好几次电影；又把一条半新不旧的裤子送给了我班家庭经济条件最差的同学；每次轮到我们班夜里巡逻，我都是要求把我排到两点到三点的时候，因为这是全班同学都不愿意轮值的时间；班里每次卫生大扫除，我都是抢着去干那最脏最累的活，比如钻到大通铺的下面清扫杂物、刷厕所……我们班里有个思想评比栏，按照平时的表现积分量化，我总名列榜首。

我这样做也引起了班里的一些同学的耻笑，说我是“杜鲁门参军——假积极”，但是，我不跟他们争辩，真积极、假积极我心里清楚，日久见人心。走我的路，让他们说去吧！

我按照团支部的要求，一个月就递交一次《入团申请书》，每次都是按照《入团志愿书》上的项目，一项一项认真地写，特别是“对团的认识”一项，每次都是写一两页纸。学校一个季度发展一批新团员，每学期发展两次，每次一个班都能发展四五个人。从入学到现在已经发展五批了，光我们班就有二十多名学生是光荣的共青团员了，可就是没有我。发展前要先填写《入团志愿书》，报公社团委批准后要举行入团仪式。每每看着那些领到《入团志愿书》的同学喜形于色的样子，特别是看到他们在入团仪式上，戴着闪闪发光的团徽，举着拳头宣誓的时候，我确实感到失落、丧气和苦恼。我私下里询问史超峰没有我的缘故，史超峰悄悄地告诉我说，还是因为家庭成分——前两次是在班里团支部没通过，后三次是团支部通过了，报到了学校团总支，又没通过。家庭成分，又是家庭成分，为什么什么都跟家庭成分挂钩、联系呢？我有些想不通，在一次放学回家的路上，就把自己的苦恼告诉了史超峰。这便有了“画下来老师”找我谈话的事。

可面对“画下来老师”特别提出的一定要和家庭在政治上彻底决裂、划清界限的建议，我又犯愁了，怎样才是“和家庭在政治上彻底决裂、划清界限”呢？“画下来老师”说，可以向初三二班的刘大鹏学习。刘大鹏我知道，是我们学校知名的学生，就是在大会上骂他爹“是老混蛋”的那个。他家是地主成分，在前一段学校进行阶级教育活动中，经过老师、特别是“画下来老师”的教育、启发、诱导，他检举了他父亲在墙缝里藏有“变天账”的事，“变天账”上详细地记着土改时分他家的土地、财产的情况。这一举动，让他一下子成了同剥削家庭在政治上划清界限的典型，成了大义灭亲的样板，成了“出身不可以选择，道路可以选择”的例子，当然，也把他父亲送进了鬼门关。

可是，我跟他不一样啊，我父母历来都是拥护共产党、拥护毛主席、拥护社会主义的呀！我家没有什么‘变天账’，因为我们不想变天，而且土改也没分我们家的东西。平时，我也特别注意父母亲的言行，看有没有反党、反社会主义、反毛主席的，可是，我很失望，没有，确实是没有。我反正不能无中生有，故意给他们捏造一个罪名吧。后来我便给“画下来老师”写了一封信，诉说了我是想跟剥削家庭在政治上划清界限，但又苦于找不到从哪里“划”；也想揭发父母的“反动”言行，又没有发现他们反动的言行，因为他们不反动，请求他来指点迷津。后来，也没见“画下来老师”回音，不知是因为他太忙，来不及给我写回信；还是因为他也觉得这个回信不好写。

但是，“画下来老师”的没有回音不能冷却我加入共青团的热情，我仍然积极表现，仍然一月一次地写着《入团申请书》，真是功夫不负有心人，到了初二的下学期的一天，我终于也领到了《入团志愿书》，这就是说，我的申请，不仅得到了本班团支部的通过，还得到了学校团总支的通过，一般说来，到了这一步，就基本上大功告成了，就差报公社团委批准了。我手捧着《入团志愿书》，禁不住热泪盈眶。

星期六放学一回到家里，我就把这一消息告诉了全家，正好我父亲和哥哥也从城里回来了，他们听了都十分地高兴，说，我们家终于有党内的人了。

接下来，我便天天盼着好消息，盼着公布我成为团员的红头文件，盼着戴上金光闪闪的团徽、举着拳头、对着团旗庄严宣誓的一刻。到了接近期终考试的时候，公社团委下发的红头文件公布了新一批团员的名单，全校 24 人，我们班 4 人，但是没有我。史超峰告诉我，学校这次报到公社团委的共 25 份入团的材料，就我一个的材料被退了回来，很明显，还是因为家庭出身。我失落、我痛苦，我绝望。我百思不得其解——姑且不说我那家庭成分划得是对还是错，即使是划对了，家庭成分，不就是对一个家庭解放前经济状况和收入来源的评价吗？并不能代表一个家庭的成员的意识形态、政治立场、政治表现、思想品质吧。怎么能以家庭成分为依据来划分先进和落后、革命和反动、左派和右派呢？我也是个热血青年，也有一颗忠于党、忠于人民、忠于祖国的赤心，我也想像别人一样，积极地投身于社会主义革命和建设中去，为国家、为人民、为社会主义贡献自己的一分力量。但是，为什么总是怀疑我、不信任我、排斥我呢？

这天夜里，我做了个奇怪的梦——一条铺满金光的大路通向五彩缤纷的崭新世界，在这条大路上，男男女女、老老少少都欢天喜地地携手阔步前进，浩浩荡荡，其气势如洪流，锐不可当。队伍的前面，一面硕大的五星红旗迎风飘扬着，大家都放声唱着“我们走在大路上，意气风发斗志昂扬，毛主席领导革命队伍，披荆斩棘奔向前方……”人群中，有我，有我们全家。

一篇作文的风波

我敢这样说，无论小学还是中学，我的作文在班里都是数一数二的。初中时，带我们语文课的张清泉老师，就特别喜欢我的作文。经常用他那并不美观的钢笔字在我的作文的一旁打上一些眉批，譬如“精辟、独到、有思想、深刻、画龙点睛、欲扬先抑、言简意赅、余味无穷”等等。常常把我的作文作为范文读给全班同学听，每读到精彩处，一边啧啧地称赞，一边解释好在何处。还经常把我的作文登在学校语文组主办的黑板报《春雨》上，供全校的同学阅读、赏析，有时还加上几句“编者按”，替我吹吹喇叭，抬抬轿子。

可是，我在初二下半学期写的一篇作文，却让他有些“看走了眼”，差点犯了“阶级斗争觉悟不高、阶级立场不清”的错误，还在学校里引起了一场不大不小的风波。

那个时候，全国都在进行阶级教育，说“忘记过去就意味着背叛”，号召人们“牢记阶级苦、不忘血泪仇”，“翻身不忘共产党，幸福感谢毛主席”。一时间，工农商学兵都一窝蜂地搞“忆苦思甜”。我们学校也不例外，组织了多种形式的“忆苦思甜”的活动。先后请了学校附近的葛庄大队的葛大爷、姜屯公社黄庄大队的黄大娘、界河公社北沙河大队的张大伯、龙阳公社史村大队的史大叔等，来校作“忆苦思甜”报告。组织学生跑到佃户村——崔庄去访贫问苦。又让学生集体吃了两顿“忆苦饭”，都是清水煮地瓜秧子，再少加一点豆粕，确实难以下咽。另外，要求课任老师把阶级教育和课堂教学结合起来，特别要求语文老师要配合形势，让学生每人写一篇“忆苦思甜”的作文，并且把好作文推荐上去，由学校统一评奖，然后出一期“忆苦思甜”专刊，把获奖作文登在上面。

张老师没敢怠慢，便在一次作文课上，组织我们落实学校的要求。这次的作前辅导，他把重点放在了选材上，一方面强调材料一定要真实可信，不要胡编乱造，另一方面强调材料要有特色，不要千篇一律。

老师辅导完了，该我们构思了。首先要确定的是写谁家的“苦”和“甜”。很显然，人家贫下中农出身的同学，大都是写自家的。可是我是富农出身，按“阶级分析”的观点看，旧社会不应该有“苦”，新社会不应该有“甜”。其实不然，我的父母亲还真的给我们多次讲过旧社会的苦，说过新社会的甜（虽然没有组织报告会），而且确实是出于真心的。当然，要说想写得“苦”得悲惨、令人同情，“甜”得惊艳、让人震撼（像电影《白毛女》所描写的那样），当然是写别人。听了这么多场的“忆苦思甜”报告，还到崔庄访贫问苦，这样的材料我也积累了不少，而且写的时候，能放大胆子，毫无顾忌。不过，那毕竟不是我亲身体验过、感受过的，很难写真实，写真切。同时，也很难避开同学们都写的“卖儿鬻女，离家逃荒；妻离子散，家破人亡；地主恶霸，鱼肉乡党；反动政府，欺压百姓”的内容。不过，我要另辟蹊径，真的写我这个所谓的剥削家庭在旧社会受过的、别的家庭不一定受过的“苦”，在新社会得到的、别的家庭很难得到的“甜”，那可就有点冒险了。你看，大报小报上的这类文章，大会小会的这类报告，没有一个是地主、富农在诉旧社会的“苦”、思新社会的“甜”的。我这样写，不会引出什么乱子吧？还是问问张老师吧！我忐忑地找到了张老师，把自己的想法告诉了他。张老师听后眉头一扬，兴奋地说：“就写你自家。人云亦云，拾人牙慧，千篇一律，千人一面，有什么意思？写别人心中没有而笔下也没有的，写别人心中有而笔下无的，才能出好文章！”

于是，我便用了两节课的时间，写出了下面的这篇作文。

听大人讲过去的故事

今年（1964 年）的中秋节，对我、对我们全家来说都是个值得纪念的日子。

那天正值星期六。傍晚的时候，上中学的我和三姐、上师范的二姐都回来了，在城里工作的哥哥也回来了。父亲回来得晚一些，可他却给我们带来了一个特大的好消息——由于他“虚心接受改造，工作积极，任劳任怨”，他所在的单位——滕县百货公司决定摘掉他“富农分子”的帽子。他成了全县为数不多的“已经改造好的‘四类分子’”了。哥哥欣喜地说：“一家人聚得这么齐，又有这么好的消息，这个中秋值得好好地贺一贺!”

绛红色的月亮从东方升上来了，圆圆的，有中天时的两倍大。下面是黑色的地平线，平平的，直直的，显得月亮更有了立体感。

一家人围坐在饭桌旁，一边喝酒赏月，一边聊天。

父亲一向是不喝酒的，他酒精过敏，喝上一点，就脸红，脖子也红，甚至连前胸、后背都红。今晚，他却破例地喝了一杯酒，也许是因为月光不很明，这次倒没看出他的脸红。他放下酒杯，看着我们问：“你们觉得我们家生活得怎么样?”

“前几年不行，老挨饿；这两年好了，有时还有白煎饼吃了!”我抢先答道。

“你就知道吃。”二姐说，“今年我考上了师范，三年以后就能当老师了，我觉得很幸福。”

“今年厂里让我当了司务长，管着上百人吃饭呢！前两天我向党支部递交了《入党申请书》，现在我干工作，浑身有使不完的劲儿!”哥哥喝了点酒，有点炫耀的意思。

三姐和嫂子只是笑不说话。父亲看着嫂子说：“大龙媳妇，你也说一说。”

嫂子腼腆地笑着说：“我觉着反正比前几年强多了，最起码，喂小孩打辅食[①]有白面了。”

听了嫂子的话，我们全家都笑了。父亲接着说：“大龙媳妇说得对，好与孬是比较出来的。咱不能光看到前几年挨了几天饿，大队拉走你娘的嫁妆，刨了咱几棵树，就觉得苦了。其实，这些和旧社会我们受的苦相比，那简直是九牛一毛！再说，这两年，不是又好起来了。你们哪里知道，我们在旧社会过得是什么样的日子呀！”

父亲说到这里，沉思起来。他抬起头，看了看天空。月亮挂在东南天上了，一层薄云蒙在了月亮上，月色黯淡起来。父亲的脸色也和月亮一样黯淡起来。

他又端起酒杯，抿了一口酒，接着说：“旧社会虽然咱家有几亩薄地，可以勉强糊口，可是那时候社会混乱，民不聊生呀！前人说，‘宁为治世犬，不为乱世民’，一点不假。小日本在的时候，奸淫烧杀，就不用再提了。国民党时期，军阀混战，土匪横行，今日派粮，明天派款，苛捐杂费，多如牛毛，哪过过一天消停的日子。单说这八月十五这一天，我们家就连续三年遭过三次大难。第一次是46年的中秋节，‘艾堡’的‘刘黑七’（土匪）深夜来我们村‘架肉蛋’[②]，多亏了我和你哥躲在了芋头窖里，才躲过了一劫。”

“那怎么没把我三个姐姐‘架’走？”我不解地问。

“傻孩子，旧社会女孩子不值钱，土匪也不要。”母亲解释，“第二次是47年的中秋节，天刚黑，你爹从城里回来刚坐下，一下子来了七八个国民党的兵，架起你爹就走。我上前抱着你爹的腿，求他们放过他，一个当兵的照我的后背就是一枪托子，骂道：‘臭娘们，前线急等着用人，你找死？’”

“他们架我爹干吗去？”我又问。

---

① 辅食：我们那里常用来喂养婴儿的一种饭食，通常用小麦面粉加水加糖煮成糊状。

② 架肉蛋：绑票。

“干吗去，上前线打仗，当炮灰。”父亲说，“他们把我绑到接近临城的时候，天已经快明了。休息的时候，我见看管我的兵打了盹，挣脱绳索逃了回来。我一气跑了近八十里路，凉水热水没喝上一口。要知道，只要被他们逮住，就得枪毙。”说到这里，父亲停了一下，看了看外边，接着说：“你们知道咱们村的周围为什么都是大壕吗？这都是当地的一个小军阀黄宜山造的孽。那时候，他为了抗拒共产党的围剿，就在我们村建起了‘土围子’。”

“什么是土围子？”我不解地问。

“就是他们盘踞的堡垒。他们抓来了十里八乡的百姓，在我们村的周围挖了几丈深的壕沟，用翻上来的土筑成很高的围墙，又锯倒了附近几个村子的大树，将树头拉来架在围墙上，使这里成为他们的堡垒。1948 年的中秋节那天夜里，黄宜山带着他的乌合之众 300 多人开进咱们村，端着枪硬是逼着全村人都净身出户，走晚一点就用枪托子踹。那时候，健民刚出生不久，点点（我三姐）三岁，玉敏（我二姐）五岁，你娘还有病。你娘抱着健民，领着你哥哥、大姐，我背着点点、玉敏，逃到沙土你舅家的时候，都半夜了。整个家全扔了，连一根烧火棍也没带出呀。”说到这里，父亲都有些哽咽了，母亲也不断地拉起前襟擦眼泪。

“看今天，在共产党、毛主席领导下，社会安定，人民安居乐业，生活蒸蒸日上。虽不能说‘路不拾遗、夜不闭户’，但也是‘河清海晏，天下太平’了。孩子们，这样的社会正是咱们要的社会。咱们生在福中要知福，坚决跟着共产党、毛主席走到底！”父亲说到这里，语调高亢了，情绪激昂了，还不自觉地做了一个举起拳头的姿势。

“咱们生在福中要知福，坚决跟着共产党、毛主席走到底！”我们看着父亲，都暗暗地把他的话记在了心里。

月亮已经升到了中天，像个发亮的圆盘。银色的光泽披洒在房顶上、院子里，也披洒在了我们全家人的身上，是那样的柔和，温馨。

现在看这篇作文确实有些稚嫩，叙事也有些拖沓，写作技巧的运用也有些做作。尽管如此，还是得到了张老师的肯定，张老师给出的评语是："选材新颖，独到，敢闯禁区，开辟了'忆苦思甜'的新领域，值得称赞。语言通顺流畅，娓娓道来，读来朗朗上口。景色描写也能较好地渲染气氛。但是，文章的开头写的父亲成为'新人'、哥哥当了司务长等都是你们家'今日甜'的重要组成部分，如果能适当点化、揭示一下，就更好了。"张老师还把这篇作文推荐给了学校，参加评奖。

几天以后的一次课外活动上，班长通知我到学校保管室去，说新班主任有事找我。

这里需要介绍一下我们的新班主任。他姓李，叫李德满，三十多岁，原来是我们学校的财物保管员，我们习惯叫他李保管。因为他给全校师生作了一场声泪俱下的忆苦思甜的报告，得到了校长的赏识，说他苦大仇深，阶级觉悟高，就不让他当保管员了，进了教导处，专门负责抓学校的阶级斗争。但是不知什么原因，他办公的地方还是在保管室。前几天，我们原班主任据说因为抓阶级斗争不力被撤职了（有人说是他向校长告的状），他便走马上任，当了我们的新班主任。

我满怀忐忑地走进保管室，见李保管正伏案看着什么。

"老师，你找我？"我有些怯畏地问。

李保管抬起头，目光投向我，拖着官腔说："是的，是想跟你谈一下你前几天写的一篇'忆苦思甜'作文的事。"

怎么，跟我谈作文的事？这时候我才发现，李保管的办公桌上摆的是我的作文本，他刚才看的是我的作文。李保管呀，李保管，你揽的也太宽了吧！

"我的作文怎么了？"

"没怎么，就是阶级立场有些问题。你那是'忆苦思甜'吗？你是给你的剥削阶级家庭涂脂抹粉，是美化剥削阶级！"李保管严肃起来，话语严厉得让人听了浑身起鸡皮疙瘩。

"我写的都是事实，我父母说的是真话，实话，是掏心窝子的话！"我急红了脸，和他争辩。

"什么事实，什么真话、实话、掏心窝子的话，那都是假象。阶级斗争是复杂的，你是被你父母的花言巧语迷惑了。你想想，一个被剥夺了政治权利的富农分子，对社会主义是恨之入骨的，还能感谢共产党，感谢毛主席?”李保管用鄙夷的目光扫着我，脸上露出奸诈的微笑。

“我写前征求过张清泉老师的意见，他支持我这样写。”我抬出了语文老师，想压压这个保管的气焰。

“是的，有的同志阶级觉悟不高，阶级斗争的意识淡薄，不能用阶级分析的观点看待事情，在大是大非面前，往往迷失方向。对这样的同志，我们要在他的背后猛击一掌，让他警觉，让他清醒。”李保管，别看是保管，可讲起阶级斗争来，还一套一套的。

我不想再和他争辩，因为我知道，我的争辩，只能招来他更多地套话。他见我不说话了，态度放缓和了一些，说：“这事因为牵扯着你的父母，在感情上你一时还接受不下来，可以理解。我可以给你留几天的时间，让你好好思考一下，想通了，咱们再谈。你可以回去了。”

回到宿舍，我越想越想不通——难道旧社会只给贫下中农带来了“苦”，就不能给地主、富农带来“苦”？新社会只能给贫下中农带来“甜”，就不能给地主、富农带来“甜”？这是什么混蛋逻辑？我父母是真心的痛恨旧社会，热爱新社会，你李德满为什么硬说他们说的是花言巧语？你李德满满肚子的不可告人，你也以为别人和你一样？你标准的“以小人之心度君子之腹”。张清泉老师是名牌大学毕业的，难道不如你知道得多，理解得透，不比你明白？还说人家阶级觉悟不高，你，你——我气得饭也没吃，就去教工宿舍找张老师。

张老师听了我的叙述，笑了笑，说：“我就知道他会来这一套。你先回去吃饭，我去找他理论！”原来学校在组织评奖的时候，老师们对我的那篇作文有争议。不知怎么让李保管知道了，政治嗅觉特别敏锐的他说从这里“发现了阶级斗争的新动向”，我写的这件事“印证阶级斗争的复杂性”，是他“活学活用毛主席著作的一大收获”，他要把事情查清楚向校长汇报。

听说，张老师真的当晚就找了李保管，两人还真在学校会议室里理论了半夜。开头李保管还振振有词，后来就语无伦次了，再后来就理屈词穷。不过，他并没有举手投降，第二天就告到校长那里去了，校长还找张老师谈了话，至于怎么谈的，张老师一直也没告诉我。

自然，后来的“忆苦思甜”作文评奖没有我的事，专刊上更不会有我的那篇作文，到这里，这场由作文引起的风波似乎就结束了。其实不然，李保管一直对这件事耿耿于怀，想发作，但没找到机会。直到“文化大革命”，他当上了造反派的头头，就又翻出了这笔旧账，狠狠地批斗了张老师一下子。当然，这也是我后来才听说的。

“大于”老师

“大于”老师是我们的数学老师，真名叫于真诚。大家叫他“大于”，是因为他有几“大”。

一是头大，脚大，身躯大。他来我们学校的时候，我们正学文言文《李寄斩蛇》，文中有一句说李寄斩的蛇“头大如囷”，我们就将这句用在了形容他的头上。头大势必脸也大，脸一大，眼、嘴也就跟着往外撑，五官的界限显得非常清晰。脚大，且是“肉脚”（扁平足）。穿的鞋不是46码的就是47码的，我们都常拿他的鞋开玩笑，说里边卧个小孩绝对没问题。他身高有一米九多，身板很像扇门。我们都觉得他一定是个篮球健将，其实，他连个三步篮也不会跨。

二是大嗓门。讲起课来，声如洪钟，有时讲到高潮处，在隔壁的教室里都听得清清楚楚，隔壁教室的老师只好派学生来，提醒他“小点声”。

三是大马虎。他平时生活很不讲究，吃饭怎么样我们不知道，单说穿衣就经常让我们笑得前仰后合。扣错纽扣，让本来就皱皱巴巴的上衣斜南吊垮。一只脚穿的是白色的袜子，而另一只脚穿的却是黑色的。裤子穿反了，前开门成了后开门……有关他的马虎还有一个笑话，说有个月发工资的时候，张洪玉老师借了他十块钱（那个时候，他们的工资是四十元零五角），第二个月发工资的时候准备还他，张老师想看看他有多马虎，就板着脸对他说：“‘大于’，上个月你借我的十块钱该还我了吧，我还等着给孩子买奶粉呢?”你猜怎么着，“大于”老师一愣神，很不好意思地连声说："对不起，对不起，我怎么把这事忘了。"慌忙从工资袋里拿出了十块钱给张老师，逗得老师们哄堂大笑。

别看"大于"老师生活上马虎，对待工作那可是丁是丁，卯是卯，特别地较真。每次上课他都是踏着第二声铃声走上讲台，踏着第二声铃声走下讲台，从不晚来一分钟，也从来不早走一分钟。有一天，正当打上课铃的时候，下起了瓢泼大雨，他还是如此，淋得浑身都湿透了。他来上课，只带几根粉笔，课本、备课本、教具一律不带，但例题、习题无论是板书还是表述都是一点不差。画直线、画曲线、画圆、画弧、画圆柱、画圆锥、画椭圆……从来不用三角板、量角器、圆规，握住粉笔，哧的一下子或几下子，线是线，角是角，圆是圆……就这一手，便把我们惊羡得五体投地。他对我们的要求近乎苛刻，达不到他的要求，惩罚得也很严厉。他要求，上课时戴帽子的同学必须摘掉帽子，放在课桌的右上角，说这样才能保持头脑清醒。有一天，有一个叫张丙正的同学刚刚剃了光头，不好意思摘掉帽子。他走上前去，一把抓掉，劈头就是三个脑瓜绷，疼得张丙正都掉了眼泪。他要求听课的时候，要挺胸抬头，精力集中。倘若有勾头弯腰的，只要他发现，对不起，不论男女，一律到讲台上做十个俯卧撑。再如做作业，他提出了正确、条理、美观的六字要求，违反了哪一条，都要重做。潦草大王胡广宣曾一次作业重做了五遍。他给我们改作业，连标点符号也不放过（数学老师不放过标点符号的我只碰到他一个）。他带两个班，共108名学生，几乎每天都有作业，他又批改得那么仔细，所以，我们经常能看到夜深了他还在批改作业。

他不是班主任，可比班主任更了解我们，关心我们，体贴我们，照顾我们。据说，我们两个班108名学生的家庭住址、家庭的基本情况，本人的性格特点、兴趣爱好、学习状况等他都熟悉，有人问他，他连想都不用想，张口就来。108名同学的字体，他都认得，在一摞作业中，随便抽出一本来，不看皮，只看字，就知道这本作业是谁的。大坞的李子扬，家里遭了火灾，不上学了。他骑自行车往返近八十里路去动员，还给他家捐了20元钱，感动得李子扬乖乖地坐着他的“二车子”① 回了学校。柳泉的孔庆生，父亲去世得早，母亲还有长远病，经常带不起煎饼，他便跟孔庆生说：“没带饭就来找我，有我吃的，就有你吃的。”吴子华患了夜盲症，他专门跑到界河集上给他买来了熟羊肝脏。郑明军有腋臭，他找了偏方，抓了中药，熬了水，给他洗。我“打摆子”（患疟疾）吃不下煎饼、咸菜，他在宿舍里用煤油炉子下了鸡蛋面条，送到我的床前……

“大于”老师这样对待我们，我们也拿他像亲人一样，甚至比亲人还要亲。谁有困难，谁有问题，谁有解不开的思想疙瘩，总是找他出主意，想办法。在他那里，办法总比困难多，主意总比问题多。有很多在其他老师那里说不出口的事，在他那里，我们不光敢说，且还能得到满意的解释。比如说“遗精”“单相思”“手淫”等。

有时候，周日我们不回家，就跑到他的宿舍里，和他一块聊天呀，唱歌呀，打牌呀，讲故事呀……他唱歌五音不全，经常跑调，把“拉”唱成“米”，把“刀”唱成“少”，笑得我们牙床骨都疼。他经常给我们讲他的家乡——山东半岛的乳山，讲那里蔚蓝的大海，金黄的沙滩，巨大的轮船，动人的渔歌，丰富的物产……有一次，他还拿出了他的继母从家乡给他寄来的花生、面食、虾酱，让我们品尝他家乡的特产。

他经常给我们讲做人的道理。比如说，他教育我们，做人要大度，要多记别人的好处，少记或不记别人的坏处。“能忍人，能让人，不为下人”，最好能不计前嫌。他还以自己为例子具体解释了怎样才是不计前嫌。他说他母亲去世早，他父亲又续了弦。他父亲是某油田的总工程师，常年在外地工作，很少回家，他一直跟着继母生活。继母是个很狠毒的女人，经常虐待他，到他上了高中，还毒打他。他指着寝桌的玻璃板下压的一张画说，这是他最后一次挨打后的泄愤之作。那是一张半米见方的国画，画的是一只正在爬行的螃蟹，张牙舞爪、不可一世的样子。旁边题的字是“放开冷眼观螃蟹，看你横行到几时”。可见，那时

① 坐“二车子”：坐在自行车的后货架上。

他是多么恨他的继母。后来他上了大学，书读多了，心胸广了，回想起过去，觉得自己也有很多做得不对的地方，比如当众顶撞继母等，慢慢地就原谅继母了，还觉得自己的泄愤之作是没有“肚量”的表现。再后来，父亲去世了，几个同父异母的弟弟推着不要他们的母亲，他就担起了赡养继母的责任，每月发了工资，就给继母寄生活费。他告诉我们：“我之所以把这张画压在宿舍寝桌的玻璃板下，就是想让它一方面提醒我不要忘了给继母寄钱，另一方面告诫我以后做事不能这样小肚鸡肠。”

他喜欢哲学，读了很多有关哲学的书。在他的宿舍里有一个三扇门的书橱，其中很大一块摆的都是有关哲学的书，像亚里士多德的《形而上学》、黑格尔的《精神现象学》、弗洛伊德的《精神分析引论》、马克思的《资本论》、恩格斯的《自然辩证法》、孔子的《论语》、庄周的《庄子》、王夫之的《思问录》、毛泽东的《矛盾论》《实践论》等等。他告诉我们，哲学能让人聪明、豁达、高尚。他还送给我了一本名为“故事里面有哲学”的小册子，还对我说：“哲学的道理有点枯燥，从故事里抽象出来，就有趣多了，你可以试着学学。”他还参加了当时上海《文汇报》有关“一分为二”和“合二为一”的大讨论，有一篇文章发表在《文汇报》上，题目是“论‘合二为一’的合理性”。也正是因为这篇文章，他倒了大霉。

据说，“一分为二”是毛主席的哲学观点，当时的中央党校的校长杨献珍对毛主席的观点有异议，提出了“合二为一”的观点，于是，就有了这场争论。“大于”老师显然是站在了杨校长的一边了。后来，杨校长挨了批判，“大于”老师也受到了牵连，说他反对毛主席。一查他的档案，家庭成分是资本家，这一下子麻烦大了。我们学校活学活用毛主席著作的先进典型——李保管抓住他寝桌玻璃板下的那张画整他，硬说他的画影射共产党，影射无产阶级专政。说他“放开冷眼观世界”，看共产党“横行到几时”。那时候，上边正喊“阶级斗争存在的长期性、尖锐性、复杂性”，校长“抓阶级斗争”，正好有了材料。学校立即成立了以李保管为组长的“于真诚反党、反社会主义、反毛主席罪行调查小组”，对“大于”老师内查外调。折腾了几个月，还是那一篇文章、一幅画。“大于”老师也据理力争，虽然没被打成现行反革命，却定了个“思想反动分子”，取消了他的教师资格，勒令他“永远”不准进课堂。自那以后，“大于”老师就跟着校工张木匠打杂：拉大锯，修理桌椅板凳等。没想到，一年下来，到我们毕业的时候，他成了大木匠，张木匠却跟他打杂了。

后来我毕业了，“文化大革命”来了。听说，“大于”老师差一点被整死。他是“思想反动分子”，任何批斗都有他的份。开始红卫兵批斗校长，也斗他。后来两派都用折磨他来显示自己捍卫毛泽东思想的决心：造反派叫他交代反对伟大领袖毛主席的罪行，三天三夜不让他睡觉，“老保”① 就五天五夜不让他睡觉；造反派让他戴高帽子游街，“老保”就让他坐“直升机”②；造反派打破了他的头，“老保”就打断了他三根肋骨……再后来，“深挖‘五·一六’”“反‘二月逆流’”“清理阶级队伍”“一打三反”“反修正主义教育路线回潮”“批林批孔”“评《水浒》批宋江”“反击右倾翻案风”……凡是有批斗，他都是“靶子”，他都首当其冲。直到党的十一届三中召开以后，他才被平反。十几年呀，是块铁也磨穿了呀！他的肉体和精神，忍受了多少痛苦、屈辱呀！

而平反以后，他又满腔热忱地投入了教育工作，后来还被评为全国级的优秀教师，直到退休。

退休以后，有一天我和几个同学去探望他，见他还穿着“铁背心”，就谈起了那十几年他遭的苦、受的罪，都为他鸣不平。可他既没有怨天尤人，也没有义愤填膺，而是爽朗笑了，说：“受点委屈就耿耿于怀，那不是小肚鸡肠了吗？过去的就让它过去吧，你看，我现在不是过得很好吗……”

“大于”老师啊，这才是人们叫你“大于”的本质原因——“有容乃大”嘛！

---

① “老保”：保守派。

② 坐“直升机”：反绑着双臂，用绳子拉挂在屋梁上。

班“贫委会”

班“贫委会”是班级贫下中农委员会的简称。

在20世纪60年代，“贫下中农委员会”是基层组织，公社设，大队设，少数生产队也设，可没听说过学校设的，更别说是一个班了。可是，我们班就设过，还是挂了牌的。

1964年春天，我们的新班主任李保管一上任，就有新举措——宣布在班里成立“贫下中农委员会”，还写了个和校牌一样大小的牌子挂在了教室的门旁。

在班主任的号召下，我们班里的40多位家庭出身是贫下中农的同学都入了会。常委由五人组成，一名主任委员，一名副主任委员，三名委员（包括一名女生），家庭成分都是清一色的老贫农。主任委员是和我临床的郑大成。因为临床，我和他平时接触还较多，比如熄了灯，有时我们两人还悄悄地说会话；吃饭时还相互品尝带来的稀罕菜；隆冬季节为了睡得暖和，我们还打过“通腿”① ……可是，自他当了主任委员以后，就和我“划清了界限”，先是挪到下铺去睡了，后来就不和我说话了，再后来，竟莫名其妙地对我敌视、仇视起来，见了我就像见了敌人一样。

要问班“贫委会”是干什么的，用李保管的话说，班“贫委会”和班委会都是管理班级的一级单位，但分工不同。班“贫委会”的主

① 打“通腿”：睡觉时两个人在一个被窝里，分别在两头。

要任务是抓阶级斗争，抓政治思想，抓灵魂；剩下的吃喝拉撒睡、鸡毛蒜皮的事才由班委会来管。

班“贫委会”要在我们班抓阶级斗争，当然要先拿我们两个出身不好的开刀。于是他们学习了学校调查“大于”老师的样子，成立了“调查组”，专门调查我和徐吉洋两人的“新动向”。调查组去过我上过的小学，去过我所在的大队，明察暗访了不少和我有所接触的同学和我的小伙伴，都没有找到我的“新动向”。可是，我的名声却让他们糟蹋透了，凡是被他们调查过的人，都说我“犯事”了，不然怎么会挨调查呢？后来，我母亲知道了，吓得一夜没合眼，天不明就让二姐到学校去看我。

一天的课外活动时间，郑大成找到我，叫我到保管室去。我知道，保管室是班“贫委会”常委办公的地方。

走进保管室，李保管不在，班“贫委会”常委的五个成员都在，都一本正经地坐在那里。

“夏健民，经调查，你曾耻笑过贫下中农，今天叫你来，就是让你交代罪行。你也知道，坦白从宽，抗拒从严！”郑大成学着电影上公安审犯人的腔调，一板一眼地对我说。

天哪，我耻笑贫下中农，这不是天大的冤枉吗？

“我什么时候耻笑贫下中农了，在哪里耻笑的，怎么耻笑的？谁见我耻笑的？你们不能随意地诬陷我！”由于激动，我都有些哭腔了。

“诬陷你，笑话。人证、物证、时间证，都有。不过还是想让你先交代，给你个改过自新的机会。”郑大成露出不屑的神情，还故意看了看其他的“贫常委”们。

“我不要什么改过自新，你就把证据拿出来吧。”

“既然给你机会你不用，那就别怨我们不讲情面——请刘文英同学出来吧。”

随着郑大成的话音，我的同桌刘文英从里间走了出来。她脸红红的，低垂着眼睑，不敢正眼看我。

“刘文英同学，既然夏健民不主动交代，那就请你说一说他是怎样耻笑贫下中农的吧。”郑主任让刘文英说话。

“刘文英，咱可得‘伸开舌头说话’①，我跟你前世无冤后世无仇，你不能无中生有！”没等刘文英开口，我抢先说道。

“你……你……你在崔庄……请贫农老大娘忆苦思甜的时候……”刘文英结结巴巴地说。

噢——我想起来了，还真有这么回事。三个星期之前，学校为了对我们进行阶级教育，组织我们到解放前的佃户村——崔庄请贫下中农忆苦思甜，我和刘文英一组。来到了一家，接待我们的是位六十多岁的老大娘，头发都花白了，满脸的皱纹。当我们请求她诉一诉旧社会苦的时候，不知道是老人家根本不明白“忆苦思甜”的意思，还是1959年的那场饥荒给她留下的记忆太刻骨铭心了，竟说出了这样的话来；“我也到了‘该活埋’的年龄②了，要说最苦的，那得算五九年的春天，别说吃糠咽菜了，连南洼的白色土都挖来吃，吃了拉不下来，死了不少人呀……”我的老大娘呀，你扯到哪里去了呀！我和刘文英都不约而同地笑了……

“不光我笑，你也笑来！”我指着刘文英说。

“是，是……我也笑来……”刘文英不会说谎，慌忙承认。

“刘文英的笑是善意的笑，是对贫农老大娘同情和理解；而你的笑是恶意的笑，是讥笑，是嘲笑，是耻笑！”郑大成声色俱厉地说，一张脸上只有一张嘴了。

“我没有这样的意思，只是觉得老大娘弄错了时间。”我继续辩解。

“不，你那是笑贫下中农无知！”

“是耻笑大跃进，是耻笑人民公社，是耻笑三面红旗！”

“是耻笑社会主义制度！”

“这就是阶级斗争的新动向！”

“就这一条，就可以叫你戴高帽子游街！”

---

① 伸开舌头说话：说真话，说实话，不诬陷人。

② 到了“该活埋”的年龄：我们那里有“人到六十（岁）该活埋”的说法。

“就可以定你反革命!”

……

几个常委一下子围上来，一个个龇牙咧嘴的，恨不得一口把我吃了。

“不，没有这么严重，我们不过是……”刘文英见事情闹大了，忙解释。还没等她说完，郑大成就对她发话了：“刘文英，你的任务完成了，你可以走了。”刘文英听了，像获了大赦一样，愧疚地看了我一眼，抽身跑了。

我还能说什么呢？我的任何辩解都是无用的，只能引起他们变本加厉地斥责和诬陷。我就像一只小鹿，被五只饿狼团团地围住。饿狼个个张牙舞爪，眼里冒着绿光，不断地扑向我，撕我，咬我……这是我们常在一起学习、生活的同学吗？这是我们常在一起嬉笑打闹的小伙伴吗？他们平时不是这样的。他们是不是吃什么药了，怎么一说阶级斗争，就像打了鸡血一样，变得这样好斗，这样蛮不讲理，这样冷酷无情，这样的冷血了呢？

见我不说话，郑大成不无讥讽地说：“怎么？不嘴硬了吧？承认了吧？先停你三天的课，在宿舍写检讨。我们将根据你的态度，再决定对你的处理。”

一听要停我的课，我急眼了：“你凭什么停我的课，你算老几？这检讨我就不写，看你能把我怎么样!”

“我算老几？我算老大!”郑大成站起来，盛气凌人地指着自己的鼻子说，“现在是贫下中农的天下，我就说了算，我看你明天敢进教室!”

“明天我偏要进，偏要第一个进，我看你能把我抬出来。”我有了豁出去的冲动。

正在这个时候，住在保管室旁边教我们地理的范老师进来了，问道：“这是怎么了，鸡鸣狗跳的？”因为我是班里地理学得最好的，范老师很喜欢我，我看到他，像见到了救星一样，忙把事情的缘由向他诉说了一遍，我想，他一定会主持公道的。可没想到，范老师却责备起我来了："这就是你的不对了，叫你写检讨，你就写检讨就是了，犯什么拗，胳膊还能拧过大腿。"然后又对郑大成说："他一时思想转不过弯来，这样吧，把他交给我吧，让我开导开导他。"

几个"贫委会"的常委互相看了看，虽不很乐意，可又不好驳了老师的面子，只好让范老师把我领走。

范老师把我领到他的宿舍里，指着我鼻子骂道："匹夫之勇，学校正抓阶级斗争，你硬往刀刃上碰，你是找开除啊！"然后引经据典地给我讲了好些有关"忍"的道理，直到我答应他在宿舍里写三天检讨。

检讨写完后交给了郑大成，郑大成看了，说写得还算深刻，就不往学校报了，要我回教室上课去吧。我惊呆了，不可能吧，就这样结束了？后来，我才知道，是范老师给郑大成做了工作，才对我手下留情的。至于怎样做的工作，范老师从来也没提过。

我的事完了，班"贫委会"的阶级斗争还继续抓，下一个挨整的对象自然是徐吉洋了。

他们趁徐吉洋不在教室的时候，抄了他的课桌洞。在课本的下面，发现了一个日记本。本子上记着一些杂七杂八的东西，什么名言、格言、俗语、谚语、歇后语，什么精彩语段、精彩描写等等。还有几首被改编的歌词，比如说《我们走在大路上》，改成了："我们骑在毛驴上，吃着烧鸡，喝着辣汤……"再如《我是一个兵》改成了"我是一颗钉，钉在墙当中，挂油瓶挂醋瓶，都是我的功……"这还了得，一个地主子弟，竟敢这样篡改革命歌曲，是可忍，孰不可忍？

像处置我一样，先找徐吉洋谈话，再让他写深刻检查。不过，这次，检查完了并没饶了徐吉祥，而是上报了学校，结果给了他一个留校察看的处分。后来，我们才知道了事情的真相——原来徐吉洋有个想当作家的梦，听语文老师说，要当作家，就要多积累，凡是听到的、看到的，只要认为对写作有用的，都要记下来，他就按老师说的做了，那个笔记本就是他的积累本。没想到，这一"积累"竟给他"积"了个"留校察看"。

班里的两个家庭出身不好的都收拾完了，按理该歇歇了，不，我们的班“贫委会”要阶级斗争天天抓。再抓谁呢，那就再降一个档次吧，下一个目标瞄准了一个家庭出身是富裕中农的女生——陈秋香。他们偷看了我们班里的骆学浩给陈秋香的求爱信，他们不敢惹骆学浩，因为他家是三代老贫农，就找陈秋香的麻烦。照例，先是找陈秋香谈话，可还没到让陈秋香写检讨，郑大成就挨揍了。

据消息灵通的人士透露，某天上晚自习的时候，有人捎信给郑大成，说操场里有人找他。郑大成信以为真，一进操场，突然从暗处蹿出四五个人来，上来先给了他一个封眼锤，打得他一头栽倒，然后又上来四五个人，一阵拳打脚踢。一开始，郑大成还嘴硬，说你们敢打老贫农，那些人说打得就是你这样的老贫农，接着又是一轮更厉害地拳打脚踢。这一下子郑大成成软皮子蛋了，趴在地上求饶。几个人还是不依，说打他打累了，非得要他掏钱管饭不行。郑大成没办法，只好把口袋里的十元钱给了他们，他们才悻悻地走了。临走还踢了他几脚说："以后再多管闲事，管几回打你几回。"。

郑大成挨了揍，李保管暴跳如雷，说这是阶级报复，是有人想扼杀班“贫委会”这个新生事物，扬言一定要严肃查处，一定要揪出幕后的政治黑手来。后来，便审我，审徐吉洋，也审陈秋香，可都没找出一丁点可疑的地方；也怀疑是骆学浩干的，可又没找到什么证据，因为他也是老贫农，又不敢审他，只好不了了之。但是，郑大成自从挨揍之后，就一蹶不振了，就像破了个洞的皮球，无论班主任怎么打气，他都鼓不起了。其他委员见“主任”都泄了气，也都对阶级斗争不怎么上心了。到了初三的上半学期，班“贫委会”也就名存实亡，只剩下一个大牌子了。

说来好笑，“阶级斗争，一抓就灵”这句“放之四海而皆准”的真理，放到了我们的五位班“贫委会”常委的身上，却一点也不“准”了。他们抓了一两年的阶级斗争，最后在升学考试中都落榜了，尽管他们的毕业评语中都有李保管特别奖赏他们的一句话——阶级立场鲜明。老天爷还真会捉弄人，在那一年，在这一点上，他们的下场和我们这些家庭出身不好的学生的下场是一样的。

大学梦的破灭

上大学，上名牌大学是我的梦。这个梦从上小学就开始做，上初中时做得更美，更凶。中考填报志愿时，语文老师专门找到我，告诉我说，国家的招生政策不很稳定，据说，去年（1964年），政治形势相对宽松，滕州一中才收了五六个出身不好的，分数线比其他考生高出近50分。今年，阶级斗争抓得更紧了，“四清”运动正开展得轰轰烈烈，种种迹象都表明，一中今年招收出身不好的学生人数绝对不会比去年多。报高中没有把握，不如报曲阜师范，中专对出身的要求相对低。我知道老师分析得正确，也明白老师的良苦用心，但是，不上高中怎么能上大学？怎么能上名牌大学？最终，我还是没听语文老师的劝告，毅然决然地报了滕州一中。

中考之后，我又是在高兴和担心的交替中等待着。

和小学考初中一样，我自我感觉考得很好。一共考了三科，语文、数学、政治，满分都是一百分。语文只考了一篇作文，题目是“学习《纪念白求恩》”。作文历来就是我的强项。“学习《纪念白求恩》”又是我写过好几遍、老师改过好几遍的题目，绝对能得高分。数学呢，下了考场跟同学们都对了答案，没有错题，即使有笔下误，最多扣个三分二分的。政治更不用说了，一共五道题目，有四道是政治老师猜到的。像：“如何成为一个无产阶级事业合格的接班人？”“反修、防修有什么重大的历史和现实意义？”这类的题目不光老师能猜得到，就是我也一猜一个准，我都背得滚瓜烂熟的，连标点符号都不会错的。令我担心的还是招生政策，不知道滕州一中这届能招几个家庭出身不好的。但是，在我看来，希望还是大于担心，因为我相信我的实力。我甚至可以狂妄地说，滕州一中只要招收一名家庭出身不好的，那一定就是我。我觉得在通往大学的道路上，我又大大地前进了一步。

终于等到了发榜的日子。那天，天还没亮我就起了床，催促母亲赶紧做饭。母亲刚说饭好了，我便盛起一碗就吃。母亲看着我的急样子，说："慢慢吃，别烫着——榜上有，晚去看还是有；榜上没有，早去看也是没有。"我也明白这个道理，可是不由自主。

我几乎是一路小跑，十五里的路只用了一个小时多一点的时间。滕州一中的门口已经围着了好多人，看来榜是已经张出来了。我挤到了前边，在榜上迅速地搜寻着我的名字。一遍，没有；再一遍，还没有，我头上开始出汗了。再看就看到不少同学的名字，其中还有考试时位置排在我前面的一位同学，考数学时，他还不时地回过头来看我的试卷，还被监考老师警告了两次，他居然也考上了。我又从头到尾地仔细地找了一遍，还是没有我的名字。这时我才相信，我是确确实实落榜了。我脑袋嗡嗡的，有些站不住了，急忙往外挤。刚挤出来，正好遇见同学王建华。"怎么样？一定是金榜题名吧？""没有。""谁相信，你那样的成绩，一定是一考一个准，你一定是看马虎了，你在这里等一下，我再帮你看看。"说着，他挤进了人群。我还等什么，等丢人，赶紧走吧。

回家的十五里路是怎么走回来的，连我自己也说不清楚。那时候的我，用"行尸走肉"的本义来形容最为恰当。我脑子木木的，什么也不想，什么也不想想，什么也不敢想。路上似乎遇见过我四叔，四叔是问我考学的事来，我是怎么回答的，我也忘了。我似乎路上歇了两次，在哪里歇的，我也记不得了。

到了家里，母亲问我："怎么样？"我没答话，一头栽倒在床上，蒙上被子，大哭起来。

哭够了，我又重新回忆了各科考题，再一次肯定能扣分的地方不多。是不是毕业评语有问题？毕业评语我是看过的，虽然没有像班"贫委会"常委那样受到李保管的赞誉，但优点还是多于缺点。缺点也不过是“有时对自己要求不严”之类的不疼不痒的话，不会影响录取。可以肯定，原因就是出在家庭出身上。这时候，我确实产生了埋怨父母的想法，埋怨他们当初为什么有那几亩薄地，那几间破房子；埋怨他们当初为什么不把那件大褂送给“二麻子”；埋怨他们在土改复查时为什么不申诉……但是，我却不恨他们，因为我知道他们都是好人，一生没做过一件伤天害理的事；他们没剥削过人，没雇过长工，“剥削”的罪名，完全是别人强加在他们身上的。我知道他们为了我们姊妹几个所受的屈辱，所付出的艰辛。我也有些后悔，当初要是听了语文老师的劝告，不一意孤行，说不定就被曲阜师范录取了。我也重新审视了我的大学梦，在这样的政治形势下，是不是还能继续做下去……

我在床上整整地睡了三天。这三天，我基本上没吃东西。只觉得有一块东西堵在心里，我想哭，想喊，想打架，想骂人，想摔东西、砸东西。但是，我不能，没考上学就够丢人的了，再出些洋相，岂不更叫人笑话。我不敢到大街上去，更不敢到人多的地方去，我怕遇见人，特别是怕遇见爱管闲事的人。常常有这种情况，我前脚刚过，后边就有声音不大不小的议论：“这小子没考上学。”“过去都吹他上学好，好怎么没考上？”甚至有几个孩子，竟望着我的背影唱：“中学毕业生，干啥啥不中。叫他去锄地，他说胳膊疼。叫他去拾粪，他说讲卫生。叫他当会计，他说算不清。”而且一唱就是几遍。这些话语，像根根尖针直扎我的心，让我疼痛难忍。我饭也不想吃，活也不想干，觉也睡不香，晕晕乎乎、迷迷糊糊、半死不活地过了十几天。家里人都心疼我，可又找不到好的办法安慰我，劝阻我。后来，母亲只好让我二姐给我那已经大学毕业留校工作的表哥写信，把我的情况告诉他，让他开导开导我。表哥回了信，信还是像上一次一样短，说他正在河北的某农村参加“四清”运动，接受贫下中农再教育。说这是大形势，谁也没有回天之力。要我承认现实、正视现实、适应现实。说可以考虑复习一年，明年再参加考试。是的，大形势，你能拗得过吗？别说你不吃不喝，你就是死，又有什么用呢？现实就是这样，你逃避不了，改变不了，能改变的，只能是你自己。好，复习一年，明年再考。报考什么，我的想法还是考一中，因为我要上大学，我想扬眉吐气，笑到最后。但是我也后怕，倘若再像今年一样，又该怎么办呢？有位哲人说过，在同一个地方跌倒两次的人，是最蠢的人。我岂不成了那种人？先复习吧，看看形势再说吧。

之后，我便白天参加生产队的集体劳动，晚上就挑灯复习。另外，我还两三个星期就去我的毕业学校一趟，找原来的老师，向他们汇报自己复习的情况，请教复习中遇到的疑难问题，了解政治动向。到了1966年的4月，我便假装摔伤了腿，给生产队长请了假，在家专心复习迎考。

没想到，这一次我又失算了。5月，“文化大革命”就轰轰烈烈地开展起来了。学校开始学工、学农、批判资产阶级，开始斗校长了，根本没有考试的动静。到了6月，“文化大革命”就开展得如火如荼了。学校不光斗校长，还斗老师，已经停课闹革命了，更没有考试的动静了。后来，语文老师告诉我，上边有通知，各类学校都不招生了。

对这一不幸的消息，我接受得很平静。因为这些天我已经看到，这场来势凶猛的运动已经把我通向大学的路堵得死死的。用我表哥的话说，“是大形势，谁也没有回天之力”，我愿意接受也得接受，不愿意接受也得接受。进而我又发觉，我的大学梦，本身就是一场“白日梦”。那样的政治形势，我那样的家庭出身，根本就没有梦想成真的可能。是我太天真了，太幼稚了，太自以为是了，太相信自己了……

大学梦破灭了，我的人生目标在哪里呀？

文明哥

文明哥姓李，新中国成立前是我村地主夏云焕（我远门的二大爷）的长工。

听大人（包括我家大人和村里的大人）说，文明哥的老家在东乡的“狗扒泉”。他的命很苦，八岁的时候死了父亲，随母亲改嫁到了城南十五里的秦庄，成了“带犊子”。在那里，前一两年继父待他还可以，后来，母亲又生了孩子，继父有了亲儿子，就多嫌[①]他了，经常找茬打骂他。12 岁那年，他不堪忍受继父的虐待，离家出走来到城北十五里的我们村，在云焕二爷家当了小长工。

我们村是个很平常的村庄，连地主也都很平常。没有一个像黄世仁、南霸天那样的恶霸地主，都是“土地主”——有房屋并非一片，有土地并非千顷，有牲口并非满栏，有妻妾并非成群。他们也雇长工、短工，却自己也参加劳动。他们虽有些家产，还是省吃俭用。他们也有些势力，但并非横行霸道，鱼肉乡党。云焕二爷就是那样的。云焕二爷跟其他的地主还有不同，他是个“绝户”[②] ——妻子接连给他生了四个丫头片子，老大叫盼弟，老二叫招弟，老三叫连弟，老四叫带弟。虽然他想用这样的办法讨个儿子，可就是不能如愿。所以，他特别稀罕男孩子。文明哥在他家，就像个儿子，两口子从来不拿他当外人，吃的、穿

---

① 多嫌：认为是累赘，总是看他不顺眼。

② 绝户：对没有儿子的人的蔑称。

的、住的、用的，都跟他的闺女一样。文明哥也很知趣，特别勤快，烧锅燃灶，拾柴捞禾，推磨压碾，洗衣做饭，放牛放羊，割麦打场……凡是能干得动的，他都揽了。有时闲了，还给二爷、二娘捶捶背，揉揉肩，下盘象棋，来一场“棒打虎”。

不知不觉，文明哥长大了，到了该说媳妇的时候了。二娘便把她远房的侄女说给了他，还把她家的西屋腾了出来，让文明哥在那里娶了媳妇成了家。

说着就到了土改了，云焕二爷成了地主，文明哥成了雇农。斗地主，分田地。一开始，土改工作组的同志都认为李文明 12 岁就给地主当长工，一当就是二十多年，一定苦大仇深，是个好典型。就着力地培养他，教育他，启发他，想让他在斗地主时冲锋陷阵。谁知他却是个扶不起来的“阿斗”。叫他揭发地主的罪恶，他说“一个老实巴交的庄稼汉，没杀过人，没放过火，没当过‘讼事头’[①]，有什么罪恶？”叫他控诉地主对他的剥削，他说“二爷没剥削我呀”。工作组的同志告诉他，你给他当长工，他就是剥削你。他却说：“‘钱买的身子饭买的活，烟酒买的睡不着。’我当长工，人家管我饭，给我工钱，怎么剥削我了？”叫他诉在地主家受的苦，他却说：“这些年当长工，没饿着，没冻着，苦什么。”叫他说对地主的仇，他说：“二爷、二娘对我像亲儿子一样，我要是再对他们有仇，那我还是人吗？”再让他谈对地主的恨，他急了，说：“你们这是怎么了？世上哪有这么多仇呀、恨呀的，没有就是没有，还非得叫我编仇编恨，造苦造难，你们到底想干什么？”工作组的同志见他实在是“死狗托不到南墙上去”，也只好作罢。

不斗地主也同样要分给他地主的财产，土改工作小组研究后分给他云焕二爷的十亩地、三间堂屋大瓦房、一头牛、一张八仙桌子、两把泰山椅子。可是，他说什么就是不要。有的老贫农说他憨，怨他傻，说不要白不要，白要谁不要。他却说：“血汗身子挣来的东西，才能管六十年；割下别人身上的肉，硬贴在自己身上，迟早还会掉下来。”工作组

① 讼事头：旧社会专门靠勾结官府、帮人打赢官司、从中牟利的人。

的同志告诉他，你就是不要，也不能留给地主夏云焕，还要分给别人。他却说："你们想分给谁就分给谁，反正我是不要。"

到我记事的时候，文明哥已经是两个孩子的父亲了。云焕二爷家，四个闺女先后出了嫁，只剩下老两口了，二娘还是个病秧子，整天离不开药罐子。按理说，文明哥早就不是他家的长工了，又没有血缘关系，再加上他也整天家里地里忙得不亦乐乎，不再去问云焕二爷家的事也是无可厚非的。可是，他不，他还是跟过去一样关照着他的旧主人，甚至比过去更周到，更体贴入微。不光把二爷家的脏活、累活全包了，而且连给二娘抓药熬药、洗头洗脚这样的小事也干。从互助组到初级社，再到高级社，再到人民公社，十几年如一日啊！一直到两位老人去世。村里的支书找过他，各个时期上边派来的工作组的同志们也找过他，让他不要这样关心地主，说他这样做给贫下中农丢人。他却说："怎么？地主就不是人，他过去关心过我，现在他老了，不能行了，我关心关心他不是应该的吗？我怎么给贫下中农丢人了？知恩报恩丢哪门子人？"支书和"同志们"见他"不可理喻"，也就懒得管他了。

文明哥不光对他的旧主人关心照顾，对乡亲们也是热心肠。乡亲们谁家脱坯挑墙，插补屋上梁，娶媳妇嫁闺女，红白喜事，只要给他说一声，他都从不推托。别看他是外姓，乡亲们从来也不拿他当外人待。他也不见外，到谁家都是遇见活就干，遇见饭就吃。他的孩子也是跑到了谁家谁管饭，在谁家玩到黑了，就在谁家睡，常常几天不回家，他两口子也不找。

他特别喜欢小孩，他家是我们村小孩的聚集地。我们常常是放了学把书包往家里一放，就都往他家里跑，一聚就是十几个。在他家院子里打尜子，踢毽子，弹溜溜蛋，跳方，藏猫乎（捉迷藏）……一玩就玩到煞黑，他两口子也不烦。偶尔，他还参加一份，和我们一起笑啊、打啊、闹啊。有时，还坐下来，和我们天南地北地扯一阵子。有一次，我问起他老家的村名为什么叫"狗扒泉"，他便给我们讲了一个很有趣的故事。

他说在很久以前，他的老家并不在"狗扒泉"，而是在很远的地方，说他的先人在一个寒冷的冬天去赶集，回家的路上，看见了一条眼看就要冻饿而死的流浪狗，觉得可怜，就把它抱回了家。又是放到被窝里暖，又是给它喂人奶，终于把狗救活了。可是，后来发现，这条狗竟然不会叫。养狗就是用来看家的，不会叫还有什么用处。可是他的先人并没有嫌弃那条狗，还是将它收养在家，还和狗成了形影不离的朋友。有一天，他的先人带着狗出远门，途中休息时，不知不觉竟躺在荒原的枯草丛中睡着了。不知什么原因，忽然起了野火，野火从四面逼近他的先人，他的先人却毫无察觉。那条狗急中生智，拼命地用爪子扒地，不多会，竟扒出了泉水来。狗就一口一口地衔着泉水去湿主人周围的枯草，直到累倒在地。当他的先人醒来的时候，见整个荒原都过了火，只有他的周围的枯草没有着。那条狗，已经累死在他的身旁了。于是，他的先人把那条狗埋在了那里。为了不忘那条狗的救命之恩，也为了能永远陪伴那条狗，他的先人就举家迁到"狗扒泉"的地方，在这里安了家。天长日久，就成了村落，村子的名字就叫"狗扒泉"。讲完了故事，文明哥若有所思地说："你看，狗都知道知恩报恩，你说现在，有的人怎么还不如狗?"

他还特别护我们这些"七岁八岁狗也嫌，哩哩啦啦到十三"① 的孩子们。他家是我们的避难所，谁惹了祸，一看家长要动家法，常常撒腿就往他家跑，一边跑还一边大声喊："文明哥——文明哥——快来救我，快来救我——"只要他在家，一听到喊叫声，就会立即放下手里的活，跑出来，张开双臂，拦住追来的大人，嘴里总是大叔、二老爷地叫着："怎么了，怎么了，还给小孩子一般见识。来，进屋吸袋烟，消消气。"如果大人还是不依不饶，他就会扮着鬼脸说："怎么，还真来气了？又伤肝又伤脾，气可不是好生的；要真不解气，来，打我，打我！"说着，就把头伸了过来。他这么一说，谁还不消气？

要说我和文明哥的感情，还有更深的渊源。那要从一件事说起。

---

① "七岁八岁狗也嫌，哩哩拉拉到十三"：是说七八岁，直到十三岁的孩子都很顽皮，好闯祸。

事情发生在我初中毕业回家务农的第二个麦收季节。

初中毕业回家务农的第一个麦收，我要复习功课准备再考，就跟队长撒了谎，说不小心摔伤了腿（前文有交代），因此，没参加麦收。第二年，老老实实当社员了，再没什么理由不参加麦收了。

说实在话，对麦收，我还真有些打怵，特别是割麦子。用我们队长的话说，我天生的“鹰嘴鸽子爪——能吃不能拿”“小姐的身子，丫鬟的命”。本来力气就小，还没有长力。我也羡慕那些“劲蹦子”，人家浑身有用不完的力量，哪像我，来不了几下子就大汗淋漓，腰酸腿疼。干别的活还有点遮掩，可割麦是“是骡子是马，牵出来遛遛”的活，你不行，就落在人家的后边，你就丢人现眼。

我懂得“工欲善其事，必先利其器”的道理，开镰的前一天，我就让文明哥给我磨好了镰刀。文明哥是磨镰的高手，他磨的镰能吹毛立断。

俗话说“麦子不让镰，豆子不让耧”。为了抢时间，麦收时节，社员们是要披着星星下地的，早饭还要在地里吃。每到这个时候，生产队就集体管饭，蒸大白卷子①，烧绿豆稀饭，送到地头，尽吃。

开镰的那一天，鸡叫二遍的时候，我随着割麦的队伍，顶着繁星，提着快镰，来到了“长身地”地北头。

“长身地，望不到头，耕地累死老黄牛。”一看那一望无垠的麦田，我的头皮就有些发麻，天哪，什么时候能割到头呀。队长简单地布置了任务——每人两耩子（六垄），割到南头吃饭，又提出了质量要求——麦茬不能没了老鸹（乌鸦）。大家一字排开，认好了垄，拉开了架势，随着“刷刷刷”的一片响，身后就滚下了一个个的麦个子。

到东方泛起鱼肚白的时候，我直起麻木沉重的腰，看到前边的人们早已没有影了，陪伴我的是遍地躺着的一排排整齐的麦个子。我一下子心慌了，心一慌手就乱，左手明明是揽住了一把麦，可右手的镰刀一拉，却有三分之一的落在了地下。放下镰刀去拾，势必耽误时间；不拾

---

① 卷子：一种形状为长方体类似馒头的食品。

吧，还真觉得可惜。我开始冒大汗了，先是头上汗流滴滴，后是全身大汗淋漓。握镰把的手一个劲儿地打滑，腰又酸又麻，似乎就要断了。镰也似乎钝了，有时咬着牙拽，麦秸就是不断。我“癞蛤蟆垫桌子腿——硬撑着”，鳖爬似的往前赶。到了人们都到了南头，坐在地头上等着送饭的来的时候，我还在地半截呢。

后来是文明哥吆喝了十几个人，其中还包括几个妇女，分段给我“迎头”（在另一头割），终于割完了我那两耩子。我羞愧极了，一个五尺男儿，竟不如人家妇女，真是无用，丢人现眼。我提着镰，低着头，蔫蔫地来到地头。这时候，送饭的来了，大家一拥而上，摸卷子的摸卷子，盛稀饭的盛稀饭。我也随着大流不好意思地摸了一个卷子，盛了一碗稀饭。刚喝了两口稀饭，咬了一口卷子，队长愣愣地走过来，一把夺过我手中的卷子扔在了地上，气汹汹地说：“你还有脸吃卷子，你看你割的那两耩子麦，麦茬能没羊，落下的麦穗子能拾两荆篓①，这哪里是割麦，简直是‘打扫镰’②”！当着这么多的人，队长弄了我这么大的难堪，我，我，我真接受不了。我想反抗，想辩解，可是找不到适当的理由，憋得眼泪直在眼眶里打转转。看看周围，大家都木然地大口大口地吃着卷子，喝着稀饭，看也不看我一眼，我感到特别的无助。这个时候，文明哥走了过来，对着队长说：“怎么了，怎么了？一个学生坯子，第一次割麦子，不就是割得茬子高了一点，麦穗子落得多一点吗？至于这样红头急脸的吗？谁没有过学活的时候，卖热芋头的还得有三锅糊（方言读 hǔ）街③呢！这样吧，把他交给我吧，我保证不出两年让他成一个好庄稼把式。”说着，拿了一个卷子递给了我，说：“吃，吃了好有力气干活！”我接过他递过来的卷子，眼泪刷的一下子就下来了。

饭后，再割的时候，他叫我挨着他，他割三耩子让我只割一耩子。

第二天，队长不叫我下地割麦了，说文明哥当了打麦场的场长，点

---

① 荆篓：一种用荆条编的大型盛物工具。

② 打扫镰：用镰胡乱地把麦子砍掉，不收起。

③ 卖热芋头还有三锅糊街：糊街，因煮得不好，卖不出去而扔在街上。意思是新手学活一开始都会付出代价。

名要我做他的助手。从此，我就真的成了他的徒弟，一点一点地跟着他学起农活来了。

可是，文明哥想把我培养成好庄稼把式的愿望并没有得以实现，因为就是这一年的初冬，他出事了。

那时候，一到农闲，上边就会分派给队里很多义务工，今天架桥，明天修路，后天又挖河……这一年正赶上修从界河到东山里的备战路，要在北沙河上架拱桥。架拱桥要用石头，用石头就得从龙山上拉。这拉石头的“义务”就落了公社社员的身上。我们队里派了五辆地排车、十个青壮劳力给大桥运石头，其中就有文明哥。

这天下了些小雪，文明哥就和队长商量，说路滑怕出危险，就不出工了。可是队长不同意，说上边逼得紧，不能按期完成石方任务是要按“破坏备战”论处的。大伙没有办法，只好冒险出工。真是怕什么就来什么，当他们装好了石头，从一个陡坡往下放的时候，跟着他拉边套的张大成突然滑倒了，眼看着几千斤重的车子就要从他的身上轧过去。这时候，驾辕的文明哥猛力用膀子一扛，车子倒向了一边。张大成得救了，可是文明哥可能是因为用力过猛，也跟着车子倒了过去，装在车子前边的一块大石头滚下来，恰巧砸在了他的头上，当场就死了。

那年，他四十六岁。

“稻改”

刚忙完“三秋”（秋收、秋种、秋管），大队就召开了全体社员大会，会上，支书公布了一条既新鲜又让人振奋的消息——按照县的统一部署，明年，我们大队也和全县一样，要进行“稻改”了！什么是“稻改”？支书说，就是变旱田为水田，把原来种玉米、高粱、大豆、地瓜等的地改种水稻。为什么要改种水稻？支书说，领导说种水稻好处很多，比如能变两年三熟为一年两熟，能大大地提高土地的单位面积产量。我们县就能提前成为“过黄河，跨长江”① 的先进县。同时，社员的口粮也就上去了，弄好了每人一年能分五百多斤口粮呢！支书还说，现在很多地方搞“稻改”都成功好几年了，像济南的药山，临沂的沂河两岸等。咱县的领导去参观刚回来，说人家在“春天白茫茫，夏天水汪汪”的盐碱地里都种了水稻，并获得了大丰收，金灿灿的一眼望不到边。到人家社员家里一看，好家伙，囤里除了稻谷就是麦子，吃的不是大米就是白面。咱要是“稻改”了，往后口粮也就全是稻谷和小麦了，吃的也都是大米、白面了……

支书的话，说得社员们心里都热乎乎。至于“稻改”能不能使我们县提前成为“过黄河、跨长江”的先进县，社员们倒不怎么关心，社员们关心的是口粮。这几年，我们大队社员每人每年的口粮也就在三

① 过黄河，跨长江：“过黄河、跨长江”是当时对粮食亩产的形象比喻。“过黄河”指粮食亩产要达到500斤，“跨长江”指粮食亩产要达到800斤。

百二三十斤上下徘徊，各家都在不约而同地执行着毛主席关于“按人定量，忙时多吃，闲时少吃；忙时吃干，闲时半干半稀，杂以番薯、青菜、萝卜、瓜豆、芋头之类”的指示。“稻改”能让口粮一下子上升到五百斤，那不就“闲时”也不要“半干半稀”、也不要“杂以”了吗？这不是天大的好事吗？还有，这几年，说地瓜比其他作物高产，百分之八十的地种的是地瓜，吃的“干的”“稀的”自然也都是地瓜，大家早就吃腻了，吃够了。“稻改”后，就能结束吃地瓜的历史，净吃大米、白面？大米、白面，那时只有“非农业”人口才能吃得上。特别是大米，“非农业”人口每人一个月也只能供应三斤五斤的。当社员的，一年也难吃上一顿大米干饭，喝上两碗大米稀饭呀！今后就要以大米、白面为主食了，那咱不比“非农业”还“非农业”吗？

“稻改”好！赶快“稻改”吧！大家都巴望着。

可是也有人担心，说咱这里从老辈的就没种过水稻，上到干部下到社员，可都是不折不扣的“稻盲”。虽然说“庄稼活，不用学，人家咋着咱咋着”，可全村连一个会“咋着”的都没有，“黄土地的蝼蛄到了黑土地里就拱不动”了，改种水稻，咱会种吗？

有人把这担心说给了支书，支书说：“不要顾虑这个，上级领导比咱明白，咱们不会种，自会派人来教咱种。”

这话还真叫支书说着了，没过几天，上级果然给我们大队派来了一个指导种水稻的，支书让我们喊他小李同志。

小李同志二十四五岁，个子不高，胖乎乎的，脖子有点短，有点粗，头好像陷在了两肩里，戴着镜片很厚的眼镜，不大言语，看上去有点呆呆的。消息灵通人士说，别看小李同志长得不怎么样，人家可曾是农业大学的高才生，才毕业一两年，现在是滕县农业局的技术员，还是党员呢！

小李同志来了以后，大家都猜想，他也一定会像过去那些包队的干部一样，先来个大张旗鼓，轰轰烈烈——开大会呀，做报告呀，贴标语呀，喊口号呀……可是，一天，没有动静；两天，也没有动静；三天，还是没有动静。社员们都有些纳闷了。后来，有人说见他这几天总扛着张铁锨、带着个小本子，逐块地挖土看土，还边看边记，蹲下起来的。有人说见他在夜很深的时候，还在大队办公室里看书。那书，有半拃厚。有人说他一个人徒步沿着支渠、干渠，一直跑到马河水库，还在水库管理处咨询了半天。也有人说他走访了村里的十几个老农，同他们聊气候，聊降雨，聊水渠来水，也聊"稻改"……谁知道他在捣鼓什么。

谁也没有想到，七八天以后，小李同志竟向支书交了一份《关于夏家堂不适合"稻改"的报告》，他还用大纸把那份报告写了出来，贴在了旗杆家前的西屋山墙上。我去看了，报告陈述了我们大队不适合"稻改"的理由和他的意见，大体意思是：

一，种水稻，首先要解决水的问题。我们这里因为受特殊地理条件影响，除了汛期之外，降水较少，有时候甚至一两个月不下一滴雨，而且汛期短，通常不到两个星期。所以，解决水稻用水，不能指望天降雨，而是要靠人工灌溉。人工灌溉主要的水源是马河水库，他顺着渠道考察了一遍，见沿途都在准备"稻改"，他也就马河水库的存水量和最大流量咨询了马河水库的管理人员，据他计算，如果水渠的上游，有百分之六十的地改种水稻，水库放的水连满足水渠上游的需要都成问题，很难流到处在水渠最末端的我们大队地里。我们这里虽然有较充足的地下水，但是地下水不适合灌稻田，因为地下水的水温太低，影响水稻的生长。

二，这几天，他把我们大队的所有的土地都查了一遍，发现我们这里的地就土质来说大致可分三类：一类是沙礓土，占百分之七十；一类是黄礓土，占百分之二十；一类是老土，占百分之十。沙礓土漏水，根本不能种水稻；黄礓土也有些漏水，基本上也不适合种水稻；适合种水稻的老土地，又大都远离水渠，而且大都高低不平的。种水稻，要整稻田，稻田的四周要筑埂，田内要平整。即使只把这些地整成能灌能排的稻田，也不是三个月两个月能完成的。而且这些地现在大部分种上了小麦，收了麦子再整稻田，时间根本来不及。

三，种水稻是一项技术性很强的农活，育苗、插秧、施肥、灌溉、田间管理，都要有一定的经验和技术，哪个环节稍不注意出了问题，就可能造成减产或绝产。咱们大队的干部、社员，有很多人连稻子是什么样子都没见过，想让大家一下子掌握种稻子的技术，不是一朝一夕的事情。

最后说，实行“稻改”，提高单位面积的产量，改善社员的口粮质量，愿望是好的。但是任何一项种植改革，都要以符合实际为前提，都要有科学的精神、严谨的态度，不能头脑发热，不能盲干，“人误地一时，地误人一年”，甚至是几年。如果这里进行“稻改”，很可能画虎不成反类犬，到头来，社员们不光分不到五百斤口粮，很有可能连二百斤口粮也分不到；不光吃不上大米、白面，甚至连地瓜也难吃上。所以，他建议，夏家堂最好不实行“稻改”，可在传统种植的基础上，从改良土壤，提高肥力，选用良种，合理密植，科学管理等方面进行改革，从而提高单位面积产量，改善社员口粮质量。他说，他愿意在夏家堂长期留下来，和社员们一起搞这一改革……

一盆冷水，一下子浇在了的社员、干部发热的头上。

社员们看了《报告》，开始还真有些失落，就像一场美梦刚刚做到一半被惊醒了一样。后来一琢磨，一讨论，觉得小李同志分析得还真条条在理，句句是实。真是“不说不知道，一说吓一跳”，原来我们这里根本就不适合“稻改”，要不是小李及早提醒，说不定秋后哭都找不到地方呢！

支书也觉得小李同志说的不无道理，但是他心里却犯嘀咕：“稻改”是上级领导的指示，哪能说不听就不听，那不是无组织无纪律吗？于是便对小李说：“过去都是领导怎么说，俺们就怎么做；领导怎么布置，俺们就怎么执行，现在，咱不听领导的，恐怕不行吧？”小李同志告诉他：“实事求是，一切从实际出发，是共产党人工作的最基本的原则。领导布置的符合咱村的实际，咱们执行；不符合咱村的实际，咱们也执行，那不是明知是水坑也硬往里跳吗？咱总不能拿着近千口子人吃饭的事当儿戏吧……”支书沉默了，他承认小李同志说的是事实，也承认小李同志是真心为夏家堂着想，但是这事毕竟责任太重大，弄不好轻则会挨批评，重则会掉乌纱帽，便挠着头、慢吞吞地说："如果领导怪罪下来，这责任……"小李同志笑了笑，响亮地说："责任我来承担，绝不连累你！"可是支书还是觉得不踏实，便又对小李同志说："要不这样，明天咱到公社去一趟，问问公社领导再说吧。"

第二天，小李同志便和支书去公社找领导。公社的"一把手"没在，"二把手"接待的他们。"二把手"还没听完了他们的陈述（主要是小李的陈述），就有点不高兴了，说："搞'稻改'是县委、县政府的重大决策，是我们县提前成为农业亩产'过黄河、跨长江'先进县的强有力的保证。可是有些人右倾思想作怪，总是找这样、那样的理由，来阻止这一决策的落实……"

小李同志听不下去了，说："我们不是要阻止落实领导的重大决策，我们也不是想拖我们县提前成为'过黄河、跨长江'先进县的后腿，我们村确实有具体情况……"

"你们村有具体情况，他们村也有具体情况，村村都有具体情况，那'稻改'还搞不搞？局部要服从全局，你知道不知道？""二把手"有点火了。

"局部服从全局要看对象，种粮食能局部服从全局吗？……"小李也有点火了。

"种粮食为什么不能局部服从全局？搞'稻改'就是要全县一盘棋，就是要统一行动！"

"种粮食搞行政命令，搞一刀切，那是官僚主义，是瞎指挥，是坑害老百姓！"

"你——你——你小小的年纪就目无领导，竟敢骂县领导是官僚主义，是瞎指挥，是坑害老百姓，你——你也太狂妄了吧！我要马上给县里汇报……"

"你说我狂妄我就狂妄！你就是给省里汇报我还是这个观点，要在夏家堂搞'稻改'，就是瞎指挥，就是坑害老百姓，就是胡闹！"

……

支书眼看着他们越吵越凶，又不敢插嘴，又不敢劝，只好硬把小李拉走了。

从公社回来的第二天，小李同志就被他单位的领导叫了回去。支书说："是回去悔过去了，还不知道领导会怎么发落他呢！真是'嘴上没毛，办事不牢'，当初多亏没听他的。"可社员们都为小李同志鸣不平，觉得小李说得在理，这种庄稼的事哪能容得当官的瞎指挥？前几年，像这类的事单就我们村吃的亏还少吗——说深翻土地能增产，结果是把"好地翻成了大荒滩"；说密植能高产，就让我们播种小麦的时候横耩完再竖耩，结果是几十亩地颗粒无收；说养蚕能多赚钱，就让我们把刚要抽穗的小麦毁掉载桑树，结果桑树没活几棵，养到半截的蚕也都扔了喂鸡了……哪一次不是开始领导吹得天花乱坠，最后都是竹篮子打水？……大家又都为小李惋惜——"叫你干啥你干啥，别跟领导打话把①"，这道理连社员都明白，你怎么不知道，还大学毕业呢？年轻气盛呀！也有不少为小李同志点赞的，他们说小李同志敢说真话，办实事，一心为社员着想，这才是真正的共产党员呢！那些只看领导的脸色行事、只想着自己的乌纱帽、光做"片儿汤"② 事的，都是"拖车挡(党)"。

小李走了以后就没再回来。公社也没再给我们大队派技术员，却下达了明年要种400亩稻子的任务。并且说这是硬任务，要不折不扣地完成，完不成就追究干部的责任。

那还能有什么办法，胳膊还能拧过大腿？社员的口哪有领导的口大，上级叫"改"就"改"吧。全大队的劳力，虽然不情愿，还是都投入到"稻改"中了。修水渠，整畦埂，平整土地，育秧苗，忙了一冬又一春；然后是收麦、灭茬、整地、插秧，又忙了半夏。大镢磨短了，铁锨磨穿了，扁担压折了，排车拉散了。手磨破了，腰弯酸了，脚泡烂了，眼抠肿了，总算把稻苗安排在不怎么标准的田里了。当然在整

① 打话把：提出相反意见。

② 片儿汤：做事不踏实，不讲实际。

田、育苗、插秧等环节上也犯了不少低级错误，闹了不少天大的笑话，甚至还出现了稻种烂芽等致命情况，多亏请来了邻村的技术员作指导，才转危为安。

正当大家要喘口气歇一歇的时候，小李所预见的那几种情况就接二连三地出现了。先是遇上了“五月（农历）旱”。往年，“五月旱”是好事情，有民谚“有钱难买‘五月旱’，六月连阴吃饱饭”，“五月旱”正好“勒苗”，能避免苗子长得过高倒伏。可现在种的是水稻，插上的秧苗正处在“缓苗”期，一会儿也不能缺水。可是，有七成的稻田是砂礓土，漏水特别厉害，一天就得灌一次，早上灌得满满的，下午水就没有了，光给稻田灌水就忙得社员脚底朝天了。没过几天，水渠里白天没水了；又过了几天，连夜里也没水了——水都让上游截走了。于是，就发动人去上游抢水，还发生了械斗，差一点出了人命。再后来，水渠里再也不来水了，听说，马河水库的水用完了。那就只好抽地下水了，几口机井，几部抽水泵没白没黑地抽，但是，这么多地怎么能顾得上来，那些浇不上水的地块，秧苗开始发黄，枯萎。而那些能浇上水的，秧苗也是打着坠坠不长。

后来汛期来了，又一下子降了那么多的水，不少地块水排不出去，秧苗又淹死了不少。汛期之后又是伏旱，稻田里又出现了蚜虫、红蜘蛛，稻子又有了烂根病、青枯病等。七灾八难，接踵而至，几经折腾，到了秋后，有三分之一的地块的秧苗，还没等到抽穗就陆续死了。那些没死的，最后也长得不到一尺高，勉强吐了个稻穗，也就结了四五个稻粒，而且还都秕秕巴巴的。这正应了小李同志的那句话了——画虎不成反类犬。“稻改”忙了一年，每人分得了四十八斤秕稻谷，全年的口粮还不到250斤。

又是一个饥荒年，社员们都欲哭无泪。

这个时候，社员们更觉得人家小李同志真有远见，说要是当初领导能听人家一句，也不至于把我们害得这么惨啊！

第三部分

辣辣蒿[1]

LA LA HAO

辣辣蒿，满地生。
上上下下瞎折腾，
穷了老百姓，苦了老百姓。
——民谣

① 辣辣蒿：一种野菜，味苦，嫩时经多次浸泡后能勉强充饥。

呀，红袖章！

六六年，大革命，到处都是红卫兵。红卫兵，不扛枪，人人都戴红袖章。红袖章，换得快，一茬一茬的造反派。造反派，狠心肠，地富反坏遭了殃。

——民谣

在我们那个落后、闭塞的村庄里，社员们认识“文化大革命”是从红袖章开始的。最初，我们村小学的几个老师，戴上了印有毛体“红卫兵”三个黄漆字的红袖章，在小学里出出进进，在村子里出出进进，脸上洋溢着得意和荣光。社员们都用不解的眼光注视着他们，有人还不由自主地惊讶地道：“呀，红袖章！”就连村里的狗见了，都追着他们的屁股咬个不停。

有一天，老贫农张传振看着戴红袖章的老师问我，他们胳膊上戴的那“红玩意儿”是什么？我告诉他说，是红袖章。他说，我知道是红袖章，上边怎么还印着什么“兵”？他们都是老师，怎么又当兵了？我说，他们不是真兵，是……我也说不清楚……

接着就听说，这几个戴红袖章的老师“造反”了。先是满学校的围墙上贴上了大字报。大字报上说伟大导师、伟大领袖、伟大统帅、伟大舵手毛主席亲自发动和领导的“无产阶级文化大革命”开始了，说“革命无罪、造反有理”，说要“破四旧、立四新”等等。再后来是斗校长，结果把校长斗得在办公室里上了吊。有早去上学的孩子看到了，挂在梁头上，舌头伸在外边，有拃把长……

又过了几天，我们村几个当过兵的，去县城了几天，也戴着红袖章回来了。他们的红袖章上边除了印有毛体的“红卫兵”外，上边还有一行小字：荣复转退军人。光“红卫兵”就让社员糊涂了，再加上“荣复转退”更让人糊涂。我们队里的唯一荣誉退伍军人夏天远就给社员们解释：“荣，指荣誉军人，像我这样的；复，指复员军人；转，指转业军人；退，指退伍军人。这些人也是有区别的，这中间，数荣誉军人是老大，所以排在第一位。”说到这里，这老兄就会故意把系有红袖章的胳膊抬起来，让社员们欣赏，还特别地用另一只手指了指袖章上的“荣”字。可是，社员们哪管他谁是老大，谁是老二，纷纷说他戴的红布不如老师戴的红布好，人家老师戴的是红绸子布的，他的是红洋布的。

“你们这就不懂了吧，别看我们的红袖章是红洋布的，这可是汤司令从北京背回来的。汤司令知道是谁吗？是我们荣复转退造反司令部的司令。北京，知道吗？是毛主席住的地方。我们的汤司令在北京还见到了毛主席。毛主席他老人家拉着汤司令的手说：‘小汤，回去好好地革命、造反。’”接着他又给大伙介绍起了这几天在县城的经历：“我们全县的几千名荣复转退军人，在汤司令的带领下，成立了‘滕县荣复转退军人造反指挥部’。冲进了县委大院，砸碎了他们的玻璃，砸毁了他们的桌椅。把县委书记马启廷、县长陈永峰从办公室里揪出来——别看这些当官的整天人五人六①的，可在我们荣复转退军人面前，都成了‘孙子’，一个个小脸吓得蜡黄，叫他们干什么他们就乖乖地干什么，那叫一个痛快呀！走到滕县城的大街上，只要把这红袖章一亮，阎王爷都敬俺三分。你们知道我们这几天住在哪里吗？住滕县宾馆，那是过去县长才能住得起地方。你们都不知道，睡的床是带弹簧的，一躺就能把人弹起来。铺的盖的，都白得耀眼，我睡了一夜，早晨起来一看，好家伙，

① 人五人六：很有身份，很气派的样子。

整个人印子落在了床单上了。坐的呢，叫什么‘发’，也是带弹簧的，一坐人就陷了下去；一起来，就又复了原。到了该吃饭的时候，宾馆的大餐厅里一坐，服务员，都是女的，一个比一个漂亮，就大盘小盘地端上来了，全是大鱼大肉，山珍海味，那叫一个香呀！汤司令说……”这老兄还想再炫耀下去，可社员们都纷纷走了，也就只好把来到嘴边上的话又收了回去。

又过了几天，这个“荣誉军人”伙同我们队的一个叫夏天东的复员军人一起贴了我们队长的大字报，说队长多吃多占，要造他的反。我们队长可不是好惹的，他可是“双家属带拐弯，贫农主任兼队长”——我们队长三个儿子接连验上了兵，大儿子当了三个月因为尿床被退了回来，现在还有两个在部队里，所以说是“双家属带拐弯”；他还是我们大队的贫农主任。他怕谁？大字报一贴出来，队长就邀了他族的几个青年，窝[1]住了这两个“荣复转退”造反的，先撕了他们的红袖章，又把他们打了个鼻青脸肿，还警告他俩，再造反，就打断他们的腿。挨打之后，据说两个人曾带着红袖章的碎条条到县城找过汤司令，不知道是因为没找到，还是因为汤司令实在太忙，始终没见汤司令带人来为他们报仇。红袖章的碎条条也不知道他们是怎么处理的。

又过了好几天，雇农出身的张红军伙同老贫农李传成的二闺女李玉英，领着十几个贫下中农的子弟宣布造反。张红军自封为队长，李玉英为副队长。他们率领的造反派也都戴上了红袖章，上面除了印着毛体的“红卫兵”三个字外，也有一行小字，是“毛泽东思想”。有的琢磨不透上边加上“毛泽东思想”是什么意思，就问张红军。张红军说：“就是……就是毛泽东思想是我们贫下中农的红卫兵，看，毛主席对咱贫下中农多重视。”

造反了就要斗“当权派”，可是，张红军们明白，支书、大队长、生产队长个个都不是好惹的。不说别的，单从家族人数上看，哪一个都是兄弟五六个，加上叔兄弟、堂兄弟、从堂兄弟，一个家族光这一辈就

---

① 窝：这里是动词，指堵在某个角落里。

是好几十人，实在是惹不起。那不斗“当权派”，得有“反”造呀，那就来“破四旧，立四新”吧。破什么呢？首先想到的是旗杆家前面的旗杆底座，说它是旧得不能再旧的东西了，非破不可。先是用锤头砸，可只能砸掉一些边边棱棱。后来找来了雷管轰，可是雷管响了，底座就是不破。实在没有办法，只好十几个人费了九牛二虎之力才把那“老顽固”滚进路南的大坑里。这“四旧”说破了也破了，说没破也没破。然后又想到各家族老林上的石碑，要全部拉倒砸碎。有人觉得可惜，说用来架桥、铺路、垒猪圈墙岂不更好？可张红军说，不行，这样破得不彻底。还有一座破庙，已经做了饲养院，里面的泥胎都早就扳倒不知扔到哪里去了，可张红军说，不行，还得破。于是把房顶拆了，把墙也拉倒了。这一下子可苦了几头老牛了，无论刮风下雨，都在露天里。

别看张红军们不敢惹“当权派”，可收拾起“四类分子”来，那真是心不慈手不软。用他们自己的话说，他们对“四类分子”采取了四项革命行动。一是“抄”，即抄家。让他们把屋里的吃的、用的全都搬出来，单件地摆放在院子里。箱子、柜、橱子都要打开，缸、瓮、盆、罐都要开盖。然后走人，五个小时之内不准回来，任凭造反派在他们家“造反”。抄我家的时候，就来了近二十人，抄了整整四个半小时，连墙缝都掏了，就差掘地三尺了。最后副队长李玉英，在一个箱子最底层翻出我母亲出阁时穿的一双绣花鞋，说是“四旧”，带走了。全大队十几户地主、富农家都抄完了，也没抄到他们想要的东西。只是在地主刘士杰的儿媳妇的针线筐里，抄出了一个用毛边纸订的本子，里面夹了很多“鞋样子”，上边密密麻麻地写着账目。造反派们如获至宝，说抄出了刘士杰的“变天账”，都报到公社一级的造反组织了。后来懂行的人一看，原来是当初刘士杰在县城开酱园时记的流水账，弄得造反派们“猫咬尿泡——空欢喜”。二是“游”，即游街。游街时要“四类分子”做到四个“必须”。一，必须戴高帽子。高帽子由自己准备，不得低于三尺，高者不限。二，必须挂大牌子。大牌子也是自己准备，牌子上写上名字，还要用红笔打上×。三，必须拄“哀伤杖”。杖一定要柳木的（我们那里的习俗是只有死了父母才这样拄杖）。四，必须一边走着一边依次作自我介绍，如“我是××分子×××”。实在走不动的，可让其子女架着。游完大街游小巷，一连游了三天。三是“斗”，即批斗。每个“四类分子”斗一场，被批斗的除了头戴高帽子、脖挂大牌子外，还要腰弯九十度。有人提议，干脆让他们跪下算了，可张红军不同意，说“弯腰”要比“跪着”难受好多倍。不光要批斗本人，还要让其子女到现场喊两个口号：“打倒某某某（老子的名字）”“毛主席万岁！万岁！万万岁！”斗富农夏振起的时候，他的儿子夏启功可能是因为过于紧张，喊口号时竟将两句口号杂糅为“打倒夏振起万岁！万岁！万万岁！”话音刚落，立即上来几个造反派打得他满嘴是血，连门牙都打掉了。四是“监”，即全天候监视。造反派的人员轮流值班，一天24小时不间断地监视“四类分子”。勒令“四类分子”家夜里不准关大门，造反派随时都可以到任何一家监听，发现问题，马上采取革命行动。

一连几天，都没有动静。可到了第五天的深夜，造反派掌管的大喇叭里忽然传出了：“大老爷，使劲呀（或者是‘压’）！”“哼，哪个王八孙子没把脚趾盖子蹬劈吔！”接着是淫笑声和更不堪入耳的话。原来，张红军和李玉英值班时可能觉得监视“四类分子”没有什么意思，就在床上“意思”起来。也许是太急了，竟忘了关掉扩音器，结果来了个对外现场直播。

这事对社员们来说，只不过是饭后茶余的笑料，可对于张红军的老婆却是天大的事情。先是跑到李玉英家大闹了一场，连李玉英的袄大襟都扯了下来。后来，又跑到造反指挥部，找到了躲在办公桌子底下的张红军，一把抓住，就挖[①]他的脸，骂道：“红卫兵，造反派，不孬，‘红’到床上去了，‘造’到身上去了，我叫你‘红’，我叫你‘造’！”直挖得张红军的脸像鸡挠的一样，鲜血滴答滴答地直流。接着又一把扯下张红军胳膊上红袖章，一把火烧了，拧着张红军的耳朵回了家。从此，张红军再也不敢革命、造反了。被媳妇挖的脸后来结了痂，痂掉了，成了疤，一道子一道子的，煞是难看。于是，村里就有人编了这样

---

① 挖：使劲挠。

的顺口溜讥讽他：“张红军，真能行，毛泽东思想红卫兵。领着玉英来造反，赚了一个大花脸。”李玉英的下场也够惨的，挨了张红军的媳妇一顿打还不算，爹妈、哥嫂都骂她“辱门败户，丢人现眼，有脸就不能活在世上”，从此，不准她出门。她一恼之下喝了半瓶子“敌敌畏”，多亏发现得及时，拉到医院里，又是洗胃，又是灌肠，才勉强保住了一条小命。

没消停几天，又有人成立了“卫东战斗队”，红袖章上不印“红卫兵”三个字了，而只印了“卫东”两个字。接着又有“风雷激”造了“卫东”的反，说“卫东”是保皇派。接着，又出现了“全无敌”“虎口拔牙”“捍东彪”等等战斗队，人换了一茬又一茬，红袖章换了一样又一样，“乱纷纷，你方唱罢我登场”。谁上来都是抓阶级斗争，都是先拿“四类分子”开刀。在我们夏家堂这个不大的舞台上，他们都按照自己的理解和意愿，上演着一场场的悲剧、闹剧。

周悦老师之死

"革命的同志们请注意，现在，向大家宣布一个令人振奋的好消息。革命的同志们请注意，现在，向大家宣布一个令人振奋的好消息——原夏家堂小学教师、反动地主分子、国民党的'三青'团员周悦，死不悔改，自绝于党，自绝于人民，于昨天晚上，投井自尽。这是毛泽东思想的伟大胜利，是'卫东战斗队'和'东风战斗队'保卫毛主席的革命路线的又一辉煌战绩。周悦虽然人死了，但其反动思想还在，还要对他进行更深入地批判。他死有余辜，他的死，轻于鸿毛！……"一大早，我们大队造反派——卫东战斗队掌控的大喇叭就公布了这样一条令人毛骨悚然的消息。

怎么，周悦老师死了？不是昨天还在挨斗吗？

昨天，是入冬以来最冷的一天。

几天前，下了一场大雪，平地有一尺多厚。现在雪是不下了，但天还是阴沉沉的，没有一点阳光，连雪都显得暗淡多了。

天寒地冻，地里没有农活可做了，但造反派却不让社员们闲着。这不，又通知我们参加"卫东战斗队"（我们大队的造反派）和"东风战斗队"（夏家堂小学教职工的造反派）联合组织的批斗反动地主、"三青团"① 团员周悦的大会。

---

① 三青团：三民主义青年团的简称，旧中国国民党时期的青年组织。

周悦，是我们村小学的一位普通教师。在人们的印象中，他是一个和蔼的半大老头，四十多岁，有些秃顶，胖乎乎的。平时很少说话，说话也是慢声慢气的。他的家就在离我们村不到二里路的杜营村。他是一年前才调到我们村小学里的，没教过我。因此，我和他没有交往，只是偶尔见过他两次。有一次我路过小学，见他正在拉手风琴，微闭着眼睛，头还一摇一晃的，很陶醉的样子。另一次是几个造了反的老师拿着尺子、排笔、刷子，在我家屋后墙上写标语，又是打格子，又是放大样，捣鼓了半天，也没写成一个字。后来把他拉来了，让他写，他就直接拿起刷子，沾上漆，刷，刷，刷，一个个端端正正的宋体大字就跃然墙上了。弄得那几个造反派面面相觑。

据听说，他家是地主，土改时，他的爹娘都在，他也成了家，却上师范还没毕业。像他这样的，是算地主分子，还是算地主子弟呢，不好说。据说，上几次运动，都是按“出身”对待的。“文化大革命”一来，造反派硬说他就是地主分子，已经批斗过几次了。这一次，是教职工造反派有了新发现——通过外调，查出了周悦在上中学的时候，曾加入过“三青团”。这一“重大发现”给他们批斗增添了新的材料。为了扩大影响，便联系了我们大队的造反派——“卫东战斗队”。“卫东战斗队”正愁没事干呢，两队便组织了这次“规模大、声势大、影响大”（造反派的宣传语）的批斗会。

批斗会的会场设在学校的操场上。操场上的积雪刚刚被“四类分子”清理完，一块干一块湿的。主席台的前边临时搭上了一个木架子，上额贴着巨大的白纸黑字的“批斗反动地主、‘三青’团员周悦大会”横幅，周悦二字还用红笔打了“×”。参加大会的是夏家堂小学的全体师生和夏家堂大队的全体社员，参加陪斗的是我们大队的全体“四类分子”。

等大家都到齐了，主持人——“卫东战斗队”队长李传标先领着学习“毛主席语录”，共七条，是一般开批斗会都要学的。“领导我们事业的核心力量是中国共产党，指导我们思想的理论基础是马克思列宁主义。”“革命不是请客吃饭，不是做文章，不是绘画绣花，不能那么雅致，从容不迫。革命是暴动，是一个阶级推翻另一个阶级的暴力行动。”……

学习完毛主席语录，主持人宣布大会开始。随着“把反动地主、‘三青’团员周悦押上来”的一声高喊，只见三个身强力壮的造反派，一个掐脖后梗，两个反扳胳膊，把头上戴着高帽子、胸前挂着大牌子的周悦押上来。后边还跟着一个拿着“哀伤杖”的。这是怎样的“哀伤杖”呀！有双手合围那么粗，半米长，是刚从学校旁边的大柳树上锯下来的，起码也有二三十斤。他们叫周悦站在台的最中间，这一次不让他弯腰了，要他站直了，两手高举着“哀伤杖”。因为帽子太高，影响举杖，一个造反派还把高帽子的上半截撕掉扔到一边。随着李传标的又一声叫喊——“把夏家堂大队的‘四类分子’全都押上台来”，十几个“四类分子”（其中也有我母亲）都戴着高帽子，挂着大牌子，由两个扛枪的造反派押着鱼贯上了台。主持人让他们分站两边，都腰弯九十度。

天，阴沉沉的，没有一点阳光；风，冷飕飕的，刺人筋骨。我们在台下，这么多人在一起，都冻得手脚发麻，浑身没有点热气。我仔细地端详了站在台上周悦，他比往常瘦了很多，只显得颧骨高高的。他眼睛微闭着，嘴唇哆嗦着，不知是想说话还是想呻吟。他高举着那二三十斤重的“哀伤杖”，手指头像根根被冻僵的胡萝卜。这个时候，他该多么难受呀！我再看看站在台一边的母亲，她脸色苍白，也微闭着眼睛，一只手用袖筒子捂着嘴，一只手按在心口处。刺骨的北风吹得她胸前的大牌子忽闪忽闪的，她都没有力量去扶一下。我知道，母亲一直有“心口疼”病根，疼起来直喊爹叫娘，看来，母亲现在肯定是心口又疼起来了。

“打倒反动地主、‘三青’团员周悦！”“东风战斗队”的一名队员站在台上领着喊口号。台下稀稀拉拉的有几个跟着喊，而且多是学生。

“周悦不投降，就叫他灭亡！”“卫东战斗队”的一名队员也站在台上领着喊口号。台下跟着喊的也不比前面的多。

“阶级斗争，一抓就灵！”“东风”的人喊。

“千万不要忘记阶级斗争！”“卫东”的人喊。

“把反动地主、‘三青’团员周悦打翻在地，再踏上一只脚，让他永世不得翻身！”“东风”的人又喊。

“坦白从宽，抗拒从严，拒不交代，死路一条！” “卫东”的人再喊。

……

口号喊完，接着就是批判发言。“东风战斗队”代表的批判，着重是说他们是怎样千里迢迢跑到福州，费尽周折找到了周悦上中学的学校，又是怎样在帙卷浩繁的学生档案中找到了周悦是“三青”团员的证据的；说周悦是“埋在学生身边的定时炸弹，现在把他挖了出来，是毛泽东思想的伟大胜利，是毛主席革命路线的伟大胜利！”

会场上开始乱起来，社员们有的说笑，有的聊天，有的跺脚，有的哈手；学生呢，交头接耳，嬉笑打闹，有的还骂起来，声音比发言的都高。尽管两个战斗队都有两人拿着竹竿竭力维持，但收效甚微。直到“东风战斗队”的队长声嘶力竭地喊：“这里面一定有阶级敌人在捣乱，要把他揪出来示众！”才平静下来。

接着是学生代表批判发言，贫下中农代表批判发言。都是什么“革命无罪，造反有理”了，什么“谁反对毛主席就砸烂他的狗头”了，什么“顺我者昌，逆我者亡”，等等，翻来覆去就是那几句话。

天更阴沉了，风更刺骨了。风里裹着的雪粒，打在人们脸上，生疼（很疼）。再看站在台上周悦，满头是汗，满脸是汗，整个脸都扭曲变形了。我知道这是痛苦至极、虚脱的表现。他那双高举着“哀伤杖”的手，没有了一点血色，似乎跟那柳木杖冻成了一体。我担心，等批判完了，他那双手也就废了。我再看我的母亲，她的花白的头发被风吹得像凌乱的杂草，两只手都紧紧地按在心口处，没有血色的脸紧绷着，仿佛已经窒息……

人们都说“人心都是肉长的”，那，这些造反派不是人吗？他们的心怎么不是肉长的？不是肉长的，是什么长的？石头长的？铁长的？是谁让他们长了这样的心呢？是他们的爹娘吗？我想不明白。

终于等到主持人宣布自由发言了，一般说来，这种会，自由发言的很少，一到这一节，批斗会就意味着结束了。谁也没有想到，正当大家准备离去的时候，六队的“二好人”提着造反派贴大字报没用完的半桶糨糊和一大瓶墨汁走到了台上。呀！这家伙又有什么坏主意？他可是我们大队的“少年周处”，平时偷鸡摸狗，无恶不作，所以给他取了个外号——“二好人”。有人曾把他作为诅咒，说：“谁要是不行好事，叫他出门遇见‘二好人’。”只见他打开了墨汁瓶盖，把一瓶墨汁全倒到糨糊桶里，用棍子搅了几搅，然后提着走到周悦的旁边，摘掉了周悦的高帽子，提起桶来，哗啦一下子全倒在了周悦的头上，说了一声：“你就死去吧！”丢下桶扬长而去了。可怜周悦，满头满脸满身都是黑糨子，风一吹，全都结了冰碴子。人也发起抖来，上牙碰得下牙直响。吓得坐在前边的小学生都捂上了眼睛……

“二好人”呀，“二好人”，你和周悦老师前世无冤今世无仇，他招你了，惹你了，他抱你的孩子扔到井去了？你是哪来的邪劲这样残害他，你也不怕老天报应你啊？

批斗会也在人们的惊叫和议论声中结束了。

我穿上衣服走出了家门。见大街上聚集了好些人，都在议论周悦的死。“卫东战斗队”的队员张胜利正像卖老鼠药的一样卖弄呢。他说：“跟前几次相比，周悦这次挨完批斗就有些反常。那几次批完斗完，像没事的一样，该吃的吃，该喝的喝。可这一回就不行了，下了会场，连那身‘冰衣服’也没换，连口水也不喝，就一声不吭地崴①在床上了。吃饭的时候，学校的伙夫把饭端给他，他看也没看，连闻也没闻。到了晚黑睡觉了，我们队里派的看管他的那两个‘二百五’，见他还是那个姿势地在床上崴着，就没再管他，只管睡自己的去了。天明一看，人不见了。队长命令我们去找，结果在他家前的一口大机井旁看到了他的一双鞋和一堆烟灰。可井里并没有人。有人估计可能是沉到水底了，忙到

① 崴：胡乱地躺倒。

杀猪的张家找来了‘五爪勾’，系上绳子下到井底。果不其然，真的抓上来了。你说怎么浮不上来，原来这小子怀里揣着两块大石头！”

“五爪勾没抓伤他？”有人问。

“怎么没抓伤，把肠子都抓出来了。不过，人都死了，也不知道疼了。”张胜利脸上露出几分诡秘，“你们聊吧，我们战斗队还有事呢！”说完，就急匆匆地走了。

张胜利走了，议论并没有停止。

“看来，他不是跑到大机井旁就一头栽了进去，而是在大机井旁边停了好长时间。”有人这样说。

“何以见得？”有人不解。

“你没听张胜利说，大机井旁有一大堆烟灰，可见他是在那里思想了很久，犹豫了很久，最后才决心一死的。”

“对对，好死不如赖活着，小凤子、蚂蚁都想活，不到万般无奈，谁能走这一步。”

“听说，他上有七十多岁的父母，下有五个子女，最小的才上小学三年级，一家的顶梁柱没了，叫这一家怎么活呀！”

“正是出力挣钱养家的时候，人没了，可惜呀……”

接着又议论起周悦的死因，有的说是造反派对他折磨得太厉害，不死也会落个半残。有人说是“二好人”最后的“泼墨”，让他当老师的斯文丢尽。有人则说想想以后还不知道有多少这样的折磨等着他，前边是苦海无边等等。这个时候张胜利回来了，又诡秘地对大家说：

“你们都不知道，听说正是周悦死的那个夜里，杜营的造反派正抄他的家。可能周悦想死前再回一趟家看看，可是他没看成！”

“说不定正是看到了家被抄的一幕，才让周悦下定了必死决心的。”有人这样猜想。

……

周悦老师死了，他是解脱了，但是，他的死却给家人带来了更大的灾难（这也是在“文化大革命”中，一些人即使再遭屈辱、毒打也不愿死去的原因之一）。周悦死后，造反派说他是以死对抗“文化大革命”，是现行反革命的表现，便在他的“反动地主、‘三青’团员”的头衔上，又加了一个“现行反革命”。据说，他的父母，也在送走他不久，都投了他死的那口井自尽了。他的大儿子，本来说妥的对象，也因为他的死吹了。正在上初二的大女儿，也在他死后的不久就辍学了。至于对其他三个孩子的影响，我就不知道了。

啊！毛主席语录

“文化大革命”初起时，被称作“红宝书”的《毛主席语录》在我们村里很是稀罕，谁要是有一本，哪怕是简装的，便觉得自己高出了别人一头，那得意和荣耀，不仅“形于色”，更“形于体”。大家（特别是年轻人）也都羡慕得要命，巴望着自己也有一本。

上边果真急大家所急，没过多长时间，就发下来了（据说是生产队花钱买的），光我们生产队就搬来五大捆。只要是劳动力，不管是青年、壮年还是老年，也不管是贫下中农还是“四类分子”，人手一册，有的一家领了六七本。那时候，识字的少，家里有书的更少了。一下子有了几本红本本，特别是听说是毛主席他老人家的书，更是珍惜。有的还用孩子们的红领巾包起来，放在毛主席的像下边供起来。可是后来队长说，不行，因为大队要求各队要组织社员学习，还要检查呢！每天出工前“祷告”、开会时呼喊口号时还要用它呢！

果真，这《毛主席语录》还真有了用场。那个时候，大会、小会，每次开会，必先学习毛主席语录。过去，是上边读，下边听；左耳听，右耳冒。现在好了，上边说请大家翻到某某页，就翻到某某页；说看哪一段，就看哪一段，最起码有抓手了。呼口号时，过去举的是拳头，现在举的是“红宝书”，随着口号声，高举，放下，再高举，再放下，呼啦啦一片红，多带劲。过去出工前“祷告”，只是动动口，现在是动口又动手。队长或会计先举起“红宝书”，高声地说：“首先敬祝我们伟大的导师、伟大的领袖、伟大的统帅、伟大的舵手毛主席，万寿无疆！”

社员们就马上跟着说："万寿无疆！万寿无疆！"同时，举着"红宝书"的手就随着"祷告"声上下或左右地摆动。"敬祝林副统帅永远健康！永远健康！永远健康！"的时候也是如此。但是，再有趣的事重复多次就腻歪了，对《毛主席语录》的使用也同样。开头几次，大家觉得还很好玩，很有趣，时间一长，就觉得没意思了。特别是每天带着它下地，缀缀搭搭，很不方便。慢慢地，社员们上工就不想带了。尽管队长也骂了几回，可作用并不显著。

说实在的，在我们村里，《毛主席语录》还真不如"毛主席语录"多。你看吧，高墙、低墙，土墙、砖墙，屋墙、院墙、厕所墙，所有的墙上，都写满毛主席语录。面积大的写大字，用刷子刷；面积小的写小字，用毛笔、小排笔写，真正做到了"墙尽其材，充分利用"。对了，以上还都是静止的，还有流动的，比如把毛主席语录印在红旗上或制成语录牌，走到哪里，就打到哪里。我们生产队社员们下地必打的红旗，上边就印着"农业学大圩"。将"寨"写成了"圩"，说是请小学老师写的，不知这个老师是故意的还是笔下误，一打就是几年，竟也没人说是篡改毛主席语录。语录牌的架子是固定的，除了几个内容是具有普遍指导意义的，比如"领导我们事业的核心力量是中国共产党，指导我们的理论基础是马克思列宁主义""马克思主义的道理，归根结底就是一句话，造反有理。于是就反抗，就斗争，就干社会主义""农业学大寨，工业学大庆，全国学解放军，解放军学全国人民"等，其他的内容是要经常更换的。要打"三夏"战役了，就换成："下定决心，不怕牺牲，排除万难，去争取胜利。""发扬不怕牺牲，不怕疲劳和连续作战的作风。"要种小麦了，就换成："人民公社一定要把小麦种好。"要修水库了，就换成："水利是农业的命脉。"要挖河了，就换成："一定要把淮河的事情办好。"……我们村西边的南张庄大队更先进，竟给每一个社员制了个挂在脖子上的语录牌。上工时挂在脖子上，到了干活的地方摘下来，放在一边，到下工的时候再带上。跟"四类分子"挨斗时挂在脖子上的牌子一样大小，不知道的还以为一群"四类分子"集体出义务工呢。还有一项不能不提，就是唱语录歌。据说有一个名叫劫夫的作曲家，不知是心血来潮还是别有所图，竟不顾韵文和散文的区别，情愿违反歌曲的创作规律，先后给毛主席的十几条语录谱上了曲子。一时间，大人小孩都唱毛主席语录歌，大喇叭、小喇叭都播放毛主席语录歌。全国都是如此，我们村也不例外。

这还不算，我们的大队支书说："要把毛主席语录记在脑子里，刻在骨头上，溶化在血液里。"至于"刻"没"刻在骨头上"，"溶化"没"溶化在血液里"不好验证，拍片、查血恐怕都验不出来。可"记"没"记在脑子里"，是可以通过看你会不会背诵的办法来验证的。于是，全大队立即掀起了背诵毛主席语录的高潮。婴幼老中青，人人朗读、背诵毛主席语录。家里、地里、牛棚里、猪圈里凡是有人的地方，都能听到朗读、背诵毛主席语录的声音，都能看到朗读、背诵毛主席语录的感人场景。支书还给我们介绍了我们县（具体是哪一个公社、哪一个大队的他记不清楚了）一个学习毛主席语录的典型，说一个八岁的小女孩，能把《毛主席语录》中的语录全都背下来，而且每一页包括哪几条都记得丝毫不差。不知是真是假。我们大队还请了姜屯公社黄庄大队的老贫农黄大娘作过一次学习毛主席语录的经验介绍。我去听了，老太太真能背一百多条毛主席语录，还一套套地说得很连贯。可是，老太太记是记下了，但未必理解，不然就不会把"不入虎穴焉得虎子"解释为"不逮住老虎，怎么能得到老虎的皮"了。可惜，我们队里没有这样的，我们队人的脑子都好像抹过润滑油似的，念个十遍八遍，还是"挂不住"。几个文盲妇女才笨得出奇，一条"凡是敌人反对的我们就要拥护，凡是敌人拥护的我们就要反对"，记了三天还记成了"凡是敌人反对的我们就要反对，凡是敌人拥护的我们就要拥护"。气得妇女主任一个劲儿地骂她们是"吃芋头长的"。既然短时间里学不会，那就再多用时间磨，上工之前学，中间休息学，收工之后再学。什么？家里有吃奶的孩子，不行，是孩子吃奶要紧还是学习毛主席语录要紧？

其实，让你背毛主席语录是为你好，你不会背或者你背得少说不定就会遇到麻烦。我就遇到过一次。

那天，我有一点小事去龙阳，走到种刁村前面，突然有一个小青年对着我高声叫道："闭着眼睛捉麻雀！"我吓了一跳，心想这个孩子一定是犯了神经病，就没理他，继续走我的路。谁知道，立即有七八个青年上来拦住了我，七嘴八舌地说我不热爱毛主席。这可是个不小的帽子，我哪里担当得起，忙问缘故。原来这里是毛主席语录学习检查站，检查的方式是对答式，他喊"闭着眼睛捉麻雀"，你就对"瞎子摸鱼"；他要喊"事不关己"，你就对"高高挂起"；他要喊"人不犯我我不犯人"，你就对"人若犯我我必犯人"；他要喊"星星之火"，你就对"可以燎原"等等。答对了，过；不答或答的不对，就要挨罚。今天的惩罚是刨一个小时的地。咱没答，又有这几个小青年都撸胳膊卷袖子地看着我，认罚吧，乖乖地给人家干了一个小时的义务活。

支书还告诉我们，学习毛主席语录要"在'用'字上下功夫"，要"活学活用、学用结合，急用先学、立竿见影"（后来知道，这是林副统帅的话，我说我们的支书没这水平呢）。什么是"活学活用"？怎样是在"用"字上下功夫呢？他举例说，比如学习了"凡是敌人反对的我们就要拥护，凡是敌人拥护的我们就要反对"，就可以"用"在现在，你脑子里就应该这样想——凡是"四类分子"反对的，我们就要拥护；凡是"四类分子"拥护的，我们就要反对。有人给他抬杠了，说："那'四类分子'要是拥护共产党，我们就反对共产党？"支书翻着白眼不好答了，大家都哈哈大笑起来。支书见这些刁民实在难缠，只好一溜烟地跑了。

可是，跑是跑不了的，只要他一说"活学活用"，就会遇到尴尬。初冬的一天，天上飘着雪花，我们在修水坝的工地上打夯。这时候，支书穿着破棉袄来了，来了就喊："下定决心，不怕牺牲，排除万难，去争取胜利！"喊完就说我们打夯的"没下定决心"，"怕牺牲"了。我们忙问缘故，原来是他嫌我们用力太小，夯拉得不高。说"要是'不怕牺牲'，就扒下上衣，光着脊背打。"有人给他较劲了，说你要是能跟我们一样，别说是光着脊背，就是把衣服全脱了，光着屁股打都可以。支书说，好，三下两下甩掉了破棉袄，光了脊背。这时我才发现，别看他是支书，也穿着乏筒子袄①，穷得连个填在袄里的褂子也没有。大家也和他一样，脱了上衣，光了脊背，拉起了夯绳。支书也跑过来要拉夯绳，可我们是一个萝卜一个坑，哪有他的份。给了他一面小红旗，说让他站在一旁摇着旗高喊毛主席语录，给我们加油，打气。我们也随着他一起喊——“下定决心，嗨！”“不怕牺牲，嗨！”“排除万难，嗨！”“去争取胜利，嗨！”——随着“语录声”，夯起夯落，还真带劲。不知道是因为我们要通过用力拉夯、呼喊来热身，还是因为“活学活用”了毛主席语录，我们的夯是越拉越高，喊声越来越大。可再看支书，却冻得浑身筛糠了，摇红旗的手也抖起来了，连喊的“毛主席语录”都带颤音了……最后，支书是实在撑不了了，丢下红旗，一把抓起破棉袄就往家里跑。听说回到家里就发热，头痛，流鼻涕，哈欠连天，上下牙打得啪啪响。尽管媳妇给他灌了三碗姜汤，把全家的被子都捂到他身上，让他出汗，可第二天还是没爬起来。没过几天，就有人编了这样一段顺口溜：夏支书，谝屌能，把毛主席语录来活用。“下定决心”光脊背，“不怕牺牲”摇旗红，“排除万难”打哆嗦，“去争取胜利”得了病。躺在床上不能动，这是“活学”还是“活用”？

后来，毛主席语录又被“活学活用”在打口水仗上。一个党员和一个贫农因为一点小事吵了起来，党员说，伟大领袖毛主席教导我们：“领导我们事业的核心力量是中国共产党……”贫农马上说，伟大领袖毛主席教导我们：“没有贫农就没有革命，若是否定他们就是否定革命，若是反对他们就是反对革命。”一个小青年检举队长媳妇偷队里的棉花套被子，他老子教育他说，连毛主席都说“事不关己，高高挂起；明知不对，少说为佳”，（毛主席说这是自由主义的一种表现，不知道这老兄怎么“活用”在这里了），你就是不听。儿子却说，毛主席还说“天下者，我们的天下；国家者，我们的国家，我们不说谁说？我们不干谁干？”噎得老子直伸脖子……

再后来，也不知道是因为学、用的时间太长了，大家都腻歪了，还

① 乏筒子袄：棉袄的里面没有衬衣。

是因为大家也并没有感觉到毛主席语录给自己带来多少好处，学、用的热情就渐渐地冷了下来。特别是当得知连“万岁不离口，语录不离手”的林副统帅，都反党、反社会主义、反毛主席，摔死在温都尔汗的时候，人们的心是真正凉了——林副统帅学的毛主席语录少吗，怎么还反对毛主席？

学大寨之二三事

从1964年底到十一届三中全会召开，在长达十几年的日子里，我们夏家堂村也和全国的村庄一样，一直都在大张旗鼓地、轰轰烈烈地“学大寨、赶大寨”，无时无刻不想让“大寨的红花”也在我们村开放，无时无刻不想通过“学大寨人，走大寨路”来改变我们村的贫穷、落后面貌。在各级领导的领导和指挥下，我们也像大寨人那样，政治挂帅、思想领先了，自力更生、艰苦奋斗了，战天斗地、重新安排河山了，出大力、流大汗、甚至付出惨重的代价了，也大批修正主义了、大斗资本主义了、大干社会主义了……可是不知是因为“大寨的本身就不正”（万里语），还是因为我们学歪了，学错了，学得不得法，结果是越学越穷，越学越落后。在学大寨的过程中，发生过很多耐人寻味的事，要说起来，三天三夜恐怕也说不完。这里，就信手拈来二三事，供大家笑览。

1968年的“三秋”之后，我们的大队支书夏得志到山西大寨参观学习，回来不久行头就变了（不知道这换装是哪来的钱）。

支书出门时头上不戴席夹子，而裹白毛巾了；中山装的褂子不穿了，换上了老粗布做的对襟夹袄，里边还衬着白褂子；裤子倒没换，可裤脚过去是散着的，如今用带子扎上了；解放鞋不穿了，换上了圆口布鞋，里面还穿着白色的粗布袜子；不再用旧报纸卷烟抽了，改成吸烟袋了，烟袋杆也就是拃把长，烟袋锅却是黄铜的，铮亮，整天别在腰间。

支书换上了这身行头，一开始连他媳妇都看愣了，还以为是来她家送礼的呢！就连他家的狗，也追着他的屁股咬了好几天。

有人问支书为什么这样？他说，学大寨就要先学做大寨人，大寨大队的支书陈永贵就是这样穿戴的。

支书不光自己“学做大寨人”，还要求领导班子的同志们都要像他一样。可这些人响应得并不积极，支书就有些不高兴了，说“学大寨”可是毛主席的伟大号召，你们可以不听我的，但是不能不听毛主席的。领导班子的同志们忙解释说，不是不听你的，更不是不听毛主席的，是囊中羞涩，这一身得老些钱呢，一时还真的拿不出这么多钱来。支书听了，沉思了一会儿，说，那就一点点地来吧，先从“头上”学起吧，今后，就都不要再戴席夹子了，都裹白毛巾，一条白毛巾总能买得起吧？同志们没话说了，便每人买了条白毛巾裹在了头上。

可是没几天，治保主任又来找支书了，说他不能用白毛巾裹头了。支书问，这又是哪里“出拧（方言读 nìng）”[①] 了？治保主任说是他老娘不愿意，他老娘说顶白头是咒她死。原来，按照我们这里的习俗，只有家里有长辈死了，才会头上裹白布、白毛巾的。支书听了，把脸一撂，没好气地说：“那你就看着办吧。”治保主任作难了——不裹吧，支书不高兴；裹吧，老娘不愿意。后来，回家跟媳妇商量，媳妇倒给他出了个两全其美的主意——裹毛巾，但不裹纯白毛巾，裹了条月白色的。这样一来，支书没话说了，老娘也没话说了，可刻薄的社员有话说了，说治保主任裹上了这条月白色的毛巾，活像电影《地雷战》中那个偷地雷的。“偷地雷的”就“偷地雷的”的吧，也就只好这样了。

“最可怕的是习惯势力。”领导班子的同志们戴惯席夹子了，乍裹毛巾总是感觉别扭。天气凉爽还好，天一热，捂得满头是痱子，哪像席夹子，里面有帽撑子“支着锅”[②]；还有，席夹子遮阳面积大，不光能遮住头部，还能遮住身子，而白毛巾就只盖了个头皮。于是，就有人要

① 出拧：出麻烦、出问题了。
② 支着锅：中间存空间。

起了小聪明，把白毛巾搭在脖子上，把席夹子挂在脖子后，见了支书，就拽下毛巾裹在头上；支书一走，又拉下毛巾戴上席夹子。后来还是叫支书发觉了，大骂他们“阳奉阴违、两面三刀”，说“连这点苦都不能受，还学什么大寨!”可是说也说了，骂也骂了，这些人还是“当面一套，背后一套”，以后，支书也就懒得说、懒得骂了。这项支书所倡导的“学大寨人”的工作，是成功了呢还是失败了呢？不好说。

学大寨不能光在“头上”学呀！支书说，参观大寨时留下印象最深的是“大寨田”（人造梯田），你看，从山顶到山脚，一层一层的，真是养眼。他还说，梯田就是让庄稼住进了楼房，你说，是平房住的人多还是楼房住的人多？你说，是住高楼舒服还是住平房舒服？你说，住进去的庄稼又多，庄稼在里面生长得又舒服，能不高产吗？

支书虽然一句一个“你说”，可是还没等社员们“说话”他就宣布了，经党支部研究决定，为了响应毛主席的“农业学大寨”的伟大号召，为了表示夏家堂“学大寨”的决心和勇气，每个生产队至少要修造五亩“大寨田”，多者不限。说这是政治任务，是关系到执行毛主席革命路线的大事，谁不拥护就是反对毛主席，就是反对毛主席的伟大战略部署。

我的老天爷，在一大堆“帽子”面前，谁敢说个“不”字，就只好按党支部的要求干。

我们村地处鲁南的一个小平原上，别说是“虎头山”，就是连个小土丘也没有，那“大寨田”怎么造呀？支书说，好办，愚公能“搬山”，难道我们就不能“造山”？没有石头怎么造？就造‘土山’！把四周的土往中间集中，中间高了，四周洼了，山不就成了。

各生产队就按照支书的要求开始选地“造山”，进而造“大寨田”。

我们生产队经过七选八选，最后选定了一块叫“四方坟”的地块。选这块地原因有两个：一是面积是四亩七分六，虽然跟支书要求的五亩还差一点，但后来请示支书，支书还是勉强答应了；二是这块地是正方形的，中间又比四周稍高一些（这也是称作“四方坟”的缘故），这样，四周的土相对容易集中，也能少搬运些土方，少用些劳力。

收完秋，全队的所有劳力都投入了“修造大寨田”的大会战中了，像深翻土地的时候一样，带上干粮，搭上了窝棚，吃住在那里。镢刨锨铲，驴驮人担，刨钝了多少张大镢，磨秃了多少张铁锨，压折了多少条扁担，累垮了多少名社员，历时近一个月，终于把“山”造出来了。说是山，其实不过就是个小土丘罢了，更准确一些说，就是一座平头的大坟堆。

“山”造好了，再造梯田，可是梯田要用石头垒堰，我们那里又没有山，到哪里去找这么多的石头？支书说：“‘有条件要上，没有条件创造条件也要上！’没有石头咱就用土！”可土是松软的，垒不成堰；不像石头，叫它立它就立，叫它站它就站。这下子可把干部们难住了。我们村也真不乏能人，有人发明了用筑墙的办法打堰堤，就是在各层梯田的边沿上先筑一圈半米高的土墙，当然筑土墙的办法是多种多样的——可以用木板、榔头“打”，也可以掺上麦穰、和成泥“挑”，还可以脱土坯“垒”——然后再在“墙”内修田。于是大家就又“造墙”，又忙活了近一个月，到了上大冻的时候，“大寨田”终于造好了，连顶共四层。跟纪录片《大寨田》中的梯田还真有点相似，只是规模小了点，没有大寨的梯田壮观。

别看这样一个大平顶坟似的平原人造梯田，当时还真是引起了不小的轰动。首先是得到了我们大队支书赞赏，说其他的七个队都没有我们队造得像模像样，于是便组织那七个队的社员来我们队参观学习。后来大队又把它作为“学大寨”的先进典型报给了公社，又得到了公社党委的肯定，说我们看起来修造的是“大寨田”，实际上是树立的“大寨精神”，又组织了全公社的大小队干部来我们这里参观学习。再后来，公社又把它作为“学大寨”的先进典型报到县里去，县里还派来了三个同志在公社领导、大队支书地陪同下来我们的“大寨田”里转了一圈，又交流了一下午，后来回了县城，就没后话了。这不免让我们的队长、支书、公社的领导都有些失落。

“大寨田”不光是用来看的，里边得种庄稼。说着就到了第二年的春天，老天爷还不错，清明后没几天就下了一场透犁雨，“大寨田”里种上了玉米。由于墒情好，又挑的是最好的种子，还给了它“窝里放炮”[①] 的特殊待遇，“大寨苗”一开始就苗全苗旺，长势喜人。支书来看了自豪地说：“看，怎么样，我说了嘛，住在‘楼房’里的庄稼和住在‘平房’里的就是不一样，秋后一定会大丰收！”

可是，事情并没有像支书想得那样美好，老天爷似乎跟我们作对，下完那场雨，以后的一个多月里竟没再下一滴雨。别的地都能用机井浇（那时候，我们那里的地下水还可以），可“大寨田”能浇的只有最下边的一层，其余三层都只能眼看着干着，旱着（那时候还没有高压水泵和能引水上“山”的橡胶或塑料管子，其实，就是有我们也买不起）。支书急脸[②]了，便给队长下了死命令，说一定要全力以赴、不惜一切代价地保住“大寨苗”。说公社领导都说“大寨田”是“大寨精神”的象征，保住了“大寨苗”就是保住了“大寨精神”，就是保住了毛主席的伟大战略部署，旱死一棵就要拿队长是问。队长哪敢怠慢，就命令将其他的农活全都停下来，大人孩子齐上阵，抗旱保“大寨苗”。能挑得动两个水桶、水罐子的就挑两个，挑不动两个的就提一个，连一个也提不动的就两人抬一个，两人连一个也抬不动的，就用盆、瓢端。

火辣辣的太阳炙烤着大地，“大寨田”似乎离太阳更近一些，被烤得像一盘热鏊子，上午浇在地上的水下午就蒸干了。尽管几十人挑着、抬着、端着水在梯田里上上下下，鞋都跑破了，肩都磨肿了，腰都累弯了，可那些“大寨苗”就是不领情，还是一到中午就缩卷着叶子，死皮耷拉眼的，一副无精打采的样子。几天以后，有人给队长提意见了，说这“大寨田”再重要也毕竟只有不到五亩地，其他的田也是田呀，也得顾呀！全队的劳力都来救“大寨苗”了，那些地里的庄稼都快旱死了，要是那些地块的庄稼都旱死了，“大寨田”就是结的都是金豆子，社员们也免不了挨饿呀！支书光想他的“大寨田”，可他毕竟不在

---

① 窝里放炮：一种施种肥的方法——在下种的同时，下几粒复合肥。
② 急脸：着急、生气。

咱队里领口粮！队长一想也对，就咬着牙抽了十几个青壮年劳力去浇别的地。后来让支书知道了，大骂队长没有政治觉悟，分不清“粗细头”①，扬言要撤队长的职。这个时候，天下了一场中雨，旱情得到了缓解，支书也就没再提撤队长职的事。

有了这场及时雨，其他地块的玉米都像十四五岁的孩子，腾腾地直往上蹿，可是，“大寨田”里的却像得了侏儒症，长得很艰难。队里又给这些“精神苗”追施了化肥，可是还是不如其他地块的玉米长得快，长得好。队长、支书又一次感到了失落。

让队长、支书更失落的还在后边呢。农历六月初六的那天夜里，一场狂风暴雨袭击了我们村的大地，更荡涤了我们的“大寨田”。瓢泼似的暴雨整整下了两个多小时，狂风也刮了三大阵子。第二天清早，雨停了，风住了，社员们跑到“大寨田”一看，都惊呆了。那些用筑墙的方法筑的堤堰全都垮塌了，费尽千辛万苦、历时近一个月造的“土山”，被雨水削去了一半。从“山”上冲刷下来的淤泥，堆积在“山”脚下，有半米多深，里边横七竖八地躺着青玉米秆子，有的还露着被雨水冲刷得白白的根。不用说，最底层梯田的玉米全都被埋在了淤泥里了，而二、三、四层的玉米，有一半随着垮塌的堤堰冲了下来，剩下的都平躺在了烂泥里。

队长来了，叫了声“我的爹”，就蹲在一旁挠着头吸烟去了。一会儿，支书也来了，一见大家都蹲在地头上，就大嚷起来：“都蹲在那里干什么，还不赶快进地去扶玉米！”嚷着就往淤泥里走，第一步，淤泥没到了他的脚脖子，第二步就没到了腿弯子，再想往里走，就拔不出脚来了，便又改口骂道：“都瞎了，不能来拉我一把？”几个人费了老大的劲，才把他从淤泥里拽出来，人是出来了，一只鞋却落在了淤泥里……

等到地里能进人了，全队的劳力又都来扶玉米。“四方坟”的土，历来就“英雄坷垃孬种泥”，干的时候，咬着牙都砸不散；可是，水一

① 分不清粗细头：分不清主次，重要非重要。

泡，就摊成了一摊烂泥，捧都捧不起来。那些“大寨苗”虽然长得慢，这时也都有一人多高了，有的都吐毛缨了。想让它们在这些“孬种泥”上重新站起来，谈何容易？它们就像一个个的醉汉，扶起来，又趴下了，扶起来，又趴下了。有人说，光扶不行，得在根部用泥挨（方言读yǎi）上。可那泥都是“孬种”，自己都挺不起来，怎么能撑起“醉汉”。又有人说，单棵立不住，几棵绑在一起会好一些。可是绑在一起的能站稳的好了，一旦站不稳，那可是一倒一绺，再也扶不起来了。全队的劳力顶着烈日，冒着酷暑，踏着烂泥，在蒸笼似的玉米地里挣扎了三天，脚、手都沤烂了，奇痒无比。可扶起来的“大寨苗”还不到一半。其余的都可怜巴巴地躺在烂泥里，虽然后来有一些也坚强地抬起了头，可身子还是平铺在地上。

秋后的收成实在可怜，最好的棒穗也就半拃长，那些倒地又顽强地抬起头的，也就是勉强地结了个像小孩玩的“花郎棒鼓”大小的一个。近五亩地，棒锤子也就收了三荆篓，连同面积其他地块的五分之一都不到。

最糟糕的是，这块“大寨田”的堤堰被大雨冲没了，“梯田”从此就变成“斜坡田”了。“斜坡田”没法浇，只能靠天吃饭，风调雨顺的年头还能勉强收点，一遇到大旱年，绝收是经常事。

后来就有人编了这样顺口溜：夏得志，真能干，跑到大寨学经验。“席夹子”换成白毛巾，纸卷烟换成烟袋杆。社员出力又流汗，平地里造起了“大寨田”。一场大雨泡了汤，好地变成了“斜坡田”。从此要靠天吃饭，你说混蛋不混蛋。

比夏得志更混蛋的还有。

1974年的秋收以后，当时的大队革委会主任夏振保（社员们都喊他“革主任”）也去了大寨参观学习，回来以后也说学到了大寨的最先进的经验，便在我大队迅速地掀起了又一个“学大寨”的高潮，差一点没把夏家堂“掀”得底朝天。

他说，到了大寨听人家一讲，才知道，这几年“大寨红花”之所以没在我们大队开放，根本原因是我们对阶级斗争、两条道路的斗争抓得还不紧，对无产阶级专政抓得还不紧，对修正主义批得还不够，对资本主义斗得还不够，对社会主义干得还不够……比如，我们的社员还有自留地；有的社员还偷偷摸摸地走资本主义道路，搞投机倒把；一些社员还有严重的“发家致富”的思想，家里还养着鸡，养着鸭，有的还养着鹅，住在村外的还经常把它们撵到大田里去侵害集体利益……

问题的症结找到了，当然要雷厉风行地解决，于是“革主任”就宣布，社员的自留地全部收回。副主任说：“这样有点太绝了，不行每人留一厘吧，好让社员能种点辣椒子萝卜葱的。再说了，那些边边角角的地，社里收了也是荒着。”“革主任”则坚决地说：“不行，宁愿让它长社会主义的草，也不能让它长资本主义的苗，就是一厘，给了社员，也姓‘资’。”副主任也只好作罢。

“革主任”还学习了公社革委会的做法，大队也成立了“民兵小分队”（全公社就我们大队一家），专门对那些偷偷摸摸走资本主义道路、搞投机倒把的社员，比如剃头的、制衣的、编筐的、造煤油炉子的、割猪蛋的、贩鸡蛋的、蒸馍馍卖的等，实行了“全面”的专政。他亲自带队，闯进了他们的家里，先砸毁他们的“作案”工具，没收了他们的“作案”原料。接着又召开批判会，残酷地把他们斗了几场，斗完又把他们拉出去游街，游完街又让他们“劳动改造”，拉沙垫路，一连改造了七八天，弄得他们一个个都像灰腚老鼠似的。“革主任”说这一次一定要触及他们的灵魂，让他们这辈子再也不敢走资本主义道路。

接着又对全村的鸡鸭鹅实行了全面的“专政”。大喇叭下通知，要求各家三天之内把鸡鸭鹅统统地自行处理掉，杀吃也行，送亲戚也行；逾期自己不处理的，由“民兵小分队”处理（没说怎么样处理）。大家都怕“小分队”来处理，就又像大搬家时那样对鸡鸭鹅动了杀戒，又出现了一锅煮三四只鸡的情况……

该收的收了，该批的批了，该斗的斗了，该杀的杀了，该割的割了，都是清一色的社会主义了，应该说，“大寨的红花”应该在我们村盛开了！盛开没盛开我不敢说，可是我知道，社员的日子却比从前更苦了。你可别小看原来每人六厘的自留地，它可在很大程度上支撑着每个家庭的经济，社员们利用这点地种点经济作物，到集上卖了，还是一笔不小的收入哪！大病小灾，娶媳妇嫁闺女，生孩子发老丧，都是靠这呀！还能种点粮食，对队里分给的每年不到三百斤的口粮也是个补充，少挨点饿。还能挤出少得可怜的一点地，种点辣椒子萝卜葱，让从没见过鸡鱼肉蛋的餐桌上有点青菜。可是，现在，自留地全部收回队里了，这些都没有了。

过去，社员总是戏称“鸡腚眼子是银行”，平时的吃盐打油，人情世事，买点针头线脑、锅碗瓢盆的，钱都从这个“银行”里出，现在鸡鸭鹅都不让喂了，银行也就关门了，到哪里再去挖钱呀？

大家都看到了，“割资本主义尾巴”割得血古淋啦，谁还敢再打“赚钱”的主意？困死，难死，也不敢成为无产阶级专政的对象呀！

那就全依靠生产队吧，可是，生产队连续两年一个男劳力一天的工分只折合人民币六分二厘五，还不够买一盒经济烟。全年口粮连续两年都是二百九十五斤，其中二百斤是瓜干。几年了，生产队从没分过一分钱。

这让社员怎么活啊？可没法活也得活呀，口粮不够，又没钱买，只好去讨饭，讨饭多丢人呀，可那也比挨饿强呀。1975、1976 两年的春天，我们村每天都有几十人到外村去要饭。遇到天灾人祸，爹死娘亡，婚丧嫁娶，没钱怎么办，向亲戚借，借不来，只好去卖血，也有个别的竟铤而走险，去偷，去抢，去杀人越货。“有闺女别嫁夏家堂，家家穷得叮当响。”真的，我们村曾有三年没听到过娶媳妇的鞭炮响，光棍足有一个排。“学大寨”把我们村学成了远近闻名的“三多”村——讨饭的多，卖血的多，打光棍的多。这也是“革主任”的一大成绩吧！

后来便又有人编了这样的顺口溜：“革主任”，夏振宝，大寨经验学得好。批斗了投机倒把的，拔掉了资本主义的苗。收回了社员的自留地，种上了社会主义的草。夏家堂变成了“三多”村，大寨红旗高高地飘！

红卫河上的吼声

1968 年的冬天跟往年有些不同——冷得早。冬至刚过，本来才是“一九二九不出手”的时节，可几场西北风过后，气温就一下子降到了零下十四五度。即使是中午，在太阳地里也滴水成冰。这可能就是人们说的“拦九冷”吧。

天已瓮黑[①]了，西北风虽然没有白天大了，可还是“嗖——嗖——嗖——”地拉着号子，让人听了有些悚然。

在寒冷、空旷的鲁西南大地上，绵亘着一片又一片的窝棚，宛如三国的七百里连营。在每一个低矮又潮湿的窝棚里，都挤挤擦擦地躺着几十个民工。他们是在这里开挖“红卫河”（现在名为“东渔河”）的，第一批来的在这里已经干了三个多月了，最后一批来的也干了近一个月了。

听上边说，“红卫河”是山东省为解决鲁西南地区严重的涝灾而设计开挖的一条人工河。工程完成后，西起菏泽地区东明县的刘楼镇，东到济宁地区微山县的微山湖，全长 200 多里，河宽 200 多米，是鲁南地区最长的人工河。平地凿河，又全是靠人镐刨锨铲，地排车、独轮车搬运，工程量的巨大可想而知。据说菏泽、济宁两地区有 200 万民工投入了这项工程。按照省的规划，此工程分 1968 年、1969 年两期完成。可是，工程开工不久，造反派夺了“走资派”的权，说要“大干快上”，

① 瓮黑：极言天色暗。

要“只争朝夕”，便提出了“造反派掌了权，两期工程一起完”的宏伟计划。说是要在1968年春节前，拿下红卫河这块“硬骨头”，向毛主席、党中央报喜。因此，就征集了一批又一批的民工投入工程。我们生产队除了“五大员”（队长、会计、保管员、记工员、饲养员）外，所有的男劳力都来了，也还差三人没完成公社造反派头头下达的指标。

看，这窝棚里躺着的五十多人（我也是其中的一员），就是我们生产队里的所有男劳力。

窝棚里寒气逼人，一盏马灯阴死阳不活地亮着。脚臭、汗臭、屁臭搅和在一起，刺鼻子。大家都还没睡着，蜷缩在脏兮兮的被子里。风拍打着窝棚，不时有泥土哗啦啦地落下来。

“狗剩，你是既吃在锅里又屙在锅里，你就不能多走几步再尿，你还叫人活吗?”副队长对着正在窝棚门前披着破棉袄、光着下身、抬着家伙“放水”的狗剩吼。

“队长，本来这门前就是滑冰场了，还差我这一泡两泡的？我怕走远了，尿出来的尿冻成冰棍子，还得麻烦你给我砸。”狗剩弓着腰，从窝棚门口跑回来，一边哈着手，一边回副队长的话，又极快地钻进了被子里。

“张振家，你要死，你的臭脚怎么伸到我的被子里了，你浑身都是虱子，虱子也跟着进来了。”是夏玉堂在骂张振家。

“什么，我的虱子传到你被窝里了？你还好意思说，你叫人看看你的头发，虮子都成链了；你那身上的虱子早已成群结队了，歇着的时候，你一摸就是一个大个的，挤①的比谁都响。”张振家反驳道，“再说了，来这里两三个月了，没换过衣服，没洗过澡，谁身上没有虱子那才怪呢?”

“‘穷生虱子富长疥，长大疮②的是员外。’‘皇帝还有三个御虱子’呢，别说是咱了。”不知是谁在调侃。

---

① 挤：弄死虱子的一种方法——用两个大拇指的指甲一起用力夹死虱子。
② 大疮：指性病。

"唉——"一声长叹，那是大头鱼叔在叹息。我知道，他是惦念他母亲（我叫二奶奶）了。二奶奶瘫痪在床，时时需要人照顾，烧茶燎水，端屎端尿，洗洗涮涮……没来出工之前，大叔和婶子一起侍奉，还忙不迭，现在，全都交给了大婶子，他怎能不惦念呢。

"唉——"又是一声长叹，那是瑞成大哥在叹息。我知道，他是担心妻子了。瑞成嫂是个病秧子，外号"半条命"。他有四个孩子，大的才十四，小的才五岁，都正淘气的时候。瑞成哥在家的时候，打里打外他全包了，嫂子只干点力所能及的活，有时身体还受不了呢。现在，家里家外，全撂给了那个病秧子，他能不担心吗？

"唉——""唉——""唉——"这一声又一声的叹息又是谁发出的，我没听清楚，他们又是在惦念、担心、思念、哀怨什么呢，我无从得知。

"队长，我明天请个假行吗？我得回家一趟，我的裤子开裆了，自己缝了好几回了，缝好又挣破了。还有，我给俺儿攒的卷子，都干裂得没皮了，我确实也想俺儿了。"是拴住的话。大家都知道，拴住就一个儿子，十岁了，媳妇却再也不生了，所以拴住拿着这个儿子十分金贵。民工平常都是吃窝窝头，大多是瓜干面的，偶尔是玉米面的。七天改善一次生活，每人发两个白卷子，拴住舍不得吃，啃凉窝窝头，给儿子攒了起来，现在攒了一包袱了，先前攒的确实都裂开了，皮都掉下来了。

"拴住，你想媳妇了就明说，干么拿儿子当挡箭牌。"有人揭穿拴住。

"我就是想媳妇了，怎么了？没有媳妇的就不说了，凡是有媳妇的，你们伸开舌头说话，这离家都两三个月了，谁不想媳妇？除非他不是男人。"拴住这回倒没遮遮掩掩，实话实说了。

大家倒没给他"白文"。副队长却说，不管你是想儿子还是想媳妇，我都不能准你假。营指挥部（公社一级的工程指挥部）有命令，请假一两个小时，队长可以准假；请假一天以上的，必须到营指挥部去。

"拴住，我看这个假你也别请了，干脆给他来个不辞而别，难道造反派还能杀了你老子娘不成？”有人给拴住出主意。

“那可不行，你别净往炮眼里点我[1]。你没看见，那天斗水利局长程竹全和保皇狗吴会民的时候，台上那几个陪斗的就是没请假偷着回家的。造反派狠着呢，抓住我，还不把我打死。”拴住显然不敢。

“要不是‘两期工程一起完’，我们早就回家了。”“他们倒好，蹲在指挥部里，烤着焦炭炉子，一动嘴，说‘两期工程一起完’，可他们知道社员受的苦，挨的累，遭的罪吗？”“听说，造反派的头头发话了，完不成工程，春节也不让回去。”“什么？春节都不让回去，这些龟孙也太狠了吧？我看，民工们就是不一心，要是一心，明天就不给他们干了，都一擢回家，他们也‘三八子看六眼’[2]，我就不信他们能把200多万人都枪毙。”……

“行了，行了，越说越离谱了。睡吧，明天还得早起干活，都睡吧。”毕竟是副队长的觉悟高，及时地制止了讨论。大家就都不再说话了。

“哒嘀嘀哒，哒嘀嘀哒，嘀哒哒——”一阵号声把我们惊醒，接着是副队长的喊声，“快起！快起！起床号吹过了！”我从被子里伸出头来，立即就觉得一股寒气扑面而来。见副队长已坐起身来，正披着破棉袄，摸着黑卷了一根旱烟抽起来，窝棚里立即弥漫着呛鼻子的旱烟味。挂在柱子上的马灯已经熄灭了，可能是已经熬干了油。“快起！快起！起床号吹过了！”副队长又催了一遍，大家才折起身来，一边打着寒噤，一边在黑暗中摸摸索索地穿衣服，有的人还被冷气呛得直咳嗽。

穿上铁叶子似的衣服，走出窝棚。呀，一天一夜的西北风把天地荡涤得更显空旷。天是暗蓝色的，有几颗稀疏的星星，星星一眨眼也不眨，仿佛也冻结在天上面了。虽然不刮风了，但是要比昨天刮风的时候更冷。这种冷是我从来也没经受过的，先是冻得皮疼，后来就冻得肉

① 往炮眼里点我：引诱我上当。
② 三八字看六眼：眼睁睁地看着，没有办法。

疼，再后来就冻得连骨头都疼。带来的所有的衣服都穿上了，还像光腚一样冷。

天麻麻亮了，我们都缩着头，袖着手，拖着沉重的脚步往工地上走。路旁大杨树上几只披着寒光的乌鸦，也都缩着头，呱呱地叫着，不知是向我们道早安，还是惊讶我们这么冷的天还要出工。

来到了工地上，没戴手套先摸工具把的，手立即被粘去了一层皮。昨天刚挖完的地方，现在已经冻得成了钢板一块。抡起铁镐狠狠地刨下去，也只能凿出个白印子。几个铁镐同时刨，用了九牛二虎之力，结果掀起了一块大的，山崖似的，可是又装不上车。这时候，工地上的高音喇叭里喊了起来："革命的同志们，伟大领袖毛主席教导我们'下定决心，不怕牺牲，排除万难，去争取胜利'。现在虽然天寒地冻，可我们心中都有一股革命的火焰，这火焰支持着我们，与天斗，其乐无穷，与地斗，其乐无穷，与人斗，其乐无穷。我们要发扬不怕牺牲，不怕疲劳和连续作战的作风，在春节前完成全部工程……"

"别放你娘的狗屁了，你光在上边瞎呱呱，你下来刨刨看看。""春节前完成，完成个屁。老子不干了。"有人气得骂了起来，丢下工具，找来了柴火烤起火来了。一会儿，不只是我们的工地，整个河筒子都升腾着浓烟。

太阳从东方缓缓地升起来了，大大的，红红的，但一点也不亮，一点也不温暖。突然，不知从哪里出现了"嗷——嗷——"的喊声，开始是几个人喊，后来是几十个人在喊，再后来是几百人、几千人在喊，最后，是整个河筒子的人都在喊。这喊声像一个幽灵，在天空中游荡；又似乎是什么暗号，在传递着什么信息。后来，喊声又变得像巨浪狂涛似的，顺着河道，一会儿从东边卷到西边，一会儿又从西边卷到东边，此起彼伏，波澜壮阔，似乎有排山倒海之势、雷霆万钧之力。

"革命的民工同志们，现在有一撮阶级敌人，怀着不可告人的目的，煽动不明真相的人消极怠工，请大家要擦亮眼睛，不要上阶级敌人的当……"是高音喇叭在喊。

"放你娘的屁，你们满眼里都是阶级敌人！""你们瞎了，哪有阶级敌人!”“砸了它，砸了它!”……人们骂着，喊着。不知是哪个连（一个大队是一个民工连）的一个青年，真的攀着安大喇叭的柱子爬了上去，拽掉大喇叭，猛地丢在地上，“哐”的一声，高音喇叭成哑巴了。

“走，‘造’这些龟孙的‘反’去，问问这些龟孙，这样冷的天到底还能不能干活!”我们附近连的一个四十多岁的壮年男子高喊了一声。有人说他是我们邻村——庄头（村名）的，叫刘允成。“走！走！造反去！造反去!”立即有无数的人应和，“呼啦啦”大家都跟着那个刘允成往营指挥部跑，其中也有我。

数千人一下子把营指挥部围得水泄不通，人们高喊：“造反有理，放工回家!”“造反有理，放工回家!”喊声震天动地。这场面让人不由地想起“斩木为兵，揭竿为旗”的大泽乡。一些人冲进了指挥部，见总指挥、副总指挥和几个小喽啰还都在暖烘烘的被窝里睡觉，立即揪了出来，让他们像走资派、“四类分子”一样弯腰站成一排。他们一个个都失去了过去斗人的时候的风采，脸都吓得煞白，站在那里直打哆嗦。总指挥更孬种，这么冷的天，竟大汗淋漓。我心里想，这帮人不是整日喊造反嘛，怎么遇到“真造反的”就吓得屁滚尿流了呢?

那个刘允成走到总指挥的面前，指着他的鼻子问：“天这么冷，民工们在工地上都快冻死了，你们还不让收工，你们心下何忍?”

总指挥哆嗦着嘴唇，连声说：“我罪该万死，罪该万死，我马上请示上级，马上收工，马上收工。”

“你们造反派口口声声说你们最革命，造反是为了避免贫下中农吃二遍苦，受二茬罪。可你们这样坑害老百姓，你们‘革’的是什么‘命’，‘造’的是哪门子‘反’?”一个三十多岁的汉子又对总指挥说。

一个五十多岁的民工走到总指挥的面前，伸出一双粗糙的手，说：“你们看看我的手，裂得满是血口子，再看看我的脸，都皴得像榆树皮了。你两三个月不让我们回家，你们还有点人心吗?”

这时候，有人从指挥部的食堂跑出来，高喊道：“快来看，这里面鸡鱼肉蛋、蔬菜水果什么都有。”循声进去了一群人，一大筐白条鸡端出来，一大筐带鱼端出来，一大筐猪肉抬出来，一大筐鸡蛋抬出来，一大筐子橘子、苹果抬出来……都摆在了那几个造反派头头的面前。

刘允成又指着总指挥的鼻子说："你看看，你们吃的是这些，可你们让民工吃的是瓜干面的窝窝头，清水煮白菜、萝卜！"

"他们只管自己享福，哪管民工的死活。""他们比地主、资本家更狠毒！"……人们越说越气，越说越怒，纷纷挤上前去，抓起鸡鱼肉蛋、蔬菜水果就往天上抛，就往窝棚顶上扔，就往那几个造反派头头身上砸，砸得他们都抱着头……

"呜——呜——呜——"随着一阵刺耳的警车鸣笛声，四辆警车疾驰过来，停在了营指挥部前。从车上跳下来七八十个武警，一个个荷枪实弹，立即把指挥部围了起来，扯上了警戒线，驱散围观的人群。我也被驱散回我们连的窝棚里去了。后边的事情我就不知道了。

当天晚上，副队长就接到了通知，说明天放工回家。

第二天，还是那么的冷。天还没亮我们就拆窝棚，吃了几个凉窝窝头，伙房连点开水也没烧，喝了几口凉水就踏上了回家的路。我们日夜兼程，一百四十多里路，走了二十七八个小时，到家的时候，已经是第二天的下午一两点钟了。

母亲的心口疼又犯了

说起母亲的心口疼来，可是有年头了。听她说，她小时候命苦，八岁死了父亲，十二岁时又死了母亲，后来就一直跟着她二大娘生活。寄人篱下，吃饭也就饱顿饥顿的，还经常吃剩菜饭。有一次，她喝了两碗前天的剩糊涂，不多会儿就心口疼痛难忍，接着上吐下泻，后来就落下了心口疼的病根。

有了这病根，母亲的饮食起居就要特别注意。生凉硬死油，酸甜苦辣辛，凡是不易消化的、对胃有刺激的都不能吃。又要注意保暖，不能受风寒，更不能喝凉风。稍不注意就犯，一犯起来，就疼得在床上打滚，即使是在大冬天，汗都会把衣服和头发湿透。

为闺女的时候，没有娘亲爷顾，基本没找医生看过。十七岁嫁到我们家，我奶奶又是个一分钱都攥得“啦啦水淌”的守财奴，连晚上做针线时用的灯油钱还要母亲回娘家要呢，当然不会拿钱给儿媳妇看病。后来，分家独立了，父亲多在外，少在家，母亲一个人地里、家里操劳，更无暇顾及。另一方面，母亲虽然不像奶奶那样吝啬，可用钱治病，她也是舍不得的。只是在疼得厉害时，找些不花钱或很少花钱的民间偏方来治，如炒煳鸡蛋皮用蒜臼子捣碎冲水喝，把鸡蛋、剁碎的生姜和在一起煎饼吃等等。可这些偏方，有的效果不大，有的则使病情更加严重了。

这段时间，母亲的病犯得更勤了。集体生产劳动，“三天一小扫、五天一大扫”的常规义务劳动，五天一次的训话会，隔三岔五的批斗会，临时、突发的义务劳动，再加上繁重的家务，这么多的事，都压在母亲这个体弱多病的小脚妇女身上，怎能不犯病呢。

心口疼折磨着母亲，同样也折磨着我。

母亲犯了病，轻一些，她会咬着牙坚持着到队里干活，干义务活，参加训话会、批斗会。可是一旦重了，连床都不能起，就只好让我去找队长、治保主任请假。请假对我来说，无疑是一种熬煎。

家里、地里、场里、麻将桌上，费了七千的劲[①]找到队长了，我那里还没开口，队长的脸就拉了下来。“队长，俺娘的心口疼又犯了，疼得起不了床，今天不能去干活了。”我一脸的讨好，还把母亲病得严重也带上，想博得他的一点同情。可是，队长的表情一点也没改变，冷冰冰地说：“今天心口疼，明天心口疼，都像她这样，队里的活谁干？成分不好，身子还怪金贵呢。”……

找治保主任请假，治保主任的脸倒没有队长的脸难看（这也许就是人们常说的“大官好见，衙役难缠”吧）。一见我找他，不要我开口，他便说：“你娘的心口疼又犯了，来请假，是不是？”有时还皮笑肉不笑地笑一下，然后说，请假可以，你娘的那份活你得替他干（或者是训话会你得替她开），你觉得行你就请，不行，还得你娘去。我能有什么办法，只能答应他我去。

“四类分子”训话会对“四类分子”来说，是例会，每五天一次，定的时间是逢龙阳集日的喝完汤之后。地点是村小学的一间教室里。训话的人主要是大队治保主任，特殊时期，比如国庆节、五一节、造反派夺权后、林彪摔死后、“革委会”成立后等，就提高了级别，换上了支书、造反派头头、革委会主任等。训话的内容不外乎吓唬、褒贬、嚷骂。常用的语言是：“只许老老实实，不许乱说乱动，如果乱说乱动，立即‘法办’（不会用‘取缔’）”“你看你们一个个的熊样，一天天耷拉着头，跟生瘟的鸡一样”“量你们也尿不出一丈二尺长的尿来”“听到了吗，耳朵里都塞驴毛了”等等。我每次都是按时来到学校，趁人不

① 费七千的劲：极言费的工夫多。

注意溜进那间教室，蹲在一个角落里，等着点名，然后和那些比我长二三十岁的地主、富农、反革命分子（主要是历史反革命）、坏分子一起挨训，挨骂。

相比较来说，参加“训话会”还不算难熬，最难熬的是顶替母亲去干义务活。因为“训话会”毕竟是在晚上，又是在屋里，挨骂、挨训只有“四类分子”知道，可出义务工，都是在光天化日、大庭广众之下。

有一天晚上，突降大雪。天刚微亮，“四类分子”的组长刘世山就喊母亲抓紧起床，说去把通往龙阳路上的雪打扫干净，好不耽误贫下中农吃了早饭去赶集。母亲因为昨天参加批斗会喝了凉风，心口疼病又犯了，这次还犯得特别厉害。我只好替她去。

去龙阳集的路，归属我村“四类分子”打扫的有近二里路。我们先从覆盖着茫茫积雪的大地上，循着依稀的路的影踪铲出一条小道来，暂且供人先走，然后再逐段的拓宽。开头，行人很少，我还不觉得怎么着，可随着赶集的人逐渐增多，我就觉得面子越来越挂不住了。一二十个五六十岁的地主、富农、反革命分子、坏分子中间，有一个不到二十的小青年，格外地显眼。路过的行人都不由地注目于我。走这条路的不是本村的就是邻村的，整天低头不见抬头见。认识的看看我，点点头，也不说话。不认识的，一脸惊愕的有，一脸鄙夷的有，一脸木然的有，有的还小声说：“咦，这么年轻就成了‘现行’。”我像是在众目睽睽之下被人剥光了衣服，羞愧难当，恨不得找个洞一头钻进去。我不敢正眼看路上的行人，只是拼命地铲雪，铲雪……后来组长刘世山看出了我的尴尬、羞愧、难为情，就悄悄地对我说：“你就别在这里受罪了，就先回去吧。”我像遇到了大赦的钦犯，扛起锨，一溜烟地跑了。

我决心要根治母亲的心口疼，为了她，也是为了我。

于是我便领着母亲到处寻医问药。母亲开始还不同意，我知道她一是怕花钱，二是怕耽误工夫，三是怕累我。可拗不过我的软磨硬缠。我们先去了公社医院看，中医说是胃气疼，西医说是胃溃疡。中药吃了十几服，西药也吃了十几包，就是效果不明显。不行，去县医院，过程和结果跟公社医院一样。想上更大的医院，又是我们的能力和财力所不及的了。于是就四处打听附近有没有治胃病的良医。后来，住村西头的瑞贝哥告诉我说，城南上营（地名）干休所，来了个刚从部队退休的老军医，据说是十三级干部，专门看胃病的，看好了不少人了——不过，去时要到大队开封介绍信。我和母亲商量准备去。先找大队开介绍信，为了减少麻烦，我私下的给大队会计商量，能不能把我家的成分写成中农。大队会计很为难地说，这可不是小事情，假报成分，是要受处分的，说要先请示一下大队支书。我一想，会计这关都过不去，支书那里更没有门，也就算了。

这天，我给队长请了假，又给队长说了一大堆好话才借到了队的一辆排车，一大早，就拉着母亲去上营。上营远着哪，距离县城还有三十多里呢，我家距离县城是十五里，加在一起，小五十里呢！好在因为那里曾经是军营，从县城到那里的路全是柏油路。可路再好也得一步步地量呀，走到时就到了东南晌午了。

找干休所不难，因为就在公路旁边，当时看，是富丽堂皇的。找军医也不难，因为出名，来找他看病的络绎不绝。开轿车的、拉排车的、推独轮车的、步行的都有，跟着往里走就是。进了一个小院，迎面是照壁，上边写的毛主席语录是“救死扶伤，实行革命的人道主义”。可再看下边，我就从头凉到脚跟了——一行小字写的是“‘四类分子’不得入内”。我踌躇了，怎么办呢？就这样回去，这来回近百里路不白跑了吗？我母亲不识字，看我停在那里不走，督促道：“走呀，走呀，比咱晚来的几个都排在咱前头了。”我一横心，排，反正来了，说不定老军医今天心情好，能大发慈悲，开个例外呢。于是，我就用排车排上了队。

老军医有六十多岁，穿着白大褂，戴着眼镜（不知是花镜还是近视镜），留着板寸头，脸微胖，两只眼睛下边的眼袋很明显。他表情木然地一个个看介绍信，望闻问切，开药单子。到离我们还有四五个人的时候，老军医说中午下班的时间到了，下午两点半上班。说走就走，还真有点军人的作风。什么时候是两点半，我们又都没表，又不敢离开，就坐在那里干等。太阳西南晌午的时候，老军医回来了，又表情木然地一个个看介绍信，望闻问切，开药单子。终于挨到我们了，我把母亲扶上病人坐的凳子。军医问："她怎么了？""俺娘心口疼。"我急忙回答，双手把介绍信递上去。

老军医一看信，脸一下子沉了下来，说："你们不识字？照壁上明明写着'"四类分子"不得入内'，你们怎么还进来？我是不给'四类分子'看病的，你们快走吧！"

"大夫，我娘病得厉害，我们是慕名而来的，请你高抬贵手，就给她看一看吧？"我乞求他说。

"我再说一遍，我是不给'四类分子'看病的，你们快走吧！"这次老军医的话里满含着威严和坚决。

"求求你了，求求你了，你就行行好给她看一看吧。"我"扑通"一下子跪在他面前。

"在原则问题上，我是绝不让步的。你们走不走？不走，好，我走。"说着就站起身来。

排在我们后边的见老军医要走，怕影响他们看病，都纷纷站起来指责我们娘儿俩。"你们捣什么乱，自己的成分自己不知道！""军医是为贫下中农服务的，哪能给阶级敌人服务。""快走吧，别一只老鼠坏了一锅汤。"……

我看实在没有希望了，只好把母亲从病人坐的凳子上扶下来，又扶上排车，拉着回家。

回家的路上，母亲躺在排车上，用被子蒙着头，呜呜咽咽地哭起来。我想安慰她，可说什么呢。我走得特别慢，我想了很多——白求恩还给俘虏的日本兵开刀呢，周总理还给国民党战犯请医生呢，为什么就不能给"四类分子"看看病？进而我又想到"'四类分子'不得入内'"的那句话，这与"华人与狗不得入内"是何等的相似，当年的外国佬曾用那句话侮辱、鄙弃、谩骂中国人，今天，你又这类似的话侮辱、鄙弃、谩骂“四类分子”，你，你……你还十三级干部呢……

回到家，天已经瓮黑了。经过一天的颠簸，母亲的心口疼得更厉害了。她躺在床上，呻吟着对我说，今后再也不看了，疼死也不看了，死在家里也不看了。我知道母亲为什么这样决绝。

银妮的厄运

银妮不是“妮”，是男的，是我们大队的会计，大名叫夏振祥。银妮是他的小名。

银妮还有个哥哥，小名叫金妮，大号夏振吉，新中国成立前经曾在徐州做生意的舅舅介绍，在徐州的一个杂货铺里当学徒，徐州解放的时候，突然失踪了。家里曾多次去寻找，但每次都无果而归。有人说他跟着老板跑到香港去了；也有人说因为跟老板闹翻了，赌气当了兵，后来随着国民党的军队溃撤到台湾去了。都是瞎猜，没有真信儿。

金妮的失踪，给他的父母带来了极大的伤痛。他的父亲因忧伤过度，竟一病不起，不久就命归了黄泉；母亲呢，也是天天以泪洗面，悔怨交加，像魔怔了一样——她悔恨自己当初不该把金妮送走，埋怨、责怪她的弟弟没看管好她的儿子。甚至还跑到徐州，赖在她弟弟家里不走，撵着她弟弟去给她找儿子，说几时找到几时走，真找不到，就死在她弟弟家里，弄得她弟弟很是无奈。

银妮从小到大没受过一天苦，儿时，他的父母“重男轻女”，说他是个“正经孩”，把他视作掌上明珠，他的几个姐妹都是“坷垃蛋子”。金妮失踪以后，母亲更是对他疼爱有加，好吃的都叫他吃了，好穿的都让他穿了。后来上学，高小毕业那年，正逢农业社成立，不知是他母亲走的什么门子，他居然当上了我们社的会计。从初级社到高级社，再到人民公社，一路当了下来，说着说着，几年就过去了。

这几年，应该说是银妮最体面、最风光、最得意的时期。他掌管着大队“两委”的大印，权力大着呢！社员要寻一点门子，比如上学、干工、参军，第一关就必须经过他，连赶毛驴搞运输，也得经他开证明。全大队除了支书、大队长，谁不恭维他，谁不巴结他？有人说，当会计是“肥差”，支书、大队长就是吃个蚂蚱也得给他一条腿。至于支书、大队长吃没吃“蚂蚱”、给没给他“一条腿”我无从知道，我反正知道，他是我们村第一个有自行车的，第一个有收音机的，第一个有缝纫机的。当我们都穿着补丁摞补丁的衣裳的时候，他就有崭新的国防装褂子、西服裤子、回力运动鞋。当我们都天天啃瓜干煎饼就老咸菜的时候，他家的小锅就经常吱吱啦啦响，他家里还经常飘出酒香、肉香、鱼香，馋得我们直流口水。他是我们村里唯一买得起书的人，不光买了古代“四大名著”，还买了巴金的“激流三部曲”“爱情三部曲”，还买了《创业史》《保卫延安》《林海雪原》《青春之歌》《铁道游击队》等。但是，也许是因为他当会计工作太忙，他买得多，却看得很少，这些书倒像是给我买的，我向他借，他常常唏嘘着：“我还没来得及看，我还没来得及看……”有时候，他还能和大队的几个干部骑着自行车到城里去听场戏，看场电影，有时还驮上媳妇或老娘。他媳妇、老娘看回来就在村里妇女中炫耀，让那些一辈子都没进过城的妇女羡慕得要死。

他虽然也是干农业社的，但从不下地干活，每天风不打头，雨不打脸，坐在屋里拨拉拨拉算盘珠子工分照拿，而且是全队最高的。即使焦麦炸豆，他也同样能和几个小队的会计一起，围坐在树荫下的一张桌子旁，桌上摆着几杯清茶，一边手摇着芭蕉扇，一边唱戏似的念着：“打上个652，再加上个726……”那几个小队会计就噼里啪啦地拨动算盘珠子，那优雅、舒适劲就不用提了。他不光不干社里的活，就连自留地里的活也干得很少。有的活是让一些有求于他的人替他干了，有的活是他逼哄着他媳妇干了。有人就亲眼看见，他让媳妇绞辘轳提水，他却坐在地头上“看沟子”（看水），嘴里还念叨着“花的娘（他的大女儿叫花），快了，快了，再打两壳篓[1]就浇到头了。”

---

① 壳篓：一种用铁皮等制的、和辘轳配套的提水工具。

我们村的社员都暗地里说，银妮是农业社养出的一个懒人、阔人、有福之人。

可是，“天有不测风云”，让银妮没想到的是“文化大革命”来了。开始，“破四旧，立四新”没惹着他，造反派抄“四类分子”家的时候，还聘请他当“军师”呢。后来造反派当权，还让他当会计，优越还继续着。再后来“文化大革命”进行到了“清理阶级队伍”阶段的时候，他就一下子遭了厄运，这个“农业社养出的懒人、阔人、有福之人”一下子成了“贱民”。

事情是由一封信引发的。

这些天，公社派的“宣传队”进驻了我们大队，他们是由从各大队抽的复员军人组成的，是专门下来搞“清理阶级队伍”运动的。

这一天，邮递员又丢在大队办公桌上一摞信（那时候，邮局送信并不送到收信人手里，只送到大队里，由大队干部用大喇叭通知社员来取），宣传队的队长闲着无事，便一封封地浏览起来。忽然，一封信封十分特别的信引起了队长的注意，信封是竖写的，收信地址是山东滕县城北十五里夏家堂村，收信人是夏云顺，寄信地址是香港九龙某某商店。

“从香港寄来的，这个村里还有人有海外关系？”宣传队长立即警觉起来，马上把那封信拿出来给一旁的支书看，打听谁叫“夏云顺”。支书一愣，想了半天才想起来——夏云顺不是大队会计银妮的爹吗？此人死了好几年了，那谁还会给他寄信，还是从“香港”寄来的？支书忽然想到会计的哥哥金妮可能去了香港的传言——莫非是金妮寄来的？金妮现在在香港？那会计有海外关系？支书这样想，便把这些想法告诉了宣传队队长。队长听了，马上兴奋起来，告诉支书：这里面一定大有文章，赶快把这封信扣下来，撕开看看到底写了些什么，很有可能是海外的间谍来联系会计搞反革命活动，说不定会计就是特务！支书一听，惊得头皮直发麻，说：“我的爹，我不会天天和特务在一起办公吧。”

宣传队队长扯开了信封一看，信是一位叫龙大生的人写来的，自称曾是夏振吉的掌柜的，说夏振吉“在那边过得很好”，娶妻生子，都一大家子人了，让家里、特别是父母亲不要挂念，因为夏振吉不便写信，所以让他代报平安云云。

“怎么样，银妮是特务吗?”支书识不了几个字，满脸狐疑地问宣传队长。队长没搭话，反反复复地把信看了几遍，又沉思了好大一会儿，才说：“是不是特务暂时还不好说，但是敢肯定，会计的哥哥在台湾！你看，信上说‘他在那边生活得很好’，‘那边’是哪边，显然不是香港，如果是香港，应该是‘这边’，而且，还说夏振吉不便写信，这不正说明夏振吉现在在台湾吗？呀！夏振祥有个哥哥在台湾，我们大队居然还让他当了这么多年的会计，我说支书呀，你们的阶级阵线也太不分明了吧，这个阶级异己分子混进我们干部队伍中多年，你们竟然没有发现，悲哀，悲哀呀!”

“我们哪里知道他哥哥在台湾，要是知道，别说是大队会计，就是小队的记工员也不会让他当呀——那现在怎么办?”支书先解释后问。

“还能怎么办，赶紧提审他，先让他交代混入革命队伍中的反动目的及犯下的反革命罪行，再召开批判斗争大会，批深批透他，然后把他从干部队伍中彻底清除出去!”队长胸有成竹地说，看来他对这一套是驾轻就熟了。

宣传队的六位同志和支书简短商量之后，就立即提审银妮。不用抓，不用逮，更不用悬赏捉拿，银妮就在会计室里算账呢，一听说公社宣传队的同志叫他，就颠颠地来了。一进屋，就被眼前的阵势惊呆了，宣传队的六位同志都一脸杀气地坐在那里，支书站在一旁连正眼也不看他。正当他张口要问叫他来干什么的时候，宣传队长“啪”地一拍桌子，高声道：“阶级异己分子夏振祥，你混进革命干部队伍中已经近十年了，今天是该清算你罪恶的时候了!”“坦白从宽，抗拒从严，如不交代，砸烂狗头!”那五位宣传队员齐声喊。

银妮一下子吓傻了，手足无措地站在那里，嘴里念叨着：“这……这……我……我……”

“你什么？你看看这封信就一切都明白了。你那个在台湾的哥哥来信了。”宣传队长说着把那封信递给了银妮。

“啊!”银妮惊喜地接过那封信，极快地看了一遍，脸色一下子变得亮黄，手里仿佛拿了一块刚从开水锅里捞出来的热芋头，慌乱地说：“不，不，我哥哥不在香港，我没有哥哥，我哥哥早死了，我哥哥早死了……”

“是，你哥哥是不在香港，是在‘那边’，这个‘那边’就是台湾，你哥哥现在在台湾!”队长厉声说道。

“不……不……我哥哥更不在台湾，我哥哥更不在台湾，他早死了，他早死了……”银妮说这话的时候，头上的汗就像瓢浇的一样了，脸色如土灰了。

接下来就按照队长的部署，让他交代混进革命队伍后的反动目的、反革命罪行。不交代就打，打得他鼻青脸肿，还不交代就让他坐“直升机”，再不交代又进行车轮战①，三天三夜下来，终于交代了，但交代的不是反动目的，也不是反革命罪行，而是一些贪污、多吃多占的事，其中的一些还牵扯着了支书和大队其他的干部。接着又去抄他的家，抄出了几瓶较好一点的酒和几条较好一点的烟，还有近二十本书。紧接着又召开了批斗大会，让银妮也像“四类分子”那样挂牌子，拄哀伤杖，戴高帽子。宣传队的队长情绪激昂的发言，说“揪出了混进革命干部队伍近十年的阶级异己分子、贪污分子夏振祥是毛泽东思想的伟大胜利，是清理阶级队伍的重大成果，这充分证明了毛主席关于清理阶级队伍的指示是完全正确的，也充分说明了宣传队进驻夏家堂是十分及时、十分必要的”。说揪出了一个夏振祥，才是运动的开始，往下还有“张振祥、王振祥、李振祥、赵振祥”，还要一个个地揪，一个个地斗……接着支书宣布撤销夏振祥的大队会计职务，治保主任又宣布，从今以后，阶级异己分子、贪污分子夏振祥要像“四类分子”一样只许老老实实，不许乱说乱动，一样参加训话会、义务劳动，接受监督、改造等。

银妮一夜之间从云端掉进了万丈深渊，从福窝里掉进了火坑里，这一切都是因为那封可恶的信，都因为宣传队说他有了一个在台湾的哥哥。他

---

① 车轮战：几个宣传队员轮流审，不让他睡觉。

恨死那封信了，他也恨死他的哥哥了。可是，他母亲却从那封信中看到了希望。处理完银妮后不久，她竟避着银妮，颠着小脚跑到大队，找到了宣传队的队长，给队长磕头，请求队长把那封本来就该是她的信还给她，并且放下狠话，不给就死给宣传队看。不知是宣传队怕出人命还是觉得那封信放在他们那里也没有什么用处了，于是就把信还给了银妮的娘。

这天，银妮的娘突然来我家找我，从怀里掏出那封包得里三层外三层的信，恳求我替她给龙大生写封回信，又说银妮看到那封信就发火，她不敢让他写回信。她想请龙大生再来封信，让他说清楚金妮到底在哪里，到底过得怎么样；她想请龙大生告诉金妮，她天天都想他，天天都盼着他回来……拿到那封给他们一家带来巨大灾难的信，我仔细地看。我突然发现，信封上贴的邮票竟然是印有工农兵图像的邮票，再仔细一看，邮戳模模糊糊地显有“徐州支局”的字样。啊，这封信根本不是从香港寄来的，而是从“徐州”寄来的。这寄信的肯定不是什么“龙大生”而是银妮的舅舅。这一定是银妮的舅舅为了安慰她那可怜的姐姐，也是为了给自己开脱，想出了这样一个看似精明实为蹩脚的办法。银妮的舅舅恐怕做梦也没想到，他这个美丽的谎言竟给他的另一个外甥带了如此的厄运。

我为难了，我不忍心揭穿这个美丽的谎言，我想让银妮的母亲坚信儿子在“那边”生活得很好，不管“那边”是香港还是台湾。可是我又想让这一发现能减轻银妮的所谓的罪责。后来我又想到，假如我把真相说出来，即使银妮能摘掉“阶级异己分子”的帽子，但是“贪污分子”的帽子还是摘不掉的，他还是跳不出苦海，还是免不了遭受那非人的待遇。最后就下定了决心，暂时不告诉她真相。于是我就假装什么也没发现，按着信中提供的地址和银妮娘的要求替她写了回信。

信寄出后，如石沉大海，这是我意料之中的。

夏老三的经验

天刚刚蒙蒙亮，夏老三还在睡梦里，就听见有人梆梆地砸他家的门。他们一家哪天不是睡到太阳两竿子高才起，什么时候起这么早过。夏老三就蹬媳妇，媳妇就喊大小子，大小子就喊大妮，大妮就喊二妮，二妮没有可喊的了，只好揉着眼去开门。

二妮拉开门闩，一下子吓傻了，门前站着十几个大男人，有几个穿着褪了色的军装，有几个还背着枪，有认识的也有不认识的，一个个“狠虎”似的。二妮哪见过这阵势，“嗷”（方言读 láo）了一声就往屋里跑，一边跑一边没命地喊：“爹！快起呀！来强盗了！”

等到夏老三两口子忙乱地穿上衣服，那十几个人已经进了屋。夏老三定眼一看，哪里是什么强盗，这不是公社派来的清理阶级队伍宣传队的几个同志和大队的几个基干民兵吗？昨天，他们还给贫下中农开会，讲“清理阶级队伍”的事呢。正要上前打招呼，只听宣传队长一声喊：“把漏网地主夏云信绑起来，押到办公室去！”还没等夏老三反应过来，四五个基干民兵就把他像捆只小鸡一样捆绑了起来。

“怎么了？这是怎么了？我可是老贫农，你们是不是弄错了？”夏老三一边挣脱一边喊，媳妇孩子也都围上来哭叫。

“没错，抓得就是你这个漏网地主，少说废话——两人把他押走，其余的留下抄他的家！”宣传队长叫道。

立刻就有两个基干民兵上来，一个在左，一个在右，拖了夏老三就走。“我没发家，没致富，我穷得叮当地响，你们凭什么说我是地主……”夏老三一边喊着，一边打坠坠。

剩下的人就抄夏老三的家。可是，这个家有什么好抄的呢！三间屋里空荡荡的，没有八仙桌子、泰山椅子，也没有条山几，连个箱子、柜、橱都没有。只摆着两张撑子床，一张小案面桌子和一口泥瓦缸。撑子床上铺着张烂席；席上边是床油脂麻花的破被子；两个破枕头，里面的麦穰都露了出来。小案面桌子看来也是有些年头了，中间的木板都成洼心的了，上边放着几个边沿上净是豁子的碗和几双筷子。那口泥瓦缸里有几十斤瓜干、十几斤玉米，缸上是个煎饼筐，筐里放着一小摞瓜干煎饼。

院子里更没什么可抄的，院墙倒得豁豁牙牙。没有锅屋，连个棚子也没有，靠东墙置着一大一小两个地锅子，旁边有一小垛柴火，连个风箱都没有，看来平时做饭就是烧这些烂柴火。院子的西南角是茅厕，墙也就有半人高，即便是人蹲下，也还会露着半个头，也不知道他们一家是怎样上厕所的。院子里唯一能藏东西的就是那小柴火垛了，同志们全挑开了，一点点地滤着看了，也没有找到什么可以说明他是漏网地主的东西。

这让所有参加抄家的同志们都很失望。宣传队的一位同志泄气地说：“人说‘瘦死的骆驼比马大’，漏网地主也该有点值钱的东西呀，怎么比‘老贫农’还‘老贫农’呀?”

这位同志是不知道，要是家里有值钱的东西，那就不是夏老三的家了。

夏老三是个败家子。土改前，他家是我们村最殷实的，有七八十亩好地，三进的院落，三槽大牲口，还雇着两个长工。他的父亲是典型的土地主，一分钱都攥得啦啦淌水。他弟兄三个，大哥夏云仁、二哥夏云义都老实本分，勤俭持家；就他，从小就是个败家的玩意儿。据说，他四岁那年，有一天，家里正盖瓦房，八岁的老大帮着搬砖、六岁的老二帮着铲灰，他却用小扁担挑着两块砖吆喝——“买砖不?买砖不?”他父亲看了，十分寒心，说“三岁看大，七岁看老”，这家有可能就败在这小子手里。于是，就嘱咐泥瓦匠，垒墙时少加灰，预备着拆墙卖砖的那一天。

这话还真让他父亲说着了，夏老三长到十七八岁，更是随心所欲，整日里游手好闲，吃喝嫖赌，不务正业。他父亲也曾对他严加管教，还打折过他的一条腿，可是，他就是不改。后来，娶了媳妇，有了孩子，还是“外甥打灯笼——照舅（旧）”。据说有一次赌博赌红了眼，竟连媳妇都输了。赢钱的赌徒来到他家里要把他媳妇带走，他父亲只好卖了几亩好地，替他还了赌债，才保住了媳妇。他父亲被气中了风，不久就离开了人世。父亲一死，两个哥哥就和他分了家，家里的财产平均分成三份，他分得了和两个哥哥一样多的一份——二十多亩好地，一进院落，两头大牲口，全套的农具，全套的家具。可是，分了家，更没人管他了，他不光吃喝嫖赌，还抽上了大烟，没出三年，地也卖了，院子也卖了，牲口、家具、农具都卖了，一家人住进了两间场院屋里。正当他穷得连裤子都要卖的时候，解放了，土改了。他的两个哥哥都成了地主，而夏老三却是贫农，还分得了他哥哥的十几亩地，一口三间的瓦房，一头牛，一套家具，一套农具。

这时候的夏老三真是特别庆幸。他庆幸多亏自己没听他父亲和两个哥哥的话，不然，他也成地主了，没了财产不说，还要挨批、挨斗、挨专政。他不止一次地数落哥哥，说你们拼命地“过”，挣的东西都哪里去了，现在还不是跟我一样什么都没有了吗？不，你们还不如我呢，我现在是又有房子又有地，你们不都被扫地出门了吗？看我这些年，也吃了，也喝了，也抽了，也找女人了，人间的福都叫我享了；可你们，你们天天为钱呀地呀拼命，老大赶个龙阳集，看见路旁有堆柴火还要捡了送回家。老二拉痢疾，还拿着粪耙子在茅坑旁边捣粪，你们过得值吗？你们有我那样逍遥自在地过上一天了吗？两个哥哥听了，虽然不赞成他的说法，但又不得不承认这是事实。

解放了，政府管得严了，夏老三不能嫖了，不能赌了，不能抽大烟了，可是吃喝还是照旧，游手好闲还是照旧。又没出三年，分给他的地也卖了，牛也卖了，家具也卖了，农具也卖了，最后，连天天必用的风箱都卖了，想卖那三间大瓦房，可是一直没找到买主。眼看着夏老三又穷得要卖裤子的时候，入社了。看着别人把地投到社里去了，把牲口投到社里去了，把农具投到社里去了，夏老三这一次不光庆幸而且高兴——我没有地，没有牲口，没有农具，我什么都没有，就几张嘴，我照样入社。可是这几年，我吃了多少香的，喝了多少辣的，我比你们少吃多少苦，少挨多少累，多享了多少福，现在，还不都一样是社员，又是我赚了，哈哈！于是，夏老三就有了这样的经验——时下特别喜欢穷，特别仇恨富；穷就光荣，富就可耻；穷就革命，富就反动；穷就是“老爷”，富就得当“孙子”；穷就前途光明，富就死路一条……所以，一定要过穷，千万不能富。

入社后，每年就分那么点口粮，他又懒，自留地也种得很不好，再想吃香的、喝辣的也没有了，他就“今日有酒今日醉，明日无酒再掂兑①”。他常常告诉媳妇，说不定某一天，又像土改、入社的时候一样，让那些比他富的人把东西都拿出来，他又会赚个大便宜。虽然这一天一直没有到来，但是，还是在几件事上沾了一些小便宜，比如大炼钢铁，没杀着他家的大树，因为他家没大树，树往往还没长到碗口粗就让他卖了；大搬家翻东西的时候，也没翻走他家的任何东西，因为没有东西可带；大饥荒的时候，他得的政府救济粮比谁家都多等。特别是后来，每每看到两个哥哥挂牌子、戴高帽子游街，扫街铲雪，拉沙垫路，开训话会时候，更觉得自己总结的经验正确，并且一直用这一经验指导着自家的日子，结果就过成了现在的样子。

夏老三被带进大队清理阶级队伍办公室，那里已经有了六七个像他一样被绑着的人。乍一看都是贫下中农，但仔细一想，他们都和自己一样，解放前或多或少的都有点“歪巴腚”②，如四队的李庆城，曾当过几天保丁；六队的刘大金，入过几天“一贯道”③；八队的张小六，曾叫国民党抓去当过三个月的兵……

① 掂兑：想办法。
② 歪巴腚：一般指问题、毛病。这里是指历史问题。
③ 一贯道：一种反动会道门，解放后被政府明令取缔。

接着，就一个个地过堂受审。轮到审夏老三的时候，天都西南晌午了，看来，宣传队长也有些饿了，也没叫他交代反革命罪行，就宣布他是混进贫下中农中间的阶级异己分子，是“漏网地主”，今后要像他两个哥哥一样接受改造。说刚才抄他的家，发现他家现在已经没有一点过去地主的东西了，这一点，还是做得很好的。接着，就把他放了。

回到家里，夏老三怎么也想不通，自己大半辈子总结的经验怎么在这两天里失灵了。夏老三还是原来的夏老三，甚至比原来更穷，怎么一来宣传队，一搞“清理阶级队伍”，原来响当当的老贫农，就一夜之间就成了“漏网地主”了？这漏网地主也是地主呀，从此，自己就要和两个哥哥一样，挨批、挨斗、挨专政，任别人踢过来，打过去了……这世道没变呀，富不行，怎么穷也不行了？穷到这样的程度还不行吗？夏老三是越想越想不通，他想去问个究竟，可是又怕宣传队的同志们说他不老实，给他来个罪加一等。后来又一想，反正现在都是“漏网地主”了，再孬还能孬到哪里去，他宣传队还能让我去“吃八大两”，赤脚的还怕穿鞋的？于是，他就斗胆地跑到大队清理阶级队伍办公室，找到了宣传队长，问：“时下最喜欢穷，你们抄我的家时也看了，我是‘一屋四旮旯，要么没么’，要重新划成分，我绝对是雇农！可是，你们却说我是漏网地主，这是为什么，我实在想不明白？”

“你什么雇农，你现在是穷得叮当响了，可是你家曾经富过，你老子曾经富过，你曾是地主的阔少爷，是吃喝嫖赌的二流子，是‘败家子’。你吃过香的，喝过辣的，吸过大烟，剥削过别人，只是当时划成分时，一些同志因为阶级觉悟不高，让你漏了网。现在就是要重新把地主的帽子戴在你头上，这是板上钉钉的，是谁也改不了的！”队长斩钉截铁地告诉他。

宣传队长的一席话，让夏老三茅塞顿开，原来自己这次倒霉还是出在“富”上，还是因为他家“曾经富过”，要是祖宗八辈都穷，“漏网地主”的帽子就是漫天飞，也戴不了自己头上呀！看来，自己总结的经验，还是对的，并没失灵，今后还要一如既往地用这一经验指导自家的日子。

哦，白雪

“老二，你知道吗，咱队里来了个下乡知识青年。”一大早，隔壁的三嫂就趴在墙豁口上对我说。三嫂是个好人，就是好打听事，还“狗肚里盛不下四两香油”，打听了就要倒出来，说不说的百十句。

“别胡扯了，哪有知识青年到咱这里来。知识青年都去先进单位，像史村了，吕坡了，西南黄庄了，跑咱这里来，那不是犯神经病吗?”我有点不相信，对她说。

“你以为她想来吗，不来没办法呀，到哪去是要听上级分配的。我听说，知识青年也分三六九等，成分好的、有人的（有关系的）就分到了史村、吕坡、西南黄庄这样的好单位，成分不好的就分到我们这样的单位来了。”三嫂还真知道不少。

“噢，还有这么一说，你怎么知道的?”

“我怎么知道的，你忘了，我娘家的一个远门兄弟就在咱公社的‘知青办’上班，是他告诉我的。”

“那这么说，来的这位一定是家庭成分不好的了——你见了吗？是男的还是女的?”

“见了，见了，女的。长得可俊了！比画上的美女都好看!”

“怎么个好看法?”

“头发乌黑发亮，跟抹了油似的；脸白里透红，比鸡蛋剥去二重皮还细，还嫩。鼻子是鼻子，眼睛是眼睛，一笑还有两个小酒窝呢!”三嫂显然是想搜肠刮肚地形容、赞美这位女知青的漂亮，可惜肚里没有多少美妙的词汇。

“看你说的，鼻子不像鼻子，眼睛不像眼睛，那还是人吗？”

“我不是那个意思。我是说，人家的鼻子、眼睛都不光好看，还长的是地方。哪像咱，番瓜挖俩眼。看了这姑娘，我就想，她也是人，咱也是人，她是怎么长的，咱是怎么长的。就算是她在城里天天吃大米、洋面，咱在乡下天天吃瓜干煎饼，悬殊也不能这么大呀。”

“你也太夸张了吧，至于这样贬低自己吗？”

“一点也不夸张，我真是这样想的。我还和她握了握手呢，那手呀，跟棉花絮子一样柔软。”

“她叫什么名字，你知道吗？”

“知道，知道，你看，光顾着夸她好看了，忘了告诉你她的名字了，叫白雪，也只有她才配叫这名字………”

“锅都开了，快来下糊涂面子！拉起来没完没了，说不说的百十句。”三哥从锅屋的窗子里伸出头来，不耐烦地大声喊，脸上还带着灰道子。

“来了，来了，喊什么喊，急得跟头三夜似的。”三嫂不很情愿地离开墙豁口子，回到锅屋里去了。

我却站在院子里沉思起来——哦！白雪，你是个怎样的女孩呀？

没想到，第二天的一早，我竟和她成了“搭档”。

这天，我和往常一样，伴着副队长的“干活的都走了，干活的都走了”的吆喝声来到队院。就看见了一个陌生的女孩子腼腆地站在一旁，不用说，那就是白雪了。哦！白雪，确实是一个十分清纯的女孩子。留着当时女孩子们都留着的椰壳式的短发，前边的刘海剪得很齐。穿着当时女孩子们都穿的花格子布衫、港裤。人虽然还不很丰满，却散发着青春、阳光的气息。和我们队里的花妮、春妮、黑妮、白妮一比，那还真不是一个档次。我也禁不住像三嫂一样想，“就算是她在城里天天吃大米、洋面，咱在乡下天天吃瓜干煎饼，悬殊也不能这么大呀”。

队长派活了，我和白雪都派了拉排车往“大坑地”（地块名）运粪。当然不光我们俩，五辆排车，十个人，两人一辆，一个驾辕子，一个拉边套，自愿结合。

也许是因为都知道我是“鹰嘴鸽子爪——能吃不能拿”的货；也许是因为白雪第一次干活，大家跟她不熟，他们都不愿意和我、和白雪“结合”。没办法，只好我们俩“结合”了。

俗话说“男女搭配，干活不累”，更何况是第一次和这样漂亮的女孩子一起干活，说来真怪，那天，我是出奇的有力气。装粪，一大锨一大锨地，白雪还没铲几锨，我就把车子装满了，弄得白雪还很不好意思。拉车，我始终没让她的套绳绷紧过，尽管她也是想用力。什么？我淌汗吗？淌，而且是淌大汗，满头满脸、满脖子、满身子都是汗，可是并不感觉累。无论是从装的量上，还是从跑的速度上，在五辆车中，我们这辆虽然不能数第一，可也能数第二。弄得那几辆车拉车的小子们都惊讶地说“这小子今天真是来了邪劲了”。

休息的时候，白雪见我满头满脸都是汗，竟从裤子口袋里掏出了花手绢，递向我，笑着说：“都是我没干过活，才让你出了这么大的力，谢谢你啊。”还真是，她一笑脸上还真的现出一对小酒窝，特好看。

“不，不，不……”我急忙摆手，不知是怕弄脏了她的花手绢还是不承认我出大力是因为她。

“初来农村还新鲜吧？”我有点没话找话了。

“还行，是有点‘刘姥姥进大观园’的味道。”她说。

“不，是‘林黛玉进贾府’。”

“我是林黛玉？林黛玉还能拉排车？咯咯咯！”她禁不住笑起来。

“林黛玉怎么不能拉排车？那是因为她没赶上这样的年代，哈哈哈……”我也禁不住笑起来。惊得那几辆车的小子们都发愣了。

“听说，你家成分也不好？”我悄悄地问，问完又觉得有些唐突了。

她羞涩地点了点，没说话。

“我家成分也不好，咱们同病相怜。”我像是告诉她，又像是安慰她。

她温情地看着我，还是没说话……

从那以后，我们就算熟悉了，慢慢地成了好朋友。我也逐渐知道了她的一些情况。

她今年十九岁，家在济宁市里。解放前她父亲曾经经营过一个小工厂，划成分时被定为资本家，后来公私合营了，现在还给点利息，不过很少。她兄妹四个，数她最小，前头三个哥哥，都考上了大学，就数她倒霉，考大学的那一年赶上了“文化大革命”。她高中是在济宁一中（那是济宁最好的中学）上的，当时成绩在班里是数一数二的，老师把她作为冲刺北大、清华的苗子来培养的。她不光是父母的掌上明珠，还是三个哥哥的掌上明珠，所以，很不会干活……

不会干活但不能不生活，来这里，首先要解决吃喝拉撒睡的问题。

别的大队的知青多，有知青点，吃喝拉撒睡都是集体安排，有诉求也是集体反映。可我们队就白雪一人，“一个馒头也得上笼蒸”，于是，公社安排大队，大队安排生产队，说知识青年上山下乡是毛主席的伟大战略部署，一定要解决好这些问题。生产队哪敢怠慢，立即行动起来——将原来三间仓库腾出了一间，中间用秫秸挤了一层帐子，铺了一张撑子床，这就是白雪的宿舍。队院里有一处男女共用的厕所，围墙只到我的脖子那么高，茅坑的下边还有个通洞跟队里的猪圈相连。通洞不大不小，猪的嘴能伸进来，头却进不来。这样设计，显然是想既能让猪趁热吃到粪便，又省了再派人挖粪，一举两得（真有创意）。吃饭呢，到贫下中农家轮流吃（不能到“四类分子”家，怕“四类分子”用下毒的方法破坏知识青年上山下乡），一家一天。说这样更容易接受贫下中农的再教育，可是，领导却没想到，宿舍和仓库是连着的，仓库的老鼠白天吃饱了，睡够了，到了夜晚，就穿秫秸帐子而过，跑的跳的，打的闹的，嚷的叫的，各显其能，有的还趾高气扬地跑到了白雪的床上跳舞，吓得白雪每天晚上都用被子紧紧地捂着头。厕所呢，男女共用，你正用着，说不定就有人闯进来，而且是个男的。有人说，那不会关上厕所门？你那是不了解，当时农村的厕所是没有门的。后来，白雪想了个办法，用一个木牌子，一面写上“有人”，一面写上“无人”，挂在墙上，上厕所的时候，先看看牌子。可是，她是这样做了，可别人未必这样做。有时急得不行，牌子显得是“有人”，可等了半天，人就是不出来，实在憋不住了，进去一看，哪里有人，是上一个上厕所的走时忘了翻牌子。有时明明把牌子翻成了“有人”，可是还是有的“半熟货”根本不看，一下子就闯进来，也不知是有意还无意的。因此，每次上厕所都提心吊胆的。还有，你那里刚刚蹲下，隔壁圈里的猪就等不及了，哼哼着在下边直打转转。有时还从茅坑下边的通洞里伸进长嘴来，去拱人的屁股，虽然一般是拱不着的，但对一个十八九的城市女孩子来说，是多尴尬的事情呀。再说吃饭。不错，每轮到谁家，绝大部分都是像待客人一样，把家里最好的东西拿出来做了给白雪吃。可是，往往是好的菜饭一端上桌，家里的孩子们就一阵疯抢，还轮不到白雪伸筷子，就盘儿光，碗儿光了。尽管家长也是吹胡子瞪眼地骂，有的还夺掉孩子们手中的筷子扔掉，可是，效果都不大——孩子们吃过的好饭菜实在是太少了。有时有点事，赶不上饭时，等她回来，人家连锅都刷完了，让乡亲们再做，不好意思；不做，就得挨饿。白雪也曾把这些困难反映给支书，支书听了，鼻子哼了一声，说：“我们这里就是这个条件，比不了你们城里，更比不了你们家（这里话里有话）；再说，你到农村是来接受贫下中农再教育的，不是来享福的……”气得白雪哭了半夜。

后来，白雪把找支书的事告诉了我，我对白雪说，哭是不能解决问题的，夏家堂不相信眼泪。支书不给你解决，咱们自己解决，毛主席说“自己动手，丰衣足食”，正好是对咱说的。于是，我们就开始“动手”了。先解决住的问题，打了盆糨糊，从小学里找来了一些旧报纸。先把那张七露眼八露缝的破门，糊了三层报纸；又把那扇不到一平方米的格子窗上的破油纸撕去，糊了一层报纸；再把墙上的灰尘扫掉，也糊上了一层报纸；最后，看报纸还没用完，就又糊了个天棚。嗬！你别说，经这么一摆弄，小屋子还真是“旧貌换新颜”了。接着就解决老鼠的问题，赶集买来了“毒鼠强”“粘鼠板”“老鼠夹子”，三管齐下，结果是战绩辉煌，只一个晚上，连死的加残的就干掉二十多只。粘在“粘鼠板”上的，被“老鼠夹子”夹着的，还都可怜巴巴地吱吱地叫着，吓得白雪捂着眼不敢看。我可没有这么胆小，统统的，死了死了的。经过了这一次大歼灭，白雪说老鼠的嚣张气焰是被彻底打下去了，虽然还有几个散兵游勇还在活动，但是都是偷偷摸摸地，没有一个再敢明目张胆地乱窜了。然后再解决厕所问题。先和泥把墙加高了一尺。又找来一些木棍、钉子，钉了个简易的“柴门”。在厕所出口两旁，分别栽了根木柱子，然后将门扇的一边固定在一根木柱上，另一边挂上了一段废旧的水车链子，备用。上厕所时，就先把那“门”关上，再用铁链子将门扇的另一边和另一根木柱捆在一起。虽然麻烦点，可不要提心吊胆了。茅坑下边的通洞能不能堵上，我们不敢擅自做主，去请示队长，队长说，“猪”很不乐意我们把通洞堵上，因为这样就断了它的“食粮”，我们也只好作罢。我们还在一个墙角处，置起了一个小地锅，又赶集买了些做饭必需的锅碗瓢盆，油盐酱醋。从我家挖来了两瓢面，叠来几个煎饼，以备她赶不上饭时时，自己做点吃。我母亲还特地让我告诉她：“吃不上饭就来我家，大娘随时给你做好吃的。”

当然这些活都是凑闲空干的，先后也忙了半个月。忙是忙点，可是我觉得心情从来没有这样舒畅过。干活的时候，白雪除了给我打下手，还不时给我递条手巾，递碗开水，嘴里还哼着《莫斯科郊外的晚上》。

有时，忙完了，白雪还不叫我走（其实，我也不想走），我们就坐在一起天南地北地扯。扯什么呢？主要是扯读书。白雪读的书真多，特别是文学作品，像《青春之歌》《林海雪原》《三家巷》《苦斗》《保卫延安》《创业史》等等，凡是我读过的，她都读过。还有很多那时候我没读过甚至连见都没见过的，像《悲惨世界》《安娜·卡列尼娜》《茶花女》《守财奴》等等，她也读过。她会背大量的唐诗、宋词、元曲，还会背很多《古文观止》上的文章。我在她的面前，完全是个小学生。

后来，白雪一次回济宁老家，还捎回来一个袖珍式的收音机和她的高中三年的全部课本。我问她带这些来干什么，她说，共同学习呀。我说都当了农业社员了，现在连中学都停课了，大学都不招生了，学习还有什么用。她笑着骂我是鼠目寸光，走路只看脚面子。她告诉我“书到用时方恨少”“机遇只光顾那些有准备的头脑”“乌云是遮不住太阳的，是的，遮不住的”。她对我说：“你不是为没上高中而遗憾吗，从今天起，我就帮你弥补这一遗憾。教室就是白雪的宿舍，老师就是白雪同志!”我太高兴了，立马立正站好向她深深地鞠了一躬，说：“白雪老师，学生这厢有礼了，还请老师以后多多指教。”她便模仿着老先生的样子一边还礼一边说：“罢了，罢了。”说完，就笑得满床打滚了。从此，白雪真的担当起老师的角色，我便成了业余的高中学生。在她的精心指导下，我的学业确实有了突飞猛进地提高。每当我向她表示感谢的时候，她总是说：“谢什么，我谢你还来不及呢。干农活要不是你给我横栏竖遮，我不知要丢多少人呢。”

要说干农活，白雪还真不如我。不管怎么着，我是生在农村长在农村，“门里出身，不会也通三分”嘛。可她呢，从小在城里长大，真是小麦、韭菜分不清，还觉得地瓜跟葫芦一样都是长在架子上的呢。她干活经常闹笑话，经常犯低级错误。比如去间谷子，竟把谷子苗拔掉，把蒿草留下了；去用“尿素”上白菜，竟把化肥撒在白菜的叶子上，把白菜都烧死了。一些好心的人理解她，原谅她，宽恕她。可是也有一些心怀叵测的人，故意刁难她，奚落她，出她的洋相。每到这时，我就会勇敢地站出来，担当起“护花使者”的角色，尽量不让她受到大的伤害。当然，有人说我是主持公道，也有人说我是“自己一屁股鸡屎没擦净，还问糖稀多少钱一斤”①，更有人说我是想人家白雪的“好事”。走我的路，让他们说去吧!

有一次，给地瓜锄草，白雪一不小心把一棵地瓜苗锄掉了。队长见了，暴跳如雷，说她不吃人粮食，还说她长眼是干什么用的，不行，就干脆抠出来扔了，骂得她直哭。这个时候，有人安慰她，说不可避免；也有人鼓励她，说这是她干活负责的表现，是想锄掉紧靠地瓜苗的草。但是也有人落井下石，冷嘲热讽：

“队长，你说白雪不吃人粮食，那还吃狗粮食?”

“人家白雪是资产阶级大小姐，哪能分清哪是草，哪是地瓜秧子!”

---

① 自己一屁股鸡屎没擦净，还问糖稀多少钱一斤：本来自己就有麻烦事，还主动帮助别人拾掇麻烦事。

“城里人的眼珠子都是金刚钻的，白雪的更是金镶玉的，抠出来扔了多可惜。”

“不是白雪没长眼，是因为她的‘眼’没长在脸上。”

“哈哈哈……”大家都笑了，笑声中透着不怀好意。

“笑什么？你们这样羞辱、挖苦一个女孩子，有意思吗？谁敢说一辈子没锄掉过一棵庄稼，怎么，咱们锄掉没事，而白雪就不行，这是谁家的王法？”我对着那些大笑的人吼着，像一头发怒的狮子。这时的白雪也不哭了，只见她举起锄头，对着地瓜苗子，一锄一棵，一阵猛铲，一下子铲掉了十几棵，然后扔掉锄头，走了。惊得一队人都呆若木鸡。哼！这就叫兔子急了还咬人呢！

下工之后，我到她的宿舍看她。她还躺在床上，两只眼睛都哭肿了。我想安慰她，可是却找不到适当的语言，就干坐在她的床前。倒是她先说话了。

“我就不明白，毛主席让我来接受贫下中农的再教育，说什么‘很有必要’，我也认为‘很有必要’，我也是想真心地接受，虚心地接受。可是，你看，就是这样的教育，让我怎么接受？它“必要”在哪里？我是出身不好，在城里就抓着这条辫子不放，来到乡下，还是抓着这条辫子不放，要是不想叫人活，干脆拉出去枪毙，干么用零刀子割肉？”说完，又哭。

哦！白雪，你不明白，我也不明白，明白的人能有几个呀！

有一天，三嫂又趴在墙头豁口上神秘地对我说：“老二，我知道你跟白雪的关系好，嫂子给你说，你告诉她，让她打碗糨子，把门缝糊严一些。”

“怎么了，出什么事了吗？”我从三嫂的话里听出了问题。

“事是没有什么大事，是……是白雪洗澡时有人从门缝里偷看。”三嫂还有点不好意思说。

“谁这么缺德，竟干出这样无耻的事！”我太气愤了，骂道。

“还能有谁，就是那不要脸的瘸腿八斤，刚才还满街上宣传呢，说白雪的……”三嫂说到这里停下了，我知道后边的话连她都羞于出口。

“这个该死的瘸子，我找他去！看我把他的那条好腿也给打断！”我怒气冲冲地来到街上，见那瘸腿还在那里呱呱着呢，身旁还围着七八个男女。

“瘸子，快闭上你那张臭嘴！”我一个健步上去，劈脸就给了他一拳，打得他仰面朝天。没等他爬起来，我扑上去，骑在他身上，抡起拳头，一阵猛打。一边打还一边骂“我让你耍流氓！我让你耍流氓！”瘸子当然不会束手挨揍，在下边没命地抓挠，连我的手都抓破了，血流了他一脸。大伙一看见血了，七手八脚地上来拉住我，扶起来瘸子。

瘸子一起来，就指着我骂：“小富农羔子，我说白雪关你屁事，白雪是你娘，还是你姑奶奶？”

“白雪不是我什么，也不关我什么事，你耍流氓，太欺负人，我就管！我管定了！”我也指着他的鼻子说。

这时候，三嫂跑来了，一把抓住瘸腿的领窝子，骂道：“瘸子，你干的是人事吗？你也不怕断子绝孙，天打五雷轰！你还有脸在这里吵吵。”

大伙也都围着他骂他，数落他，说他猪狗不如，说你也有亲姊热妹，人家要这样欺负你姐你妹，你能愿意？还有人说，要是报到公安局里，“八大两”吃个三年两年也不是不可能的……

瘸腿八斤见没有替他说话的，抹了抹脸上的血，拍了拍身上的土，一瘸一拐地走了。那条瘸腿，一戳一戳地捣着地，像根木棍子。

傍晚的时候，我去了白雪的宿舍，趁她不注意看了看那门。门上糊的三层报纸全在，没有破损之处呀！我细致地找了半天，终于在一人高处找到了一个小洞，不仔细还真看不出来，是用口水润湿后，慢慢用指头抠出来的。这个该死的瘸子。

我没敢把三嫂的话告诉白雪，我怕她接受不了这样的侮辱，只是告诉她，以后再洗澡的时候就到我家去，在这里很不安全。她说，出什么事了吗？我说没有，你听我的就是了。后来，不知是哪个长舌的人还是把这事告诉了白雪。白雪气得脸煞白，就去找支书。支书听了竟不冷不热地说："我知道了，哪天我见了瘸子，一定要好好地说说他。"你看这个混蛋支书！其实，支书并不混蛋，瘸腿八斤是他的堂侄。我也曾建议白雪到公社派出所告瘸子这个流氓，可白雪说这样影响更坏，她不想让更多的人知道这件丢人的事。那天，白雪看着我手上被瘸子挖的血道子，流着眼泪说："如果没有你，我在这里怎么活呀!"说着，竟抓起我的手，低下头，亲了一口……啊，白雪，有你这一口就足够了，别说是瘸子挖了我几道子，就是戳我几刀子，我也心甘情愿。

日子就这样平平常常地往前过。

一天，白雪对我说，这几天，队长一改过去对她凶凶巴巴的样子，说话和气多了；派给她的活也比从前轻多了；还许诺她，过不了几天，要把她调到棉花地里叫她当"棉管员"。"农业社，有三恣[1]，果园、机井、棉花地。"当"棉管员"是农业社的美差，跟队长没有特殊关系的，是当不上的。队长媳妇也给她献殷勤，今天给她送碗饺子，明天给她煮个鸡蛋；还经常上下地火辣辣地打量她，看得她很不好意思，她觉得有些不正常。我听了也感到纳闷。

一天我见三嫂在家，想她可能会知道一二，便向她打听。三嫂还没听到一半，就撇着嘴说："你别说了，我早知道了，他们两口子，一撅尾巴我就知道他们想往哪飞——他们是'癞蛤蟆想吃天鹅肉'。"

"谁想吃什么天鹅肉?"

"是想让白雪当他们的儿媳妇。听说他那个当兵的二儿子八月要回家探亲了，想趁还没复员赶紧哄（骗）个媳妇，他两口子看上白雪了。"

啊？原来是这样！我说那天队长冷不丁地对我说，白雪是资产阶级大小姐，要我少跟她近乎。我还以为队长不失时机地对我进行阶级路线教育呢，原来是怕我抢走了他的儿媳妇。

"你不知道，他那二儿子，小名叫存住的，是个'二半熟'，斗大

---

① 三恣：三种轻活。

的字认不了半口袋。当兵前也见了几个，人家都没看上他，还闹了不少笑话。现在当了两年瞎兵，就不知天高地厚了，就打起了白雪的主意。白雪还能看上他？你说这不是‘癞蛤蟆想吃天鹅肉——心高妄想’吗？”三嫂真是说不说的百十句……

晚上，我把三嫂的话告诉了白雪。白雪听了，却表现得很平静，说，亏得他们能想得出。又问，存住能“二”到什么程度。

我就给她说了一段有关存住的笑话。

话说存住的三姨给他说了个对象，连欺加骗，女方总算同意去城里买衣服了（在我们那里，只要是买了衣服，这门亲事就有九成的把握了）。这天，存住领着对象在城里买完了衣服去饭店吃饭，炒什么菜呢？存住想，鱼也好吃，肉也好吃，要是鱼炖肉岂不更好吃，于是便对服务员说，给我来碗“鱼炖肉”。几个服务员一听，都捂着嘴笑，其中一个小声说“真是个‘上床认得媳妇，下床认得鞋’的货”。谁想这句话叫女方听到了，本来来得就不爽快，又见他这么“二”，便生气地对存住说：“别点了，别点了，点了我也不吃。”存住不知缘故，忙说：“不吃菜，喝汤吗？”女方更来气了，说：“也不喝！”存住还是没听出来女方的赌气，竟又来了一句更“二”的话：“既然不吃不喝，那咱‘行军（回家）’吧！”“‘行军’，‘行军’，‘行’你娘的屁，你‘行’你的‘军’吧！”女方说着把刚买的衣服往存住的怀里一扔，扬长而去了。存住愣了半天还不知道怎么回事，亲事就这样吹了。

白雪听了，笑得前仰后合，然后说：“好！好！他们还想让我也跟存住来个‘不吃不喝行军吧’呢？”接着我们便商量对策，结果是，派轻活，接！给送饭，吃！叫当‘棉管员’，当！若给大好处，坚决不要！什么时候摊牌，没门！若给小鞋穿——揭穿他，丢他的丑。没想到，我们这些整天被人捉弄的人，也会捉弄人了。哼！跟人学的。

没出几天，队长果真把白雪派到棉花地里当了“棉管员”，还交代另一个“棉管员”说，白雪“是知青，是毛主席派来的，一定要照顾好”。队长媳妇往白雪那里跑得更勤了，每次去都不空手。一次，还给白雪送去了一件“的确良”的布衫。那个时候，“的确良”还是很稀罕的。白雪坚决不收，说："贫下中农关心我，给我送点吃的、喝的，我都收下，我不能亏了你们的好心。这么重的礼物我可不能收！"都争变脸了，白雪就是不接，队长媳妇没办法，只好拿了回去。

说着说着，就到了八月，初十那天，存住真的回来了。这小子比当兵前胖了一圈，还真有些"有横无竖，粗腰大肚"了，有人说，这是因为他在部队当炊事员，净吃好的。他到了家，放下背包就往队院里跑，连跟他娘打个招呼都没来得及。见了白雪，不知说什么好了，只是憨憨地盯着白雪笑，还不时地掏出白毛巾擦汗。这个时候，队长媳妇跑来了，满脸堆笑地对白雪说："白雪，这是你当兵的存住哥，刚来到家就来看你了。"

"存住哥好？"白雪不冷不热地问了一句。

"好！好……咱们谈谈吧？"都说存住"二"，可这次倒是直奔主题。

"咱们谈谈？谈什么，咱们有什么好谈的？"白雪故意装憨。

"谈，谈对象呀！我娘不是都给你说好了吗？"存住又有点犯"二"了。

"什么，和我谈对象？笑话！我才二十岁，还想响应党的号召，实行晚婚呢！你娘跟我说好了，什么时候说的，我怎么不知道？"

"我经常给你送饭送菜，你心里早就该明白的，还用我挑明吗？"队长媳妇听了白雪的话，有点不高兴了。

"大娘，你这是想到哪里去了，你给我送菜送饭，我觉得那是贫下中农关心我，照顾我，哪知道你是有目的的。"

这时候，队院里就聚集了不少人了。

"白雪，咱就打开窗子说亮话吧。你看，我家是三代老贫农，人家都说存住的爹是'双家属带拐弯，贫农主任兼队长'，存住又是解放军；虽然你是非农业，可你家是资本家，你又是下乡的知青，跟俺存住你也不吃亏呀！"

"是啊，大娘，我家是资本家，我又是知青，那我要是跟了存住，岂不毁了存住，也毁了你们全家。"

“我——我——不怕，我情愿叫你毁——”存住禁不住了，拍着胸脯表决心。

“那可不行，你不怕，我怕，我怕你再给我来一个‘不吃不喝行军吧’！”白雪的话引得大家哄堂大笑。

“那，我以前的饭、菜都喂了狗了？你还我的饭、菜钱！”队长媳妇有点恼羞成怒了，上前要抓挠白雪，被大家拉住了。

“我说存住的娘，俗话说得好，‘牛不喝水不能强按头’，人家姑娘不同意，就别再难为人家了。”有人劝队长媳妇。

“存住，人家心里根本就没有这一块，你就别‘剃头挑子——一头热’了。”有人劝存住。

“你光想‘行军’，人家不想‘行军’，最后还是‘行’不了‘军’。”有人刻薄起来，引得大家又一阵大笑。

正在这时，队长来了，见大家都在嘲笑他的儿子和媳妇，没好气地对媳妇说：“还嫌丢人不够，败家娘们！”说着猛地拉了媳妇、儿子一把，说：“不回家，还等‘十八两’①！”

“一个小资本家，还是稀罕物呢，堵墙头豁口也没人要——存住，走！咱不要孬成分的，娘还怕影响你进步呢！娘跟你三姨说，叫她给你介绍个比她强一百倍的贫下中农！”队长媳妇嘟囔着，就拉存住走。存住还是有点心不甘，一个劲地打坠坠。队长上来，连推加拥，才走了。大家看着他们一家三口的背影，都偷偷地捂着嘴笑。

这天晚上，白雪来到了我家，一进门就嚷嚷：“大娘，快炒两个菜，今天，咱喝两盅，庆贺庆贺。”我娘还蒙在鼓里，忙问缘故。当我们把“耍”了队长一把的事告诉她老人家时，我娘却没表现出一点高兴，而是忧虑地说：“孩子，咱可不能做叫人戳脊梁骨的事。再说了，队长两口子是‘下油锅站高冈’②‘不赚便宜就是吃亏’的人，他们能叫你们占了便宜？等着吧，他迟早会收拾你们。”

---

① 十八两：想得而又得不到好处。

② 下油锅站高冈：极言在任何地方都要占便宜。

“大娘，这都是叫他们逼的。我们就是要叫他知道，我们也是有人格、有尊严的，不是他手里的一块泥巴，想怎么捏就怎么捏。你别怕，我们都长大了，我们知道怎么对付他！”白雪坚定地说。

一天，没有动静；两天，也没动静；三天，还没动静。我们都有点等急了。

第四天，队长通知白雪说，接上级通知，为了防止阶级敌人破坏棉花，从今天起，凡是成分不好的人，一律不准进棉花地，因此，白雪的“棉管员”被撤销了。我想，这个法子队长一定是想了三天三夜，不然哪能这样天衣无缝：撤销白雪的“棉管员”是上级的通知精神（不是我打击报复），是阶级斗争的需要（不是我个人的需要），是因为你成分不好（要怨就怨你自己）。另外，当“棉管员”都是在棉花地里干活，想派脏活、累活也没有啊，调出来，就好收拾你了。可是，他没有想到，我们早就预备好了对付他那一招的办法了。

白雪对他说，行，为了以后干活方便，你就在派活之前给大伙宣布一下吧。

等到全队的社员都到齐了，队长宣布了这一消息。白雪就问道：“请问队长，这是哪一级的通知，请你把通知拿来我看看。”

“是公社发的，没有书面通知，是口头通知。”

“那好，请麻烦你和我去趟公社查一查，是什么时候发的。”

“要去你去，我，我不去，我没闲工夫去。”队长有点心虚了。

“我料你也不敢去，你做贼心虚。你心里比谁都明白，上边根本就没有发这样的通知。你想让我给你那个‘半熟’儿子做媳妇，我不同意，你就用这种办法报复我，这是你一个‘双家属带拐弯，贫农主任兼队长’该干的事么？你打击报复，也太露骨了吧？乡亲们，大家评评这个理。”白雪还真行，句句话都击中他的要害之处。

“我……我……你，你不要血口喷人。”队长有点语无伦次了。

“我血口喷人，前几天，发生在这里的事哪个社员不知道？你让大伙说说，是我血口喷人，还是你以势压人？你口口声声说听毛主席的话，支持知识青年上山下乡，你就是这样支持的？”白雪越说越气，手都指到队长的鼻子了。

"你，你这个资本家的羔子，还反了你，我就是假造通知了，你告我去吧！"队长恼羞成怒了，把看家本领都使出来了。

"大伙听听，他终于说实话了。你假造通知，打击报复，撤我的'棉管员'，还拿我的成分说事。我不说，让乡亲们评评这个理……"白雪说到这里，已经泣不成声了（我估计有几分是装的）。

"这不是欺负人吗？""欺负人家一个小孩子算什么本事？""你也搬块坯照照你那儿子，给人家提鞋也嫌他的手指头粗。"……社员们纷纷地议论起来。副队长一看情况不对，赶紧说，今天都到碱场（地名）去刨地，白雪暂时还到棉花地去，散了吧，散了吧。

大家就都散了。白雪还回了她的棉花地，继续当她的"棉管员"，一直到拔棉材。

还是毛主席他老人家说得对，"实践出真知，斗争长才干"。

1969 年的春天，谁也没有想到，一个巨大的馅饼从天而降，摆在了白雪的面前。公社"知青办"突然通知她，叫她去填表。填什么表？说到那里就知道了。我急忙找了辆自行车，驮着她来到了公社"知青办"。白雪进去了，我在外边等着。足有一顿饭的工夫，白雪手里拿着几张纸走了出来，后边还有一个四十多岁的秃顶男人送她，贼头鼠脸的。到了门口，秃顶男人止步，拍了拍白雪的肩膀说："回家好好地填，明天下午准时送来，我在办公室等你。"

"明天不是星期天吗？"白雪回过头来问。

"没事，我值班，你只管来就是了。不过，一定要自己一个人来，有些事情是保密的。"显然，后半句是专门说给我听的。

我急忙迎上前去，迫不及待地问白雪填的是什么表。白雪把手中的纸塞进前车筐，说："走，路上再说。"

骑出了公社所在地，白雪说，咱休息一下吧。我把自行车停下，白雪跳下来，从前车筐里拿出那几张纸来，说："看，叫填的就是这个表。"

"啊，'工农兵大学生推荐表'！白雪，你要上大学了！"我兴奋地差点跳起来。可看白雪，却一点也不激动。“白雪，这可是天大的好事呀，你该高兴才是，你这是怎么了？”

“哼！”白雪鄙夷地看了一眼《工农兵大学生推荐表》，说：“我预感着这里面有事，我高兴不起来。”

“能有什么事，莫非有什么阴谋不成？”我半开玩笑地说。

“还真让你说着了。”白雪肯定地说。

原来，白雪一走进“知青办”，“知青办”的主任（就是刚才那个秃顶的家伙）就格外热情地接待她，然后找理由把办公室的其他人都一个个地支走了，关上了门，从办公桌的抽屉里拿出那张表。说要推荐白雪上大学；说全县就有一个“可以改造好的”的“四类分子”子女推荐名额，被他争取来了；说白雪本来条件是不够的，是他上下通融，才勉强通过的；说这是可以改变白雪命运的一次最好机会，要白雪千万珍惜；还说白雪是这个公社五十多个女“知青”中长得最漂亮的，引起他的关注已经不是一天了，说着还想拉白雪的手……

“妈的，这个不要脸的老色鬼！平日里还人模狗样的充假正经，原来是一肚子男盗女娼，居然能想出这样的混账点子来。”我骂他都找不到合适的话。

怎么办呢？我的意思是这表干脆不填了，等明天下午，把空白表捎给他完事。白雪却不同意，说：“给我我就填，我倒要看看，这个共产党的败类，到底有什么样的花花肠子。”我说，你不怕这个家伙伤害你？白雪却说，要你这个护花使者是干什么吃的？于是我们便细细地商量了一套对付这个秃顶男人的方案。

回去以后，白雪打草稿，我就往表上誊，忙到了晚上近十点，才填完。第二天，白雪又拿着表，找贫下中农代表、小队、大队填推荐意见，盖了私章盖公章，又忙了大半上午。下午，我又骑车驮着白雪来到“知青办”。

因为是星期天，都不上班，“知青办”里一片寂静。只看见一条狗，这里闻闻，那里闻闻地在草蒿子里转悠。

白雪跳下车子，向我坚定地点点了头，拿着“推荐表”走了进去。

我也同样向她点点了头，还做出了一个“V”的手势，然后躲在了一旁，专听动静，以便随时冲进去。

没多会，就听到“啪”的一声响，然后是一阵桌子、板凳倒的声音，接着是“哐”的一声关门的声音。我正要冲进去，只见白雪已快步地跑了出来，秃顶男人也气喘吁吁地紧跟着跑出来，手里高举着那份“推荐表”，嘴里不停地嚷着：“白雪，白雪，有话好商量，有话好商量……”看到我，一愣，呆在那里不动了。

“跟你这样的败类有什么好商量的，姑奶奶不吃你那一套！”白雪转身一把抓过“推荐表”，三下两下撕得粉碎，狠狠地扔到秃顶男人的脸上，然后一跃跳上自行车，对我说：“健民，我们走！”

我们扬长而去，爽！

白雪的大学没上成，日子还得一天天地往前过。

一天下工回来，三嫂又趴在墙豁口上喊我：“老二，你来，我给你商量个事。”

“什么事，还值得商量，你说就是了，我听嫂子你的！”我给她开玩笑说。

“好事，好事，我说了你准能高兴得屁颠屁颠的。”

“你就别卖关子了，什么事就赶快说吧，我还有事呢！”

“好。老二，我看着你和白雪整天黏在一起，你俩是不是有那个意思？”

“什么意思？我不明白。”我故意装蒜，逗她。

“死人，真‘梁山伯的娘——死母子’，就是谈对象的事。我看你俩是天生的一对，都有学问，又合脾气，又都是高成分。你们是不是你有情，我有意，就缺一个人戳破这层窗户纸？你要是不嫌弃，这个红娘嫂子当了。”这三嫂，原来是想吃磨眼里的巧粮食。

“嫂子，你就别瞎操心了，我这样的，人家白雪能看得上？”

“怎么？我二兄弟要脸盘有脸盘，要个子有个子，好歹还是个中学毕业生。虽然说成分高一点，可她白雪的成分比咱还高一级呢。‘高希喆对王廷栋，颜世银对周货郎'①，资本家对富农，我看，行!”三嫂又“说不说的百十句”了。

“嫂子，你可千万别提这件事，这是根本不可能的。不提，大家都好处；提了，反倒会生分。千万，千万!”我恳切地说，口气里还有几分求她的意思。

三嫂见我真心不让她提，也就只好作罢。

说实在的，三嫂说的这个事，我不是没想过，而且还不止一次地想过。白雪长得漂亮，又有才气，有学问，又温柔体贴。我们有共同的爱好，共同语言，共同的经历，共同的感受……说真话，我真是很喜欢她。她说的每一句话，我都爱听；她做的每件事，我都觉得好；她的一笑一颦，我都欣赏；她的一举一动，我都动情。和她在一起，就觉得天也高，地也宽，景也美；和她说说话，心里就觉得舒坦，熨帖，清凉，爽快，即使是吵架，也觉得是一种享受……我是渴望能和她生活在一起，但是，我却不能和她生活在一起，即使她愿意。因为我知道，白雪根本不属于这里，她不过是被命运捉弄到这里的过客，她的根在城里，她迟早还是要回到城里去的。我明白，她在这里不会幸福，我也给不了她幸福。这里连“你耕田来我织布，我挑水来你浇园”的条件都没有，世界上，还有比没有尊严地活着更痛苦的吗？而且，这种生活是一眼望不到头的。倘若我用“情”羁绊了她，是害了她，是害苦了她。我爱她，就不能绑着她和我一起受折磨。当然，她离开这里也许不一定过上理想的生活，但是，最起码，她还能拥有本来就属于她的那份“工农差别、城乡差别、脑力劳动和体力劳动的差别”。所以，我决心把这份感情深深地埋在心底，什么时候也不显露。让她在一旦有离开这里的机会的时候，就能毫无牵挂地离开这里。

这一天终于来了。1970年的秋天，她的父亲来信说，他已经到了

① 高希喆对王廷栋，颜世银对周货郎：高、王、颜、周，都是我们县清代有名的乡绅，两两因家庭相当结成婚姻。

退休年龄，正在办理退休手续，按政策白雪可以回去接班顶替了。可是，白雪对此并不热心，信来了几天都不见她做回城的准备。又过了几天，她父亲从济宁赶来接她了，她还是没有动静。我急了，便到她宿舍找她，对她说："大爷都来接你了，你怎么跟没事似的？"她却笑着说："怎么，连你都撵我？我决心不走了，要和你一起在这里过一辈子！"说完，拉起了我的手，又亲了一口。

"不，不，白雪，你冷静一些，这不可能。"我像挨了炮烙一样挣脱了她。

"怎么不可能？我要和我喜欢的人生活在一起，难道你还不明白？"白雪调皮地看着我，有几分得意，还有几分羞涩。

"不，不，这里不属于你，我给不了你幸福，你还是走吧！"我知道这些话对白雪来说都是苍白无力的，但是，哪些话有用呢？我却一时找不到。

"这里既然属于你，它就属于我。能和我心爱的人生活在一起，就是最大的幸福。"她说得是那样的坚定。

"不，这里不光是愚昧、落后、野蛮，对我们来说，还充斥着鄙视、不公和欺凌。而且，苦海无边啊，不光我们这一辈，很可能会祸及下边几辈子呀！"

"这些，我都想过，我相信，我们在一起，更有力量跟这些东西抗争！况且，不要把事情想得这么悲观，我就不信，我们就没有出头的日子。"

"那，那也不行，白雪，你走吧，算我求你了。"

"你今天这是怎么了？我就是不走！除非你真的不喜欢我。"白雪似乎已感觉出我的反常，一脸狐疑地看着我。

经她一提醒，我突然找到了我可以拒绝她的理由了，对，就说我不喜欢她。这是最充足的理由，也是最正当的理由，也是唯一能达到目的的理由。于是我咬了咬牙，定了定神，对她说："白雪，既然话挑明了，我就实话告诉你吧，我把你是当亲姐姐看的，你比我亲姐姐还要亲，我觉得我们之间，是亲情，是友情，不……不是爱情，我不可能和你共同生活一辈子……”

“什么？什么？这不是真的，这不可能是真的。”白雪真急了，急哭了，“你，你一定还有什么东西瞒着我。你要是真是这样想的，就把你刚才的话再说一遍……”

“是真的，是真的，我觉得我们之间，是亲情，是友情，不……不是爱情，我不可能和你共同生活一辈子……”我又咬着牙重复了一遍，我心如刀绞，后边的话都说不成句了。

“啊，啊，好，好，我知道了，既然这样，你走吧……”白雪一下子呆坐在了床上，目光呆滞地看着上边我们一起用旧报纸糊的天棚。

我不敢看白雪，我不敢看她房间的一切，任何一点东西都可能让我反悔，我做贼似的跑了。

第二天一大早，队院里就响起噼里啪啦的鞭炮声，我知道，那是乡亲们在送白雪。可我不敢去，我怕前功尽弃，就躺在床上，用被子把自己包得严严实实。

吃早饭的时候，三嫂又趴在墙豁口上喊：“老二，老二，白雪回城这么多人送她，怎么没见你？”

“我起晚了，没赶上。”

“这就是你的不对了，好歹相好一场，你不送送她，她该多伤心啊。死人，人家可没有像你一样绝情，临走时还让我把这包东西转交给你。”三嫂说着，便递过来用旧报纸包着的一包东西，又狠狠地骂了我一句：“死人！”

我能给三嫂说什么呢？拿起来便回了屋。我忙乱地打开包，啊，她留下的是那套高中课本和袖珍收音机，还有一封简短的信。信的内容是这样：

健民：

我尊重你的选择，我走了。谢谢你这三年来给我的关照和帮助。我会永远记着你，记着在夏家堂这几年苦涩而又美好的时光。

收音机和高中课本我给你留下了，我走后，你一定要坚持学习。请你相信，“乌云是遮不住太阳的，是的，遮不住的！”

祝你

幸福

姐姐：白雪

即日

哦，白雪，我心爱的人！我禁不住号啕大哭起来……

从那以后，我就再也没见过白雪，我们也再没联系过。哦，白雪，你现在在哪里呀？你还好吗？

在场园屋里

白雪走了，我一下子陷入了极大的苦闷和忧伤中。我不愿意进生产队院，不敢看那间仓库、厕所的那扇“柴门”、墙角的那个地锅子，我不敢动她留下的课本、收音机，不敢动她给我洗过的衣服、补过的袜子、缀过的纽扣……可是越不敢看却越惹眼，白雪在这里生活了近三年，家里、地里、场里，锅里、瓢里、碗里，桌上、椅上、凳上，哪里都有她的影子，哪里都能勾起我甜蜜而又痛苦的回忆。

我整日里浑浑噩噩，无精打采，饭也吃不香，觉也睡不着，干活也没力气，学习也没兴趣。三嫂说：“是白雪把老二的魂勾走了，这要是真成了呆子，可怎么办呀?”队长媳妇则说：“活该！再叫他整天和那个‘小资本家’拧在一起吃沫捣蛋[①]，老天报应!”母亲看在眼里，疼在心里，哭着劝我：“孩子，白雪和你之间到底发生了什么，娘不知道，娘也不想知道。可是娘明白，白雪走，一定有她走的道理。现在，白雪既然走了，可咱的日子还得过呀。你整天这个样子，白雪要是知道了，也一定会生气的……”

一天夜里，我突然觉得白雪回来了，还是留着椰壳式的短发，穿着花格子布衫、港裤，正笑盈盈地在队院里跟乡亲们说话呢。“白雪，白雪”我兴奋地高声叫她。她却像没听到一样，连头也没转一下。我急了，两步跑到她的面前，大声地对她说：“白雪，白雪，我是健民，你

① 吃沫捣蛋：惹是生非，净添麻烦。

怎么不理我?”白雪看了看我，像不认识似的说：“什么‘贱民’‘贵民’的，没出息的，不值得一理!”“我，我怎么没出息了?”“怎么没出息，还要我说，你自己还不明白?”白雪的口气里充斥着不满和不屑。这是怎么了，她对我可从来没用过这样的口气呀，我生气地背过了脸去。再回过头来，白雪却不见了。“白雪！白雪——”我大声地喊。

“二孩，快醒醒，又做梦了。唉——”母亲在叫我。

我从梦中醒来，但见床前的地上，洒着皎洁的月光，虽然零碎，却晶莹如雪。

我躺在床上，反复地回忆着梦中的每一个细节。突然有一种醍醐灌顶的感觉——白雪走了，我就沮丧了，颓废了，一蹶不振了，就对生活失去兴趣了，就对未来失去信心了，还有比这更没有出息的吗？白雪临走时，是那样的心情，还不忘把书和收音机留下，还叮嘱我坚持学习，还告诫我要相信未来。可我却辜负了她。我懊悔，我悔恨，我决心立即振作起来，重新扬起生活的风帆!

思想苦闷释解了些，活得也轻松多了，边参加集体劳动边学习，转眼就又到小麦成熟的季节了。

文明哥走了，他却教会了我麦场上的那套活路。摊场、晒场、打场、扬场、打落、垛垛、晒粮，我都在行了。所以，每年麦子一上场，队长就派我到场上负责。虽然因为成分的原因，没有“场长”的名分，但行使的却是“场长”的权利。“在其位，谋其政”，我尽心尽责，每年干得虽然不能让队长十分满意，却也能让他九分满意。

今年的情况却有了新的变化，上级给我们大队派来了“抓革命，促‘三夏’生产”工作组（据说，工作组是由从各大队抽的复员军人组成的)。工作组一进村，立即“抓革命”。先贴标语，墙上、树上、篱笆子上，凡是能粘着纸的地方，都贴上了。大的一张纸只写一个字，小的一个条子只有四指宽。接着召开“四类分子”批斗大会，又让他们躬了一次腰，挂了一次牌，挨了一顿打，戴了一次高帽子，并且警告他们，“三夏”期间“只许老老实实，不许乱说乱动”。还宣布了一条规定：“三夏”期间，“四类分子”及其子女一律不准进打麦场。

看来，今年，我这个有实权无名分的“场长”怕是当不成了。

动镰的前一天，队长找到我对我说，你也知道了，按照工作组的要求，今年“四类分子”和子弟一律不准进麦场，可是咱队一时还找不到在行的，就商量还是让你去场里负责。不过，这事是瞒着工作组的。你可得好好地干，千万别给我捅什么娄子。我能说什么，只能说，队长，你就放心吧，我一定比前几年干得更好。

可是，那年天公不作美，小麦进场的第一天夜里就下了一场大雨。好在进场的麦子不多，加上我早有准备，没下雨之前，就把麦垛用席子搭好了。可雨过天却不晴，哩哩啦啦，一直连阴着。垛上的麦子都有些发热了，透过席子往上冒热气。虽然文明哥曾告诉过我，发热是正常的，即使麦穗捂得犯白毛了，也不要紧，新麦子能撑七八天呢。可我还是心急如焚，第三天的一早，我就去找队长，问怎么办？队长来了，看后说，能有什么办法，天还滴滴答答地下着，场里也不能进人，也不能开垛；再说，开垛也没太阳，捂着吧。

第四天的中午，我一个人蹲在场园屋里，听着屋外滴答滴答的雨声，感到寂寞和无聊，于是，便打开了收音机，跟着收音机学起了英语。

“麦子都烂在垛上了，你还有心听这咦哩哇啦？”是大队支书的声音。抬头一看，支书领着四五个人已经站在场园屋了，个个都手里提着雨伞，穿着没有领章的军装。我急忙把收音机关掉，小声问支书：“你们这是……”

“工作组的同志来检查麦场——你们队长是怎么回事，三番五次地给他说，不允许‘四类分子’及其子弟进麦场，怎么还让你看场？”支书极不耐烦地看着我问。

“我……你得去问队长……”我搓着手说。

“什么，他是‘四类分子’子弟？”四五个人中的一个瘦高挑看着我问支书。

“是，他家是富农。”

“什么，他是富农子弟？”几个“黄皮”都一脸的惊愕，个个像发现了情况的警犬。

“噢，无怪这样不关心小麦。”其中一个说。

“听收音机，是不是在收听敌台?”又有一个说。

“这是什么书，是收听敌台用的密码本吧。”一个拿起了摆在收音机旁边的英语课本说。

“大家翻翻看，看还有什么?”“瘦高挑”说。

席子下边的一本高三数学课本、一个密密麻麻写满数学题的笔记本、一本借大队会计的《红楼梦》都被翻出来了，一一的摆在了地上。

“这些东西是干么用的?”瘦高挑问。

“学习的。”我答。

“谁能证明你不是偷听敌台?”

“你们看下书的内容不就知道了。”

“这是什么书?”“瘦高挑”拿起“英语课本”问，显然，他们连书皮上的English都不认得。

“高中英语课本。”

“英语是资本主义的东西，难道你不知道?”

“语言是没有阶级性的吧，连毛主席都学习英语，还专门请了英语老师呢。”我说。

“这本是《红楼梦》，我听说过，毛主席还批判过。毛主席批判过的东西你也敢看?”“瘦高挑”又拿起《红楼梦》说。

“如果我没记错的话，毛主席批判的不是《红楼梦》，而是俞平伯。”

一看我竟敢给他“白文”，“瘦高挑”有些恼羞成怒了:“你懂得多，知识越多越反动。英语就是资本主义的东西，《红楼梦》就是封建阶级的东西，是‘四旧’，放着这么多毛主席著作你怎么不学习，你偏偏要学这些封资修的东西?你学这些东西本身就目的不纯，你是想借学习这个翘板，离开农村，摆脱劳动，想重新过剥削阶级的生活!”

“你那是放狗屁!”我实在是忍无可忍，竟骂了他一句。

“你这个富农羔子，你敢骂我?我叫你骂!”“瘦高挑”一脚把收音机踩得粉碎。

“你敢骂工作组组长，叫你骂！”那几个“黄皮”抓起课本、本子就撕。我发疯地扑上去，去抢，去夺，可哪能抢夺过他们。

三本书和一本笔记本都被撕得粉碎了，几个人狞笑着走了。

我守着一堆碎片，欲哭无泪。

母亲的叹息

“唉——”是母亲的一声长叹。夜深了，连春莺都停止了鸣叫，可是母亲还没睡着。我知道，她是在为我的婚事着急，发愁。

当初白雪在时，母亲看到我们整天黏在一起，觉得我和白雪是十有八九的，也就不大过问我的婚事。现在，白雪突然回城了，老人家一下子慌了手脚。在我们那里，说媳妇早，“金十七，银十八，过了二十豆腐渣”。我都二十一了，成了“豆腐渣”都两年了，还没人问问是男是女的呢，这还了得。给我找媳妇，一下子成了她的头等大事。她投亲奔友，遇见熟识的就说，我家二孩该说媳妇了，你们看有合适的给他介绍个。大舅、二姨、三婶子、四妗子、五大娘、六表叔都拜托了，可都没有回音。母亲不甘心，又去找，甚至赖在人家不走。一天，大舅对她说：“姐，大家不是不想给二孩操心，你家的成分实在是让人不敢给人家开口呀！”

大舅说的是实话。那个时候，找个媳妇，对于一个贫下中农出身的农村青年来说，不是什么难事。虽然有“一军人，二工人，三教员，说啥不嫁庄稼汉”“能嫁工人带胡的，不嫁年轻撸锄的”的说法，但是，军人、工人、教员，毕竟还是少数，况且，他们也不是全都跑到农村找媳妇，所以，农村姑娘还是嫁给庄稼汉得多。可嫁给庄稼汉首选的当然是贫下中农，上中农的都不想考虑，谁愿意嫁给“四类分子”的子弟？你不光是“庄稼汉”“撸锄的”，还是被专政的，是“羔子”“崽子”类的。“分子”辈的今天挨批斗，明天被训话；今天戴高帽，明天挂牌子；今天扫街铲雪，明天拉沙垫路，大家都有目共睹，别说出力了，光这丢人现眼也叫人受不了。贫下中农的女子当然不愿嫁给“四类分子”的子弟，谁愿意“放着好日子不过，拉枪戳牛①”；“四类分子”的女子也不想嫁给“四类分子”的子弟，谁愿意跳出苦海又栽进火坑。那“四类分子”的子弟到哪里找媳妇去？你们就死了这份心了吧。

可是，他们却偏偏“死”不了“这份心”，因为虽然有人拿他们不当人待，但他们毕竟还是人，是人就有七情六欲。从感情方面说，他们有这方面的需求；从生理方面说，他们也有这方面的欲望。再说，在我们这个封闭、落后的村庄里，“不孝有三，无后为大”的传统思想根深蒂固。找不上媳妇，不能传宗接代，是无能的表现，是最被人看不起的。他不光丢自己的人，还丢父母的人，丢列祖列宗的人，是要背骂名的。

坦白地说，我也是渴望婚姻的。我也渴望着能有个女人陪伴，来慰藉我的精神、我的肉体；我也不想背负无后、无能的骂名。可能有人会问：“既然这样，你为什么不把白雪留下？”是呀，既渴望婚姻，而面前就有现成的却又坚决不要，这是为什么？我不知道该怎样回答，但我知道必须这样做，不这样做就对不起白雪，更对不起自己的良心。

母亲，你不要着急，你不要犯愁。急也没用，愁也没用，让咱再想想办法。你不是总对我说“龟有龟路，蛇有蛇路，蝼蛄没路也能在地上拱出一道沟”吗？

母亲，夜已经很深了，睡吧。

“唉——”又是母亲的一声长叹。夜深了，连夏蝉都停止了鸣叫，可是，母亲还没睡。我知道，她还在为我的婚事着急，发愁。

今天下午，三嫂趴在墙豁口上对我母亲说，给我介绍对象的事又“屁”（不成）了。

“不是说得好好的吗？不是说明天就进城去买衣服吗？怎么说不去

---

① 放着好日子不过，拉枪戳牛：有意破坏好生活，找痛苦。

就不去了，这又是因为什么呢?”母亲听了三嫂的话，一屁股坐在磨盘上，沮丧地说。

“是说得好好的，爹娘、女孩子都说没什么意见了，可是坏事就坏在‘镜子班’上。”

“什么是‘镜子班’?”

“几个年龄差不多的姑娘凑起来，在结婚时互相送镜子，就叫它‘镜子班’。你可别小看这‘镜子班’，作用可大了，成也是它，败也是它，老二的事就是叫她们坏的。”

“她们怎么坏的?”

“这些龟孙妮子，说咱成分高。说现在什么都兴接班、顶替，‘分子’辈的死了，肯定是要‘子弟’辈接替的。说不定哪天‘子弟’就成了‘分子’了，说那姑娘嫁过来三天半，就会成‘富农婆’了，也得去扫街铲雪，拉沙垫路，丢人现眼。说当下当兵、招工、上学哪样都看成分，只要贫下中农，连上中农的都不要，‘四类分子’的子弟，连看一眼都捞不着。说谁要是嫁给了孬成分的，连弟弟妹妹也都招不了工，上不了学，当不了兵。还说我二兄弟长得好不能当饭吃，中学毕业生干么么不中……三说两说，那姑娘就‘转轴子’[①] 了，就不同意了。她爹都瞪眼了，她娘还打了她两巴掌，可她就是死活不愿意，你说有什么办法——婶子，你别烦，过几天，我再想办法。”

说起三嫂来，她可真是个热心人，光她一个人，连这个就给我介绍了三个了。说来好笑，在三嫂的心目中，我还是个人物，用她的话说就是“要脸盘有脸盘，要个子有个子，要学问有学问。虽然成分有点高，那有什么？就连白雪这样的知识青年都能看上他，找媳妇还不尽挑尽拔”。于是，她也没跟我商量，竟想把她娘家的大队支书的闺女介绍给我。那天，她到了支书家去说媒，先介绍家庭成员，再介绍本人情况，都没什么问题。可当她说到成分时，支书一下子撂下脸，没好气地对她说：“他二姐，你把我看作什么人了？我闺女再不济，也不至于嫁给一

① 转轴子了：被说动了，改变主意了。

个富农子弟（没用‘羔子’，就很高素质了）吧。我好歹还是个党员，你就别说了，赶快回吧！”弄得她出不了门，回家来还憋得嗓子哑了好几天。可是三嫂就是不信这个邪，她说，就不信天下没有一个识货的。于是，就开始张罗第二个。这次，她降低了条件，不找当官家的了，不找贫下中农了，找了一家老中农的。这个老中农思想有些“反动”，一向不想跟那些穷人乍富的“粘板”①，再加上他家的姑娘今年都二十二了，成“豆腐渣”都三年多了。老中农的两口子答应了，可给闺女一说，闺女的脸都气青了，又是哭又是闹。说她爹娘不负责，想把她当包袱扔掉；说她爹娘心太狠，想把闺女推进火坑，说死也不嫁孬成分的。三嫂见状，只好撤了。可她还是不死心，有了上次的经验，就专攻老中农。这次地点换了，不在她娘家的大刘庄了，换成她大姨家马场了。物色的对象跟上次的情况差不多，成分老中农，年龄“豆腐渣”。先是父母相了，再是姑娘看了，说都没意见，我虽然有点意见，可不敢说。说好准备第二天就进城去买衣服，娘把钱都准备好了，谁想又出了幺蛾子。

除了三嫂，也有亲戚、邻居、本家也先后介绍了好几个，大都是这种情况，要么父母不同意，要么本人不同意，要么别人不同意，要么都不同意。有人会问，也有你不同意的吗？有，一个，是个“半憨子”，一见面就向我炫耀，她家的门后边烙了一摞煎饼。

下午听了三嫂带来的消息，母亲就掉眼泪了。她对我说，她很害怕，害怕什么，没说。但是我知道，那是对给儿子找媳妇严峻形势的不寒而栗，也有对断子绝孙的恐怖。又说她很后悔，后悔什么，也没说。可是我也知道，她一定是后悔当初为什么不吃喝玩乐，把那点家业都糟蹋了；也怨恨父亲当时为什么不把那件大褂给“二麻子”。她说她觉得对不起我，是她让我不能当兵，干工，上学，甚至连个媳妇也找不上……

母亲，你不要自责，不要负疚，儿子不怨你，儿子知道你们是为了

---

① 粘板：交往，来往。

后代能过得好，父亲也是为了置一口气。你们没做错什么，你们不亏欠我什么……

母亲，夜已经很深了，睡吧。

“唉——”又是母亲的一声长叹。夜深了，连秋虫都停止了鸣叫，可是，母亲还没睡。我知道，她还在为我的婚事着急，发愁。

今天，本来应该是最高兴的一天，却成了最沮丧的一天——我去领结婚证结果给领“吹”了。

二姨给我说的对象成了，是她庄上李大头的闺女，名叫二改。今年二十，长得算不上漂亮也说不出丑来。从介绍到进城买衣服再到去公社民政登记，总共十几天的时间。二姨说，一定要“热打热卖”，防止夜长梦多。整体上来说，还算顺利，中间也出了点小波折，多亏二姨横栏竖遮，也就过去了。可谁也没有想到，竟在公社民政登记的时候“砸了锅”。

进城买衣服的时候，就商量好了，说早九点前到公社民政结婚登记处。我和二姨一起到的时候，二改也正好到了，后边还跟着她远门的嫂子，说叫我喊大嫂。

今天来登记的人不多，比我们早来的只有一对。等他们一完，我们就把在大队开的介绍信递给民政员。民政员是一个五十多岁的半大老头子，长着一张似笑非笑的脸。他先看了看二改的介绍信，没说什么，放到了一边。又拿起了我的介绍信，看了一会儿，脸上显出了鄙夷的神情，然后似笑非笑地问我：“你家是富农成分？”“是。”我低声地答。“她知道吗？”民政员用拿介绍信的手指了指二改，问。“知道。”我说。“是真知道还是假知道？”民政员提高了嗓门问。“真知道！”我也提高嗓门答。民政员不问我了，把目光投向了二改，问：“他家是富农，你知道吗？”“知道。”二改答得就像蚊子声。“是真知道还是假知道？”民政员又提高嗓门问。“真知道！真知道！”二姨、大嫂急忙凑上前抢着答。民政员不耐烦了，拉着脸说：“我问她，问你们了吗？”二姨、大嫂只好退了回来。“他家是富农，你是真知道还是假知道？”民政员的声音更响了，震得天花板都动了。“……”不知道二改是被民政员的喊声吓着了还是确有顾虑不想答，只是嘴唇哆嗦了一下，低下头，红着脸，不说话。二姨、大嫂一边一个站在她的旁边，一边拉她的袖子，一边催促说：“说呀，说呀，说‘真知道’！”民政员又不耐烦了，说：“你俩是怎么回事，是她登记还是你们登记，你们再多嘴，就让你们出去。”二姨、大嫂不敢说话了。

“跟一个富农子弟结婚可要考虑好了，这可不是儿戏。你家虽然是老中农，但跟富农区别大了，老中农是团结的对象，富农是中立的对象；老中农是人民内部矛盾，富农是敌我矛盾；你今天把这‘记’一‘登’，你就是富农家庭中的一员了，就成了富农的儿媳妇了，就有可能承受富农成分给你带来的一切，你将来的孩子可就是富农出身了……”

我只觉得头一下子蒙了，耳朵轰的一声，便什么也听不清了，只看见民政员的那张大嘴，在那里一开一合……

二改不说话，只是头越来越低。

“我看这样吧，你们这个‘记’暂时不能‘登’，让这个女同志再考虑一下，等她考虑成熟了再说吧。”民政员说着便把介绍信递给了我们。只见二改接过来三下两下撕了，边撕边说：“考虑什么，有什么好考虑的，我现在就考虑好了，我不愿意了！”说完把一把碎纸扔到废纸篓里，拔腿跑了。等我们反应过来，她早已跑出公社大门外了。二姨、大嫂急忙去追，哪能追得上。我也想去追，可是拔不动腿……

民政员呀，民政员，俗话说“能拆十座庙不毁一门亲”，我没抱你的孩子扔到井里去吧？可，可你为什么要这样对我呢？你安的什么心？

安这样的心的还不止民政员一个，还有我们的大队支书。我到大队部找会计开登记介绍信的那天，大队支书也在，一边抽着我递给他的“喜”烟，一边还不忘提醒会计别忘了注明成分。会计写完了，他还要拿过去又审了一遍（我知道他识不了几个字，但有没有“富农”他还是能看出来的）。当确认会计没把成分落下以后，把信递给我，鼻子还不屑地“哼”了一声。

我走出会计室，一拐弯，就听到他和会计一段小声的对话：

“是谁给他说的媳妇?”“听说是他张堂的二姨。”“哪庄的闺女?”“也是他二姨那庄的。”“女方什么成分?”“听说是老中农。”“还有这样的老顽固，闺女没处撂了?”“哼。”“其实，‘四类分子’的子弟也该自觉，都那样了，还要找媳妇，还要传宗接代，有意思吗?不如干脆打光棍，从此一了百了——嘻嘻——”“你想得对——嘻嘻——”……

母亲，现实要比我们预想的严酷得多，咱该有这样的思想准备。母亲，夜已经很深了，睡吧。

“唉——”还是母亲的长叹声。夜深了，连雪地里的猫头鹰都不叫了，可是，母亲还是没睡。我知道，她还在为我的婚事着急，犯愁啊。

今天，我惹母亲生气了，因为她背着我，张罗“三换”的事，我知道了，说她了。

什么是“三换”?“三换”可以说是那个年代发明的一种独特的结亲方式。若说是“四类分子”的专利，有点偏颇了，有的贫下中农也为此做过贡献，但还是“四类分子”家使用得多。“四类分子”家的儿子不是找不上媳妇吗?可他们家也有闺女呀，好，我就拿闺女换媳妇，你把闺女给我儿做媳妇，我把闺女给你儿做媳妇——“四类分子”对“四类分子”，谁也别说谁“歪巴腚”。可是两家直接对换太砢碜人，以后生了孩子也不好叫，是“姑父”同时又是“舅舅”，是“姑姑”同时也是“妗子”。于是，又发明了“三换”——甲的闺女到乙家，乙家的闺女到丙家，丙家的闺女再到甲家。这样一转圈，就克服了两家对换的弊端，无怪人说“法出难门”。可这样新的问题又出现了，相对来说，两家好找，三家难觅。两家容易情况相当，三家就多有差别了，有的甚至差别很大。两家大多是“四类分子”对“四类分子”，三家就常有个别的有问题的好成分的参与其中了，比如瞎子、瘸子、烂眼子、痣脸子，憨子、呆子。这不光给“三换”的成功增添了难度，更给那些无辜的姑娘们种下了更大的祸根。

严格说起来，“三换”是绑架婚姻，包办婚姻，是政治压迫的巨石下长出来的一棵畸形的婚姻秧子，是那些无奈的人们为繁衍后代而想出的不是法子的法子。它必然地会酿出很多的悲剧。我们村的地主刘士申，据说跟十里堡的一家地主、曹王村的一家富农联盟“三换”，这三男三女中，曹王的男孩子最大，三十八；十里堡的女孩子最小，十七。一转圈，这个三十八的正好与那个十七的配为一对。糊弄着也都结了婚。就在新婚之夜，十七岁的女孩子趁人不注意，悬梁自尽了。南张庄的有家坏分子，和张堂的一家地主、苗庄的一家贫农（男孩子是瘸子）也联盟“三换”，刚刚达成方案，张堂、苗庄的闺女喝了农药。一个抢救及时，救活了；一个还没拉到公社卫生院就没气了。还有我们村的大孩，爹娘为了能给他换个媳妇，就是不给他妹妹说婆家，二十八了还在家当“老妮”，最后女孩子成了神经病。

一场场悲剧，触目惊心，可母亲还要重蹈别人的覆辙——想拿我三姐给我换媳妇，据说已经跟南王庄、王堂的两家联系得差不多了。

当隔壁三嫂把这事告诉我的时候，我都要发疯了。我立即找到了母亲，对她发了一通火。说这对我三姐不公平，是害我三姐；说人家做是人家的事，咱不能做；说我就是打八辈子光棍也不能走这条路；说她光想着我，却不想我三姐的感受，说她这样是把三姐扔进了火坑，我也会一辈子受良心的谴责……母亲委屈地哭了，哭得是那样的伤心，是那样的无助，哭了很长时间。这时我这才感觉到我的那些话是多么的无知，多么的愚蠢，多么的伤母亲的心。母亲如果有一点办法，能走这下下策的一步吗？

“唔——唔——唔——”是母亲的哭声，断断续续，嗡嗡嗦嗦的。她一定是实在忍不住了，可又怕我听见，便用被子捂住了头。

母亲，我知道你心里的苦，心里的难，心里的委屈。我也知道你的无奈、无助。你一次次的努力都化成了泡影，就连突破底线的一举也不能成功，你已经精疲力竭了，你已经无法可用了，你怎么能不伤心、痛苦呢？我知道，此时，你连死的心都有啊。

“唔——唔——唔——让我怎么活呀？”母亲哭得更厉害了，还不时地絮叨出一句让我听了心如刀绞的话。

母亲，你要挺住，你要想开！

母亲，我们要活下去，要坚强地活下去！不光你们这一代要活，我这一代要活，我们家还要有下一代，还要一代一代传下去！不管活得多么艰辛，多么困难！

我要把这些话告诉母亲，我要让她老人家听到儿子的生存的决心和抗争的勇气，便向母亲的床前走去……

地主刘世山的遗恨

1970年的春天，正当“无产阶级文化大革命”进行到“一打三反”阶段的时候，我村发生了一件震惊全村、惊动全公社的政治事件——地主刘世山上小学三年级的儿子小三孩，竟大逆不道，往写有“毛主席万岁”的墙上撒尿，被他的同学发现，报告给了老师。老师觉得事件重大，报告给“校革委”；“校革委”觉得事件重大，报告给了“校贫管委”；“校贫管委”觉得事件重大，报告给“大队革委”；“大队革委”觉得事件重大，报告给“公社革委”。“公社革委”没再往上报，立即派了两位最有阶级觉悟的同志和“校革委”“校贫委”“大队革委”各抽调的一位最有阶级觉悟的同志（我们大队革委抽的是治保主任），组成由五人组成的“三级联合专案组”，对这一政治事件进行深入细致地调查处理。

“三级联合专案组”先下令把“小反革命”和“培养小反革命的地主”抓起来，分别关进了团支部办公室和治安室，说是怕串供。团支部办公室没有窗户，关上门屋里漆黑一团，吓得“小反革命”直哭。然后调查访问目击证人。目击证人叫毛蛋，才刚刚十岁。其实，他也不是什么好鸟，他也往墙上尿尿来着，只是因为没有小三孩憋得气足，小三孩的够上字了，他的没够上字，心里不服气才告老师的，哪想惹出了这么大的麻烦。面对着四五个一脸严肃、又是问又是记的陌生大人，毛蛋吓得嘴唇直打哆嗦，又把事情的经过叙述了一遍。不过，这次叙述的跟当初报告老师的有一点不同，就是一紧张，连自己的行为也说了出来。

这一细节也引起了公社派来的两同志的注意，只是一问治保主任，说毛蛋的家庭成分是贫农，才没追究。做完笔录之后，又让毛蛋领着来到现场勘查，让他详细地说出小三孩站的地方，尿到的位置。拉着米尺，又是量长度，又是量高度，还画了一张一百比一的示意图。可惜，标语上已没有任何痕迹，这一点让专案组的同志十分失望。

现场勘查完成以后，马上提审“小反革命”。临时审讯室就设在大队革委会办公室。两张桌子排成一排，桌后五位同志正色就座，随着一声“把小反革命小三孩带上来”的高喊，一个民兵从团支部办公室里一把抓住小三孩的领窝子，像提只小鸡似的把他提起来，扔到桌子前。“小反革命”真是能惹不能撑，早已吓得尿了一裤子，臊哄哄的熏得五位同志直捂鼻子，不用严刑逼供，便对犯罪事实供认不讳。只是他说的和刚才毛蛋说的还是有点出入——他说开头是毛蛋先提出比赛往墙上尿尿、看谁尿得高的，当初他还不同意，毛蛋说谁不比，谁是孬种。审完了，本想再关进团支部办公室，可看着“小反革命”的裤子啦啦地淌水，不知是动了恻隐之心，还是怕弄脏了团支部办公室的地，就让他暂时回家候审。

五位同志发扬连续作战的优良作风，接着又提审地主刘世山。刘世山被带到临时审讯室，站在儿子的尿裤子沾湿的地方，满脸赔笑地说：“各位领导，地主刘世山哪里又做错了，还请各位领导批判。”说完就做出了在批斗会上习惯了的低头认罪的姿势。

“刘世山，你不要再表演了，你是真不知道还是装不知道。”专案组长“啪”地一拍桌子，吓得刘世山猛一哆嗦。

“我……我在龙阳出义务工，已经三天没家来了。大队通讯员把我从工地上叫来了，你们就让我进了那间屋子，我，我没犯什么错呀。”刘世山挠挠光头，无可奈何地说。

“不是你，是你的小崽子闯大祸了？”治保主任见刘世山真的蒙在鼓里，就把事情的经过一五一十地告诉了他。

“我的爹。”刘世山一腚坐在地上，脸霎时煞白了，马上又站起来说，“看我回家掐死这个小兕羔子。”

“哪里去？回来！你以为揍他一顿就完了，事情哪有这么简单，专案组正调查呢，张组长还有话问你哪。”治安主任说。

刘世山重新站成低头认罪的姿势，听张组长发落。

张组长清一清嗓子，拉着官腔说：“地主刘世山，虽然有证据证明案发时你不在家，可你也逃不了罪责。”

“是，是，我低头认罪，我罪该万死。”刘世山头低得更低了，腰躬得更厉害了。

“你不要油腔滑调，装出一副可怜的样子。你儿子做出这样的反革命的事情来，是和你平时的教育分不开的。”

“是，是——不，不是——”

“不是什么？你一定是经常给你的子女灌输仇恨毛主席、仇恨共产党的思想，结果是你想做而不敢做的事让你的儿子做出来了。”张组长声色俱厉地说。

“冤枉啊，张组长，我一贯拥护共产党，热爱毛主席，老老实实接受改造，争取早日成为新人，不信，你问问我们的治保主任。”刘世山两眼巴巴地看着治保主任，希望他能给垫句好言，可治保主任却把头转向了一边，根本不看他。

“问什么治保主任，你从前做的那些都是假象，你那些所谓的积极表现都是假积极，都是骗人的伪装。毛主席说‘假的就是假的，伪装应该剥去’，现在是剥去你的伪装的时候了。你儿子的这一件事，就充分暴露了你反对毛主席，反对毛主席革命路线的本质……”

事实弄清楚了，再没有可问的了，就又把他关在治安室里了。

第二天就召开全大队社员都必须参加的批斗大会。会上先让“小反革命”向毛主席请罪。“小反革命”哭着跪在毛主席像前，结结巴巴地说：“毛主席……我……我和毛蛋向……犯了罪……我罪该万死……”“小反革命”这回更孬种，竟吓得拉了一裤子，臭烘烘的，连踢他几脚的念批判稿的人都粘了一鞋屎。然后再批斗地主，批判的重点是假装积极，实藏祸心。批斗完了又宣布了两条对地主刘世山的处理决定：一，撤销他的夏家堂大队“四类分子”组长职务；二，原来大队上报给公社的关于摘掉刘世山的地主帽子的申请作废，刘世山的地主帽子永远不得摘掉。

对这两条处理决定的第一条，与会社员倒没有多少反映，“四类分子”组长除了接受各级领导的命令就是领着“四类分子”干义务活，当不当的也就无所谓了。可对眼看就要摘掉的地主帽子，又永远牢牢地戴在头上了的事，大家都觉得太可惜了——刘世山为了摘掉这顶地主帽子，可是努力奋斗了十几年呀。

说起地主刘世山为摘掉地主帽子，重做新人的事，还真真有的一说。

刘世山是个天生的乐天派，他对什么事情都想得开，看得开。土改时，分他的房子，分他的地，开头几天是有点心疼，不过，时间一长就不在乎了。他说“什么你的我的，都是大家伙的”。国民党反攻解放区时，有的地主反攻倒算，把贫下中农分他们的地、房子又要了回来。可他不，分得他家的三间大堂屋的贫农张小六害怕，主动地腾出来，要把房子还给他，他却说：“既然分给了你，就是你的，不光这辈子是你的，下辈子还是你的。”为此，还差一点被评为“开明地主”（据说，也是报上去了，但上边的人说他是“土地主”，没有李鼎铭先生那样的身份，算不上“开明”）。后来有人告诉他，虽然没评上“开明地主”，但是经过努力改造，积极表现，将功折过，就能摘掉地主帽子，成为像贫下中农一样的人。从此，他“钉入木”① 了，就“努力改造，积极表现”，为实现“摘掉地主帽子，成为像贫下中农一样的人”的这一人生目标，不懈奋斗着。

他积极响应党的一切号召，党指向哪里，他就打到哪里。互助组、合作社，他都是全村第一个提出申请加入的，虽然，领导告诉他这事他不能走在贫下中农前头。1958 年大炼钢铁，没有烧柴，他把他八十多岁的老娘的“喜棺”献了出去，差一点没把老娘气死。1964 年全国学雷锋做好事，他争当无名英雄——今天叫上媳妇趁夜深人静的时候，把

① “钉入木”：记住了，认准了的形象说法。

队院的一坑粪清除出来；明天又叫上儿子，早起两个小时把几亩收获完的玉米秸砍倒。到了“文化大革命”，时兴背毛主席语录，他虽然比不上西南黄庄的黄大娘（前文有交代），可他也能背七八十条语录，还能背“老三篇”[①]，从头到尾，一字不落……

要说他这个“四类分子”组长，不是选的，也不是上级任命的，而是他毛遂自荐当上的。不知是1962年还是1963年，他找到了当时的治保主任，说目前咱大队的“四类分子”是“群鳖无首”（他不敢用“龙”字，就生造了一个成语），上级下达任务也没个上接下传的，派个义务活还要治保主任亲自跑腿，说他自愿当“四类分子”的组长，保证带领他们老老实实，认真改造，力争早日成为像贫下中农一样的人。治保主任一听，正中他的下怀，连声说好主意。报告给支书，支书考虑了一会儿说，也行。第二天，治保主任就在“四类分子”的训话会上宣布了。从此，他真的带领着我们大队“四类分子”，完成了大队交给的一项又一项不太艰巨的任务。

常规的扫街是三天一小扫，五天一大扫。小扫，是光扫主要街道；大扫，是大街小巷都扫。不知道他是学习了别村的做法，还是他富有创造精神，那个时候，他就斗胆推行了“承包责任制”——他把全村的大街和小巷搭配好十几份，两个“四类分子”自愿结合承包负责一份。至于为什么要两人一份，他说一是怕有人在该打扫的那天生病或有事情，两人一份就不会有空档了；二是两人一块打扫，有个说话的，既不寂寞又有个照应。他除了完成自己的任务之外，还负责检查指导。有个别的“不老实”的“四类分子”，任务完成的不合格，他除了对他们进行严厉的批评外，还要和他们一起返工。因此，那几年，我们村的无论是大街还是小巷，是我们附近的几个村中打扫得最干净的，就因为这个，我们村的治保主任还受过公社的表扬呢。“四类分子”五天一次的训话会，每次都是他先把“四类分子”们组织好，安顿好；给治保主

① “老三篇”：指毛主席的三篇文章——《为人民服务》《纪念白求恩》《愚公移山》。

任安好座位，还沏上一杯茶，用他的话说，就是“买个鳖子没腿——砖（专）等着”。虽然他是我们大队“四类分子”的领导，却始终非常关心和爱护他的下属。有时还会使点小手段，让他们蒙混过关，比如有的“四类分子”扫街还没到，治保主任却到了，问起，他就会说，来了，我叫他回去换工具去了。

常规的事是这样，对那些突发的、临时性的任务，更是随叫随到，雷厉风行，有时还不叫也到，主动请缨。天降大雪，治保主任还没来得及吩咐，他那里已经领着他的“兵”们，干得热火朝天了。大队革委组织基干民兵挖“四类分子”家的祖坟，可坟刨开了，棺木露出来了，基干民兵就孬种了，不敢开棺了。这时候，他便跳下坟坑，抡起大锤，三下两下就把棺材砸开了……

他在任何人的面前都是那样的卑微谦恭，甚至有些谄媚，总是以一种低人一等的姿态出现，仿佛别人都是老爷，唯独他是孙子。大小干部、贫下中农都可以教训他，斥责他，他从不跟他们“白文”。他的孩子跟别人家的孩子打架，不管怨谁，他总是抓起自己的孩子就打，打完还要跑去跟人家赔不是。他走路从不昂头挺胸，也没有跨步高远的时候。他的眼永远是顺着的，有时还泛着胆怯……

这些还都不算什么，最值得称道的是，在“文化大革命”开始那年，他又做出了一个对他来说十分宏伟的决定——他要带领全家，发扬愚公移山的精神，义务填大队前的大坑。

那大坑可是老坑了，村里的老年人都不知是什么时候、怎么形成的。面积有半个足球场那么大，最深的地方有一人半深。虽说平时坑里水并不多，可每到汛期，常常坑水满平，孩子们在旁边玩耍或到里边洗澡，很不安全，还淹死过孩子。另外，大队开社员大会一直没有一块场地，都是借用小学的操场，不方便不说，还影响学生上体育课。大队也早有“填坑造场”的想法，可苦于劳力不好抽，一直没能落实。

征得大队同意后，他用了家里的所有的积蓄托人买了辆地排车，杀了棵杨树打了副排车厢板，全家就投入到漫长的填坑造场的劳动之中。平日里，开工前、收工后，饭前、饭后，他见缝插针，只要有一点闲空，就拉着排车，叫上儿子或媳妇，有时也叫上这次闯祸的小三孩，在村前村后，地头路边拾起砖头瓦块、碎石沙子，装进车里，倒到坑里。特别是那座被造反派推倒的旧庙，更是给他提供了填坑材料。当然，光有这些还不够，一到农闲，特别是冬闲，就一家人全出动到离村有三里路的沙河里拉沙（那个时候，河沙还没人管，谁想拉就拉）。每每寒冬腊月，别人都在被窝里睡得热乎乎的时候，他们一家却挥汗如雨呢！经过全家三年零十个月的努力，终于在1969年的冬季完成了这项巨大的“填坑造场”工程。那辆新排车也用零散了。

三年零十个月啊，他们全家搬运了多少土石方，没有人计算；跑了多少路没有人丈量；吃了多少苦，受了多少罪，出了多少力，流了多少汗，没人知道。可是大家都知道，这全是义务活，是没有一分钱的报酬和补贴的。

鉴于他以上的表现，特别是“填坑造场”的表现，我们大队革委会经研究决定，聘请了村小学的“笔杆子”，写了份近十页的有关他的接受改造、积极表现的材料，报请公社革委会，申请摘掉他的地主帽子。据说，公社革委都研究完了，正在起草文件，准备公布。谁也想不到，就在这节骨眼上出了这档子事。

这真是晴天霹雳，轰得刘世山的全家都蒙了。他们不敢、不愿、不能接受这个现实，可又不得不接受。现在唯一能做的就是给“罪魁祸首”小三孩算账。批斗会结束后，大哥把小三孩领回来，一进家，就“哐当”一声关上了大门，上上门闩。二哥上来照他的屁股就是一脚，踢得他一个趔趄，接着又是几脚，一边踢还一边吼：“让你闯祸，让你闯祸；一家人的苦都白受了，一家人的苦都白受了！”小三孩步步倒退到墙角里，恐惧地望着二哥。大哥一步步走过来，一只手抓住他领窝子，一只手拎起鞋子，照着他的头、背、屁股就是一阵狠揍。母亲流着眼泪走过来了，小三孩悲哀地看着母亲，委屈地叫了一声娘，他知道，一家人中，娘是最疼他的，从来也没打过他。可是这一回，母亲却没饶恕他，从柴草垛上抽出一根秫秸，折了三折，对着他没鼻子没眼地抽，直到把秫秸抽得粉碎。这时候，刘世山回来了，他叫两个儿子把小三孩捆起来吊到梁头上，操起耕地时打牛用的皮鞭子，一边抽一边哭骂："我可叫你这个咒羔子害苦了""一家人的苦都白受了！""我是造了几辈子孽养了你这个孽种。""你这个讨债鬼，你这个冤孽蛋。"……抽一阵子，哭一阵子，骂一阵子。疼得小三孩像鬼嚎，那嚎声传得很远很远，但传不到大队，更传不到公社。隔壁的二奶奶实在听不下去了，让他孙子翻过墙头，打开了门闩。老人家进了家，一把夺过刘世山手中的鞭子，骂道："你们都疯了，就这样折磨一个吃屎的孩子。'七岁八岁狗也嫌，哩哩啦啦到十三'，哪个孩子不淘气，哪个孩子不惹祸？再说了，孩子到底干了什么，其实他们也知道，咱更知道，值得这样把孩子往死里打吗……"

七手八脚地把小三孩放下来，孩子连打加吓，都昏过去了。一家人抱着遍体鳞伤的孩子哭成了一团。

从那以后，刘世山像变了一个人似的，不说了也不笑了，整日精神恍惚。除了干活，一般不出家门，更不愿意到人们聚集的地方去。即使偶尔去了，也是呆呆地、傻傻地站着，一句话也不说。后来就觉得吃东西犯卡，开始还不愿意去医院，在媳妇、儿子多次催促下，才勉强去了。一查，是"噎食"，已经到了晚期。回来，身体更是每况愈下，不到一个月，就瘦得光剩骨头架子了。

到架到灵箔子上的那天，他已经只出气不进气了。一家人都围在他身边哭。他忽然睁开了眼睛，有气无力地喊了声："小……三……孩，你……"一家人赶紧把小三孩推到他的面前，他的头已经无力地耷拉下去，两颗豆大的泪珠从眼角里流了下来……

出 工

“吱——吱——”嘟噜哨子吹得贼响。“干活的走了——干活的走了——”副队长破锣似的喊声也贼响。

好大一会儿，街上还是没有动静，有几个社员从门缝里向街上看了看，见没人又把头缩了回去。

“吱——吱——”嘟噜哨子吹得更响了，“干活的走了——干活的走了——”副队长的喊声也更响了。“都死在家里干什么，太阳都出来一竿子高了，还没起床，难道还要我给你们穿裤子去！”副队长见还没人出来，发火喷粪了。

“队长，你这是要去给谁穿裤子？”三疤瘌头睡眼惺忪地从家里走出来，一边系腰带一边说，“不是给你兄弟媳妇吧？”

“放你娘的屁，我想给你娘提呢，可你娘早都烂成泥了。”副队长跟三疤瘌头是表叔爷们，经常在一起“骂大会”①。

“你去呀，就怕你舍不得你那个副队长——‘大小当点官，强于卖水烟’②。”三疤瘌头嬉皮笑脸地说。

“队长，今天干什么活？”又有几个从家里走出来，有的裤脚上还沾满了泥巴，显然是已经在自留地干完活了。

---

① 骂大会：开带脏话的玩笑。

② 大小当点官，强于卖水烟：“卖水烟”，指普通老百姓。这句俗语是说，无论当官大小，都比普通老百姓有优越性。

“好几样活呢，先到队院去，去了再分。”副队长说着又吹起了哨子，喊道，“干活的都先到队院里去了——干活的都先到队院了去了——”他也慢悠悠地向队院里走去。

队院里慢慢地人头攒动了。队长披着破棉袄蹲在土堆上，抽着用旧报纸卷的烟。

“队长，我得给俺家当家的请个假，今天他三姨家嫁闺女，他去帮忙了。”狗蛋媳妇对队长说。说着，还瞅了三娃两眼。

“不对吧，刚才我还见他往自留地里倒碱罐子①呢。噢，我明白了，今天是赵辛街集……”三娃朝狗蛋媳妇诡秘地一笑，声音不大不小地说，有点“天知地知，你知我知”的味道。

“什么三姨、四姨家嫁闺女，又到赵辛街赶集贩鸡蛋去了。谁不知道，还掖着藏着的。”队长撇着嘴说，“哼，搞投机倒把，等着吧，久了会有人来收拾他的。”

狗蛋媳妇狠狠地剜了三娃两眼，然后拍着手对队长说：“哎呀呀，天地良心，你可不能冤枉好人，今天确确实实是到他三姨家去了，不信，你去调查。”

“我哪有这闲工夫——人到得差不多了，分派活吧。”队长的话音没落，只听着队院门外一声嚷：“队长，对不住了，对不住了，今天又来迟了。我刚割了一杈头草给饲养院送去，就来晚了。”是建军媳妇跑进来了，浑身湿漉漉地，汗滴还顺着头发往下淌。

“建军媳妇，不是我说你，‘人要脸，树要皮’，你这样天天晚来，也不觉得臊得慌。”队长拉着长脸朝建军媳妇嘟囔。

“我也不想晚来，可没办法呀，俺那死鬼瘫了，工分总是挣不够，年年得向队里倒找钱。我就得趁空多捞摸②一些，多挣点工分呀。”说着就抽泣了。

“行了，行了，动不动就掉‘尿汁子’③ ——现在，分派活。”队长

---

① 碱罐子：专门用来积攒尿的罐子。

② 捞摸：多想法子挣点（钱、工分等）。

③ 尿汁子：眼泪。

站了起来，说，“今天有三样活，一是到砖井子地刨地瓜，副队长带着去；二是往碱场拉粪，会计领着；三是在队院里叠烟叶，保管看着。”

“那，队长你干什么去?”有人问?

“队长在家领着媳妇睡觉，那还用说。”“呵呵呵——”大家一阵大笑。

“胡咧咧什么，还没分完呢。”队长开始具体地说谁干什么谁干什么。刚说完让三疤瘌头去拉排车运粪，三疤瘌头就慢悠悠地站起来，说：“队长，无怪人家说‘得罪保管挨秤砣①，得罪会计遭笔戳②，得罪队长派重活’，你明明知道我的脚脖子疼你还是派我拉排车。其实，我也没怎么得罪你呀！不就是有时给你提个合理化的建议吗?”

“那你想干什么?”队长说。

“队长，我替他说。”结实站起来，高声道，“他想去叠烟叶，坐在树凉下风不打头，雨不打脸，工分也不少挣，还有外快。”说着还做了个往口袋里装东西的动作。这是大家心照不宣的事，有的人在叠烟叶时偷偷地把最上等的烟叶装在口袋里或掖在裤腰里，趁下工的时候捎回家。积少成多，再到集上卖了换钱花，这可比工分来钱快。

“不行！叫你拉粪，你就去拉粪，你那脚脖子就没有好的时候。”队长不耐烦地对三疤瘌头说。

“好，好，我去，我去，我去就是了，‘叫咱干啥就干啥，别给领导打话把’。”三疤瘌头嬉笑着说，“你接着派，你接着派。”

队长就接着派。派完了，有的人要到家里去拿干活的工具：砍芋头秧子要用镰，刨芋头要用大镢，叠烟叶用烟盒子。队长又高声喊：“拿了工具赶紧回来，别在家里磨得腚上没点屎渣③!”

“还回来干什么?”

---

① 得罪保管挨秤砣：农业社时，队里分东西，一般都是由保管看称。意思是谁得罪了保管，保管会在给他家称东西的时候做手脚。

② 得罪会计遭笔戳：意思是说，谁得罪了会计，会计会在算账的时候给他做手脚。

③ 磨得腚上没屎渣：极言磨蹭的时间长。

“回来做‘四个首先’呀!”

“看，看，我差点把最重要的事给忘了。”

差不多又有一顿饭的工夫，人才到齐，此时，太阳有两竿子高了。

记工员集合好队伍，其实也算不上什么集合，记工员也不会喊稍息、立正，只是喊：“站好了，站好了，都站好了。”于是大家就都站好了。

会计站在队伍的前面，从口袋里掏出卷了皮子的“红宝书”，高举过头，一边摆动，一边喊道：“首先敬祝伟大导师、伟大领袖、伟大统帅、伟大舵手毛主席万寿无疆！万寿无疆！万寿无疆!”大家也都摆动着“红宝书”，随和着“万寿无疆！万寿无疆!”几十口子人喊声还没有会计一个人的声音大。

“敬祝毛主席的亲密战友和接班人林副统帅，身体健康！永远健康！永远健康!”“永远健康！永远健康!”

“伟大领袖毛主席教导我们说……”会计又起了个新头，可大家都你看看我，我看看你，都不往下说。会计急了，骂道：“接着说呀，怎么不说呀，都哑巴了?”

“说什么?”

“毛主席语录呀!”

“谁不知道说毛主席语录，毛主席语录多着呢，说哪条，你今天没交代呀。”有人反驳会计说。

“不错咪，不错咪，忘了交代了——今天就背‘下定决心’吧。”会计有点不好意思地说。

“会计，今天是去刨芋头，又不是上战场，还背‘下定决心，不怕牺牲’，这有点驴唇不对马嘴吧?”有人说。

“你怎么这么多的事呢，也不过是这么点意思，光在这里‘练贫嘴’吧，活还干不干了?”队长没好气地说。

队长的话坚定了会计的信心，说：“好，就背‘下定决心’，来，再重新开始。伟大领袖毛主席教导我们说……”社员们就接着说：“下定决心，不怕牺牲，排除万难，去争取胜利。”

“散了吧，各干各的活去吧。”队长督促道，接着又提醒说，“刨芋头的不要忘了带上红旗和语录牌，运粪的每辆车上插一个语录牌。”

“队长，每辆车上都插，装粪、卸粪多麻烦，干脆带一个插在粪堆上得了。”三疤瘌头又提建议了。

“怕麻烦，吃饭不麻烦，你不是还一天三顿地吃。别说那些没用的了，快走吧！”队长更不耐烦了，披着棉袄先走了。

“好，好，走，走——你看我这张臭嘴，又得罪队长了不是。”三疤瘌头摇着疤瘌头随着人群走出队院。

刨芋头的队伍在副队长的带领下来到砖井子地地头，插好写有“农业学大圩”的红旗和语录牌。副队长正要布置劳动任务，结实却先发话了：“队长，咱得先吸袋上趟[1]烟吧？”

“还吸什么上趟烟，你看天到什么时候了？”副队长不同意。

“你急什么，农业社还有干完活的时候？今天干不了，还有明天；明天还干不了，还有后天。饭要一点一点地吃，活要一天天地干，大家说对不对？”结实还知道调动群众。

“对！”回应声还怪响亮，赞成的有百分之八十。副队长不敢犯众怒，就来了个顺水推舟，说：“那就先吸袋上趟烟吧。”

于是，会吸烟的吸烟，不会吸烟的就坐在地头胡侃。烟吸完了，没“神”下了[2]，干吧。妇女在前边砍芋头秧子，一人砍两垄；男劳力刨，每人一垄，大家一字排开。副队长领头，他一边刨还一边嘱咐大家，一定要刨干净，不能图省力一镢一棵，两肥的一定要掏净，不能留后手。

刚砍了十几棵，几个妇女放下镰就往地北头的沟子里跑。副队长见了，说：“这又是怎么了，没砍三棵半，又有什么事？”

“管天管地，还能管屙屎放屁？内急了呗。”跑在前边的向副队长回话。

① 上趟：开始干活的意思。

② 没神下了：没有别的办法可想了。

"'老牛上套，不屙就尿'，还真服了你们。"副队长无奈地说。

"队长，坏了，我的大镢镢楔子碎了，镢头掉了，刨不成了。"结实一手提着镢把，一手拿着镢头来到副队长前面。

"俺小爹，你才刨了几镢镢头就掉了，你再跑回家楔好，回来也该下趟①了。"副队长抱怨道。

"那怎么办？要不，我不刨了，我给芋头下泥②吧。"结实嬉皮笑脸地说着就蹲下真的给芋头下泥了。

"谁不想给芋头下泥，结实，你抬根头发也得找粗细头。咱先说下，刨芋头的工分是 5 分，下泥的工分可是 4 分，你听明白了，咱先明后不争。"副队长回过头来对结实说。

"4 分就 4 分，不就是差 1 分吗？去年年终决算，一分折合人民币是一分二厘五。一个男劳力干一天活挣 5 分，还不到七分钱，买一盒子'经济烟'还得八分钱呢！我还在乎那 1 分。"结实一脸的不屑，一边给芋头下泥，一边说。

……

"二华子，沟里的那个大裂纹明摆着下边有块大的，你就不舍得刨上一镢，多刨一镢就累死你了？"人们光闷着头刨了，竟不知道队长来了，正披着破袄检查呢。

"噢，是队长，没听着水响你怎么上来了，领着媳妇睡完觉了——我光看垄上的了，哪还顾得上沟里的裂纹不裂纹的。"二华子边开玩笑边解释。

"三留住，你还吃人粮食吗？你看你，刨出的没有落下的多。看，这两个'露马橛'③；再看，这里还落下两整墩来。不行，你得重返工。"

"返什么工，吃饭还落个饭糁子呢！你闲着也是闲着，帮我捞（方言读 lào）出来不就得了。"三留住没听队长的，还是继续往前刨。队

① 下趟：收工。

② 下泥：把粘在地瓜上泥土弄掉。

③ 露马橛：落下的明显露在外边的芋头。

长扔掉破棉袄，真的帮他把落下的捞上来。又披上棉袄，自言自语地说：“这哪里是过日子，纯粹是捣着玩，就这个弄法，农业社能有个好吗?”说完，走了。

队长走了不久，就有人提出饿了。说昨天晚上只喝了三碗薄糊涂，一夜早尿干净了，现在，肚子都前墙贴后墙了，回家吃早饭吧。立刻就有不少人响应，有的都开始找石片、瓦片擦镢了。副队长看大家都去意已决，也只好默许，过了一会儿，又高声喊道：“吃完饭，赶紧来，可别再让我一遍又一遍地‘叫街’了。”可是人们都走远了。

下东北

大门宽，二门窄，想娶媳妇下东北。狗皮帽子乌拉鞋，大闺女跟了一大堆。

——民谣

1971 年的春天，我还下过东北。

坦白地说，我下东北的目的之一也是为了娶媳妇。

那个时候，不少男青年，因为娶不上媳妇，就下了东北。有的一两年后，头戴狗皮帽子搭哈搭哈地、脚蹬乌拉鞋咔叽咔叽地回来了。然后就有人给介绍对象，虽然没有民谣里唱的“大闺女跟了一大堆”那么夸张，也可以说是络绎不绝。然后是进城买衣服，订婚，结婚，领着媳妇又下了东北。我们村南边的后屯村，有一个下东北的，都快四十了，回来还领走了我们村“三迷”① 家的闺女。河北张庄的有个下东北的，也是三十好几了，还是个“斗眼子”，回来照样娶走了后村的“二妖精”。后来还有人说“二妖精”，是“挑花的，挑丽的，末了挑了个没皮的”。可以说，下东北，是“娶媳妇”的捷径。当然，也有去了不久就灰溜溜地回来的，不仅媳妇没说上，还给人留下了笑柄。

我下东北还有别的原因。

自从工作组的“同志们”在场园屋里踩了我的收音机、撕了我的

① 三迷：儿是媳妇迷，闺女是男人迷，爹是钱迷。

书之后，我又陷入了苦闷和思考之中。我觉得，前些时候，我和白雪对于生活的思考和态度，是有些幼稚和天真。那个时候，天天喊“抓革命，促生产”，革命是抓得轰轰烈烈，今天“一打三反”，明天“群众专政”；两派文攻不行，武斗，有的还开了枪。生产却无人管问，地里光长“社会主义的草，不长资本主义的苗”。天天喊“学习大寨赶大寨”，可就是“大寨的红花”不能“遍地开”。我们生产队，连续两年，一个男劳力一天的工分折合人民币是六分二厘五，还买不到一盒“经济烟”。“芋头干子是细粮，鸡腚眼子是银行。”一年半载吃不上四两肉，孩子们都四五岁了，还不认得鱼。我的一件蓝卡其的布衫，是中学毕业的第二年买的，已经四个年头了，上边是补丁摞补丁，可还穿在身上……没有书读，没有报看。村里半年放一场电影，不是《地道战》《地雷战》《南征北战》，就是八大“样板戏”。日复一日，年复一年，这样的日子，何时是个头呀。

毛主席说：“农村是个广阔天地，在那里是可以大有作为的。”是的，农村的天地，确实是广阔。但是，对当时我来说，别说是“大为”了，就是“小为”，也不能“为”，不敢“为”，没法“为”。

和所有的青年人一样，我也有一颗躁动的心，我厌倦这样的缺衣少食、精神空虚、枯燥无味的生活，我想离开这个封闭、落后、愚昧的地方。成分好的青年，可以通过参军、招工、找临时工等办法走出去。有力气的，还可以去拉“毛驴车”搞运输，实现“我的毛驴跑得快，一天能挣两三块，队里一半我一半，不听队长胡安排”的愿望。可是我，一个“鹰嘴鸽子爪——能吃不能拿”的富农子弟，参军、招工，甚至找临时工都是想都不敢想的。至于拉毛驴车，白送我一辆我也没那力量呀。于是我想到了下东北。

还有，那时候，我三姐经人介绍，嫁到黑龙江的桦南林业局去了。我去了那里，也有了个落脚的地方。

东北，它是否能接纳我这个不速之客呢？

过了春节没几天，我选了个好日子就出发了。买不起全票，花三块五毛钱买了个票头，挤上了火车。那个人多呀，座位上就不必说了，货架上、走道里、洗刷间，甚至座位底下，全是人。人多有人多的好处，没人查票，连插脚的地方都没有，怎么查？但是，最糟糕的是车上没水，我三天两宿一滴水也没喝上。到了我姐家，嗓子干得连一句话也说不出来了，我姐家的人还以为我是哑巴呢。

我姐家有一大家子人，公公、婆婆，兄弟五个，姊妹三个，只有老大结婚分了出去。猛地添了我这样一个外人，确实还有点“那个”。姐姐、姐夫那是没说的，“亲姊热妹”嘛；她公公、婆婆也勉强可以，“谁叫我们是亲戚咪”；弟弟妹妹就不那么友好了，这也难怪，我确确实实地争了他们的口粮。当时他们的计划粮是每月大人二十三斤，小孩十八斤，根本不够吃，还要经常偷偷摸摸地到“黑市”上去买一些补充。我尽管每顿饭只吃半饱，可比他们一家的任何人吃得都多。

我得赶紧地找活干，不能这样没脸没皮地蹭人家的饭吃。可是，一找活，才知道，这里早已是人满为患了。解放以来，东北也和全国一样，经济没上去，人却没少生。这几年，像我这样的“盲流”，又潮水般地涌进来。据了解，这里的“盲流”，来自全国各地，有“山东棒子”“湖南耗子”“安徽熊”“河北小坦”“江西老表”等等。尽管上边一批批地抓，一批批地遣送回家，可是送走的哪里有来得多。活本来就少，找活的那么多，我很难分得一羹。况且，我还是个“能吃不能拿”的货。

有一次，我和另一个“盲流”给人家打炕。刚干不多会，治安队就来抓“盲流”了，吓得我俩丢下工具就跑。等下午再来的时候，人家又找别的“盲流”干了。还有一次，我和另外三个“盲流”，找到了给当地人脱坯的活。可是，第二天，那三个就提出不给我搭伙了，因为嫌我力气小。说要么我走，要么他们走，那还用说，是撵我走。

城里找不到活，去乡下，去干农业社。我姐夫费了老大的劲给我联系了一个生产队。不过有一个大问题，就是在那里时间长了可能会得大骨节病。我也管不了这么多了，“饥不择食，寒不择衣”嘛，先落下脚再说。姐夫领着我，提着两瓶“佳木斯白干”去了队长家。队长倒是很热情，接了酒就让我们上炕。那炕上就一张破炕席，满是污垢。席上有三四个年龄相差不多的孩子在打闹，个个破衣烂衫，蓬头垢面。我姐夫给队长介绍了我的情况，还特别突出我是中学毕业生，识字，会算账，说可不可以安排个会计、记工员之类的活。

队长听了，哈哈大笑起来，笑完说："这样的差事哪能轮到他。我们招'盲流'，就是因为生产队里有些脏活、累活没人肯干，说白了我们就是招来出力的。"

"行，我能出力，脏活、累活我都能干。"我怕煮熟的鸭子再飞了，赶紧表决心。

"那就好，那就好。"队长放心了，然后又对我姐夫说，"不过，我还得问你一件事，他家是什么成分？你得如实地说，你要是隐瞒了，今后查出来，还得撵回去。"

我姐夫没办法，只好照实给他说了。"你怎么不早说，多磨了多少牙。"队长一听，就责怪起姐夫来，"成分不好的，再好也不能要，这是大队布置的。"

"还请队长多通融一下，事成之后，一定有重礼相谢。"姐夫说。

"没什么好通融的，你就是给我搬座金山来我也不敢留他，除非你不想叫我当这个队长了，你们快走吧。"队长下了逐客令。

我们没办法，只好走了。事情没办成，还白搭了两瓶"佳木斯白干"。

回到姐姐家以后，我还是不死心，还是钻窟窿打洞①地找活干。有一天，听人说三面岭招人挖树坑。三面岭在沟里②，离桦南城有七八十里路，要坐小火车才能到达。我便误打误撞地去了。下了小火车，七打听八询问，才找到了招人的地方。一问，人家说，只招户口在本地的。怎么能证明户口在本地呢，当时还不兴户口本，说可以到户口所在地的派出所去开证明。看来，是有意地把"盲流"关在门外。回吧，回去

---

① 钻窟窿打洞：比喻多方面地想办法。

② 沟里：当地的方言，大概是远离城市的意思。

看还能想点什么办法。回到车站，一看，小火车是晚上十一点半的，没办法，等吧。

等着，等着，慢慢地天就黑了。荒山野岭处的一座小站，候车室里连个电灯都没有，春寒料峭，寒气逼人。我蜷缩在连椅上，听着候车室外呼啸的风声，有点迷迷糊糊了。忽然一声“不许动，举起手来!”的喊声把我惊醒。我下意识地举起了手。一束手电筒的强光打在我的脸上，照得我睁不开眼。“干什么的?”有人问我。“等车的。”我尽量学东北话答。“你是哪里人?”“桦南林业局的。”“到这里来干什么?”“来走亲戚?”“亲戚是那村的?”“三面岭的。”“叫什么名字?”“李志云。”他一问，我一答，我觉得没有什么破绽。

“你不要再编了，你是‘盲流子’，你是来三面岭找活干的。”那人把手电光挪到别处，好大一会儿，我的眼才缓过劲来。我这才看到，候车室里来了五六个人，都背着步枪，穿着黑制服，胳膊上戴着红袖章，没看清上边印的是什么字。

“不，我不是‘盲流’，我是来走亲戚的。”我努力争辩。

“你不承认也没用，你再学东北话，也不像；再说，我家就是三面岭的，我们村没有个叫李志云的。走吧，跟我们走吧。不要惹怒了‘群众专政’!”一个小矮个子用十分标准的东北话对我说。他的话还没说完，几个人就推推搡搡地拉我走。

“我不是‘盲流’，我不走!”我一边嚷一边打坠坠，“小矮个子”举起步枪来，照我屁股就是两枪托子……

他们把我带到一个院子里，开了一间屋的门，把我推进去，然后又锁上，一句话也没给我说，走了。

“你们为什么把我锁在这里？放我出去，快放我出去!”我大声地喊叫，他们连理也不理我，说着笑着、打着闹着走了。

此时恐怕是一夜中最冷的时候吧，我蹲在空无一物的黑屋子里，两臂抱着膀子，瑟瑟发抖。不由自主地想到姐姐和姐夫，他们一定会为我的未归而又没音信焦急万分，可又无计可施。进而，我又想到我远在家乡的母亲，她恐怕做梦也想不到，她下东北的儿子遭了这份罪……

太阳出来的时候，那个昨晚砸了我两枪托子的“小矮个子”来开了锁，我这才看清他戴的红袖章上边的字是“群众专政小分队”。他把我带到挂有“群众专政指挥部”牌子的屋子里，那里坐着一个干部模样的人。

先登记，姓名、性别、年龄、籍贯，我一一做了回答，只是在家庭成分上，做了点手脚，报称为中农。然后又问我来这里干什么，我还是说来走亲戚，他也不信，说我就是“盲流”，再后来就宣布把我押送到桦南城里的收容所处理。

两个背着步枪的“群众专政小分队”的队员（其中一个是“小矮个子”），押着我上了小火车。虽然没上绑，但还是用细绳子拴着我的一根手指头，由“小矮个子”牵着。小火车上的人也不少，都惊讶地看我一眼，又马上躲开。我想，他们一定都会以自己的观察，把我猜想为杀人犯、强奸犯、现行反革命、小偷小摸、投机倒把等等。我耷拉着头坐在座位上，不敢正眼看任何人。七八十里的路对小火车来说那根本不算路，可是，我却觉得十分漫长，好像走了半个世纪。

终于到了，两个背枪的牵着我走下小火车，进了离车站不远的收容所。

一进门，“小矮个子”就高声喊：“有活的吗？来货了。”好大一会儿，才有人在北屋里应：“大货小货?”但不见人出来。“小货，盲流。”“先送到东面的屋里去，再把表交过来。”“小矮个子”解开了我手指头上的细绳，把我推进了东面的屋里。

啊，屋里的一铺大炕上，有十几个人，蹲着的、坐着的、躺着的，还有两个是被五花大着的。年龄大的有五六十的，小的有十四五的，一个个蓬头垢面。还有个穿黄军装的年轻人，只是领章是白色的。

我找了个地方坐下，不多会儿，进来了一个戴眼镜的和我差不多大的青年，也戴着“群众专政小分队”的袖章，手里拿着一张《黑龙江日报》，说：“下面是雷打不动的政治学习时间，谁来把这报纸读一读?”连续问了好几遍，没人应声。我看他怪尴尬，就说，我来吧。他把报纸递给了我，还对我笑了笑，说：“读半个小时后，把报纸送到办公室去。”然后走了。我就读报纸，尽管没有几个人听。读了半个小时，我经两个把门的允许后，去送报纸。进了办公室，见“戴眼镜的”正一个人坐在那里。他接过报纸，脸上没有任何表情地说：“报纸读得还很流利，上过什么学?”“上过中学。”“初中还是高中?”“初中。”“老家在哪里?”“山东。”“到东北干什么来了?”“走亲戚。”“又怎么来这里了?”“他们硬说我是‘盲流’，被抓来了。”他又笑了笑，做了个让我回去的手势。

我回去刚坐下，便见“戴眼镜的”和另一个戴红袖章的一人端着一个不大的陶瓷盆走了进来，说了声“开饭了”，便把两个陶瓷盆放到了炕上。啊，原来是两大半盆切成条子的玉米面饼子。立刻就有十几只大手以极快的速度伸进盆里，待我也想伸手时，两个盆里都空空如也了。两个被五花大绑的人还哼哼地往前挪了挪，见盆里一无所有了，才放弃了努力。看着那些人极短暂的狼吞虎咽，我这才感觉到饿得心慌，是啊，从昨天中午吃了一包饼干，到这时已经一天一夜了，我还滴水未进。这顿饭就这样开完了，下顿饭什么时候，我能抢到吗？再抢不到，我怎么办？正当我胡思乱想的时候，“戴眼镜的”又端着一只小盆走了进来，盆子里还是放着玉米饼条子，不过只是少半盆。大家的眼里又立即发出了攫取的目光，做好了再抢的准备。让我想不到的是，“戴眼镜的”却把盆子放到了我的面前，说：“这些，是专门给他吃的，谁也不准抢，就因为他会读报纸。”然后，把盆子又往我跟前挪了挪，看了看我，笑了笑，说：“吃吧。”我受宠若惊，我感激涕零，赶紧抓起一把往嘴里填，竟忘了向他道一声谢谢……

慢慢地，我了解到，关在这屋里的不都是“盲流”。他们是劁猪蛋的、卖老鼠药的、跳大神的、耍皮影的、耍猴的、卖野药的等等，都是“搞资本主义”的时候，被“群众专政小分队”逮来的。当然也可能有小偷小摸，只不过没人好意思说。最令人费解的是那个穿黄军装、戴白领章的人，他自称是解放军，被搞误会了，关在了这里，说用不了多长时间就能出去。还说谁要是有什么要他办的，他可以帮忙。我正愁没人给我姐捎个信呢，就写了个纸条，让我姐夫赶紧想办法救我出去；纸条的背面写上了我姐夫的名字、单位的电话号码，让他想法捎给我姐夫。他欣然接受，还说一定捎到，让我等好吧。

夜又来了，冷也来了，我和大家一样，蜷缩在大炕上。迷迷糊糊地睡着了。

“快到院子里集合！快到院子里集合！”喊声把我惊醒。我随着人们走出屋子，和大家站成了一队。几个背着步枪、戴着红袖章的人站在我们的对面，其中也有那个“戴眼镜的”。

一个高个子拖着公鸡嗓高声喊道：“把胆敢冒充解放军的李玉军押上来！”

两个戴红袖章的把一个人反剪着胳膊押了上来，啊，这不就是穿军装、戴白领章的那一个吗？正是他。

“公鸡嗓”一把抓住“白领章”的头发往上猛一提，说：“大家看清楚了，他，叫李玉军，是个社员，却到处招摇撞骗，说自己是解放军。这家伙到哪里都不老实，即使到了这里，还不忘发展‘下线’——这里面谁叫‘健民’？”“公鸡嗓”放下李玉军的头发，向着队伍问。

“健民”，那不是我吗，怎么还牵扯到我？我简直不敢相信。连忙说：“我是。”

“给我往前站！”“公鸡嗓”吼道。

我从队里走出来，站在了前面。

“公鸡嗓”哼哼地奸笑了两声，说：“是你给他写的字条，你们是什么关系？”

“我们没有什么关系，我只是想让他给我姐捎个信。”我急忙辩解。

“没有关系叫他捎信，你怎么不叫别人捎？看来，不给你点厉害的看看，你还不知道‘群众专政’是干什么吃的。”“公鸡嗓”上来一把抓住我的领窝子，抡起巴掌，劈脸就给了我三巴掌，打得我两眼直冒金星，一头栽到地上，立即又觉得头上、背上、腰上、腿上、屁股上都重重地挨着拳打脚踢，急一阵，慢一阵，开始还钻心的疼，后来就不知道了……

当我有知觉的时候，已经在屋里的大炕上了。借着室内微弱的白炽灯光，我看到浑身都青一块、紫一块的，动一动，就疼得要命。

早晨放风的时候，“戴眼镜的”悄悄地把我拉到一边，小声地对我说：“我已经给你姐夫打电话了，他一会儿就来接你。”“你怎么知道他的单位，电话号码?”我不解地问他。“你写给那个假解放军的字条在我这里。你千万别跟别人说。”

我该怎么谢谢这位“戴眼镜的”大哥呢，我跟你非亲非故，萍水相逢。你为什么会在我最需要帮助的时候伸出援手呢？难道真的就因为我会读报纸吗？大哥，我会一生一世记住你的，虽然我不知道你的姓名。

果然，没过多久，我姐夫就和他托的人一起来收容所了。看来他托的这个人还挺管用，到了办公室，没五分钟就解决了。他叫我姐夫领着我先走，说他还有事。

我走出收容所的大门，见我姐正在门旁等我，眼都哭肿了。一看我那副狼狈的样子，又哭起来。

回家的路上，我就告诉我姐和姐夫，我要回山东了。

第二天，我就登上了回山东的火车，还是只买了个三块五毛钱的票头。三天两宿后，回到了家里，成了又一个媳妇没混上、白给人留下笑柄的“下东北的”。

我的婚姻

连我自己也没想到，我竟然从东北回来不多久就找到对象了。

这绝对和下东北没有关系，因为下东北没能给我镀上一层金，反而剥去了我一层皮。我从东北回来的时候，虽然也带来了狗皮帽子、靰鞡鞋，但是，我却没让狗皮帽子再“搭哈搭哈”，也没让乌拉鞋再“咔叽咔叽”。因为我明白，从东北灰溜溜地回来，就够没面子了，如果再穷显摆，岂不更丢人现眼。

这次我能找到对象，纯属偶然。

一天，我到村西头的第六生产队队长家里去借地排车。队长不在家，队长媳妇（我喊文川嫂）正洗衣服。因为我住在村子的最东头，和他们离得远，文川嫂显然还不怎么认识我。我自我介绍以后，她从头到脚地把我打量了一遍，还惊叹了一句：“这小青年多精神。”队长不在家，我就匆匆地告辞。文川嫂把我送出了门外，又把我从头到脚地打量了一遍。

第三天，文川嫂竟跑到我家来了，说要给我介绍个对象。这不是喜从天降吗？我母亲一边忙着给她倒红糖水，一边抹眼泪。

文川嫂介绍的是她娘家（时村——在我们村北二三里远）的三叔家的闺女——她的叔伯姊妹，和我同岁；说那天我去她家，她一眼就看我“鲜光”；说她三叔曾托她给这个妹妹介绍对象，一直没有合适的；说昨天，她去了一趟时村，给她三叔说了，她三叔同意来这里相相了……我母亲尽管不愿说成分的事，但鉴于过去的教训，还是不得不提醒了她。她却说已经把成分的事给她三叔说过了，她三叔也没说什么……

第二天刚吃了早饭，文川嫂果然领着她三叔来了。三叔（文川嫂让我这样叫）是个典型的憨厚老实的老农民，话很少。他仔细地打量了我，又仔细地打量了屋里屋外，然后坐下。我赶紧给三叔递烟，三叔没抽；我母亲又赶紧给他递上红糖水，也没喝。三叔便给我母亲一起说话。他说，他就是看不惯那些“穷人乍富，伸眼拔肚①”的“黄子②”。他要给闺女找个有根底、有文化的人。又过了一会儿，他给文川嫂说，咱们回去吧。我和母亲都赶紧说“吃了饭再走吧”，可他已经走远了。

三叔走了，我便对母亲说，看来是没戏，连水也不喝咱一口。母亲却说，不见得，按照咱这里老传统，亲事在没有定下来之前，是不能喝男方一口水的；否则，会招人笑话。嗬，还有这么一说。

下午，文川嫂又来了，说三叔“相中”了，要我明天到时村去跟姑娘“见面”。我赶紧做“见面”的准备——向会计借褂子，向保管借裤子，向记工员借回力运动鞋，又跑到村西头孙家借“大国防”牌的自行车。好在大家一听说去相媳妇，都全力支持。

第二天，我一早就穿戴整齐地到了文川哥家，等文川嫂吃完饭，喂完猪，打发孩子们上了学，又梳洗打扮完，才驮上她向时村进发。那天正逢龙阳集，路上赶集的人很多，见穿戴一新的我驮着“头紧脚紧一连三紧”的文川嫂，都用异样的眼光看着我们。我也不好意思给他们说话，只是点点头算是打个招呼。

我被文川嫂领到了她娘家。刚坐下，就来了几个男人，文川嫂介绍说是大爷、二爷、四叔，大爷家的大哥、二爷家的大哥，四叔家的大哥，我便一一问好，递烟。过了一会儿又来了一帮女人，文川嫂介绍说是大娘、二娘、四婶子，大娘家的大姐、二姐，二娘家的大姐，四婶子家的大姐，我又一一问好，递烟。又来了一群大姑娘小媳妇的，不进

① 伸眼拔肚：不知天高地厚，趾高气扬。
② 黄子：对轻浮青年的蔑称，比“羔子”的轻蔑程度要轻。

屋，只在门外看，文川嫂没一一介绍，只是招呼说："都屋里坐嘛，看你们'伸着不要缩着要①'。"我又拿着烟想递给她们，她们却一哄而散了。不过，我却发现，其中有一个大眼睛的姑娘看我时的眼神和旁人的不一样……我回到屋里，重新坐下，和那一帮男人、一帮女人们说话，说的都是些没话找话的话。聊了一会儿，文川嫂便对我说："你不是还要去赶集吗，天不早了，就赶紧去吧。"我听出文川嫂话里有话，就接着茬说："是，我要到集上买点东西，对不住了，我要先走一步了。"他们还象征性地留了一下，其实早做好了送客的准备。

我告别众人，骑车先往集的方向走，然后拐弯回了家。到了家里，我把只和一帮男人女人"见面"，没和姑娘"见面"的事给母亲一说，母亲说，他们还是按老一套走的，先让族里的人"相"，"相"中了，才叫姑娘看。其实，那一群大姑娘、小媳妇中，就有你要"相"的对象，憨孩子，你早叫人家姑娘"相"完了。经母亲这样一提醒，我更确定了那个大眼睛姑娘就是要"见面"的。

又过了两天，文川嫂又来我家告诉我母亲说，她娘家的人对我的印象都很好，都"相"中了，同意我和姑娘"见面"了。在哪里"见面"呢？直接进城吧。说好明天早饭后在大襟地（地块名）南头碰头，见面。如果双方没有意见，就一块进城；有一方不同意，就各走各的。

第二天的早饭后，当我急匆匆地赶到大襟地南头的时候，文川嫂正和一个姑娘在那里等着呢。啊，果真就是那个大眼睛。个子不矮，说不上漂亮，也说不上丑。我跟文川嫂打了招呼之后，又跟她打招呼："你好？"接着伸出手掌来。可是姑娘把脸一转，没理我。文川嫂见状，赶紧打圆场，说第一次见面，不好意思，说"一回生，二回熟，三回不用认师傅"，他叫健民，她叫二霞，你们谈吧。说着就离开了。二霞还跟了几步，又叫文川嫂推了回来。

我们两人坐在地头上，都低着头。她顺手拔起一个草梗，一节一节地掐断，扔了；再拔起一个，掐断，扔了……我顺手捡起一个坷垃蛋

---

① 伸着不要缩着要：扭捏，不大方。

子，捏碎，撒了；再捡起一个，捏碎，撒了……都说谈恋爱是一生中最美好的时光，可我怎么觉得时间这么难熬。噢，对了，我们这不叫谈恋爱，叫“见面”。

“今天的天真蓝。”还是我先说话了。二霞看了看天，没说话，马上又把头低下了。“今天风不大。”我又说。二霞又抬起了头，看了看天，还是没说话，不过，这次没把头低下。“前天，是不是你就看了我？”我问。二霞翻了翻白眼看了看我，还是没说什么。我觉得我有必要把成分的事给她挑明了，以免以后出麻烦，便对她说：“我家是富农，你们家是老中农，你家比我家成分好，你能同意吗？”二霞的脸立即变得非常难看，过了一会儿，才喃喃地说：“俺听俺爹的……”

正当这个时候，文川嫂走过来了，笑着对我们说：“谈好了吧？都没意见吧？咱们进城吧。”我没说什么，二霞也没说什么，都站起来，拍了拍裤子上土，向县城走去。

路上，二霞总是和文川嫂一起走，文川嫂走快她也走快，文川嫂走慢她也走慢，偶尔和她说句话，但是始终不主动和我说话。文川嫂几次想甩掉她，想让我俩一块走，都没成功。从去到回大半天，我们俩总共说了不到十句话。

进城买衣服，也是这样。我把这一情况告诉了母亲。母亲说，可能女孩子害羞吧。

到公社民政办公室去领结婚证的那天，人特别多，都挤挤擦擦地拥在一间屋子里。办手续的民政员是个年轻的，不知道是因为他对革命工作不很负责，还是因为人太多了来不及多问，挨到我们的时候，民政员只问了一句：“他家是富农成分你是否知道？”二霞没说话，是文川嫂替她说的：“知道，知道，一直就知道。”民政员也没再说什么，就摸了两本“结婚证”，极快地填完，盖上了公章，递给了我们，然后喊下一个。

领了结婚证，在饭店吃完饭，各自回家，就等择日子结婚了。按大礼月，结婚的时间定在了农历的六月初六。

从领证到举行结婚典礼，有近五个月的时间，这期间，我们没有任何联系。只是五月初在滕县的“北大仓”（粮食加工厂）用小麦换面粉，我们不期而遇了。我当时因为穿着那件补丁摞补丁的褂子，实在是怕丢她的人，也就没敢走过去跟她打招呼。她也看了我两眼，没理我。各换各的面，换完各走各的路。

结婚那天，按大队革委会要求，一切革命化，一切从简。二霞没骑马，没坐轿，没坐地排车，也没坐三轮车，而是迈开双脚，从时村走来的。送亲的队伍也不超过十人。我也随着迎亲的队伍迎到了村后边。一照面，我就大吃了一惊，怎么不是见面、进城、订婚时的二霞了。二霞又黑又瘦，脸色也失去了过去的红润，一双眼睛显得更大了。一般地说，往回走的时候，新郎是要拉着新娘的手一起走的，几个迎亲的青年人也极力撺掇。可当我伸手去拉二霞的手时，她却猛地一下子挣脱了。她也不愿意和我肩并肩地走，总是要么走在我的前面，要么走在我的后面，尽管迎亲的青年们拉拉扯扯。结婚典礼上我们没一拜天地、二拜高堂、夫妻对拜，而是向毛主席三鞠躬，然后是听大队支书讲话、贫农主任讲话、生产队长讲话。到主持人宣布新郎、新娘互换纪念品的时候(那时候还没有互换戒指的，即使有我也买不起)，我从口袋了掏出了早就准备好的手绢，双手递了过去，但二霞却弄了我个难看，死活不接，竟抽抽泣泣地哭起来。我也有些生气了，转过身来就把手绢装在口袋里。主持人见状，赶紧宣布婚礼结束，二霞被送进了新房。

新婚之夜，二霞没理我，我也没理他，我们一句话也没说，各睡各的一直到天亮。

二霞为什么会这样呢，她为什么会瘦成了那个样子？她为什么不愿意和我说话、和我一起走路、和我交换纪念物？这绝不仅仅是女孩子害羞的事，这里面一定还有隐情。送完“三趟”了①，一切都“大面朝天”② 了，文川嫂这才给我道出了实情。原来，二霞根本就不愿意嫁给我这个富农子弟，她也和其他的女孩子一样，想嫁给军人、工人、教

---

① 送完“三趟”了：我们那里的习俗，闺女出嫁后，娘家要连续接送三次，一般是隔两天一趟。

② 大面朝天：一切都成定局了。

员，再不济也要嫁给贫下中农。可是，他的父亲却是个“老顽固”，说就看上我了，非得要她嫁给我不可。她哭过，闹过，寻死上吊过，绝食威胁过，从说媒到结婚就一直没有消停，可她父亲就是不答应。最后，她还是屈服了她那顽固的父亲，勉强出了嫁。

听到了这个消息，我真是如五雷轰顶。我能想象得出，这四五个月里，二霞受了多少折磨。我仿佛看见别人望着她的背影议论她，评价她，指责她；看见她的“镜子班”的女孩子们讽刺她，挖苦她，规劝她；看见她那个顽固的父亲声色俱厉地责骂她，威胁她，痛打她；看见她那些好心的婶子、大娘劝慰她，开导她……二霞，真是委屈你了。进而，我又怨恨起来。首先怨我那个顽固的老岳父，都什么年代了，你还行“父母之命，媒妁之言”那一套，新社会都“新”了二十年了，你的老脑筋就怎么没变呢？我理解，你是想给闺女找一家知书明礼的人家，找一个不“刺毛撅腚”[1] 的丈夫，可是，你怎么不想一想你女儿的意愿、感受，你这不是硬把女儿往火坑里推吗？第二个怨的是文川嫂，你明明知道二霞不愿意，为什么不明白地告诉我？“见面”“进城”“订婚”“结婚”什么时候告诉我，都还有挽回的余地，都不会对二霞造成这样的伤害。我也知道，你是好心，是想千方百计地促成这一婚事，可是，实际上，你是做了一件助纣为虐的事呀，我的文川嫂。三怨二霞，你不愿意，就大胆地说出来，干么要这样遮遮掩掩？你不想愿意就直接对我说，我是当事人，你光横使作[2]有什么用？要说最怨的还是我自己，你纯粹是利令智昏，二霞的反常你不是早就发现了吗，你为什么没往这方面想呢？是想娶媳妇传宗接代、不背无后不孝之名的思想搅乱了你的视听，让你只顾自己的利益，不顾别人的感受，你太自私了。对不起了，二霞，我向你请罪。我决不强求你，我决不耽误你，你离开我，寻找你的幸福去吧。

当天的晚上，我就把我听到的、想到的都给二霞说了。二霞听着听

---

① 刺毛撅腚：不老实，嘚瑟。

② 横使作：没按正确的方法表现、发泄。

着就哭了，哭得很伤心。最后，她擦干了眼泪，对我说，她认命了，要是让她离婚，她就去死。唉——是的，在那个时候，在我们这个封闭、落后、愚昧的小村庄里，“离婚”是被认为最丢人的事，她不能走那一步，她的父亲也绝不会允许她走那一步。

没有爱情的婚姻是痛苦的婚姻，在政治压迫下的没有爱情的婚姻则苦上加苦。

世上有先结婚后恋爱的夫妻，但不是我们。我们没有共同语言，说不上三句就会抬杠。我们没有共同的爱好，我要读书，她说我“是吃饱撑的，还不如拾滩狗粪上自留地呢”；她要拉张家长李家短的事，我觉得她无聊，就阻止她，搪塞她。我们的性格迥异，她好动，谁家娶媳妇、嫁姑娘、发老丧，她都想去看看，我却觉得她轻浮、无聊。我好静，常常默默地想，默默地做，在她看来，我是“闷头相”。“闷头相，穷酸样，养不起媳妇，养不起娘。”……因此，我们口角不断，甚至还动过拳脚。冷战是经常发生的，她不理我，我也不理她，常常大半个月。我也想你恩我爱、卿卿我我地过日子，我也为此做过努力，可是都以失败而告终。二霞也同样。

结婚以来，二霞确实是跟着我受苦了。平时粗茶淡饭不说，怀孕“害口”的时候，连个水果都吃不上，只能一顿吃半碗辣椒来解馋。在分娩的前一天还挺着硕大的肚子在生产队里拉犁子；在哺乳期间，连个煎饼都吃不上，也和全家人一样抱着碗喝稀糊涂；嫁给我三年没买上一件新衣服……虽然这样，二霞也没说过什么，她是真的认命了。可是，这对我来说，却是巨大的耻辱，也是对二霞的犯罪。我既然连吃穿都不能满足人家，我娶人家干吗？我既然连最起码的营养都不能给孩子提供，我要孩子干吗？我责备、怨恨自己，我骂我无能。可是，我，我实在没有一点办法呀。生产队一天的工分不值一角钱，自留地又全收了回去，我又不敢搞投机倒把，甚至连鸡都不敢多养几只。我像一个被牢牢捆绑的野兽，空存猎取猎物之心，却动弹不得。

因为成分，二霞也遭受了不少委屈和不公。队里的轻活、好活，像果园、机井、棉花地、叠烟叶这样的活，队长是从来不会让她干的；即使是马上要生孩子了，请假队长还不准呢；人家贫下中农家的大闺女、小媳妇，不高兴了还可以给队长个难看，朝会计、记工员甩个脸子，可是她从来不敢；年终总评时，干得好的还能评个“五好社员”“先进妇女”，可她即使干得再好，也没有份……这些都跟她当闺女时的情况形成很大的反差，她怎能不感到失落、委屈和痛苦呢？另外，还偏偏有人时不时地往她的伤口上撒盐。有人竟在大庭广众之下问她当富农的儿媳妇的感觉如何。还有一次她和别人发生了口角，那人竟骂她是“富农婆”。还有个工作组的同志，知道她的情况后，当面说她是“半熟”，还告诉她尽量不要生孩子（不知道是什么意思）……

我那固执的老岳父，现在可能知道当初的顽固是不对的了。可是，有什么办法补救呢？劝女儿离婚，那是打死也不可能的。没有办法，他只好隔三岔五地来一趟，今天打斤油来，明天捎斤盐来，后天来了帮着拾掇阵子家务，大后天又来当“法官”处理“官司”……有时候，还要挨女儿的抱怨和赌囔[①]。

二霞是无辜的，她如果不找我这样的“喝过一点黑墨水子”的富农子弟，找一个“睁开眼就乐、倒头就睡”的贫下中农子弟，物质生活多充裕我不敢说，最起码心情要比现在舒畅。是我害了二霞，我真对不起她。

这让我不由地又想起了我们大队支书曾经说过的那句话：“‘四类分子’的子弟也该自觉，都那样了，还要找媳妇，还要传宗接代，有意思吗？不如干脆打光棍，从此一了百了——嘻嘻——”

---

① 赌囔：有意用赌气的话气对方。

谁来救赎你们，狗蛋两口子

1975 年的初春，乍暖还寒。“六九”已过，村头柳树的枝条都泛了绿色，但村里大坑里的冰还没有化的迹象。仍有小孩在上边玩耍，尽管大人一遍又一遍地扭着耳朵嘱咐，可就是不听。

和往常一样，我伴着副队长的尖锐的嘟噜哨子声和吆喝声，走进队院，见好些人都正在那里议论纷纷。刚想凑上去听一听到底发生了什么事情，就见狗蛋媳妇发疯似的从外边跑了进来，“扑通”一声跪在了正披着棉袄蹲在土堆上抽烟的队长面前，鼻涕一把泪一把地哭诉道：“队长，我家狗蛋刚才叫两个扛枪的人带走了。说俺走资本主义（道路），还要割俺的‘尾巴’。两筢子鸡蛋、一筢子馍馍也都拿走了。队长，你行行好，快把他救下来吧，鸡蛋、馍馍俺不要了。现在去还不晚，不过走到种刁（村名）村前。”说完，又“嘭”“嘭”地给队长磕了两个响头。

队长一下子从土堆上跳下，一把把狗蛋媳妇拽起来，说：“你这是干什么，你这是干什么，有话不能好好地说——我可不是给你们两口子说一次了吧，贩鸡蛋、卖馍馍是搞投机倒把，是走资本主义道路，迟早是会出事的。你们就是当耳旁风，看，果真从我话上来了吧。你知道那两个扛枪的是干什么的吗？他们是公社武装部组织的‘民兵小分队’，是专门搞阶级斗争、割资本主义尾巴的。叫我去把狗蛋救下来，我哪里有这本事。”

“我求求你了，你去救救试试，真的救不下来，我也不怨你。”狗蛋媳妇摇着队长的破袄袖子恳求着。

“我真不行，真没这本事，人家认得我是老几。”队长挣脱狗蛋媳妇的手，要走。

狗蛋媳妇见队长是真的不想给她帮忙了，马上把脸一撂，哭骂了起来：“俺贩鸡蛋、卖馍馍，公社是怎么知道的，这里面一定有坏熊。你要是给我不顶对[1]，你就明说，背后放黑枪算什么本事。我又没抱了谁家的孩子撂到井里。老天爷看得清，谁不行好事，叫他死到六月初一，叫蛆拱……”哭着，骂着，走出了队院……

狗蛋，是我们队老贫农张传林的儿子。张传林共哥儿仨，他是老二。解放前因为家里穷，哥儿仨都快四十了还没娶上媳妇。有人见他们一家三个光棍怪寂寞，就半真半假对他们说，不行哪天咱抢个“二婚头”[2]。那时候，我们这一带有个恶俗，寡妇改嫁必须在夜里，而且，改嫁的当晚无论在家里还是在路上，只要没进男的家门，就可随便抢，谁抢到就跟谁过。1943年，正值兵荒马乱，哥儿仨听说离我们村四十多里的白树村的一个寡妇，要在某夜改嫁到南张庄，正好路过我们村南，就埋伏在路边的沟里。待寡妇一到，哥儿仨一跃而上，老大、老三打跑了送亲的一男一女，张传林抗起寡妇就往家跑。寡妇在他背上又是哭又是骂，又是抓又是挠，可张传林就是不放下。媳妇抢回来，又有难题了，哥儿仨都没媳妇，谁都想要。张传林说，媳妇是他背来的，应该归他，可老大、老三却说，要不是我们打跑了那两个送亲的，你能背回来？商量不妥怎么办，老三提出抓阄，结果还是让张传林抓到了。放挂火鞭，就算结婚了。一年后就生下狗蛋，以后也没有再生。张传林是1959年春天饿死的。也许是穷怕了，饿怕了，临死的时候拉着狗蛋的手一再叮嘱“要好好过，千万不能受穷”。

狗蛋确实没有忘记父亲的叮嘱，过日子那真是撒土不漏[3]。平时除

① 不顶对：有过节，和不来。
② 二婚头：对再嫁的寡妇或离婚再嫁妇女的蔑称。
③ 撒土不漏：极言抓得紧，会成算。

了干队里的活之外，还不忘捞点外快——不管春夏秋冬，早晨上工之前，一杈头粪已经拾家来了。家里养着鸡鸭不算，还养了十几只长毛兔子……有人看他会过日子，也勤快，就给他说了个媳妇，是赵家堂赵玉斌家的三闺女。赵玉斌是我们这一代远近闻名的“牛经纪子”，除了有一张能把坷垃说成堆的嘴之外，还四面玲珑，八面圆滑。赵家三妮遗传了她父亲的这一点，嫁给狗蛋之后，过日子也是一等一，再加上能说会道，家里家外都叫她打点得四通八达，不光改变了这个家，还改造了狗蛋这个人。人们发现，过去“三脚踢不出一个屁来”的狗蛋，现在嘴甜了，大叔二老爷地叫得亲热；过去的那个长在他腚上的粪杈子扔掉了，长毛兔子也不养了（可是鸡鸭还养着），倒是经常挑着两个篼子赶集上县，虽然也常常因为旷工挨队长的骂，可他还是屡教不改。媳妇呢，则农历的逢四和逢九的早上，雷打不动地挎着篼子赶北沙河集。后来人们知道了，原来这两口子是在搞“投机倒把”。男的贩鸡蛋，从赵辛街或龙阳集上买了，到城里去卖，赚个差价。女的则私自蒸馍馍到北沙河集上偷偷摸摸地卖——先把馍馍放到集上的一个亲戚家，然后拿几个揣在怀里，走进赶集的人群中，还不时地小声地问：“要馍馍吗?”说完指指怀里。可是，干这个的不止她一个，有了竞争，问的话就变成了：“要馍馍吗？我的白，我的大。”不知是哪个看人家赚钱眼红的，竟根据谐音，将“馍馍”改成了“摸摸”。说狗蛋媳妇，在北沙河集上卖馍馍，指着怀里问赶集的：“要‘摸摸’吗？我的白，我的大。”后来，狗蛋媳妇知道了，剁着板子骂了好几天。

眼红是没用的，阻碍不了人家两口子赚钞票。到了1975年的春天，狗蛋媳妇又走当时革委会主任的门子——有人说是给“革主任”送了两条“白莲”的烟；有的则说是向“革主任”施了美人计（虽然她并不美）——在村东头要了一块三分三的宅基地。接着两人就一鼓作气，盖上了提门提窗、三趟瓦[1]的新房；又拉上了一圈院墙，虽然是“土里

① 提门提窗、三趟瓦：土墙，只是门、窗的垛子是用砖垒的，称“提门提窗”；房顶的上半部是用草苫的，下半部是用三趟泥瓦或水泥瓦苫的，称“三趟瓦”。

崴”的；还安上了铁大门，筑起了高高的门楼子。这一下子太扎眼[①]了，有的人更眼红了。不久就有顺口溜传出来，也不知是谁编的：狗蛋两口子有外快，“三趟瓦”的新房盖村外。高高的门头大大的院，风凉水便多敞快。多养鸡鸭多下蛋，偷偷摸摸真随便。

喝完了汤不多会儿，狗蛋媳妇来了我家，还用一个小手帕拿了十几个鸡蛋。一进家门，就高声地喊：“三奶奶，我给你送鸡蛋来了！”我母亲急忙从屋里走出来，说：“来就来呗，还拿什么鸡蛋，快屋里坐。”母亲把她迎进屋，却没接她的鸡蛋。狗蛋媳妇顺手把鸡蛋放到大桌子上，坐上小板凳，就抹着眼泪对我母亲说：“三奶奶，你可能也听说了，你大孙子出事了，叫公社‘民兵小分队’带走了。”

“带到哪里去了？现在在哪里？”我母亲关切地问。

“带到龙阳去了，现在正在龙阳跟着‘劳改队’（本应是‘劳教队’）拉沙填大坑呢。今天下午，我给他送煎饼、咸菜、被褥去了。到了那里一看，哎呀呀，我的三奶奶吔，真是‘河里无鱼集上看’，咱还以为搞投机倒把的光咱一家呢！一个河筒子里黑压压的都是人，有一二百辆排车，三四百人哪！当然，不都是贩鸡蛋、私蒸馍馍的。咱后村的刘大真，瘸子，当裁缝的，正在那里装车呢；俺娘家那庄的赵玉柱也在那里拉车呢，听说是因为他挑着挑子转四乡给人家剃头；河南张庄的一个我认识，可叫不上名来，是编杈头、筛子的，也在那里呢；我还遇见了董沙土庄的，是个女的，就因为她自留地头上栽的棵花椒树，被队里没收了，她跺着脚骂了几句，也给逮来了，没一天，就累瘸了……他们这些人呀，那可是受洋罪了。天不明就起床，耠黑还不收工，中间还不让歇着，吃饭只给半个小时。牲口干活还得倒嚼[②]倒嚼来，何况是人？河里有五六个监工的，路上也有三四个，坑里也有三四个，都背着枪。这些监工的都是从各大队抽上来的‘狗不吃’‘二杆子’货，看见谁偷

---

① 扎眼：极言惹人注意。
② 倒嚼：反刍。

懒就用枪托子砸。你孙子在那里可是遭罪了，我想赶紧把他弄出来，所以就来求你了。”

你看这个女人，真是不寻常，各处都周到到了，然后才点题。

“你找我有什么用，你看我现在这个样子，能干什么。”我母亲说。

“我的三奶奶吔，‘叫花子还有门富亲戚’呢，我听说你娘家的一个远门的侄在公社革委会里当官，我想让你托托他，看能不能把你孙子放出来——不行，咱送点礼。”说着，眼还瞅了瞅放在桌子上的鸡蛋。

我更佩服这个女人了，居然能打听到我的那个在公社革委当副主任的表哥。这个副主任的父亲跟我母亲是堂姊妹，因为我姥娘家闺女少，所以堂姊妹之间平时也有来往。那是从前，可现在，大家都像躲瘟神一样躲着成分高的，特别是这些当官的和想当官的，来往早就断了。

“孙媳妇，不是你三奶奶推托，这事我可真办不了。我是有这么一个远门的侄，可现在，见了面人家都不理我。我找他，他能给我办事？”母亲无可奈何地说，“要不，你再找找别人？”

“我的三奶奶吔，能找的人我都找了。生产队长、大队支书、治保主任、革委主任、贫农主任我都找了，都说现在正在风头上，谁也不敢顶风上。我心想你侄当的官大，所以才来找你了。”

“这个忙我是真帮不了，对不住了孙媳妇。”母亲再一次推托。

“没什么，我也是误打误撞地来的，既然不行，也就算了，鸡蛋就算我孝敬你老人家了。”狗蛋媳妇站了起来要走，可还没忘刚才带来的鸡蛋。

我母亲赶紧提起鸡蛋递给她，她连表示推让一下的举动也没有，提着鸡蛋，摇摇拉拉地走了。

狗蛋是被抓走以后的第七天回来的，人瘦了一圈。但是，上边说“劳教”只是触及了他的皮肉；还没触及他的灵魂，还要批，还要斗，说这就叫“对资产阶级实行全面的专政”，这就叫“彻底地割掉资本主义尾巴”，让狗蛋这辈子永不再想资本主义，永不再敢走资本主义道路。

批斗会一共开了三次，第一次光批斗狗蛋，下两次连他媳妇也带上了。没有让他们像“四类分子”那样戴高帽子，挂牌子，而是让他们戴“项链”。男的戴的是用空鸡蛋壳串的（据说鸡蛋里面的“清”和“黄”，让革委会的人用打针的管子抽出来炒韭菜吃了），女的戴的是用馍馍串的。这既符合狗蛋两口子的身份又时尚，谁说“民兵小分队”里没有能人。开始，狗蛋媳妇还有些“牛头鳖蛋”，“民兵小分队”的同志只用了三枪托子，就让她喊爹叫娘、服服帖帖了。两口子跪在毛主席画像面前检讨，悔恨交加，痛哭流涕，说：“毛主席呀，我们有罪，罪该万死。我们不该听俺那混账爹（可能是狗蛋的爹，也可能是媳妇的爹）的话，穷死也不能走资本主义（道路），饿死也不能贩鸡蛋、卖馍馍……毛主席呀，我们知道错了，我家可是老贫农啊，可不能从此就成了‘四类分子’了……”

这话还真让他们说着了，从那以后，这两口子真成了“全面专政”的对象了，当然不是“四类分子”，而是“六类分子”（地、富、反、坏、右、投）。虽然排到最后，可待遇是一样的——扫街铲雪、拉沙垫路、挖坟填坑等义务劳动，挨吓唬、褒贬、嚷骂的训话会，戴高帽子、挂牌子、挨枪托子的批斗会，一样也不少。两口子一下子掉进了万丈深渊。

啊，谁来救赎你们，狗蛋两口子？

单干事“干”的几件“事”

1976年的春天，公社给我们大队派来了一位包队的女干部，支书叫我们喊她单干事。

单干事，三十多岁，长着一张扁平的脸，几乎没有鼻梁，两只眼睛小小的，还有点肿眼泡；个子一米五多，瘦瘦的，胸脯平平的，屁股窄窄的，要不是梳着“江青式”的头，我们还以为她是个“小个子男”呢！于是就有人说，公社派包队干部也欺负落后单位，“花的”“丽的”都派到先进大队去了，剩下个“没皮的”给咱了。还有的说，还是“干事”，一把攥着两头不冒[①]，浑身都是力气，能“干”多大“事”，叫她来包队，看包出个“娘样”“爷样”吧。我们队的三疤瘌头更流氓，捂着半个嘴小声跟我们的妇女队长说：“这样的女人真没劲，假如有一天天塌地陷了，全世界只剩下我和她，她就是白找我，我还得‘拿拿糖’[②]呢!”

可是，“人不可貌相，海水不可斗量”，正当大家对单干事的长相、能力都不怎么看好的时候，她却接连“干”了几件大“事”，把社员们都惊得头皮发麻。

一天，单干事召集全大队的妇女开会，说有重要的事情要传达，等

① 一把攥着两头不冒：极言个子小。

② 拿糖：不情愿，不马上答应。

人都到齐了，便说：“最近，伟大领袖毛主席的夫人、‘无产阶级文化大革命’的伟大旗手、敬爱的江青同志，特别重视人的名字、特别是妇女同志名字的问题，她在小靳庄，就亲自为几个妇女同志改了名字，把名字中有封资修意思的字眼，换成了有革命意义的字眼。比如原来叫‘王淑贤’的，改成了‘王先’，‘先’，先进，就是勉励她始终当先进；还把叫‘周福兰’的，改成了‘周克周’；叫‘张春娜’的，改成了‘张批修’等等。江青同志这样做，就是要让无产阶级思想也占领名字这个重要阵地。这几天我看了我们大队的女社员的花名册，就发现很多人的名字里的确有封资修的东西——像什么‘淑’，什么‘贤’，什么‘贞’，什么‘玉’，都是封建主义的东西；什么‘花’，什么‘兰’，什么‘英’，什么‘荣’，都是资本主义的东西；什么‘娜’，什么‘娅’，什么‘妮’、什么‘拉’”都是修正主义的东西。为了向江青同志学习，让无产阶级也占领我们大队妇女名字这个重要阵地，凡是带有这些字眼的名字都要改，都要改成有革命意义的字眼……”

一听说要让改名字，与会的妇女都惊呆了。对这些人来说，名字虽然平时使用得并不多，但总也跟着自己几十年了，说不上有感情，最起码是叫惯了，叫顺了，怎么能说改就改、说换就换呢？我们大队长的媳妇不大情愿，就找单干事的茬，说：“你叫‘单干事’，你的名字也没有革命性呀，你怎么不改？”显然她是把“干事”误认为是名字了。

“我不叫‘单干事’，‘干事’是我在公社的职务名称。我叫‘单红兵’，永远做毛主席的红色的兵，有革命性吧。”说这话的时候，单干事是一脸的荣耀，就连那双小眼睛也显得有神了。

“那你一直就叫这个名字？还是最近才改的？”大队长媳妇还是不饶她。

“我原来叫单慧雅。也是最近才改的，是听到了江青同志有关改名字的事后才改的！”

大队长媳妇想，既然毛主席的夫人都提倡改名字，包队女干部也要咱改名字，她还按照毛夫人的要求改了名字，咱虽然是大队长媳妇，但毕竟是“烂社员”一个，还有什么好说的呢？其他的妇女，见连大队长媳妇这样有头有脸的人物都没话说了，也就默认了。那改叫什么呢？这就不用自己操心了，我们的单干事早就替大家想好了。于是单干事就宣布，凡是名字中带有“淑、贤、贞、玉”等字眼的，都改成跟“批孔”有关的名字，比如反孔、斗孔、灭孔；凡是名字中带有“兰、花、英、荣”等字眼的，都改成跟“批判资本主义”有关的名字，比如“反资、斗资、灭资”；凡是名字中带有“娜、娅、妮、拉”等字眼的，都改成跟“反修、防修”有关的名字，比如“反修、斗修、灭修”等。

有人又提出来，我们原来名字中间的那个字是表示辈分的，这“反、斗、灭”是不是也是表辈分呢？谁是长辈？谁是晚辈？“这还要问？先‘反’后‘斗’再‘灭’。那当然是‘反’是长辈，‘斗’在中间，‘灭’是晚辈了。”单干事解释说。又有人说这些名字听起来是有革命性了，但都好像是男人名字，没点女人味。单干事又说：“要女人味干么？女人就要起个男人的名字，就是要胜过男人，江青同志就提倡这样。”有人还是觉得一个女人家又是“反”又是“斗”又是“灭”的，不怎么合适，问单干事还有更好的字眼吗？单干事皱着眉头想了好长时间，说：“把‘兰、花、英、荣’改成‘梅’也行嘛!”“那‘梅’怎么就不是资本主义的了?”“‘梅’可不是资本主义的，毛主席就十分喜欢梅，还写过一首歌颂梅花的诗（应该是词，不知是单干事口误，还是她诗词不分）呢!”可东院的二嫂说，改作“梅”还是不行。原来她叫宗道兰，如果把“兰”换成“梅”，名字就成了“宗道梅”，谐音“总倒霉”，多难听！单干事说：“那不会把中间的字也改了，改作‘喜’叫‘宗喜梅’行了吧?”“不行，不行，我娘家的爹就是‘喜’字辈的，我要叫宗喜梅，那不跟我爹一辈了。”二嫂又摇着头说。“不行就把‘喜’改成‘爱’，叫宗爱梅，总可以了吧。”二嫂又觉得“爱梅”容易说成“爱美”，自己都四五十了，还“总爱美”，多砢碜呀！心里还是有些不乐意，可是怕单干事说自己多事，也就没再说什么。

名字都改完了，第二天便用大红纸张榜公布了出去，并且申明，即日起一律启用“革命的名字”，旧名同时作废。可是，单干事哪里知道，那时农村妇女的名字也就是在领结婚证的时候等用过那么一两次，其余时间几乎不用。没出嫁的闺女都用小名，大妮、二妮、黑妮、白妮等；出嫁到没有孩子之前的妇女便称为谁谁媳妇，像铁蛋媳妇、狗剩媳妇、三疤瘌头媳妇等；一旦有了孩子，就被叫谁谁的娘了。改了的名字也就是在张榜公布的时候用了一次，从此就没人再提及了，白白地浪费了单干事的很多精力和时间，还浪费了大队的两张大红纸。

这就是单干事包我们大队所“干”的第一件大“事”。

单干事包队“干”的第二件大“事”，还是有关妇女的事。

一天，单干事对我们大队的妇女主任张振兰（前两天改名“张反孔”了）的发型表示了浓厚的兴趣，问她梳的是什么头，妇女主任说，庄稼人还能有什么好东西，是老祖宗流传下来的“网子头”①。

“网子头，”单干事若有所思地走近妇女主任，把那“网子头”看了又看，突然，小眼睛一亮，像是有了什么重大的发现，一把抓住妇女主任的“网子头”说，“老祖宗流传下来的，说不定还是‘孔老二’留下的呢！这哪里是团头发，分明是戴在妇女后脑勺上的‘封建疙瘩’。这东西拖了我们姐妹多少年了，今天是该剪掉它的时候了！”

妇女主任被单干事这突然的举动和莫名其妙的话弄蒙了，还以为单干事发了“癔症”呢，她傻愣愣地看着单干事，不敢说话。这时候，单干事也觉得自己刚才的举动有点让妇女主任难以理解，便对她解释说：“刚才我看了你的‘网子头’，突然觉得这‘网子头’跟‘孔老二’有联系，你看，用个‘网子’把你的头发‘网’上了，实质上是把你的头‘网’上了，这和过去妇女裹脚的性质是一样的！网住你的头，裹住你的脚，都是让你得不到解放。‘孔老二’不是一直反对咱妇女解放吗？‘网子头’就宣扬了这种思想。所以说，你可不要小看这‘网子头’，它可是封建思想的具体体现。剪掉这‘封建疙瘩’，完成夏家堂妇女头上的革命，是目前我们大队开展‘批林批孔’运动一项迫

---

① 网子头：我们那里结婚后的妇女的一种发式。把长头发在后脑勺处挽起来，再用一个专门用黑丝线编织的小网子套上。

切任务。”接着又对妇女主任说，“你是妇女主任，你可得带好这个头哟!”

妇女主任哪里听得懂这样拐弯抹角的推理，只知道单干事说“网子头”是“封建疙瘩”，还能跟眼下的“批林批孔”联系上；又见公社包队干部这样看得起自己，要让自己带头革“网子头”的命，那还有什么可说的，连连答应说：“那是当然，那是当然!”可剪掉“网子头”后留什么发型呢？再革命的女人也不能剃个“秃瓢”吧？单干事说：“就留个江青同志那样的发型——‘江青式’吧，我就是这样的发型。”

妇女主任也没给老公打个招呼，当天便到了集上让理发的剪掉了她的“网子头”，留了个“江青式”。可是，剪完一看，不免有些失意，因为她的发式，既不像江青同志的，也不像单干事的，就给理发的吵吵，可理发的硬说这就是“江青式”，她也只好作罢。从集上回到家，先是把她老公吓了一跳，以为是哪来的疯子钻进家里来了呢，捞起棍子就要往外赶，多亏了她叫得及时，棍子才没落在她的身上。后来又把刚三岁的孩子吓哭了，捂着眼直往墙角里躲，说她不是妈妈。

光让妇女主任剪掉“封建疙瘩”，留上“江青式”还不行，还要让全大队的妇女都如此。单干事便跟妇女主任商量，看用什么办法能又快又好地完成夏家堂妇女的这次头上的革命、这项艰巨的“批林批孔”的任务。妇女主任告诉单干事，夏家堂的妇女都“坐着木墩子啃地瓜——底上不通气”，要让她们自觉地剪掉“封建疙瘩”很难，“商量”不如“强量”，干脆给她们来个突然袭击，让她们愿意也得愿意，不愿意也得愿意。单干事说这样不行，这不符合毛主席做群众工作的原则，还是要把道理给她们讲清楚，争取大多数；对少数顽固分子，再采取强硬措施。

商量好，她们便在大队院子里召集梳“网子头”的妇女开会。会上单干事除了把给妇女主任解释的那些话重复一遍外，又再三强调，说剪不剪掉“封建疙瘩——网子头”，留不留上“江青式”，是关系到批不批“孔老二”的大事，是关系到举什么旗、走什么路的大事，是关系到响不响应毛主席关于无产阶级专政下继续革命伟大号召的大事……

然后，又让妇女主任说了剪掉了“网子头”、留上了“江青式”后的一大堆好处，什么没了“封建疙瘩”，不坠搭了，头明显地轻了，晚上睡觉也不硌得脖子疼了……什么留了“江青式”，显得脸大了，头也好梳又好洗了，人也显年轻了，就连当家的见了也有笑脸了……经单干事连劝加吓唬，再经妇女主任这么一忽悠，大多数人便勉强答应了。可还有几个“顽固分子”，有的推说要回家跟当家的商量商量，有的说该回家给孩子喂奶了，明天再说，拔腿要跑。呵，哪里去？妇女主任早急三步赶在她们前面，把门闩上了，说不剪掉“网子头”谁也别想出去。那几个“顽固分子”没办法，也只好乖乖地低头挨剪。

尽管单干事和妇女主任在给每个妇女剪头的时候都费了九牛二虎之力，但是，她们所剪的“江青式”，跟单干事的“江青式”还是有很大的出入，跟人家江青同志的发型相比出入更大。可是，单干事说，因为时间紧，任务重，也就只好勉强这样了，不过，反正是“封建疙瘩”是剪掉了，这项“批林批孔”的任务是完成了。

更重要的是，从那以后，“封建疙瘩——网子头”在我们村绝迹了。这也算是单干事对我们村的一大贡献吧！

单干事干的第三件大事，就不光是牵扯妇女了，而是更具有普遍性，用她的话说，就是“男女老少齐上阵，人人都唱‘样板戏’”。

说起“样板戏”来，我们社员并不很陌生，因为当时的农村虽然文化娱乐活动不多，但一年还能放两场电影，放的都是“八大样板戏”。另外我们村的大喇叭、邻村的大喇叭都经常播放“样板戏”中的杨子荣的唱段、铁梅的唱段、沙奶奶的唱段、郭建光的唱段等。对文化生活极度贫乏的社员们来说，听听那些情绪激昂的唱腔，虽然不大懂其中的意思，但是心里也很愉悦。特别是听到《龙江颂》中江水英唱的“听惊涛拍堤岸，心潮激荡，夜巡堤，披星光，但见工地上人来车往……”的时候，社员们（特别是男社员）一个个的也都“心潮激荡”。三疤瘌头就曾经眯缝着色眯眯的小眼睛说：“要是我能娶上这样一个会唱戏的媳妇，就是叫我天天啃她的脚后跟我也愿意……”后来，我们村小学的几位老师，在我们大队召开社员大会的时候，也登台唱了几段，一个个龇牙咧嘴，南腔北调的。社员们都说，同样是唱“样板戏”，怎么大喇叭上唱的就入心，而这些老师唱的就钻脑子呢？

这都是听，可现在单干事是要我们唱，说学唱“样板戏”是政治任务，要用学唱“样板戏”来促进农业生产，要通过学习“样板戏”中的英雄人物，激发大家的劳动热情，打好农业翻身仗。于是就让我们村小学的老师，一人包一个生产队教唱，她作总督导。学唱的时间是每天的喝完汤后的一个小时，地点是生产队队院里，所有的劳力都必须参加，而且队里给记半天的工分。

一听说给记半天的工分，社员们的积极性一下子就上来了，你想，不用干活，只一个小时就记半天的工，谁不愿意来。于是每天的晚饭后，队院里就汽灯通明，熙熙攘攘，人声鼎沸。

可是让大家没想到的是，这半天的工分也不是这么好挣的，学唱“样板戏”可不像听“样板戏”那么自在。真是不学不知道，一学吓一跳，这“样板戏”还真是难学，一个字要哼哼呀呀地唱半天，还要七拐八弯的。我们这些社员，本来就没有多少音乐细胞，还有不少人生来就五音不全，唱七个音阶都难为了一头大疙瘩，一下子就唱这么难的，唱的情况就可想而知了。包我们队的是刘大华老师，自己也不怎么懂乐理，也是勉强跟着其他老师和收音机学了几句，现学现卖。她张着大嘴，教了一个晚上，嗓子都喊哑了，泡着“胖大海”的水喝了两三茶缸子，结果男的连一句“提篮小卖拾煤渣”、女的连一句“听奶奶讲革命英勇悲壮”也没学会，气得刘老师直骂社员一个个的脑子都是木头疙瘩。西邻居三哥，唱着唱着打了盹，脑袋撞在了墙上，撞了个大包；东院的二嫂唱着唱着跑了神，竟把“英勇悲壮”唱成“躺在床上”……

一天两天，大家还觉得好玩、热闹，况且还能挣工分，可是几天以后，大家就兴致大减了。甚至有人说，这哪里是唱戏，简直是受罪，别说给半天的工分，就是给个金蛋，也不去了。七八天之后，就有一半的人不来了。单干事了解了情况之后，马上又采取了新的措施，说你不来学也可以，但是，半个月后要进行验收，每人唱一段，会唱的承认先前学唱时记的工，还奖励100分；不参加验收或不会唱的，以前学唱时记的工一律作废，还要再罚100分。

这一下子，大家没猴牵了[1]。一个学唱的新高潮又掀起来了，你看吧，社员们不光晚上唱，白天也唱了，上工唱，下工唱，饭前唱，饭后唱，有的蹲在厕所里还哼哼呢……

十五天以后的一天中午，工也不出了，专门验收，地点还在队院里。单干事也来了，和队长一起坐在一张办公桌前，刘老师和生产队的会计一起坐在另一张办公桌前，他们四个是验收官。全体劳力都来了，五六十人呢，先抓阄确定了顺序，然后，一个一个地验。

抓到一号的是老贫农刘玉星，他一站在验收官的面前就紧张得打哆嗦，唱了"提篮小卖"四个字，后边的就想不起来了，又是撸胳膊，又是卷袖子，又是提领子，又是拉褂襟，急了一头汗。五六十个人都看着他哧哧地笑，刘玉星更紧张，更想不起来，脸憋得像下蛋的母鸡的脸，最后实在想不起来了，说："我就会这四个字，想给几分给几分吧。"然后在大家的哄笑声中退了下来。

二号是我邻居三嫂，她一紧张竟把李铁梅的唱段和沙奶奶的唱段搅和在一起了，唱成了"听奶奶讲革命，说出来我就去批评他……"惹得大家又是一阵哄笑。

接下来，也有唱一句的也有唱半句的，也有连一句半句也唱不下来的，就一个个地往下验。到了老实人大头鱼叔的时候，只见他慢腾腾地走到办公桌前，低头向四位验收官鞠了一躬，又转过身来，给社员们鞠了一躬，然后说："乡亲们，'样板戏'我是真不会唱，可我能用快板说。"然后，敲着桌子把"提篮小卖拾煤渣，担水劈柴也靠她，里里外外一把手，穷人的孩子早当家"说了一遍，然后说，给不给工分，你们看着办吧。轮到三疤瘌头了，他站起来，先给四位验收官行了个不标准的军礼，然后嬉皮笑脸地说："'样板戏'不好唱也不好听，干脆我给大家来个好笑的，保证能让大家笑得肚子疼。"没经单干事允许，他就

---

① 没猴牵了：没办法可想了。

唱起来："这一回，轮到了我，听我表表懒老婆，这懒老婆，肯吃嘴，懒做活，串门子，抵八个，这一天，她趁着男人没在家，半斤多一个的小油饼，一气吃了二十多……" "停——停——" 单干事赶紧制止了他，说在这么庄重严肃的场合下，你竟敢说唱这么低级庸俗的东西，是可忍，孰不可忍，宣布不光不给他工分，还要加倍罚他……三疤瘌头不愿意，就跟单干事吵吵，吵吵了半天，社员们一看天都晌午了，就轰的一下子散了，回家吃饭去了。还有没挨上验的，也随大流走了，最后是怎样定的工分，我就不知道了。

第三件大事干完后，单干事说，还有几件要干，如办"政治夜校"，举办"赛诗会"，学跳"忠字舞"等。但是没等到这些计划得到落实，公社就来了通知，说单干事在夏家堂抓思想意识形态的革命很有成绩，决定把她调上来，负责抓全公社的意识形态革命的工作。"局部服从整体"，那还有什么可说的，夏家堂想留也留不住呀，别说不想留了。

您这是怎么了，我可怜的村庄

这段时间，我们村接二连三地发生了一些让人们震惊的事。

先是四队拴住的娘上吊死了。

死的那天，有好多人跑到她家里去看。我媳妇历来喜欢这个，也去了。回来告诉我说，她到的时候，人已经从梁上放了下来，一点气也没有了，脸是紫色的，舌头倒没伸多长；上身穿的是红缎子棉袄，下身穿着绿缎子棉裤，脚上穿着绣花鞋，有人说，她当年出嫁时穿的就是这一身……

拴住的娘，我们都叫她四嫂，是个苦命的女人。她是十七岁那年嫁到我们夏家堂的，人长得很漂亮，是我们村有名的俊媳妇。可是，“自古红颜多薄命”，嫁来不到一年，她的丈夫就得了伤寒命归西天了。那时候，她已经有了六个月的身孕。也不知是因为娘家封建思想严重，还是因为本人要坚守封建节操，她竟没改嫁，从十八岁就守寡。后来生了个男孩，取名“拴住”，从此，娘儿两个相依为命。“寡妇门前是非多”，特别像她这样的年轻又漂亮的寡妇。村里也有不少轻浮的人，想出了各种各样的法子想她的“好事”，都被她骂了回去。有的人得不到便宜，就千方百计地刁难她，欺负她，恐吓她，甚至还扬言要杀死她娘儿俩。但是她都没屈服，守着儿子，一心一意过自己的日子。

时光荏苒，转眼二十多年过去了，拴住长成了大小伙了。有人给他说了个媳妇，是离我们村三里地黄庄的闺女。听说，这闺女上小学时就造过老师的反，后来长大了，风风张张的，还当过她们大队“铁姑娘队”的队长。有人说，她那时候，就跟她们大队的会计有一腿。后来她嫁给了拴住，本性不改，又和小队的会计勾搭上了。四嫂当然看不惯，婆媳俩经常发生口角。一吵吵，媳妇就时不时地对婆婆来句革命语言，像：“东风吹，战鼓擂，现在世界上谁怕谁？”“你要是不投降，就叫你灭亡！”“革命不是请客吃饭”“你懂的什么，有权就有一切”“让帝国主义和一切反动派，在我们面前发抖吧！”等等。听了这些活，四嫂确实是浑身发抖，不知是气得还是吓得。偏偏拴住又是个软皮子蛋，一见娘儿俩吵吵，拔腿就逃，实在逃不了，就只是说：“你们娘儿俩，针尖对麦芒，一个不怨一个。”平时吵一吵，闹一闹，也就过去了，四嫂也就是给旁院的婶子大娘、嫂子弟妹们唠叨几句，流点眼泪，叹叹命苦，也就过去了。可是这次，四嫂是实在无路可走了。

原来，拴住媳妇一心想当她们队的妇女队长。当妇女队长是队长说了算，光用会计的力量就达不到了。于是她便打起了婆婆的歪主意——她听说，队长早已就对她婆婆垂涎三尺，她便想借婆婆来施“美人计”，让队长上钩。她先把这个想法给拴住说了，开始，拴住极力反对，可经不住媳妇的软磨硬缠，勉强答应了。可是，无论媳妇怎么出计策，想办法，他就是不去做娘的工作，拴住媳妇只好自己去。她没想到的是，一向柔弱的婆婆，听了她的话，竟扬起巴掌，照她的脸狠狠地抽了一巴掌，然后厉声地问道：“是你自己的主意，还是你和拴住两人的主意？”拴住媳妇惊呆了，捂着半边脸说：“拴住也知道。”拴住的娘听了，又抡起巴掌，照自己的脸狠狠地抽了两下子，然后，回到了自己的房间，躺在床上，皇天爷娘地痛哭起来。就在这天的晚上，她趁拴住和媳妇都睡着了，就上了吊。

拴住的娘死后没过多久，村里又出现了金山、银山打架，金山把银山的耳朵咬去了半边，银山把金山的头皮撕下来一块的事。

金山和银山都是我们队的，是兄弟俩，金山是老大，银山是老二，都是烈士夏振山的儿子。夏振山是在打淮海战役时阵亡的，被追认为烈士。

因为烈士的遗孀一直跟着银山过，“烈士家属”的牌子便一直挂在银山的大门旁。你可别小看这块牌子，这可是块金字招牌。除了有抚恤金之外，逢年过节，公社、大队还要敲锣打鼓地往家里送猪肉——都是偎心夹肋的里条子[1]，一块足有十斤重；还送白面、豆油之类的，让人看了眼馋。这些都还不算，最让人羡慕的是“政治荣誉”，大门旁边，烈属的牌子一挂，整个院子就被荣光笼罩着，谁见了都得肃然起敬，就连大队支书、大队长、各级下乡的工作组的同志们都要刮目相看，就别说是社员了。因为是烈士家属，屙点尿点、偷点摸点、仗势欺人点、作威作福点，就算不了什么了。

这些年，这些待遇都是银山一家独自享受。金山虽然也总是说，我是老大，老二要是烈属，那我是烈属的哥，可是，大家只认牌子和烈士的遗孀这个人，不认“烈属的哥”。金山也曾找过民政，想让上边也给他发一个牌子。民政的同志告诉他，牌子也就是符号，实质是他的老娘，老娘在哪里，烈士家属的待遇就跟在哪。这一下子，金山找到了事情的根源了，于是便在老娘的身上下工夫。先是跟老娘商量，让她去他家过些日子。老娘不同意，说不想“看金山媳妇那张‘枣木色儿’[2] 的脸”。后来又找银山商量，说借老娘用一段时间，待给大儿子说妥媳妇后再还给银山，但银山不同意。金山万般无奈，只好发挥他家儿子多（四个）的优势，到银山家去抢。先抢牌子，后抢老娘。银山也带着儿子、媳妇奋力保护自己的“东西”。两人就厮打在一起。银山下手真狠，一把抓住哥哥的头发猛拽，连头发带皮拽下来一大块，鲜血直流。金山更狠，一口咬掉了银山的半边耳朵，鲜血淌了银山一膀子，还蹭了金山一脸。这时候，左邻右舍的听到吵吵声赶来了，大队支书闻讯领着治保主任也赶来了。支书见状，抡起他的破棉袄，对着扭打在一起的兄弟俩就是一顿猛抽，治保主任也上来帮忙，才勉强把两人拉开。这时候，金山、银山都才感觉到疼痛。一个一摸头皮少了一块，高叫着“我

① 偎心夹肋的里条子：处在心脏左右带肋骨的肉，据说是整个猪身上肉质最好的部分。

② “枣木色儿”：像枣木的颜色，极言脸色呆板，难看。

的头皮，我的头皮”，到处找头皮；一个一摸耳朵少了半边，高叫着“我的耳朵，我的耳朵”，到处找耳朵。众人也帮着一块寻找，找了半天，结果是在银山的领窝子里找到金山的头皮，在金山的领窝子里找到了银山的耳朵。众人们赶紧捧着那块头皮和半边耳朵，用排车拉着金山、银山去公社卫生院，恳求医生给他们缝上。医生却说：“你们还以为是打块补丁，想缝上就缝上了，这样的手术，就是上海第六人民医院恐怕也没法做。”不能缝上有什么办法，只好包扎好回了家。至于那块头皮和半块耳朵怎么处理的，我就不知道了。后来，就有村里的好事之人编了这样的顺口溜：金山银山都是山，为争“烈属”闹翻天。金山的头皮丢一块，银山的耳朵少半边。气坏了天上的夏振山。

又过了不几天，六队蹲监狱的小刚，越狱时又让狱警开枪打死了。

小刚，大名叫夏存刚，是六队老贫农夏洪长的三儿子。他小时候长得怎么样我没印象，长大后的形象确实有些寒碜人：不到一米五的个子，满打满算不到一百斤，特别是他那张脸，像个茶壶盖子，在很小的面积上堆了一堆五官，五官便显得又挤又小。

听说他小的时候，并看不出来有多顽劣，学龄的时候，也没正儿八经地读过几天书。后来“文化大革命”开始了，学生红卫兵搞串联，他就冒充学生也搞起了串联。据他说，全国各省的省会、有名的风景区，除了台湾、香港、澳门，他都曾“到此一游”。有人问他，人家学生有红卫兵接待站接待，你怎么吃，怎么住。他说：“接待站认得谁是真学生，谁是假学生？我就说我的介绍信丢了，他们一样管我吃，管我住，还借给我钱和粮票。到后来还不用我还。”“为什么？”“因为我会糊弄‘日本人’，留给他们借条上的地址、学校、姓名，统统是假的。”后来有人看到他家里有印着“××红卫兵接待站”字样的被单和被套，就猜想，这小子不仅吃着人家的，喝着人家的，还“拿”着人家的。

后来，不让红卫兵串联了，他也很少回家。听说，他在铁路上找到了营生。他家也慢慢地发生了变化，垒上院墙了，盖上新屋了，买了新家具了，置上“三大件”（自行车、缝纫机、收音机）了……再后来，就经常有长得漂亮又时髦的大闺女跟着他回来，几天就换一个，个个都比他高一头。

不久，小刚就结了婚，还生了双胞胎。

再后来，就听说他犯事了。有一天，来了几个警察，把他家翻了个底朝天。在他家里翻出了很多东西，有人去看了，说城里百货公司所有卖的东西，小刚家几乎都有。原来，这小子这些年所说的在铁路上的营生，是“扒火车，搞百货”。一次失手，被逮着了，判了十七年，进了监狱。可在监狱里，他还不老实，竟在一个夜晚，伙同几个人越狱。据说，刚爬上铁蒺藜墙，就被狱警开枪打死了。

尸首拉来的第二天，媳妇就跑了，从此再也没回来。把两个不到三岁的孩子丢给了六十多岁的公爹夏洪长。

这些都是大事，还有一些鸡毛蒜皮的事，也闹得全村沸沸扬扬。

有为老不尊的。军属张洪水半夜敲儿媳妇的门，被儿媳妇臭骂了一顿。儿媳妇不依不饶，还哭哭啼啼地告到公社武装部。公社武装部的同志很重视，把张洪水叫去审问。张洪水辩称说，他半夜出来上厕所，见天要下雨，喊儿媳妇往屋里收拾洋条①上晾的衣服。到底谁说的是真话，谁说的是假话，武装部的同志也没有办法确定，只好告诫公爹、儿媳，今后都注点意。

有为少不孝的。夏存祥经常跟他爹吵架，骂他爹倚老卖老，还有更难听的，竟说他爹：“你老，你怨谁?”“我倒背着手尿尿——不扶（服）你。”张家顺把他七十多岁的老爹、老娘从大堂屋里撵出来，自己住进去，叫爹娘住东屋。猫蛋媳妇包水饺，不给公婆吃，让公婆啃干煎饼……

还有偷鸡摸狗的，打架斗殴的，寻衅滋事的，挑拨离间的，煽风点火的，惹是生非的……弄得整个村子整乌烟瘴气，不得安宁。村里的人也都似乎不是原来的人了，一个个的都像打了鸡血，好斗起来，本来是

① 洋条：扯在院子里要用来晾晒东西的铁条。

哈哈一笑就能解决的事，非得打得头破血出。不少人都信奉“软的怕硬的，硬的怕愣的，愣的怕不要命的”，“三个‘大爷’比不上一个‘妻侄’[①]”。谁也不怕谁，谁也不服谁，谁也不在乎谁。容忍、宽恕、谦让、谅解少了，刻薄、计较、得寸进尺、睚眦必报多了。淳朴、善良、忠厚、老实少了，自私、势利、无理、蛮横多了……

我可怜的村庄，您到底是怎么了？

① 三个“大爷”，比不上一个“妻侄”：“妻侄”，骂人的话，即妻子的侄子，也就是大、小舅子的儿子。字面意思是喊三声“大爷”，不如骂一声“妻侄”。含意是谦让、礼让不如蛮横、无礼更奏效。

重拾大学梦

1977 年初冬的一天，我在龙阳集上见到了同学王建华。他告诉我，国家恢复高考了，山东省的考试时间是 12 月 11 日—13 日。

“恢复高考了？什么样的人能参加？”

“年龄限制到 35 岁，婚否不限，学历不限，自愿报名，全省统一择优录取……”

啊，这可是个天大的喜讯，这不正是我多少年来一直盼望的吗？这一天终于来了！我也能参加高考了，我也能和别人一起“是骡子是马，拉出来遛遛”了！可是这喜讯又让我着急，失望，12 月 11 日，离现在还有一个月零七天。要知道，我可是初中毕业，高中的课程虽然跟着白雪学习了一些，但和在学校里系统学习的相比，肯定差距不小。况且，自从“场园屋事件”之后，我迫于生活，这两年又很少去摸高中课本。这么短的时间，那么多的内容，怎么能复习过来呢？还有，现在虽然是农闲，可是越闲越要“学大寨”，这些天，我们大队正给“南大沟子裁弯”，忙着哪。找队长请假在家复习功课，他能准吗？再有，我已经是两个孩子的父亲了，母亲又瘫痪在床，这一摊子家务都交给二霞，她能同意吗？

真的不出我所料，当我把准备复习参加高考的事告诉二霞的时候，她正坐在板凳上给孩子喂奶，没等我说完，就猛地站起身来，把孩子往我怀里一塞，说：“什么‘高考’‘低考’，俺不懂，把这些活都给了我，我……我……”说着说着就抽泣起来了。我理解二霞，她没读过书，当然不懂什么是高考。我就慢慢地给她解释，告诉她，假如我能考上，就可以当干部，当教师，还可以把她和孩子带出去，到时候，还可以给她找个临时工，孩子能到城里去上学……这下，她倒听进心里去了，可还是满心疑虑地说："你这说得好听，可到你真的当了教师，当了干部，翻脸不认人了，怎么办?"我便又是对天发誓，又是请人担保。二霞这一关，算是勉强过了。我又把侍奉母亲的事交给了嫂子。嫂子是个明白事理的人，对我说："老二，娘的事就不用你操心了，你就去奔前程吧!"

向队长请假，却难了。因为白雪的事，队长和媳妇一直对我耿耿于怀，平时派点重活，分东西给点孬的等还不足以解他两口子的心头之恨，这一次可是狠狠整治我的好机会。尽管我跑了五六趟，好话说了几大筐，最后还请了六队的队长（因为二霞的缘故，我们成了"连襟"）替我求情。可是，他就是两个字——"不行"。没办法，我也就只好白天干活，晚上复习了。也可能是老天看我可怜，眷顾我，几场西北风之后，就上了"实冻"，"南大沟子裁弯"的工程只好停了，队长想派我活也没活派了，我可以全天在家复习了。不过，队长还是不甘心，偶尔还喊我去给牲口铡铡草，起起粪，但毕竟不是天天。

一切安排妥当，我便投入了紧张的复习。我知道这次机会的珍贵，难得，知道这次考试对我意味着什么。我聚精会神，夜以继日，殚精竭虑。斗室像冰窖，我的手脚都冻肿了。岳父来了，看我实在可怜，给我买了个蜂窝煤炉子。虽然有点呛人，到底暖和多了。可是，谁也没有料到，在离考试只有七天的时候，出了大事。

那天晚上，为了让屋里空气湿润，也为了更暖和些，我就把烧水壶坐在蜂窝煤炉子让它沸腾着。不想，由于过于疲劳，我看书打了盹，不知是脚还是手，竟"哐当"一声弄倒了炉子上的壶。一壶开水不偏不斜地浇到我的右脚上，待我三两下扒掉鞋袜，脚上的皮也跟着下来了。二霞喊了邻居，在队里借了排车，连夜把我送到了公社卫生院。大夫叫住院，我没同意。住院我怎么复习，住院家怎么办，孩子怎么办？等大夫给包扎好后，都大半夜了，二霞又把我拉回了家。

烫伤后的头两天里，真是钻心的疼，疼得不能吃饭，不能睡觉，更看不进书。两天后虽然轻了一些，但必须把那只受伤的脚垫高，不然就坠得难受。这一下子更苦了二霞了，她不光要洗衣做饭忙家务，侍候两个孩子，还要照顾我——一会儿背着我上厕所，一会儿又拉着我去保健站打消炎针。

考试的两天，也都是二霞用地排车拉我，拉着去，拉着回，好在家离考场只有五里路。进出场都得她背着，还要带个小板凳给我垫脚。

考后，我更多的是担心。坦白地说，我担心的不是考试成绩，因为从考的情况来看，虽然没有小学升初中、初中升高中那样有把握，但考试的内容毕竟是最基础的，只要对教材掌握得还可以，问题就不大。我担心的主要有两个方面。一是听说考完后，还要政审，政审怎么个“审”法，会不会像中考那样，把成分不好的全“审”掉？二是作文。那年的作文的题目是“难忘的一天”，下了考场一打听，绝大多数考生都写的是毛主席逝世那一天。龙阳中学的语文老师也说，从选材上看，选写毛主席逝世那一天是“上等题材”。可是，我却没写这“上等题材”。当时，我也不是没想到，但是我觉得，写毛主席逝世那一天的人一定很多，很难写出新意。为了避免人云亦云，我写的是“大饥荒中的一天”（见前文），只是把下午的事情作了一些更改，改成了大家都领得了救济粮。这样写能行吗？我不会因此被打成“反革命”吧？考试时，没细考虑，就写了。考完想起来就后怕了。一天的夜里，我做了个梦，梦见两个戴大盖帽、挎盒子枪的，抓住我，给我戴上了手铐，说我在高考作文中“攻击社会主义制度”，是“现行反革命”，拉了就走。我大声地喊：“我写的都是实事，说的都是实话！”可他们根本不听……

考完后大概半个多月吧，果真有人下来政审了，先找了生产队队长，后来找了大队支书。据说这次政审的重点是本人在“文化大革命”中的表现，是不是“三种人”[1]；至于家庭成分，倒没怎么重视，尽管

---

① “三种人”：指造反起家的人；帮派思想严重的人；打砸抢分子。

队长、支书都没忘记给人家提醒。

又过了不到十天，我领到“济宁师范专科学校”的录取通知书。我的大学梦终于圆了，虽然不是名牌，但毕竟是大学。

手捧着这迟到的通知书，我禁不住泪流满面……

后记一

不能再写了。年纪一大，就迂，就啰唆。原打算写十万字，结果写了近二十万字，想一想，还有不少可写的，可决心不写了。这正像一扇门已经关闭了，外边还有人在砸门、在喊："快开门，快开门，让我也进去!"我则坚决地说："不行，本来就写得'臭'，要再'长'，又臭又长的东西，谁看。"

说实话，这近二十万字我写得并不很艰难，有时还真有点文思如泉涌的感觉。我知道，这绝不是因为我有写作的天赋，也不是因为我对写作驾轻就熟，而是因为我说的是真话，写的是真事，绘的是真景，抒的是真情，这些绝大部分是我经历的实录、是我生活的再现，所以写起来就得心应手。我应该感谢生活，是生活给了我材料，给了我语言，给了我感情，给了我灵感。从这种意义上来说，这二十多年遭受的苦难、屈辱，还是上天给我的一种恩赐。

另外，还有一点需要说明一下，也可能是爱屋及乌的缘故吧，我对我们滕州的方言土语有着偏爱，总认为它的表现力、它的可视性，往往是普通话所不能比拟的。但是，随着时间的推移，这些方言土语就要慢慢地被人淡忘了，我觉得十分可惜，就在文中自觉不自觉地使用了一些。我不敢说是为挽救这些语言做点什么，最起码想让它们鲜活地保存在我文章里。况且，我觉得只有用这样的"土"话，写这样的"土"生活，才能表达出"土"韵味。这可能会给阅读带来一些不便，请见谅。

书成付梓之际，南开大学教授、博士生导师李新宇先生，著名作家、天津职业技术师范大学客座教授秦岭先生，著名作家、诗人、教育家王牧天先生分别屈尊作序；天津师范大学文学院教授、硕士生导师范伟先生欣然作了书评；著名书法家、画家岳石先生俯身题写了书名。他们的笔墨不仅为拙作增加了分量，增添了光彩，还让笔者受到了莫大鼓舞和鞭策。在兹表示由衷感谢。

在写作和成书的过程中，南开大学张学正教授、夏家善教授，学者张明泉老师，特级教师王伟老师，好友尤继峰先生、刘汝平先生、郭启文先生、司志成先生、孟庆生先生，北京国发天元信息技术有限公司总经理闫键先生等，都给了我很多的指导、鼓励、支持和帮助，我的学生李广昌、张建伟等也做了大量工作，在这里一并表示感谢。

后记二：抗拒遗忘

——《在那个年代里》读后

范　伟

《在那个年代里》是一部时代写真，也是一部夏家堂方志，更是一部夏健民先生的心灵史、思痛录、青春祭。所谓窥一斑而知全豹，夏健民先生虽然从个人视角，仅仅写了一个小小村落、几个家庭，但由此却足可看到那个特殊年代里的荒诞、疯狂、苦难。站在繁荣发展的今天再把目光投向“那个年代”，在庆幸、欣喜之余，却也难掩一种苦涩，一种痛惜……

一

因为富农出身，尚处幼年的夏健民就被哥哥警告：“你和别人不一样！”这是一种撕裂，一种对孩子世界里与生俱来的统一感、平等感的撕裂，一种对宗法制农村自然形成的血亲、邻里关系网的撕裂，其痛感，远比哥哥那突然踢过来的一脚要剧烈得多。从此，他被贴上“贱民”的标签，随着年轮一波波扩展而扩大了的社会交往中，被从周围一拨拨注定要朝夕相处的稠人广众中区别出来、隔离出来、剔除出来，经历着读书求学、生产劳动、恋爱结婚上的种种挫折甚至失败。人是社会动物，人只有在周围的社会关系中才能确证自身，互惠、顺畅、融洽的社会交往是人的基本需要，也是个人获得存在感、安全感、幸福感的首要来源。在安土重迁的中国人这里，在新中国成立之后进一步强化的个人与土地依附关系的新现实之下，社会关系对一个人的存在尤其显得生死攸关。比如，带母求医，即便在外地，一封组织介绍信就切断了即将发生的医患关系，母亲只好继续忍受病痛的折磨；而在民政局，一封组织介绍信则切断了即将建立起来的夫妻关系，也切断了一个青年开枝散叶、亟待展开的未来。当这类关系一个个切断之后，带给个人的，是一种被围困、甚至被围剿的恐惧。作者曾描写在中学被班“贫委会”常委们围攻时的感受：“我就像一只小鹿，被五只饿狼团团地围住。饿狼个个张牙舞爪，眼里冒着绿光，不断地扑向我，撕我，咬我……”这一场景，令人吃惊，这是阿Q奔赴刑场途中产生的感觉，是鲁迅笔下“吃人”场景的重现。少年夏健民产生的这种感受，深刻揭示出他在人际关系中的可怕处境。既然无法逃离，那就只能调整。卡希尔认为，“人的社会意识依赖于一种双重活动——同一化和区分化”，“人，像动物一样，服从着社会的各种法则，但是除此之外，他还能积极地参与创造和改变社会生活形式的活动。”[①] 夏健民也试图通过个人努力，比如求学，比如入团，在自己这一辈重建和这个国家、和周围世界的关系，但是，在过度政治化了的“那个”不正常年代里，他只能被动接受，而没有任何可资凭借的个人权利去“参与”、去“创造”、去“改变”，所以结局，像西西弗斯推向山顶的那块巨石一样，一切努力，最终又滚落山底，所有希图建立的关系，也无非再一次又一次的撕开、切断。

夏健民先生及其家人遭遇的一系列人生苦难无疑是一个悲剧，但更大的悲剧在于，招致这一切苦难的富农成分并非因为剥削的真凭实据，更不是违反了被事先告知了的“天条”而必须领受的罚，而完全是一个“巨灵手掌”随意拨弄、导演出来的恶作剧、荒诞剧。

“富农”是20世纪20年代从苏俄引进中国的政治概念，但是，和地主—贫雇农、资本家—工人这样容易清晰定位的阶级相比，富农作为中间阶级从进入中国就缺乏一个相对固定的标准，对于一些稍微富裕些的社会阶层，标准掌握得宽一点或态度“左”一点，就会被划为富农，反之，则可以划分为中农。这为权力寻租预留了空间，像夏健民家，原本需要通过极其复杂的剥削程度计算来确定的阶级成分，结果，仅凭一次索贿不成，就决定下来；这也为挟嫌报复预留了空间，原本属于一个阶

---

① ［德］恩斯特·卡希尔，甘阳译，《人论》，上海译文出版社2004年6月出版，第306、307页。

级对另一个阶级的公共事件，结果，主事者仅仅因为个人恩怨，就轻易按照个人意愿做出安排。这样，一个原本严肃的政治事件，最终竟然蜕变成为一个具有偶然性、随意性的邻里纠纷。这，大约是政策制定者所始料未及的吧？但，革命以及革命者从来不是从天庭下凡而来的天使，而是从中国历史的大染缸中、在现实的污泥浊水中被革命拔擢出来的草莽，其混杂在崇高人类追求中的复杂人性、隐秘欲望，终将在现实诱惑的底片上显影。在这种历史语境之下，“大褂”获得了一种丰富的象征意味。鲁南地区所谓“大褂”即通常所称“长衫”。众所周知，在传统中国社会里，大褂不仅仅是一件服饰，而是一个身份符码，是上层社会的身份隐喻。如果说当初二麻子为了相亲借那件大褂是偶然一次充充门面，属于人情之常，那么，在土改中二麻子一定要索取那件大褂，据为己有，则显示出，二麻子对这场刚刚发生的革命还缺乏一个基本的理解，他还试图像历次封建王朝更替时发生的所谓“革命”那样，借此来改变个人的社会地位，获得一个穿大褂的身份，成为“长衫”阶级。因此，对他而言，一件大褂的转手，代表的，是两个家庭社会地位的互换。正是这个愿望没有达成，才淤积了二麻子的内心幽怨，引发了如此强烈的“阶级”憎恨。这个发生在土改中的细节，我们似乎听到了项羽那句情不自禁的“彼可取而代也”的历史呼啸，而革命的阶级急欲摇身一变，成为被革命的阶级，像奥威尔《动物农场》里那个叫拿破仑的猪造反成功之后，最终还要穿上主人琼斯的服装一样，岂不也构成一种强烈的历史反讽、革命的自我解构？其实，平心而论，这种向上爬的个人欲望、这种对优越社会的向往根植人性，无可厚非，而且，这正构成了社会发展、文明进步的内驱力，如果连猪都愿意做人，人又何能独外？只是，这里问题的症结是程序正义问题，是获得的手段、途径的合法性问题，但是，有些人偏偏非要与人性做对，而且程序设计违背社会共识，个别人操弄、利用革命理论横行乡野，最终造成一幕幕人道悲剧，怎能不令人扼腕！

此外，富农问题还因为不同历史时期的革命形势而不断调整政策，进而影响一个家庭的命运，包括夏健民一家。比如新中国成立初期，为了不把富农推向敌人一边，中央就采取了比较慎重的策略。毛泽东在

1950年3月12日写给邓子恢等各大区中央局负责同志的信中专门指出："在今冬开始的南方几省及西北某些地区的土地改革运动中，不但不动资本主义富农，而且不动半封建富农"，因为，"第一是土改规模空前伟大，容易发生过左偏向，如果我们只动地主不动富农，则更能孤立地主，保护中农，并防止乱打乱杀"，"第二是过去北方土改是在战争中进行的，战争空气掩盖了土改空气，现在基本上已无战争，土改就显得特别突出，给予社会的震动特别显得重大，地主叫唤的声音将特别显得尖锐，如果我们暂时不动半封建富农，待到几年之后再去动他们，则将显得我们更加有理由"。[①] 也因为富农问题复杂、敏感，成为"在制定《中华人民共和国土地改革法》过程中讨论最多、最充分的问题。"[②] 但，形势比人强，历史的匆促脚步没有给毛泽东的权宜之计留出"几年"时间，3个月之后，朝鲜战争爆发，10月份，志愿军入朝作战，中国再次进入战争时期，自此，原来相对温和的富农政策，开始重新掀起革命的"暴风骤雨"，1951年5月7日，刘少奇在第一次全国宣传工作会议上公开宣称，"抗美援朝的锣鼓响起来，响得很厉害，土改的锣鼓、镇反的锣鼓就不大听见了，就好搞了"。[③]《在那个年代里》所谓"从上边刮来了一股'风'"，其"风源"大约就是这里吧！这样，原本在两次土改运动中都划为中农的夏健民家，在土改复查的时候，以"漏划"的名义，升格为富农。在土改的反反复复过程中，夏健民家还是夏健民家，没有因为加重剥削程度、扩大剥削范围而多增土地、多开商铺，但政策改了，成分也就变了，一家人的命运也因此出现逆转，被打入另册，成为臭名昭著的"四类分子"，而这个帽子，一旦戴上，就再难除掉，而随着一次次政治运动的造访，遭受到一次比一次严重的身体被摧残、尊严受折辱的非人经历。当

---

① 毛泽东：《关于征询对富农策略问题的意见的电报》，《建国以来毛泽东文稿》第一册，中央文献出版社1987年11月出版，第272页。

② 《中华人民共和国专题史稿》第一卷，郭德宏、王海光、韩刚主编，四川出版集团、四川人民出版社2009年8月1日出版，第190页。

③ 《刘少奇在第一次全国宣传工作会议上的报告》，参见杨奎松《中华人民共和国建国史研究》(1)，江西人民出版社2009年9月出版，第145页。

我读到夏母在严冬里忍受着剧烈的胃痛在台上陪斗，当我读到夏健民代替母亲去开训话会、去扫街铲雪，我无法忍住悲愤的热泪……

杨奎松在《中华人民共和国建国史研究》第二章“引言”部分里说：“长期以来，研究土地改革及其受益者贫雇农土改前后状况的著述很多，研究土改背景下地主富农情况的学术成果还几乎没有。无疑，这个问题的研究十分重要。”① 而在回忆录、文学创作中，涉及富农情况的也非常少。在这个意义上，夏健民先生的这部著述，仅仅从文献的角度来看，也具有填补某些历史空白的作用。

二

夏健民先生除了记述个人及家庭的不平遭际，还以亲闻、亲见、亲历者的身份记述了那个年代里发生在故土上的许多政治事件、人生悲剧。这里容易引起误解的问题是，作者就是主人公，而主人公的成分是富农子弟，这就使《在那个年代里》的叙事视角成为富农子弟的叙事视角，也因此引起了叙事立场是否客观、公正的问题。但是，令人钦佩的是，经过多年沉淀，重新回望这段历史，作者完全跳出了个人恩怨，也跳出了当权者强加给自己的富农子弟的政治角色，所以，我们在这部书里看到的叙事者夏健民，除了是一个受害者之外，还是一个对地主、贫农等不同成分社员都平等看待、怀有巨大同情心的邻居，是一个对当权者盲目施政、暴政害民深怀不满、深感痛惜的社员，是一个对公序良俗、传统道德、价值取向抱有深切关怀的人民教师，是一个对国家兴亡、社会治乱、体制弊端深怀忧虑的共和国公民，从而使这部具有自传色彩的时代记录跳出了伤痕文学狭隘的自我格局、反思文学政治化了的现实功利意识，具备了开阔的历史视野、浓郁的人文情怀、强烈的责任担当。每记一人，就是一个人，就按人的尺度来写，而不是戴着各种成分帽子的政治标签，从而彰显出人性的丰富与复杂；每叙一事，就回到

---

① 杨奎松：《中华人民共和国建国史研究》(1)，江西人民出版社2009年9月出版，第105页。

现场，按事情的本来样子客观叙述，从而赋予事件以史的品格。所以，《在那个年代里》虽然是一个关于时代的宏大叙事，却基本躲开了文学创作、影视创作中涉及这类宏大叙事题材时常常出现的固定模式。综观发生“在那个年代里”一系列的人与事，给我印象最为深刻的，莫过于对阶级论的崭新理解、重新处理，和基层当政者只讲政治而不懂生产、罔顾民生的乱政、暴政。

无产阶级革命理论描述的阶级图景是：地主和资本家是剥削阶级，贫雇农和工人是被剥削阶级，两个阶级的矛盾是对抗性的、不可调和的，革命就是一个阶级推翻另一个阶级的暴力行动。但是，在《在那个年代里》我们看到的现实却有不同。首先，夏家堂的地主致富并非全部因为剥削。夏家堂的地主都很平常，“没有一个像黄世仁、南霸天那样的恶霸地主”，“他们也雇长工、短工，却自己也参加劳动。他们虽有些家产，还是省吃俭用。他们也有些势力，但并非横行霸道，鱼肉乡党”。像夏云信（夏老三）的地主父亲悭吝成性，“一分钱都攥得啦啦淌水”，他的大哥、二哥都老实本分，勤俭持家。在看待剥削的问题上，李文明的观点非常具有代表性、说服力：“‘钱买的身子饭买的活，烟酒买的睡不着’，我当长工，人家管我饭，给我工钱，怎么剥削我了?”也就是说，这种主雇关系是你情我愿的契约关系，而非制度性强制。毕竟，在乡土中国，立家的基业除了财富，还要靠道德、人情，诚所谓“君子爱财，取之有道”，否则，在祖祖辈辈生活过、一代代还要继续生活下去的地方是很难立足的。其次，在阶级关系方面，革命理论一再重申、强调的阶级对立，在李文明身上似乎也没有出现过。李文明12岁开始给夏云焕家扛长工，吃的、穿的、住的、用的，都跟夏云焕的闺女一样，到了成亲的年龄，夏云焕的妻子还操心，把远房侄女嫁给了他，把西屋腾出来做新房，让这个幼年失怙的青年重新感受到家庭温暖，也和地主夏云焕一家结下父子一般的情谊，所谓的阶级仇变成了雇主恩，所谓的阶级对抗性矛盾变成了主仆一家亲。对比革命教义和全国状况，在夏云焕、李文明之间出现的这种地主—雇农关系的确显得过于理想和浪漫，而且和夏云焕无子、李文明无父这一特殊情况有关，甚至还与主雇双方皆天性淳厚这一特殊人品有关，但是，这也让我们看到，除了革命理论宣扬的阶级性之外，主雇之间还有着善良天性，还散发着人性的光辉；除了主雇之间单纯的经济关系之外，还存在着人情之常、伦理之常，这类传统文化人格的血脉延伸，使主雇之间保持着通畅的情感沟通、和谐的日常对话、高效的劳动协作，岂不更值得珍视吗？早年讨论“问题与主义”时，胡适就有预判，云：“阶级战争说指出有产阶级与无产阶级不能并立的理由……无形之中养成一种阶级的仇视心……使社会上本来应该互助而且可以互助的两种大势力，成为两座对垒的敌营，使许多建设的救济方法成为不可能，使历史上演出许多本不须有的惨剧。”① 夏健民先生从故乡撷取的这件实事，成为胡适这段话的恰当注脚。如果说存在对立，《在那个年代里》倒也表现了一种，但这种对立并非因为剥削，而是因为过日子的不同态度。比如，地主刘云清家的房子土改时被村里没收，在里面办了村小学，此时屋主已经转移，但是，刘云清看到房子漏雨心疼，担心不修倒塌，担心倒塌砸了孩子，而真正的户主村支书、队长、会计却毫不关心，甚至还因此作为罪状在辩论会上斗争他。号称“懒王”的二流子张都喜，把从刘云清那里分到的“伸勺子就能舀饭吃的地撂了荒”，刘云清看了可惜，提醒他耕种，也招致批判、殴打。这种对立，倒从一个侧面告诉了我们某些秘密。可以说，像张都喜之流，如果不改变态度，再好的制度设计，分给他再好的土地，也创造不出财富，也改变不了自己的命运。而村支书等执掌一村命运的当政者，则带来的危害更大。这种“越穷越光荣”的现实，颠覆了延续几千年的价值取向，使一些不良分子产生价值倒错，为自己的荒唐行为找到“合理”依据。当漏网地主夏云信（夏老三）一次次证明自己对而父亲错、两个哥哥错的时候，造成逆淘汰的政策的荒谬性也昭然若揭。

比较而言，本书揭示的更大的历史痛点，是基层当政者的乱政、暴政。新政权按阶级论凭出身用人，但有一些来自社会底层的贫雇农，却并不怎么会“做主”。首先他们不很会过日子。夏健民家那么好的两头

---

① 胡适：《四论问题与主义》，1919年8月31日《每周评论》第37号。

牛，入社之后，成为集体所有，结果，有人用无人疼、无人养，先后死掉。这就是产权模糊、看似人人有责其实人人无责的结果。借此，夏健民先生也揭示出集体所有制的根本症结。因为这一症结，高粱地的高粱米被小凤子吃光、运送地瓜半途扔掉、偷庄稼如拿自家东西等等问题出现，也就见怪不怪了。其次，无知，盲从。身为农民，却不懂生产，不按种植经验、科学规律办事，搞深翻、密植、旱地改稻、种桑养蚕、学大寨搞平原梯田等，结果对生产造成严重破坏，农民收入大大减少。尤其荒唐的是，没有经过勘探、论证，就集中全县劳力挖露天煤矿，造成巨大人力物力浪费。第三，家长制，瞎指挥。为贯彻“一平二调”搞大搬家，严重侵犯社员利益，社员却也不得不执行。尤其荒唐的是，如此大规模的、造成巨大破坏的一次运动，竟然是因为领导开会误听而臆测上级意图搞起来的！由此可见，当政者用权的随意性到了何种程度！官僚主义、专制极权发展到了何种程度！当时社会无序到何种程度！基层干部之所以这样有恃无恐，原因就在于极“左”的政治文化环境。凡事政治挂帅，唯上级马首是瞻，干部进行社会动员动辄搬出毛主席，利用毛主席的崇高威望获得话语权，搞专制主义压服。第四，当政者缺乏基本道德基础和为官素养。像露天煤矿总指挥，大家都知道其“半熟”二百五。挖红卫河，两年的工程一年完，十冬腊月，民工挨冻、出力、长期不敢回家，而总指挥及其小喽啰们却在指挥部里烤火炉、睡懒觉、讲吃喝。至于多吃多占、滥用职权、索贿、生活作风败坏，也是数见不鲜。正如当时的顺口溜：“大小当点官，强于卖水烟”，“得罪保管挨秤砣，得罪会计遭笔戳，得罪队长派重活”，“大干部，二干部，都是穿着卡其布。卡其布，是蓝的，都是剥削村民的；卡奇布，是花的，都是贪污公家的”。因为有这些好处，“孙职别”才会为一个“孙负责”的称呼较真，才会为做官不择手段利用运动排斥异己、甚至违背一个教育者的职业底线，处心积虑威逼利诱学生举报。政治上的官僚化侵蚀，社会出现新的分层，甚至出现了银妮那样四体不勤、养尊处优的特殊社员。学校里学生分为四等，正是社会分层的延伸和反映。王充《论衡》云：“知屋漏者在宇下，知政失者在草野，知经误者在诸子。”基层官场这些乌烟瘴气，不难想见社会全体，作者身居“宇下”“草野”，自称“贱民”，不攀“诸子”，其实已经不只是“知屋漏者”“知政失者”，而且是“知经误者”矣！

三

书中大量运用方言，在我这个乡党读来，倍觉亲切，仿佛恍惚间，已然没有了这一纸之隔。本书执意选择山东文艺出版，目的也是为面对山东乡党，我想，大家翻开书本，在浓浓的油墨香气中，大约也可嗅到这本乡本土的语言香味吧？胡适在《吴歌甲集序》中讲到国语即今天的普通话时云：“老实说罢，国语不过是最优胜的一种方言；今日的国语文学在多少年前都不过是方言的文学。正因为当时的人肯用方言作文学，敢用方言作文学，所以一千多年之中积下了不少的活文学，其中那最有普遍性的部分逐渐被公认为国语文学的基础。我们自然不应该仅仅抱着这一点历史遗传下来的基础就自己满足了。国语的文学从方言的文学里出来，仍需要向方言的文学里去寻他的新材料，新血液，新生命。”① 夏健民先生这部《在那个年代里》就是一部滕州方言宝库，许多不见于普通话的名词如“杈头、黄子、席夹子”，动词如“多嫌、掂兑、给我别（读四声）、伸（chěn）眼子拔肚”，修饰语如“瓮（读三声）黑、人五人六、油脂麻花、铁叶子似的、秕秕巴巴的”，专用语如“站高冈、闷（读三声）头相、咒羔子、挨了‘没（mú）脸’、钉入木了”等，都贴合语境，读来如闻声见人，读来如重回故里。方言往往有音无字，致使方言在书面语中难以使用，从上面所举各例来看，老师为找到相对应的字也是煞费苦心。“强（方言读 jiàng）插肩”是个度量词，形容很满，勉强能插过肩膀背。这里（jiàng）用“强”字，虽然“强”有这个音，但却没有这个义，然而，想来想去，除了这个“强”，还真找不到更合适的。有了这个“强”，另一个表现做事情比较勉强的词“jiàng hóng de”的“jiàng”就可以写作“强”了，但第二个音

① 《胡适文集》第4卷，北京大学出版社1998年11月出版，第574页。

“hóng”却实在难以找到合适的对应的字了，在此，也只好向夏健民先生请教了！此外还有不少字，不但贴切，而且还美化了方言，如小凤子，这简直比其学名麻雀还好！

作者是我的恩师，所以，我读这部书稿始终都把自己烧在里面，跟着老师一起受苦流泪、一起观察思考，所谓感同身受，莫过于此。另外，因为同乡的关系，老师所记载的许多事情，我们家也是卷在里面的，如打马河水库，父亲领到的菜窝窝自己不舍得吃，带回家，但，回家经过朱洼我姑姑家，看到几个外甥嗷嗷待哺，就留给了他们，结果，到家之后，发现我母亲和哥哥姐姐也都还饿着。挖木石露天煤矿我父亲也参加过，后来因为忍受不了那种劳动强度，又参加招工去黑龙江漠河当了林业工人，并因此造成一系列的家庭苦难。当然，因为年龄和阅历，这部书稿披露的大都是我从未听闻的事情，让我对家乡多了更多了解。事实上，像这部书里揭示的会战一类事情，在我的家乡，到八十年代初还没有绝迹。可如今再踏遍故土，即便是最后一次会战的“战绩”，也已经荡然无存！可见当年当地当政者所追求的有些志业，不过是毫无意义的折腾而已。而在全国两千八百多个县里，滕县不过是一个时代的缩影。所以，本书命题“在那个年代里”，不过是借滕县一隅、作者一身，来反映那个大时代的经验教训而已。

古称三十年为一世，从新中国成立到现在，经过了两个三十年，也算经过了两世。而隔着改革开放、繁荣发展的三十年往回看，第一个三十年真的成了隔世。但，人间事就是奇怪，因为历史镜头拉长，第一个三十年我们可以看得更为清楚了，而且因为有第二个三十年的发展作为比较，我们对第一个三十年的评价也应该更为客观，可是，偏偏有些人就怕在历史的错误里照见自己的盲目，在历史的废墟里发现自己的荒芜，甚至因为历史镜头拉长，逝去的时光难以追回，竟有意无意地把一些失误、教训当作审美、追怀的对象。在这种氛围下，老师孜孜矻矻，锱铢积累，通过这皇皇二十万言，重新把经历过的人拉回“那个年代”，把没有经历过的人带入“那个年代”，一一指点给我们看，这里是伤，那里有血。我想，即便是再忠勇的辩护士，也蒙不严自己的眼